ZUM BUCH

Niemand verrät seine Gemeinschaft und erlebt, dass sein Haar weiß wird. Denn eine solche Gemeinschaft ist aus Ehre und Eid geschmiedet. Wenn du eine Kameradschaft verrätst, bist du ein toter Mann, und Ealdorman Ealdred von Wessex hatte uns verraten. Das Segel war gesetzt und die Fichtenruder verstaut, also kümmerten sich die Männer um ihre Ausrüstung. Sie schliffen ihre Schwerter, wetzten geduldig die Scharten aus, die der Kampf hinterlassen hatte. Das rhythmische Schaben wirkte beruhigend, ebenso die gemurmelten Gespräche und das nasse Flüstern, mit dem der Bug der Seeschlange durchs Meer glitt. Wir hofften, dass wir schon bald unsere Beute als einen dunklen Punkt am sonnigen Horizont sehen würden. Die Fjord-Elch, das Schiff, das Ealdred uns genommen hatte. Wenn wir die verräterischen Männer endlich erreichten, die auf ihr segelten, würden unsere Schwerter und Äxte Blut schmecken.

ZUM AUTOR

Seine norwegische Herkunft und die Werke von Bernard Cornwell inspirierten Giles Kristian dazu, historische Romane zu schreiben. Um seine ersten Bücher finanzieren zu können, arbeitete er unter anderem als Werbetexter, Sänger und Schauspieler. Doch Kristians Herz schlägt für die Welt der Wikinger. Mit seinen Trilogien um Sigurd und Raven wurde Giles Kristian zum Bestseller-Autor und kann sich ganz dem Schreiben widmen. Mehr Informationen zum Autor finden Sie unter www.gileskristian.com

LIEFERBARE TITEL:

Die Sigurd-Reihe: Götter der Rache (1), Winterblut (2), Sturm des Todes (3)

Die Raven-Reihe: Blutauge (1), Söhne des Donners (2), Odins Wölfe (3)

GILES KRISTIAN

RAVEN
SÖHNE DES DONNERS

Roman

Aus dem Englischen
von Wolfgang Thon

WILHELM HEYNE VERLAG
MÜNCHEN

Die Originalausgabe RAVEN: SONS OF THUNDER erschien 2010
bei Bantam Press/Transworld Publishers, London

Dieses Buch ist auch als E-Book erhältlich.

Penguin Random House Verlagsgruppe FSC® N001967

2. Auflage
Vollständige deutsche Erstausgabe 12/2018
Copyright © 2010 by Giles Kristian
Copyright © 2018 der deutschsprachigen Ausgabe
by Wilhelm Heyne Verlag, München,
in der Penguin Random House Verlagsgruppe GmbH,
Neumarkter Straße 28, 81673 München
Printed in Germany
Redaktion: Heiko Arntz
Umschlaggestaltung: Nele Schütz Design, München,
unter Verwendung des Originalartworks von © CollaborationJS
Satz: KompetenzCenter, Mönchengladbach
Druck und Bindung: GGP Media GmbH, Pößneck
ISBN: 978-3-453-47163-4

www.heyne.de

Söhne des Donners ist meinen Eltern gewidmet.
Sie schickten den Wind und geboten über die Gezeiten.

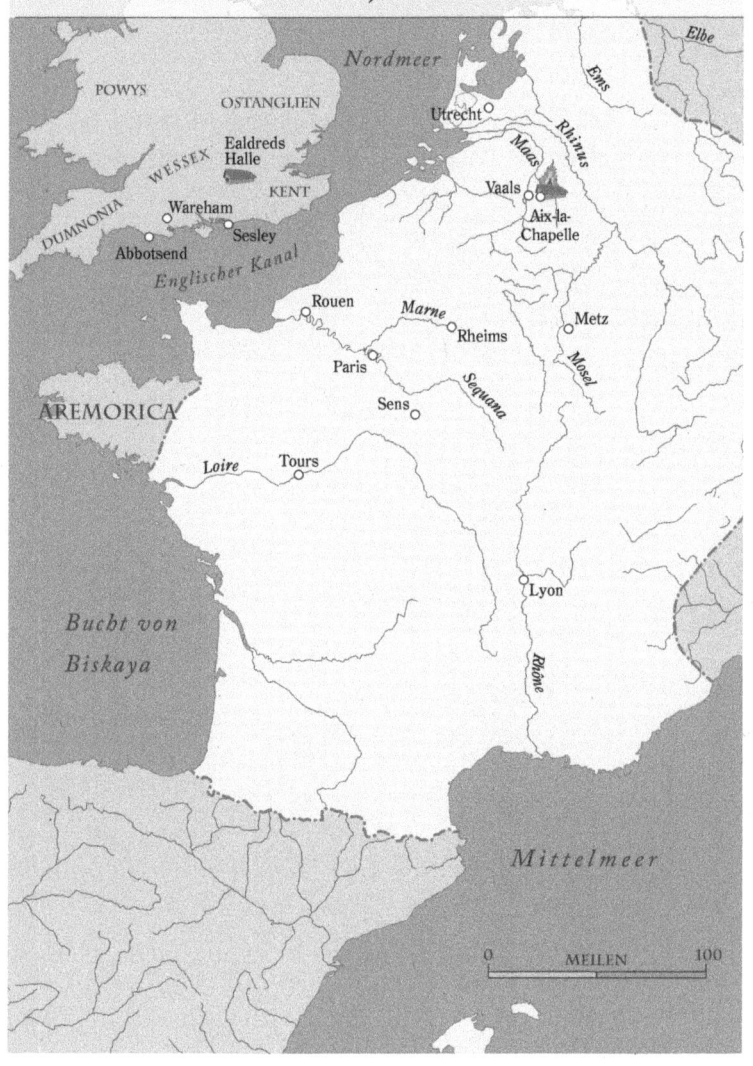

DAS REICH KARLS DES GROSSEN
IM FRÜHEN 9. JAHRHUNDERT

Nordmeer

POWYS

OSTANGLIEN

Utrecht

WESSEX

Ealdreds
Halle

KENT

Vaals

Aix-la-
Chapelle

Wareham

DUMNONIA

Sesley

Abbotsend

Englischer Kanal

Rouen

Marne

Rheims

Metz

Paris

AREMORICA

Sens

Loire

Tours

Bucht von

Biskaya

Lyon

Mittelmeer

0   MEILEN   100

Männer mit stählernen Armen
Zogen die abgegriffenen Buchenriemen
durch den mäandernden fränkischen Fluss.
Brüder im Schwertlied,
Sachsen, Dänen und Nordmänner,
flüchteten sie vor dem Zorn des Kaisers.
Weit weg von Fjord und Klippe,
jenseits der sturmgepeitschten See,
wartete ein Schatz aus Ruhm.

Ravens Saga

PROLOG

Bist du jemals auf einem Langschiff gesegelt? Ich meine nicht auf einer plumpen, trägen Knørr, die mit Gütern beladen ist und sich wie ein Packtier durch das Meer wälzt. Nein, sondern auf einem schlanken, tödlich schnellen und Entsetzen verbreitenden Drachenschiff. Hast du jemals am Bug gestanden, während der salzige Wind dein Haar peitschte, während Ráns weißhaarige Töchter unter der kräftigen geschwungenen Brust dieser Bestie kreischen? Hast du das Meer gemeinsam mit sonnenverbrannten Kriegern bereist, deren einzigartige Geschicklichkeit im Umgang mit Axt und Schwert eine Gabe des mächtigen Óðin, des Herrn des Krieges selbst ist? Männer, deren Todeswerk den Wolf, den Adler und den Raben nähren? Ich habe all das getan. Es war mein Leben, und obwohl sich all die Anhänger des weißen Christus in ihren Weiberröcken vor Ekel übergeben mussten, und es würde mich nicht wundern, auch vor Angst, war ich glücklich mit meinem Schicksal. Denn einige Männer stehen den Göttern von Geburt an näher als andere. Neben der Quelle von Urd, unter einer der Wurzeln des großen Weltenbaums Yggdrasil, spinnen die Nornen, die Schwestern des Schicksals, der Gegenwart und der Zukunft die Fäden des menschlichen Lebens und weben sie zu einem Muster aus

9

Schmerz und Leiden, aus Ruhm und Reichtum und Tod. Und ihre uralten Finger müssen ermüdet sein, als sie meinen Lebensfaden spannen. Doch warte. Das Bier hat meine Zunge geölt, und sie eilt sich selbst voraus. Komm herein, Arnor! Komm, Gunnkel, sitz ein paar Binsen platt. Wir haben noch die ganze Nacht vor uns und einen weiten Weg zurückzulegen. Vorausgesetzt, dass die Erinnerungen nicht wie aus einem verfaulten Kübel aus meinem alten Kopf gesickert sind. Letzte Nacht habt ihr erst den Anfang gehört, nur den Schaum vom Met geschluckt. Jetzt jedoch werden wir gemeinsam mehr trinken. Und Hallfred, schüre du das Feuer, dass die Flammen tanzen. Sie sollen tanzen wie in Völunds eigener Esse. Ja, so ist es richtig. Ingvar, gib deinem räudigen Köter etwas zu fressen, bei Thórs Liebe! Er kaut ja seit fast einer Stunde auf den Schuhen von irgendeinem armen Dummkopf herum! Ist die junge Runa nicht hier? Wie schade. Nichts taugt besser als zwei pralle Brüste, um einen alten Mann dazu zu bringen, seine Geschichte ein bisschen auszuschmücken. Ich gebe zu, dass ich nicht gerade ein Skalde bin. Mein einziges Lied war bisher das Schwertlied, das Flüstern der großen Bartaxt, wenn ich sie vor dem Schildwall meines Feindes tanzen ließ. Aber Skalden kriechen so weit ihren eigenen Arsch hoch, dass man die Blumen bei all den Fürzen nicht riechen kann. In ihren Geschichten malen sie Sigurd als einen Asen, als einen der Götter von Asgard, und sein Schwert als den Schlächter von Bergriesen. Ihr Raven ist ein rotäugiges Monster, eine hässliche, todbringende Bestie. Pah! Was wissen sie schon? Sind sie mit Sigurd dem Glücklichen übers Meer gesegelt? Diese Hurensöhne.

Sigurd war ein Mensch. Sein Schwert war wie jedes andere Schwert, eine Klinge aus Eisen und Stahl, die ein Mann geschmiedet hatte, der etwas von seinem Handwerk verstand. Und was mich selbst angeht, bin ich ein Monster? Ich war gut aussehend... gewissermaßen. Jedenfalls war ich jung, und das ist gut genug. Ich war von einem Tischlerlehrling, von einem Jungen, der zu den Niedersten seiner Siedlung gehörte, zu einem Wolf in einem Wolfsrudel herangewachsen. Ich gehörte zu einer Kameradschaft von Kriegern. Ich war zu einem Reiter der Wellen geworden und zu einem Schlächter von Menschen.

Also lichtet den Anker! Setzt das alte, zerfetzte Segel. Die morgige Arbeit ist noch weit weg, und die Nacht erstreckt sich vor uns wie der Ozean unter einem Sternenhimmel in einer Frühlingsnacht. Auf denn! Stechen wir in See ...

1

Niemand verrät seine Gemeinschaft und erlebt, dass sein Haar weiß wird. Denn eine solche Gemeinschaft ist aus Ehre und Eid geschmiedet, sie ist stark wie ein Bär, schnell wie ein Drachenschiff und so nachsichtig wie das Meer. Wenn du eine Kameradschaft verrätst, bist du ein toter Mann, und Ealdorman Ealdred von Wessex hatte uns verraten.

Das Segel war gesetzt und die Fichtenruder verstaut, also kümmerten sich die Männer um ihre Ausrüstung. Sie schliffen ihre Schwerter, wetzten geduldig die Scharten aus, die der Kampf hinterlassen hatte. Das rhythmische Schaben wirkte beruhigend, ebenso die gemurmelten Gespräche und das nasse Flüstern, mit dem der Bug der *Seeschlange* durchs Meer glitt. Die Männer legten ihre Brynjur über die Knie, suchten nach beschädigten Ringen, die sie mit Ringen der Brynjur ersetzten, die sie den Toten ausgezogen hatten. Zwei Nordmänner warfen sich grunzend einen Sack zu, der recht schwer zu sein schien. In dem Sack war grober Sand, und wenn man sein Kettenhemd hineinlegte und den Sack anschließend herumschleuderte, scheuerte der Sand den Rost vom Eisen und machte das Kettenhemd wie neu. Andere Männer schmierten ihre Brynjur mit Schafsfett ein, wickelten frisches Leder oder dünnen Kupferdraht um ihre Schwertgriffe, reparierten Schildriemen und spannten neue Häute über die Bretter aus Lindenholz. Sie hämmerten Beulen aus Helmen, schärften Speerblätter so spitz, dass man damit eine Schnecke aus ihrem Haus spießen konnte. Axtköpfe wurden auf ihren festen Sitz am Schaft überprüft, damit sie nicht beim ersten Schlag davonflogen. Silber wurde gewogen, Pelze wurden überprüft, und die Männer stritten, nörgelten oder prahlten über die Beute, die sie in ihren Seekisten hatten.

Wir kämmten uns Flöhe aus den Bärten und dem Haar, durchlebten unsere Kämpfe aufs Neue, wobei wir unsere Taten und unsere Kühnheit übertrieben, spielten Tafl, überprüften die Kalfaterung der *Seeschlange* und legten Lederstreifen in Stiefel, um Löcher zu stopfen. Wir kümmerten uns um unsere Verletzten und erzählten uns Geschichten von Freunden, die jetzt an Óðins Metbank in Walhall saßen. Wir beobachteten die Möwen hoch über uns und genossen das Knarren des Spanten und das leise Summen der Takelage. Und die ganze Zeit glaubten wir, dass Njörð, der Gott des Meeres, der freundlich zu denen ist, die ihn achten, unser Segel mit Wind füllte und wir schon bald unsere Beute als einen dunklen Punkt am sonnigen Horizont sehen würden. Die *Fjord-Elch*.

Denn uns trieb ein frischer Wind von achtern vor sich her, und wir machten gute Fahrt. Das Land der Wessexmänner war schon bald nur noch ein grünes Band am Horizont im Norden. Blieb uns Njörðs Wohlwollen erhalten, würde Sigurd mit der *Seeschlange* auch nachts weitersegeln, um den Abstand zwischen der *Fjord-Elch* und uns zu verkürzen. Wenn wir dann schließlich die verräterischen

Männer erreichten, die auf ihr segelten, würden unsere Schwerter und Äxte bald Blut schmecken.

Asgot der Godi zog einen Hasen aus einem Segeltuchsack. Es war ein räudiges Tier, das seit unserem Aufbruch wie verrückt in dem Sack gekratzt und getreten haben musste. Denn sein Fell war schweißnass, sein Maul blutig, und die Augen wild aufgerissen vor Furcht. Der Godi packte seinen Kopf mit seiner alten Faust, zückte sein scharfes Opfermesser und stach es dem Tier in die Brust. Mit seinen langen Beinen trat es hoffnungslos in der Luft. Dann zog Asgot die Klinge dem Hasen über den Bauch. Ein paar Eingeweide fielen auf die Planken, aber trotzdem trat das Tier immer noch in der Luft, als hoffte es, über eine Sommerwiese entkommen zu können. Dann wischte der Godi das blutige Messer am Fell des Hasen ab, steckte es in die Scheide und riss den Rest der Eingeweide heraus, das immer noch klopfende Herz und den dunklen Darm der Kreatur. Er schleuderte sie ins Meer. Anschließend warf er den Kadaver hinterher. Wir sahen eine Weile zu, während die Wellen diese winzige Opfergabe davontrugen. Die *Seeschlange* segelte weiter und der Hase verschwand unter Ráns Töchtern. Dabei sprach Asgot unaufhörlich zu den Göttern, bat sie, uns mit einem ruhigen Meer und gutem Wetter zu segnen. Pater Egfrith schlug ein Kreuz als Schutz gegen die alte Magie von Asgot, und ich glaubte, dass er einen Gegenzauber murmelte. Allerdings hielt ich mich von ihm fern, weil ich nicht wollte, dass diese Christen-Worte in meine Ohren drangen.

Dieser Kampf würde verdammt blutig werden. Ein wahres Gemetzel. Denn Ealdorman Ealdred von Wessex und sein Erster Kämpfer Mauger waren nichtsnutzige, schleimige Hurensöhne, die uns feige verraten hatten. Ealdred hatte das Evangelienbuch des heiligen Hieronymus, das wir dem König von Mercia gestohlen hatten, an sich gebracht, und dieses Arschloch von einer Kröte war jetzt unterwegs, um diesen christlichen Schatz an den Kaiser der Franken zu verkaufen, an Charlemagne oder König Karolus, wie manche ihn damals nannten. Dieser Wurm wurde vielleicht so reich wie ein König, nachdem er uns verraten und dem Tod überantwortet hatte. Aber Ealdreds Gott und sein friedliebender Sohn hatten nicht genug Macht. Sie würden ihn nicht vor uns retten können, die wir an den wahren Göttern festhielten, den alten Göttern, die immer noch den Himmel mit Donner erschütterten und den Ozean mit Wellen verfluchten, die so hoch waren wie Klippen. Ich war mir sicher, dass wir diese aufgeblasene Made am nächsten Tag oder am Tag danach einholen würden. Denn die Engländer kannten die *Fjord-Elch* nicht. Schiffe sind wie Frauen – man kann nicht die eine an denselben Stellen berühren wie eine andere und hoffen, denselben Ritt zu bekommen. Sigurd jedoch kannte jeden Zoll der *Seeschlange*, und sein Steuermann Knut kannte jedes Salzkorn in jeder wogenden Welle. Wir würden die Engländer einholen, und dann würden wir sie umbringen.

»Diese Christen wissen, wie man kotzt, Raven!« Das Sonnenlicht ließ Bjørns Zähne schimmern. »Die Fische werden heute satt werden, jede Wette.«

»Und wir werden die Fische essen und folglich die Kotze der Christen.« Ich antwortete auf Nordisch, damit Cynethryth mich nicht verstand.

Sie und Penda beugten sich nebeneinander über die Relingsplanke und kotzten sich die Eingeweide aus dem Leib, obwohl die See so ruhig war wie ein Teich, über den ein Windhauch ging, doch es genügte, den Leuten aus Wessex die Mägen umzudrehen. Die Nordmänner grinsten und lachten über die beiden neuen Mannschaftsmitglieder, und auch wenn ich Cynethryth bedauerte, war ich gleichzeitig glücklich, dass sie diesmal nicht über mich lachten. Denn ich hatte am Anfang selbst mehr als einmal über dem Dollbord gehangen.

Penda, der Wessexmann, war ein wahrhaft Furcht einflößender Krieger. Ich hatte gesehen, wie er die Waliser vor Caer Dyffryn abgeschlachtet hatte, bis die grüne Weide rot gefärbt war. Aber jetzt flößte Penda niemandem Furcht ein, weil seine Galle auf die glatte Meeresoberfläche spritzte.

»Es ist nicht normal, auf einem Kienspan über das Meer zu treiben«, sagte Penda, stieß sich vom Dollbord ab und fuhr sich mit dem Handrücken über den Mund. »So etwas tut man einfach nicht«, knurrte er.

Sigurd grinste mich wissend an. Er wusste, dass ich noch vor nicht allzu langer Zeit an Pendas Stelle gestanden hatte, aber obwohl das stimmte, hätte ich die *Seeschlange* niemals als »Kienspan« bezeichnet. Ich hatte immer die Handwerkskunst bewundert, die sie erschaffen hatte, denn ich war Schüler des alten Ealhstan gewesen, des Tischlers, und hatte einen Blick für gutes Handwerk. Und die *Seeschlange* war eine Schönheit. Sie maß sechsundsiebzig Fuß in der Länge und siebzehn Fuß über die volle Schiffsbreite. Für sie waren mehr als zweihundert Eichenbäume gefällt worden, und sie bot ursprünglich Platz für sechzehn Ruderer auf jeder Seite. Aber Sigurd hatte Kampfplattformen am Bug und am Heck errichten lassen, sodass jetzt nur noch Platz für dreizehn Ruderer auf jeder Seite war. Unsere Mannschaft bestand aus zweiunddreißig Männern und einer Frau, sodass es für meinen Geschmack etwas eng war, aber nicht unbehaglich. Olaf hatte mir erzählt, dass sie auf einer von Sigurds Raubzügen mit einer doppelten Mannschaft von siebzig Kriegern gesegelt waren. Damals war die *Seeschlange* ganz neu und er hatte die *Fjord-Elch* noch nicht. Eine der Besatzungen ruhte sich aus, während die andere ruderte. Das war zweifellos recht nützlich, wenn es zu einem Kampf kam, aber ich konnte mir nicht vorstellen, mir den Schlafplatz mit so vielen furzenden Männern teilen zu müssen. Das Schiff hatte einen kleinen offenen Frachtraum für Handelsgüter und Proviant sowie ein klobiges Kielschwein und einen Kielbalken. Sie war vierzehn Planken hoch, hatte ein großes viereckiges Segel aus rot gefärbter Wolle, und an ihrem Bug prangte der Kopf von Jørmungand, der Midgard-Schlange, die die Erde umkreist. Die blassroten Augen der Bestie starrten auf das graue Meer hinaus in unsere Zukunft. Jeder Nordmann an Bord, jeder Krieger, der auf seiner Seekiste mit seinen Habseligkeiten hockte, ehrte die *Seeschlange* so, wie er seine Mutter ehrte, liebte sie, wie er seine Ehefrau liebte, und genoss sie, wie er seine Huren genoss.

Cynethryth drehte sich um und wischte sich den Schweiß von der Stirn. Ich schwöre, ihr Gesicht war so grün wie frischer Farn. Sie begegnete meinem Blick etwas verlegen. Also sah ich zur Seite und zeigte dem schwarzen Floki ein Stück geteertes Tau von der Kalfaterung, das sich gerade aus den beiden Planken neben ihm herausquetschte. Der Nordmann grunzte und drückte das dünne Stück Tau mit seinem knotigen Daumen wieder zurück. Früher einmal hatte ich geglaubt, dass Floki mich hasste. Aber mittlerweile waren wir uns nähergekommen, wie das bei Schwertbrüdern eben so ist. Allerdings schien er heute wieder schlechte Laune zu haben.

Pater Egfrith litt, soweit ich sah, nicht unter dem Schaukeln der *Seeschlange,* was vielleicht etwas damit zu tun hatte, dass Glum ihm mit einem Schwerthieb den Schädel fast gespalten hätte. Irgendwie hatte der kleine Mönch diese schreckliche Verletzung überlebt. Und schlimmer war noch, dass er sich entschlossen hatte, mit an Bord zu kommen. Es war ein sonderbarer Weg für einen Mönch, wenn der ihn auf ein Schiff voller Heiden führte, und vielleicht hatte das ebenfalls etwas mit dem Schwerthieb zu tun. Er war eine neugierige, miese kleine Ratte, aber irgendwie bewunderte ich ihn. Denn er musste gewusst haben, dass jeder von uns ihn wie eine Laus zerquetschen konnte, wenn er uns auch nur den kleinsten Vorwand dafür lieferte, oder einfach nur, weil wir Vergnügen daran fanden. Sicher, der Christensklave glaubte, dass er die *Seeschlange* in ein Schiff voller Christen verwandeln konnte, so wie er damit herumprahlte, dass sein Gott Wasser in Wein verwandelt habe. Allerdings glich meiner Meinung nach die Verwandlung von Nordmännern in Christen eher der Verwandlung von Wein in Pisse. Vielleicht hoffte er ja sogar, den Namen der *Seeschlange* zu ändern, vielleicht in *Heiliger Geist* oder *Jerusalem,* oder *Christi haariges linkes Ei* oder was weiß ich? Egfrith war ein Narr.

Als der kalte Seewind die Hitze des Tages vertrieb und die goldene Scheibe der Sonne nach Westen gerollt war, hatten wir die *Fjord-Elch* immer noch nicht gesehen. Am Bug der *Seeschlange* nickte Jørmungand sanft über den Wellen, starrte mit ihren blassroten Augen auf das Meer und suchte unermüdlich nach ihrem Schwesterschiff. Ich konnte mir fast vorstellen, dass die bösartige Bugfigur triumphierend brüllte, wenn die *Fjord-Elch* in Sicht kam.

»Ich glaube, dass dieses verfluchte Stück Schweinescheiße einen östlicheren Kurs gewählt hat als wir«, sagte Olaf, tauchte eine Kelle in das Fass mit dem Regenwasser und trank schlürfend. Er stand neben Knut, der das Ruder so vertraut hielt wie ein Mann die Hand seiner Braut. Sigurd stand hinter und etwas über ihnen auf der Kampfplattform und blickte in Richtung der Sonne, die allmählich hinter dem Rand der Welt versank und sein langes blondes Haar in goldenes Licht tauchte.

»Hältst du ihn wirklich für so gerissen?« Knut hustete und spuckte Schleim ins Meer. Olaf zuckte mit den Schultern.

»Ich glaube, dass er klug genug ist«, ergriff Sigurd das Wort, »um den kürzesten Weg für die Überfahrt zu nehmen und dann in Sichtweite der Küste nach Süden zu segeln, statt das offene Meer zu überqueren, wie wir es getan haben. Und dann wird er in die Mündung der Sequana einlaufen, des großen Flusses, der sich bis in das Herz des Frankenlandes frisst.« Olaf zog skeptisch eine buschige Braue hoch, aber meiner Meinung nach hatte Sigurd wahrscheinlich recht. Als christlicher Edelmann hatte Ealdorman Ealdred von den fränkischen Schiffen, die an der Küste entlang patrouillierten, weniger zu fürchten als wir Heiden. Außerdem hatte er zweifellos mehr Angst vor der offenen See als vor uns.

Olafs bärtiges Gesicht verzog sich fragend. »Also nuckelt dieses englische Arschloch an der Küste, als wäre es die Titte seiner Mutter«, sagte er. »Das ist dann wohl der Grund, warum wir bisher nichts von ihm zu sehen bekommen haben.«

Sigurd spitzte die Lippen und kratzte sich den blonden Bart, antwortete aber nicht. Er blickte hoch zum Segel, prüfte, wie der Wind es bewegte und das Tuch kräuselte. Dann betrachtete er den Tanz der dicken Schoten, die Richtung, aus der die Wellen kamen, und blickte dann erneut zur Sonne. Sie stand bereits tief im Westen. Er verzog die dicken Lippen wie ein Wolf, kurz bevor er die Zähne fletschte. Denn wenn er recht hatte, und Ealdred das Meer auf dem kürzesten Weg überquert hatte, dann hatte er die fränkische Küste weiter im Norden erreicht. Danach brauchten wir uns nur noch einen Ankerplatz mit einem guten Blick auf den offenen Kanal zu suchen und dort zu warten.

Bei Einbruch der Dunkelheit kamen wir an Land. Das Reich der Franken. Ich wusste damals nichts über die Franken, aber trotzdem wog allein dieses Wort schwer. Es bedeutete Macht – ein Wort, in dem, zumindest in den Ohren eines Heiden, die Drohung von scharfem Stahl und hasserfüllten Kriegern mitschwang, und der neuen unersättlich gierigen Magie – der Magie des weißen Christus. Denn der König der Franken war Karolus, der Herr der

Christenheit. Sie nannten ihn Kaiser, so wie die Römer ihre Könige genannt hatten, die über Länder herrschten, die so weit entfernt waren wie der Himmel über ihnen. Und trotz seiner Ergebenheit gegenüber dem ans Kreuz genagelten Gott behaupteten die Männer, dass dieser Kaiser Karolus der größte Krieger auf der gesamten Welt sei.

»Riecht ihr das?«, rief Pater Egfrith. Er stand am Bug der *Seeschlange* und hütete sich davor, den geschnitzten Tierschädel von Jørmungand zu berühren. Vielleicht hatte er Angst, dass die Schlange Geschmack an Christen fand. »Man kann die Frömmigkeit riechen!«, rief er und schnupperte eifrig. Dabei verzog er sein spitzes Frettchengesicht vor Vergnügen. Die Küste tauchte vor uns auf – eine niedrige grüne Linie, die von grauen Felsen durchbrochen war. »Die Franken sind ein gottesfürchtiges Volk, und ihr König ist ein Licht in der Dunkelheit. Er ist das Leuchtfeuer, das die Menschen von dem Frevel wegführt, wie die große vom Wind gepeitschte Flamme, die die Schiffe davor rettet, an einem Felsen zu zerschellen.« Der Vergleich schien ihm ganz offensichtlich zu gefallen. »Wenn wir Glück haben, Raven, werden wir diesen großen König treffen, und weil Gott ihn liebt und weil Karolus angeblich ein großzügiger und gütiger König ist, bekommst du vielleicht die Gelegenheit, deine schwarze Seele reinzuwaschen. Kratze die Sünde davon ab wie Fett von der Haut eines Kalbes. Christus der Allmächtige wird Satan an seinem knorrigen Knöchel aus deinem blutigen Auge ziehen.« Das Frettchen grinste, und ich fragte mich, wie es sich wohl anfühlen würde, ihm dieses Grinsen aus dem Gesicht zu prügeln. Doch dann lächelte ich, denn obwohl

Egfrith mich für die Brut Satans hielt, so wertlos wie Schneckenschleim, hatte er etwas an sich, was ich mochte. Nein, mögen wäre zu viel gesagt. Der kleine Mann amüsierte mich.

»Dann hat Euer Gott hoffentlich starke Arme, Mönch«, sagte ich und deutete auf die Mannschaft aus Nordmännern hier auf der *Seeschlange,* »wenn er den Teufel aus uns allen herausreißen will. Vielleicht findet er Satan ja auch in Brams Achselhöhle oder in Sveins Arsch.«

»Die Sünde findet keinen Zufluchtsort, junger Mann«, tadelte Egfrith mich, als die *Seeschlange* eine hohe Welle nahm und er fast das Gleichgewicht verlor. Irgendwie schaffte er es, auf den Füßen zu bleiben, ohne Jørmungand berühren zu müssen. »Denn der Lohn der Sünde ist der Tod. Aber das Geschenk Gottes ist ewiges Leben durch Jesus Christus, unseren Herrn!«

»Was faselt der kleine Mann da, Raven?« Svein drehte sich zu mir herum und legte seinen gewaltigen Kopf auf die Seite. Er fuhr mit einem neuen Elfenbeinkamm durch sein dichtes rotes Haar. Ich vermute, er hatte seinen alten Kamm mit dem fehlenden Zahn bereits vergessen. Svein war der größte Mann, den ich je gesehen hatte, ein Furcht einflößender und wortkarger Krieger, und er beobachtete Pater Egfrith wie ein narbenübersäter Hund einen verspielten Welpen betrachtet.

»Er sagt, sein Gott möchte in deinem Arsch nach Satan suchen«, antwortete ich auf Nordisch. »Ich habe ihm geantwortet, dass dir das vielleicht sogar gefallen könnte.« Die anderen lachten, Svein jedoch runzelte die Stirn. Seine haarigen Brauen trafen sich über seiner dicken Knollennase.

»Sag ihm, dass er und sein Gott sich gern an allem vergnügen dürfen, was aus meinem Arsch kommt«, gab er zurück, was ihm noch mehr aufmunternde »Hejs« einbrachte. Dann hob er seine rechte Arschbacke und furzte. Es war so laut, dass selbst Rán auf dem Grund des Meeres es gehört haben musste. »Für dich, Christensklave«, sagte er. »Komm und schnapp ihn dir, solange er noch warm ist.«

Ich lächelte immer noch, als ich Cynethryths Blick auffing. Ich biss die Zähne zusammen und verfluchte mich, weil ich mich aufführte wie der derbste Bauer. Cynethryths Augen hatten die Farbe von Efeu, und ihr Blick war fern und schwer, als sähe sie in meinem Blick die schrecklichen Ereignisse, die ihr Leben zerstört hatten. Ihre Seele wurde von diesen Erinnerungen versengt, wie Seide, die man zu nah an eine Flamme gehalten hatte. Ihr Gesicht war bleich und abgehärmt von der Seekrankheit, und doch war sie immer noch wunderschön. Sie blinzelte langsam, als läge in diesem Nichts vor ihren Augen die Freiheit, dann wendete sie sich ab, um die fernen Gestade zu betrachten, während die *Seeschlange* durch die Wogen glitt. Das Mädchen war rank wie ein Birkenzweig, und doch hatte es mich nach einem Kampf mit den Walisern weggeschleppt, als ich zu schwach war, um laufen zu können. Zusammen hatten wir uns in einer hohlen Eiche versteckt, und sie hatte meine Schulter genäht, hatte Beeren für mich im Wald gesammelt und nach unseren Feinden Ausschau gehalten. Aber ihr Vater hatte uns verraten, und da wir jetzt die Küste des Frankenreichs erreicht hatten, musste Cynethryth wissen, dass es nicht mehr lange dauern würde, bis wir Ealdred gegenübertreten würden.

Sie wusste auch, dass wir für diesen verräterischen Wurm nur kalten, harten Stahl übrig hatten. Jedermann an Bord war ein besserer Krieger als ich, außer vielleicht Pater Egfrith, und trotz allem, was ich zuvor gehofft hatte, war es höchst unwahrscheinlich, dass ich Ealdred töten würde. Aber für seinen Verrat an meinem Jarl und für den Schmerz, den er Cynethryth bereitet hatte, vor allem aber auch, weil ich jung und von Stolz beherrscht war, wünschte ich, dass Ealdred durch meine Klinge starb. Vielleicht würde Cynethryth ja Frieden finden, wenn der Ealdorman tot und kalt war. Aber vielleicht würde sie mich dafür auch hassen.

2

»Refft das Segel, Männer. Wir sollten die Fahrt lieber verlangsamen, es sei denn, einer von euch Hurensöhnen kann
bei der Milch seiner Mutter schwören, dass diese Franken
keine Felsen in ihrem Meer haben!«, rief Olaf von der
Ruderpinne. Sechs Männer reagierten umgehend auf
seine Worte. Sie schienen froh zu sein, endlich etwas zu
tun zu haben. Zwei von ihnen lösten das Fall und ließen
das Segel ein Stück den Mast herunter. Die anderen vier
rollten das untere Drittel des Segels auf und verschnürten
es mit den Reffbändern. Dann zogen die Männer erneut
am Fall und spannten das verkleinerte blassrote Segel wieder, bis der Wind mit einem lauten Klatschen hineinfuhr.
Das ganze Manöver dauerte so lange, wie ein Mann
brauchte, um zu pissen, und Olafs Gleichgültigkeit verriet,
dass er von seiner Mannschaft nicht weniger als diese
Geschicklichkeit erwartete. Olaf war Jarl Sigurds Stellver-
treter, sein vertrautester Hauptmann und Freund. Er war
der erste von Sigurds Wölfen gewesen, der Erste, der dem
Jarl sein Leben und sein Schwert geweiht hatte, und die
anderen Männer nannten ihn liebevoll Onkel. Denn er
war älter und erfahrener als alle anderen, außer dem alten
Asgot, Sigurds Godi.

Olaf, Sigurd und Knut waren am Heck der *Seeschlange*

ins Gespräch vertieft gewesen, noch bevor die gelbe Sonne das Meer im Westen berührte. Jetzt erlosch ihr Feuer lautlos im Wasser, machte dem Tag ein Ende und zwang uns, an Land zu gehen, wenn wir nicht Gefahr laufen wollten, die *Seeschlange* auf unsichtbare Felsen zu setzen. Laut Knut, unserem Steuermann, nannte sich der Landstrich, auf den der Bug des Drachenschiffes gerichtet war, Bayeux. Wir mussten uns in den Wind drehen und Kurs nach Osten nehmen, sonst riskierten wir es, an der Sequana-Mündung vorbeizusegeln, was bedeutete, dass wir anschließend mühsam gegen den Wind nach Norden rudern mussten. Das konnte unsere Aussicht zunichtemachen, die *Fjord-Elch* einzuholen, bevor sie in die Mündung einlief.

»Also, Raven«, sagte Sigurd, »wir müssen uns entscheiden. Wollen wir die Geister der Franken verscheuchen? Oder kommen wir in Frieden?« Ich wusste, dass er auf die Bugfigur der *Seeschlange* anspielte, Jørmungand, die wir entweder auf dem Bug lassen oder abmontieren konnten, je nach Absicht der Nordmänner. Blieb sie, verärgerte sie vielleicht die Landgeister, die wir nicht kannten, statt sie zu verscheuchen, und möglicherweise waren diese Geister mächtig.

»Ich würde sie abnehmen.« Ich nickte zu der Figur. »Bis wir mehr über dieses Land wissen.«

»Bjørn! Bjarni!«, rief Sigurd. »Wir sind heute Händler.« Die Brüder grinsten, als sie von ihren Seekisten aufstanden und zwischen den anderen Männern zum Bug gingen. Sie würden Jørmungand abnehmen und sie im Frachtraum verstauen. Dort würde die Bestie geduldig im Dunkeln unter einer Schicht von Häuten warten, mit ihren roten

Augen und ihrem zähnestarrenden Maul, das stets hungrig aufgerissen war.

Ich wusste, dass Sigurd seinen Befehl nicht wegen meines Ratschlags gegeben hatte. Sigurd war ein Furcht einflößender Krieger, aber selbst er würde nicht wie ein blutrünstiger Bär über ein unbekanntes Land herfallen. Er hatte mich auf die Probe gestellt, denn Sigurd glaubte, dass ein Jarl sowohl die Verschlagenheit Óðins als auch die grausame Stärke Thórs besitzen sollte. Er hatte diese beiden Fähigkeiten in gleichem Maß, und das war der Grund, warum ihm seine Männer bis zum Ende des Ozeans folgen würden.

Aber auch wenn wir in Frieden kamen, mussten wir uns auf einen Kampf einstellen. Es herrschte rege Betriebsamkeit, als die Männer sich auf die Landung vorbereiteten. Wir halfen uns gegenseitig in unsere Kettenpanzer, was auf einem schwankenden Schiff nicht einfach war. Ein Mann hielt das Brynja hoch, damit sein Kamerad sich hineinzwängen konnte. Bram half mir bei meinem, und wie immer überraschte mich das Gewicht des Panzers. Er hatte einmal Sigurds Steuermann Glum gehört, aber Glum war ein raffgieriger Haufen Ziegenscheiße gewesen. Er hatte Sigurd hintergangen, und jetzt war er tot.

Ich dankte den Klingen der Waliser, die seinem Leben ein Ende bereitet hatten. Doppelt, erstens, weil er den Tod verdient hatte, und zweitens, weil mir jetzt sein schönes Brynja gehörte. Nur sehr wenige Männer besaßen solche Kettenhemden, und jeder Krieger in Sigurds Wolfsrudel hatte eins. Ein guter Kettenpanzer konnte eine Klinge ablenken, was bedeutete, einer von Sigurds Wölfen war vier Männer in Lederrüstungen wert. Und damals war ich noch jung und versessen darauf, zu beweisen, dass ich das Brynja verdient hatte und es wert war, etwas zu tragen, was ein Vermögen kostete.

»Wir suchen einen ruhigen Ankerplatz«, sagte Sigurd zu seinem Steuermann.

Knut zog seinen langen, dünnen Bart durch die Faust und nickte. »Ein geschütztes Plätzchen mit einem schönen Blick aufs Meer gewährt, hej«, sagte er.

»Ein Wolf braucht seinen Bau«, stimmte Sigurd ihm zu. Er legte sich seinen grünen Umhang über die Schultern und befestigte ihn am Hals mit der Silberfibel in Form eines Wolfskopfes. Die Männer folgten seinem Beispiel, sodass ihre Kettenpanzer zum größten Teil unter ihren Umhängen verborgen waren, jedenfalls aus größerer Entfernung. Ich sorgte dafür, dass mein eigener brauner Umhang das Schwert an meiner Hüfte bedeckte. Dieses Schwert hatte ebenfalls Glum gehört und war eine sehr feine Waffe. Es hatte einen fünffach eingekerbten, versilberten Knauf, und auch der Griff war mit feinem Silberdraht umwickelt. Auf der Parierstange hatte der Schmied acht winzige Thór-Hämmer eingearbeitet, vier auf jeder Seite. Jeder einzelne war ein kleines Meisterwerk und zeigte, dass der Schmied sein Handwerk beherrschte. Glum musste viel Silber für diese Waffe bezahlt haben, oder aber er hatte einen reichen Edelmann im Kampf getötet und es erbeutet. Er könnte es natürlich auch gestohlen haben, obwohl ich das bezweifelte, denn obwohl Glum am Ende seinen Treueschwur gebrochen und seinen Jarl verraten hatte, war er einmal ein ehrenhafter

Mann gewesen. Aber er war auch ein einfacher Mann, und Sigurds Methoden hatten ihn verwirrt. Sigurd brachte nicht ständig Blutopfer, nur weil er die Nornen und die Götter fürchtete, sondern er vertraute seinem eigenen Urteil, wann ein Opfer notwendig war und wann nicht. Auch pflegte Glum immer sofort zuzuschlagen und erst später nachzudenken. Sigurd hingegen überlegte erst, ob ein Kampf nicht auch zu vermeiden war. Was nicht bedeutete, dass Sigurd einen guten Kampf nicht zu schätzen gewusst hätte. Ich glaubte, dass er sogar mit der Midgard-Schlange ringen würde, wenn er wüsste, dass die Skalden zusahen, sodass sie anschließend davon singen könnten und selbst ihre Nachkommen hundert Jahre nach seinem Tod sich immer noch die Lippen befeuchten würden, um davon zu künden.

Als ich Sigurd in diesem Moment ansah, in seinem prächtigen Brynja und mit dem großen Schwert seines Vaters an der Hüfte, dachte ich unwillkürlich an den Helden Beowulf, der das Monster Grendel tötete. Die Geschichten darüber hatten in kalten Nächten am Herd meinen Kopf gefüllt. Ich dachte an den tapferen Týr, den Gott der Schlachten, an den mächtigen Thór, den Herrn des Donners, und an Óðin, den Gott des Krieges, den Vater der Gefallenen und Herrn des Kampfes. Denn Jarl Sigurd war das Mark all unseres Ehrgeizes. Er war die Legenden, die Geschichten, das Flüstern am Feuer. Aber er wandelte auf einem schmalen Grat, und ich glaube, dass er das auch wusste. Denn entweder liebten und begünstigten die Götter ihn, weil er ein großer Krieger war und weise, oder sie waren eifersüchtig auf ihn und wollten ihn vernichten.

Diese Gedanken gingen mir durch den Kopf, als wir uns der fränkischen Küste näherten, einen Steinwurf von Felsen und kleinen Inseln entfernt, und eine Bucht suchten, in der wir den Anker der *Seeschlange* setzen konnten.

Mein Mund war so trocken wie ein im Wind gedörrter Hering, aber ich war nicht als Einziger nervös. Ich sah, dass sich auch andere Nordmänner die vom Salz aufgesprungenen Lippen leckten, immer wieder die Fäuste ballten und sich ihr Haar flochten, um sich zu beschäftigen. Die windgepeitschte Küste, die wir jetzt in der Dämmerung erreicht hatten, wirkte menschenleer. Aber man konnte nicht erkennen, ob Krieger im hohen Gras hockten oder sich hinter Felsen duckten. Ein Ausguck auf einer hohen Klippe hätte das rote Segel der *Seeschlange* schon lange bemerkt, bevor wir ihn gesehen hätten. Vielleicht warteten bereits hundert Krieger darauf, uns niederzumetzeln, wenn wir durch die Brandung wateten. Wir umfuhren eine Klippe, an der sich das Wasser saugend und klatschend brach. Dahinter lag eine Bucht, die vor Ewigkeiten von Wind und Wellen aus dem Land geschnitten worden war. Als wir näher kamen, ertönte ein schrilles Pfeifen, das ich zunächst für das Heulen des Windes hielt, das durch die umliegenden Felsen vielleicht verstärkt wurde. Doch es glich mehr einem sonderbaren Singsang – und plötzlich begriff ich es. Robben! Die schwarzbraunen »Felsen« waren gar keine Felsen. Dutzende Seehunde lagen auf den vielen Sandbänken und stießen ihre heulenden Klagelaute aus.

»Holt das Segel ein, Männer!« Olaf bedeutete den Männern, den Anker fertig zu machen. Es war ein kugelförmiger Felsbrocken in einem schweren Holzrahmen, der an einem langen Seil befestigt war. »Männer, an die Riemen! Und schön ruhig jetzt.« Er ging zum Bug, um Ausschau nach Felsen unter der Wasseroberfläche zu halten. Hastein, ein dicker Mann mit einem runden Gesicht, war bereits dort und beugte sich über das Dollbord. Er maß die Tiefe, indem er ein Bleigewicht an einem Faden ins Wasser ließ. Jedes Mal, wenn das Gewicht den Meeresgrund erreichte, zog Hastein es wieder hoch und maß die Länge mit seinen ausgestreckten Armen. Dann klopfte er den Inhalt des hohlen Bodens des Bleigewichts in seine Handfläche und hielt Olaf und Knut den feuchten Sand hin. Olaf nickte.

»Bester Sandboden!«, rief er Sigurd zu. »Und wir haben Flut.«

Sigurd nickte, weil diese Bedingungen günstig für uns waren. Wir konnten mit der *Seeschlange,* wenn wir wollten, in die Bucht einlaufen und sie direkt auf den Strand setzen. Ich tauchte meinen Riemen mit kurzen Zügen in die wogende Brandung. Wir hatten Glück, und die Vorzeichen standen gut. Sigurd jedoch hatte andere Vorstellungen. Er rief zu Hastein am Bug. »Wie groß bist du, Hastein?«

Der Mann runzelte die Stirn. »Fünfeinhalb Fuß, Herr.«

Ich vermutete, dass er kleiner war, und dem Lächeln auf Sigurds Lippen nach zu urteilen, dachte er das auch.

»Dann solltest du besser schreien, wenn wir nur noch fünf Fuß Wasser unterm Kiel haben, verstanden?« Er drehte sich zu uns um. »Also los, Mädels, rafft eure Röcke. Ich habe gehört, das Wasser im Frankenreich ist besonders nass.«

Ein paar Männer stöhnten, weil niemand gern im Kettenpanzer über Bord sprang.

»Hört auf zu jammern, ihr Memmen!«, brüllte Olaf, während er den ledernen Kinnriemen seines Helms zuband. »Hofft lieber, dass Karolus nicht irgendwo da oben auf euch wartet, um die Legionen des weißen Christus auf uns zu hetzen!«

»Lieber gegen Legionen von Christen kämpfen, als wie ein Hund an Land zu paddeln«, knurrte Svein und stülpte sich den Helm auf den Kopf, als der Anker mit einem lauten Klatschen am Heck der *Seeschlange* ins Wasser geworfen wurde. Zwei Taue am Bug würden an Land gebracht und an Bäume oder Felsen gebunden werden. Dadurch würde das Schiff in der Bucht festliegen, sowohl vor Felsen als auch vor Feinden geschützt. Ich fragte mich, worüber Svein sich beschwerte. Immerhin war er so groß, dass ihm das Wasser nur bis zur Brust reichen würde, während es uns bereits in den Mund schwappte.

»Bjørn und Bjarni, ihr bleibt mit Knut und dem Mädchen an Bord«, sagte Olaf, als wir die Riemen in das dunkle Wasser tauchten und die *Seeschlange* vorsichtig so manövrierten, dass ihr Bug stets zum Strand gerichtet blieb. Hastein und ein Mann namens Yrsa glitten mit dicken Haltetauen über die Seite. Als die *Seeschlange* vertäut war, verstauten wir die Riemen und schlossen die Riemenlöcher. Dann ließen wir uns in das kalte Wasser gleiten. Wir hielten unsere Schwerter über den Köpfen, damit die mit Schafspelz gefütterten Scheiden nicht voll Salzwasser liefen. Es dauerte eine Ewigkeit, bis das Fell wieder trocken wurde. Ich hielt mich am Dollbord fest, während ich versuchte, mit den Füßen den Grund zu erreichen. Ich wusste, dass der Schild, den ich auf den Rücken geschnallt hatte, in den Wellen und der Strömung schrecklich hinderlich sein würde.

»Ich will mitkommen, Raven.« Cynethryth beugte sich plötzlich über mich, als ich dort hing, voller Angst, dass das Kettenhemd mich gurgelnd auf den Meeresboden ziehen würde. Ich versuchte die Panik in meinem Gesicht zu unterdrücken. »Warum soll ich an Bord bleiben?«, fuhr Cynethryth fort. »Mein Kopf schmerzt schon den ganzen Tag, und mein Magen brennt. Ich muss mir die Beine vertreten. Ich will eine Weile allein sein. Kannst du das verstehen?«

Ich klammerte mich an die *Seeschlange*, bis zur Brust in kaltem Wasser, und hatte Angst loszulassen. Das Meer tötet Männer, und die Franken töten Heiden. Eine Welle schlug über mir zusammen, und ich schluckte Salzwasser, woraufhin ich fürchterlich würgte. »Außerdem«, der Anflug eines Lächelns zuckte um Cynethryths Lippen, »sieht es aus, als bräuchtest du ein bisschen Hilfe. Die anderen haben den Strand schon fast erreicht.«

»Mach doch, was du willst, Weib!«, erwiderte ich und ließ los. Ich landete mit einem Platschen im Meer. Erleichtert fühlte ich, wie meine Füße den weichen Sand aufwühlten. Ich wendete mich dem Ufer zu. Dann platschte es erneut. Cynethryth war ins Wasser gesprungen. Im nächsten Moment schwamm sie schnell wie ein Otter voraus, während ich mühsam gegen das Wasser ankämpfend folgte. Ich starrte in den violett-schwarzen Himmel und presste die Lippen zusammen, damit ich in der wogenden Dünung kein Wasser mehr schlucken musste.

»Warte auf mich, Cynethryth!«, rief Pater Egfrith. Offenbar hatte er endlich den Mut gefasst, an Land zu gehen. »Bei allen Heiligen, Mädchen, warte auf mich!« Wieder platschte es hinter mir. Ich biss die Zähne zusammen und kämpfte mich energischer vor. Lieber nahm ich es mit jeder einzelnen von Ráns Töchtern auf, als dass ein christlicher Mönch vor mir den Strand erreichte.

Am Ufer wrangen wir das Wasser aus unseren durchnässten Umhängen, hüpften in unseren klirrenden Kettenhemden auf und ab und liefen in unseren vor Wasser quietschenden Stiefeln herum. Bei diesen Geräuschen watschelten die Robben in unserer Nähe ans Ufer oder glitten von den Felsen ins Meer. Diejenigen, die etwas weiter von uns entfernt waren, achteten überhaupt nicht auf uns. Ich vermutete, einige von ihnen würden das bald bereuen, denn wir waren hungrig. Ich konnte an der Schilfablagerung weiter oben am Strand erkennen, dass die Gezeiten im Frankenreich stärker waren als an der Küste von Wessex. Ich hoffte, dass Knut das ebenfalls aufgefallen war und er weit genug draußen den Anker geworfen hatte, damit die *Seeschlange* nicht bei Ebbe trockenfiel.

Der schwarze Floki lief bereits den Strand hoch. Er hielt den Speer in der Hand, und seine schwarzen Zöpfe und sein Schild hüpften, als er einen schmalen Pfad hochrannte. Er wollte zu einer höheren Stelle, von wo aus er Wache halten konnte. Egfrith sah aus wie eine ertränkte Ratte. Seine nasse Kutte klebte an seinem hageren Körper. Ich bemerkte, dass Cynethryths Kleid ebenfalls an ihrem Körper klebte, aber das bot einen erheblich erfreulicheren Anblick. Nach einem Moment sah ich weg und ärgerte mich, als mir auffiel, dass die anderen Männer das nicht taten. Freyja, die Göttin der Schönheit, machte die Männer lüstern, und obwohl Cynethryth vor Kälte zitterte, zog sie die Blicke der Männer an wie ein silberner Halsreif.

Sigurd streifte sein nasses blondes Haar zurück und band es im Nacken zusammen. Dann sah er zurück zur *Seeschlange*, die sanft in der geschützten Bucht dümpelte.

»Sie ist so wunderschön, hej, Raven.« Die Dämmerung ließ das ruhige Wasser rot und golden aufleuchten.

»Sie ist herrlich, Herr«, sagte ich, dachte aber noch an Cynethryth.

»Es besteht die Möglichkeit, dass dieser Wurm Ealdred noch vor Einbruch der Dunkelheit hier vorbeisegelt. Aber ich halte es für wahrscheinlicher, dass er mittlerweile Anker geworfen hat und erst bei Tagesanbruch weiterfährt. Also bleiben wir an diesem Strand, bis die *Fjord-Elch* kommt.«

»Wenn wir Glück haben, dann wird Njørð sie in diese Bucht blasen.« Ich beobachtete zwei kreischende Möwen, die hoch über uns geschickt durch die kühle Luft glitten. Die Menschen glaubten, dass Njørð sonnige Buchten und Bäche liebte, weil sie seinen geliebten Seevögeln Heimstatt boten. Dann musste er auch diesen Platz geliebt haben. Auf dem Sand wuchsen in kleinen Büscheln hellrote Grasnelken, deren strahlende Blüten im Wind zitterten. In diesem Zwielicht sah es aus, als würde der Boden selbst beben. Weiter oben hatten sich dichte Sanddornbüsche in den Sand gekrallt. Um ihre silbergrünen Blätter scharten sich Tausende bittere Beeren, die sich im September gelb färbten.

»Glaubst du immer noch, dass ich meinen Namen verdient habe?« Sigurd überrumpelte mich mit dieser Frage. Ich wusste, dass er seinen Beinamen »der Glückliche« meinte. Er drehte sich zu mir herum und sah mich ruhig und offen an.

»Der Frachtraum der *Seeschlange* könnte keine weitere Fibel aufnehmen.« Ich deutete mit einem Nicken auf das Schiff. »Du hast deine Männer mit Silber und anderen Schätzen reich gemacht.« Ich lächelte. »Svein ist so glücklich wie ein Eber im Pfuhl, und dazu brauchte es nur einen neuen Kamm! Und Floki… er ist zufrieden, solange er über irgendetwas brüten kann. Bevor ich diese Robben gesehen habe, dachte ich, es wäre Floki, der da wimmert, weil er Hunger hat.«

Sigurd fuhr mit den Zähnen über seine Lippe und brummte leise. Er sah mich noch eine Weile an, blinzelte dann und nickte fast unmerklich. Anschließend drehte er sich um und marschierte den Strand hinauf. Seine Linke lag auf dem Knauf seines Schwertes, als er seinen Männern Befehle zubrüllte. Sie sollten ebenfalls auf die höheren Dünen oder Klippen klettern und nach der *Fjord-Elch* Ausschau halten. Einen Moment sah ich ihm nach, dann holte ich tief Luft und sog den scharfen Geruch der blühenden Grasnelken ein. Dann drehte ich mich um. Cynethryth tauchte hinter drei vom Wasser glatt geschliffenen Felsbrocken in der Brandung auf. Ich fragte mich, ob sie bereits ihre Entscheidung bedauerte, Wessex verlassen und uns begleitet zu haben. Denn sie konnte nicht damit rechnen, dass sie in unserer Gemeinschaft häufig so ungestört sein würde.

Die Sonne war längst untergegangen und ließ nur noch die Wolken im Westen glutrot leuchten. Auf einem Felsen im Meer saß ein Kormoran, der seine großen schwarzen Flügel getrocknet hatte. Jetzt schwang er sich empor in den Himmel, und sein lautes Krächzen hallte über das Wasser. Ich spürte Cynethryth neben mir.

»Er ist besorgt, dein Jarl.« Ihr Blick folgte dem Vogel, der seinen langen Hals streckte und in die Nacht flog.

»Er glaubt, sein Glück rinnt ihm durch die Finger, wie Sand«, sagte ich und stieß mit dem Fuß gegen einen nassen Haufen, der aussah wie ein in sich verschlungener Wurm. Sie waren überall, ebenso wie die winzigen Löcher, aus denen die kleinen Schlammhaufen herausgekommen waren. »Er macht sich Sorgen, dass die Götter sich gegen ihn gewendet haben könnten und er seinen Männern nicht das geben kann, was sie noch mehr begehren als Silber, Felle und neue Elfenbeinkämme.«

»Und was wollen sie, Raven?«, fragte Cynethryth, und mir war klar, dass sie eigentlich wissen wollte, was ich wollte. Sie suchte meinen Blick, und ich fühlte mich wegen meines blutigen Auges unsicher, das blinde Auge, das bei den meisten Menschen Abscheu und Angst auslöste, aber weswegen Sigurd mich verschont hatte. Er glaubte, ich sei von den Göttern auserwählt, von Óðin selbst. Bevor ich antworten konnte, bohrte sich etwas in meinen Rücken, und ich sah mich um. Asgot, Sigurds Godi, stand hinter mir und machte Anstalten, mich erneut mit dem Schaft seines Speers anzustoßen.

»Ich habe es jetzt geschluckt, Junge, also kannst du es auch tun«, sagte er mit seiner uralten, brüchigen Stimme.

Ich stand mit dem Wind im Rücken, aber ich konnte den Gestank des Mannes immer noch riechen. Cynethryth ging es offenbar auch so, denn sie presste ihren Handrücken gegen die Nase.

»Was soll ich schlucken?« Ich misstraute dem Mann wie immer, ihm und seiner sonderbaren Magie, die sich auf Blutopfer stützte.

»Du bist Óðins Wechselbalg.« Er verzog sein wettergegerbtes Gesicht. »Zumindest ist dein Wyrd in den Umhang des Allvaters gewoben.« Er lächelte und zeigte seine braunen Zähne, bei dessen Anblick es mich schüttelte. Ich fragte mich, durch welchen Seiðr er herausgefunden hatte, was ich dachte.

»Sigurd hat recht, was dich angeht, denn du hast uns nur Gutes gebracht.« Er nickte und stemmte den Schaft des Speeres in den Sand. »Du bist gezeichnet. Wie sonst könntest du noch atmen? Die Hälfte der Krieger, die mit Sigurd aufgebrochen sind, sind gefallen. Du hast neben Männern im Schildwall gestanden, die viermal besser sind als du, die einige der besten blutgierigen Wölfe waren, die unser Land jemals hervorgebracht hat. Und doch stehst du hier und spuckst große Töne.« Er richtete sein schreckliches Lächeln auf Cynethryth, die ihn finster anstarrte. Der Godi bereitete ihr Unbehagen. »Der Lebensfaden dieses Jungen ist sicher unter dem Hut des Wanderers versteckt, Mädchen«, sagte er auf Nordisch, was Cynethryth nicht verstand. »Sonst würden die Würmer schon längst an seinen Eingeweiden saugen.« Er verzog das Gesicht. »Oder etwa nicht, Raven?«

»Ich habe Glück gehabt, Asgot.« Mir fiel auf, dass ich

unwillkürlich nach dem Schwertgriff an meiner Hüfte tastete. Wir berühren unsere Waffen, um das Glück zu beschwören, und die Christen verachten uns dafür. Aber warum sollten wir das nicht tun? Unsere Waffen erhalten uns am Leben. Ich habe gesehen, wie die Christen mit der Hand bekreuzigen. Vielleicht bringt ihnen das ja Glück. Allerdings würde ich gern sehen, was ihnen ihr Bekreuzigen hilft, wenn zwei Schildwälle aufeinanderprallen.

»Glück, sagst du?« Wieder warf Asgot einen Blick auf Cynethryth. Die Knochen, die in sein Haar geflochten waren, klapperten. Seine hellblauen Augen weiteten sich. »Vielleicht erklärt das, warum das Glück unseren Jarl so schnell verlässt, wie Rotz aus der Nase eines Trolls läuft. Du hast Sigurds Glück gestohlen, Raven. Es ist gesprungen«, er hüpfte plötzlich von einem Fuß auf den anderen, »von ihm zu dir, Junge, wie eine Laus.« Er grinste Cynethryth säuerlich an und deutete mit seinem knorrigen Finger auf sie. »Du solltest … dich von ihm fernhalten«, radebrechte er auf Englisch. »Ihm folgt der Tod wie ein Gestank.«

»Es ist allein dein ranziger Gestank, der hier die Luft verpestet, alter Mann.« Cynethryth kehrte dem Godi den Rücken zu. »Geh ein Stück mit mir, Raven. Meine Beine sind froh, dass sie wieder auf festem Boden stehen, und sie wollen sich unbedingt bewegen.« Wir ließen Asgot stehen, der ein Lachen ausstieß, das klang, als würde man Fingerknochen brechen.

Etwas weiter entfernt am Strand sah ich, wie Bram und Svein geduckt und mit den Speeren in den Händen an eine Gruppe von fünf oder mehr schlummernden

Robben heranschlichen, von denen einige einen fuchs-roten Pelz hatten.

»Wir sollten Holz für das Kochfeuer sammeln«, sagte ich zu Cynethryth. Ich deutete auf die höheren Dünen jenseits des Strandes. »Da oben auf der Klippe sollte genug liegen.«

Obwohl ich erleichtert war, dass Asgot mir nicht mehr mit seinem Opfermesser an die Kehle wollte, war mir das Blut in den Adern gefroren, als er sagte, ich hätte Sigurds Glück gestohlen.

3

Wir holten zwei große eiserne Kochtöpfe aus der *See-schlange* und füllten Fleisch und etwas Speck von vier Robben hinein. Wir fügten noch alle möglichen Schalentiere, die wir in der Bucht gesammelt hatten, hinzu, Herzmuscheln, Miesmuscheln und Strandschnecken. Arnvid fand eine Knolle Fenchel, und ein anderer Mann, Bothvar, zog drei Meerrettichwurzeln aus der Erde. Er zerkleinerte sie und warf sie in den blubbernden Eintopf. Unsere Münder brannten, ganz gleich, wie viel Wasser wir tranken. Bram bestand darauf, dass Bier das richtige Heilmittel wäre, solange man bereit war, genug davon zu trinken. Wir folgten seinem Rat nur allzu gern. Wir tunkten diesen schmackhaften Eintopf mit altem Brot auf, das wir aus den Zelten am Strand von Wessex mitgebracht hatten, und auf das wir den restlichen Robbenspeck verteilten. Wir hatten ihn zuvor mit einer Handvoll Salz aufgeweicht.

»Es war eine Schande, diese rote Robbe zu töten, hej, Svein«, sagte Bram. Fett schimmerte im Licht des Kochfeuers in seinem Bart.

»Ich bin immer noch traurig deswegen«, antwortete Svein und schlürfte die Brühe aus einem tiefen Löffel. »Sie hatte so hübsche Augen.«

»Ja, sie hat mich an deine Schwester erinnert«, sagte Bram frech und zwinkerte Arnvid zu, der leise lachte.

Sigurd hatte Männer landeinwärts geschickt, die nach Siedlungen oder Häusern suchen sollten. Er hatte ihnen eingeschärft, sich nicht sehen zu lassen. Wir wollten auf keinen Fall, dass irgendein fränkischer Büttel uns mitten in der Nacht aufweckte. Denn Pater Egfrith war fest davon überzeugt, dass der Heilige Geist, der in diesem Land so viel Macht hatte, die guten Christen vor der Anwesenheit dieser Heiden warnen würde. Sie würden anmarschiert kommen und uns töten, flammende Kreuze schwingen und mit Schwertern zuschlagen, die in Weihwasser getaucht waren.

»Lass sie nur kommen, Mönch«, hatte Sigurd erwidert. »Denn ich habe noch nie gesehen, dass ein hölzernes Kreuz viel gegen eine nordische Axt ausrichtet. Und ob die Franken ihre Klingen in Weihwasser tauchen oder in Fässer mit Jungfrauenpisse, ist mir egal. Solche Klingen rosten, und man muss sich nicht vor ihnen fürchten.« Die Nordmänner hatten darüber gelacht, aber wir hielten sicherheitshalber trotzdem die Augen offen.

Von der *Fjord-Elch* war nichts zu sehen. Tagsüber behielten mindestens sechs Männer den Kanal jenseits der Bucht im Auge, und auch nach Einbruch der Dunkelheit hatte Sigurd Wachen aufgestellt. Die Männer hielten im Licht des Mondes und der Sterne Ausschau, falls Ealdred kühn oder dumm genug gewesen war, in der Nacht zu segeln. Also warteten wir, eingelullt vom unaufhörlichen Seufzen des Ozeans.

Ich schlief neben Cynethryth, was bedeutete, dass auch

Pater Egfrith in der Nähe war. Er zappelte im Schlaf herum und stöhnte. Offensichtlich schützte es einen auch nicht vor Flöhen, wenn man ein Anhänger des weißen Christus war. In seiner Kutte musste es von diesen bissigen Mistkerlen nur so wimmeln. Aber trotz allem schien Cynethryth die Anwesenheit des Mannes zu trösten, und dafür war ich dankbar.

So wie Cynethryth nie weit weg von Egfrith war, entfernte sich auch der Wessexmann Penda nicht weit von mir. Penda wollte den Tod seines Ealdormans ebenso wie wir, vielleicht sogar noch mehr. Zweifellos malte er sich aus, wie er den tödlichen Schlag als Zahlung für Ealdreds Verrat selbst führte, denn der Ealdorman hatte praktisch jeden Wessexmann auf dem Gewissen, der mit uns ins Land der Waliser marschiert war. Aber Pendas Blutgier zerstreute nicht das Misstrauen der Männer, mit denen er jetzt reiste. Trotz seiner Kampfgier und seiner tödlichen Geschicklichkeit war der Krieger mit dem stacheligen Haar immer noch ein Christ. Es fiel ihm sicherlich nicht leicht, die Gesellschaft von Männern zu ertragen, die an den alten Sitten festhielten. Und doch hatten Penda und ich nebeneinander gekämpft und gemeinsam geblutet. Wir hatten überlebt, als der Tod so viele andere geholt hatte, und ganz gleich wie unterschiedlich wir auch sein mochten, waren wir verbunden mit einem Band so stark wie Gleipnir, der magischen Fessel, die aus den Wurzeln eines Berges und der Spucke eines Vogels geschmiedet wurde und den Wolf Fenrir band. Penda behielt Cynethryth ebenfalls im Auge, aber ich vermutete eher, weil er sie beschützen wollte, und nicht, weil Freyja seine Lust erregte. Auf jeden Fall war es nicht derselbe Blick, den er in Wessex dieser rothaarigen Schönheit zugeworfen hatte. Für mich hatte diese große Rothaarige wie ein lasterhaftes Weib ausgesehen, vielleicht sogar wie eine Hure, aber Penda hatte davon geredet, dass er sie heiraten wollte. Also vermutete ich, dass er einfach nur eine Schwäche für Cynethryth hatte, weil sie aus seinem eigenen Land kam. Oder weil sie eine Frau unter rauen Männern war, oder weil er ihren Bruder Weohstan geliebt hatte. Trotzdem, nichts davon würde genügen, um ihren Vater zu retten, wenn die Zeit kam. Auch in dieser Hinsicht waren wir uns beide einig.

Der Tag brach spät an, weil die Sonne nur mit Mühe die tief hängenden grauen Wolken durchdrang. Es nieselte seit den frühen Morgenstunden, und wir wachten klamm und gereizt auf. Nicht zuletzt, weil unsere Nachbarn, die Robben, wieder angefangen hatten zu heulen, als hätten sie unsere Speere vergessen. Die Männer der letzten Wache kehrten gähnend zurück. Ihre geröteten Augen fielen ihnen zu, als sie das Feuer anfachten und sich unter Decken und geölten Häuten darum herumhockten. Egfrith reichte mir einen Becher Regenwasser, und ich bedankte mich knurrend, bevor ich einen Schluck nahm und den Becher Penda weiterreichte. Cynethryths Schlafplatz war leer, und Penda musste die Falten auf meiner Stirn richtig gedeutet haben. Denn er grinste und deutete mit einem Nicken zu den Felsen, von denen jetzt bei Ebbe viele zu sehen waren. Cynethryths Kleider lagen auf einem der Felsen, während sie verborgen vor unseren Blicken badete. Einen Moment stellte ich mir vor, wie sie sich in der kalten, brausenden Brandung wusch. Aber das Bild in meinen Gedanken war ebenso quälend wie verführerisch, und ich rutschte unbehaglich hin und her, während ich mich auf etwas anderes konzentrierte.

Penda wies mit dem Kopf zu den Dünen hinter uns.

»Sigurd ist seit Tagesanbruch dort oben«, sagte er.

»Er will sein Schiff zurückhaben«, erwiderte ich. Ich verzichtete darauf, zu erwähnen, dass Sigurd Angst hatte, sein Glück würde ihn verlassen, denn der Tod war der Kameradschaft wie ein hungriger Schatten gefolgt, und der Mann, der uns verraten hatte, war entkommen. »Wenn die *Fjord-Elch* mein Schiff wäre, würde ich sie auch zurückhaben wollen.«

Penda nickte. Der Kormoran war zurückgekehrt und krächzte irgendwo die grauen Wolken an. Offenbar empfand er das fortwährende Nieseln ebenso unangenehm wie wir.

»Was wird er tun, wenn er sie zurückbekommt?«, wollte Penda wissen. »Sind wir genug Männer, um zwei Schiffe zu bemannen?« Trotz der Nässe stand sein dickes Haar in stacheligen Strähnen von seinem Kopf ab. Wir hätten Stöcke sammeln und sie in den Sand bohren sollen, um Zelte aus unseren Ölhäuten aufzuschlagen. Aber als wir uns schlafen gelegt hatten, war die Nacht mild und trocken gewesen. Und jetzt war es zu spät. Wir waren bereits vollkommen durchnässt.

»Sigurd wird schon wissen, was zu tun ist.« Ich kratzte mir den Bart. Es war kein besonders prachtvoller Bart. Ein starker Sturm hätte ihn mir sicherlich vom Gesicht gerissen, aber trotzdem war ich stolz darauf. Obwohl er juckte, als tummelten sich Pater Egfriths Flöhe darin. »Dieser Schatz, den wir Ealdred wegnehmen, muss so groß sein, dass wir uns noch ein Drachenschiff wie die *Seeschlange* oder die *Fjord-Elch* kaufen können«, fuhr ich fort. »Wir sind reiche Männer, Penda.«

Er schüttelte den Kopf. »Dieser Schatz da glänzt für mich schon genug.« Er deutete auf die *Seeschlange*, die ungerührt dalag und sanft in der Dünung des Niedrigwassers schaukelte. »Aber für mich sieht sie aus wie die Frau eines anderen Mannes.« Zwei Nordmänner waren hinausgeschwommen, um Bjørn und Bjarni abzulösen. Die beiden wateten gerade an Land, die Schwerter und Schilde hoch über ihre Köpfe haltend. »Ich werde mir mein eigenes Silber verdienen, Junge«, fuhr Penda barsch fort und berührte das Blatt des Speers neben sich. Er streckte ein Bein aus und trat einen brennenden Ast zurück ins Feuer. Er zischte wütend. Andere Nordmänner saßen um andere Feuer, wachten allmählich auf, tranken Wasser und unterhielten sich leise. Es war ein mieser Tag, aber die Luft roch grün und frisch.

»Sigurd kennt deinen Wert«, erwiderte ich, als ich mich an das Gemetzel erinnerte, das Penda vor meinen Augen angerichtet hatte. Dieser Wessexmann war etwas ganz Besonderes, ein Krieger, der es wert war, sich Sigurds Wölfen anzuschließen. Und das musste auch er selbst gewusst haben, und doch drängte es ihn, sich zu beweisen, wie es allen Kriegern geht.

Er zuckte mit den Schultern. »Wenn wir endlich auf diesen verräterischen Mistkerl Ealdred stoßen, dann wird dein

Jarl Sigurd sehen, was für ein Mann ich wirklich bin. Mein Schwert wird für mich sprechen. Es wird singen, Raven, wie ein guter Scop.« So nannten wir die Skalden, und er grinste und griff in der Luft nach etwas Unsichtbarem. »Dann werde ich mir nehmen, was man mir schuldet.«

So verbrachten wir den Tag damit, uns über das Wetter zu beschweren, Tafl zu spielen und uns wiederholt um unsere Waffen zu kümmern. Das war bei feuchtem Wetter eine sich ständig wiederholende Aufgabe. Wir langweilten uns. Bis auf die Kundschafter wagte es niemand, sich allzu weit von der Bucht zu entfernen, weil die Gefahr bestand, auf irgendwelche Franken zu stoßen, oder dass wir rasch in See stechen mussten, weil die *Fjord-Elch* draußen im Kanal zu sehen war. Aber die *Fjord-Elch* kam nicht. Wir aßen an diesem Abend wieder Robbenfleisch, weil diese Kreaturen einfach zu dumm waren, um sich vor uns in Acht zu nehmen. Der Himmel hörte nicht auf, auf uns herunterzuspucken, und diesmal wurden an den Feuern nur wenige Witze gerissen.

Sigurd brütete. Der Jarl hielt sich von den anderen fern. Olaf war der Einzige, der es wagte, ihn anzusprechen. Obwohl selbst er nur wenig sagte, weil er in seine eigenen Gedanken vertieft war. Vielleicht dachte er an seinen Sohn, den weißhaarigen Erik, der gespickt mit Pfeilen vor Ealdreds Halle gestorben war. Er war Olafs einziger Sohn gewesen, und jetzt gab es niemanden mehr, der Olafs Blutlinie weitertrug. Ich fragte mich, ob der Mann jemals zu der Mutter seines toten Sohnes zurückkehren würde, oder ob er sein Segel nach einem Wind ausrichtete. Einem Wind, der seinen Namen in eine Geschichte wehte, die in zukünftigen Jahren am Herd eines lebendigen Erben gesungen werden würde. Denn ich hatte gesehen, wie Olaf am englischen Strand selbst in einer aussichtslosen Situation zum Kampf geraten hatte. Deshalb glaubte ich, dass sein Herz gebrochen war.

Wieder wurden Wachen aufgestellt, und diesmal gehörte ich dazu. Ich kletterte gern den feuchten Hügel hinauf, griff in die dichten Grasbüschel und zog mich daran hoch. Den Schild hatte ich auf den Rücken geschnallt, das Schwert trug ich an der Hüfte und in der Linken einen Speer. Penda ging mit mir, obwohl er Cynethryth ebenso ungern verließ wie ich.

»Der Mönch wird sie bewachen«, brach ich das Schweigen, als wir hinaufkletterten. Wir waren etwa hundert Schritte von einem schmalen Felsvorsprung entfernt, der steil nach rechts zum nördlichen Ende der Bucht hinaufführte. Dieser steile Pfad würde uns zu einer Kalksteinklippe auf der Landzunge bringen, einem der Beobachtungsposten, wo ein Mann namens Osk bei der letzten Wache angeblich die Küste von Wessex hatte sehen können. Andere behaupteten jedoch, es wäre nur eine tief hängende Wolke am Horizont gewesen.

»Dieser alte Ziegenbock Asgot macht mich wütend«, sagte Penda schließlich. Er hustete und spuckte aus. »Ich habe beobachtet, wie er Cynethryth mit seinen Blicken förmlich verschlingt, und das gefällt mir ebenso wenig, als würde ich mir den Hintern mit Brennnesseln abwischen.«

»Ein brennender Hintern wäre mir immer noch lieber als Asgot«, sagte ich, als wir an ein paar Seeschwalbennestern vorbeikamen. Es waren nur flache Mulden in der weichen Erde. Ich machte einen Bogen um die Vögel, und sie hielten ihre schwarzen Köpfe gesenkt, während sie mich aufmerksam mit funkelnden gelben Augen beobachteten. »Asgot ist ein blutrünstiger alter Narr.« Ich bewunderte den Mut der Vögel, denn nicht einer von ihnen war in den dunklen Himmel geflüchtet. »Wahrscheinlich hat er schon seit mehr als dreißig Jahren keine Frau wie Cynethryth mehr gesehen. Das ist wahrscheinlich alles, was dahintersteckt.«

Penda knurrte unverbindlich. »Hier sind Eier«, sagte er, als er die Nester erreichte, an denen ich vorbeigegangen war. »Wir könnten sie morgen mitnehmen. Jedenfalls können sie Arnvids Eintopf nicht schlimmer machen.«

»Diese Schnäbel sind spitz wie Pfeile, Penda«, erwiderte ich. »Sollen die Vögel ihre Eier behalten. Und was Asgot angeht, wenn er irgendetwas Übles ausheckt, werden wir es erfahren. Obwohl ich wette, dass Cynethryth gut auf sich selbst aufpassen kann.« In Wahrheit jedoch war ich wütend auf mich, weil ich es nicht gesehen hatte. Penda hatte recht. Asgot war gefährlich. Der Godi hatte mit Glum und Glums Verwandten meinen alten Freund und Pflegevater Ealhstan getötet. Sie hatten den alten Mann in eine Eiche gehängt, und seine rosigen Eingeweide um den Stamm gewickelt. Sie hatten meinen Freund geopfert, und einer von ihnen war deshalb durch mein Schwert gefallen, aber nicht Asgot. Seine alte staubige Lunge keuchte noch gut genug, und sein Opfermesser war so scharf und blutgierig wie immer.

»Ja, wir werden ihn im Auge behalten, Junge«, erwiderte Penda. »Der alte Mistkerl sollte lieber nichts Hinterhältiges versuchen.«

Als wir die weißen Felsen erreichten, war es bereits dämmerig. Es regnete immer noch. Wir stützten uns auf unsere Speere und blickten uns um. Wir betrachteten das Land der Franken. Soweit man sehen konnte, erstreckte sich eine grasige Steppe über sanfte Hügel. In dieser grünen Landschaft bildeten kleine Gehölze aus Eichen und Buchen dunkle Flecken, und wir konnten keinerlei Anzeichen für menschliche Siedlungen entdecken, obwohl einige Kundschafter berichtet hatten, dass man weiter landeinwärts im Süden Rauchfahnen gegen den Himmel erkennen konnte. Die Bucht, in der wir vor Anker gegangen waren, musste weniger als eine Tagesreise von der Mündung der großen Sequana entfernt liegen. Das war der Fluss, der sich bis zur Stadt Paris erstreckte, der einzigen fränkischen Stadt, von der ich je gehört hatte. Olaf hatte erzählt, dass es noch weitere Siedlungen an den Ufern dieses Flusses gäbe, vielleicht sogar kleine Städte. Ich glaubte ihm, denn wenn der Fluss so gewaltig war, wie die Leute behaupteten, dann musste er zahlreiche Menschen ernähren können.

Wir wussten, dass Ealdred irgendwann an unserer Bucht vorbeikommen musste. Denn er war kein Narr und würde sich dicht an der Küste halten, weil das sicher war und er dadurch die ablandigen Winde besser beherrschen konnte. Aber in diesem widerlichen Wetter waren sie nicht einmal mehr so stark wie ein Furz. Aber wann er vorbeikam, wusste keiner, also mussten wir einfach warten.

Penda rollte zwei Ölhäute auf und wand ein dünnes Seil von seiner Hüfte. Wir legten eine der Häute neben einen großen zerklüfteten Felsen. Mit unseren beiden Speeren und den Seilen errichteten wir ein einigermaßen passables Schutzzelt, unter das wir uns setzten und aufs Meer hinausblickten, während der unablässige Regen auf uns niederprasselte und uns daran erinnerte, dass wir eine elende Nacht vor uns hatten. Sigurd hatte den Wachen verboten, Feuer zu entfachen. Er wollte nicht, dass irgendwelche Franken, angezogen von den Flammen oder dem Rauch, in sein Lager stolperten. Und ebenso wenig wollte er, dass die Mannschaft der *Fjord-Elch* deshalb davor zurückschreckte, an Land zu gehen. Obwohl alle Nordmänner sich darüber einig waren, dass Ealdreds Vorsicht, wenn er denn endlich kam, ihn vermutlich veranlasste, vom offenen Meer direkt in die Sequana zu segeln. Dadurch vermied er die Felsen, die den Bauch eines Schiffes aufreißen konnten, und die Gier der Männer, die ein Schiff wegen des Schatzes in seinem Bauch überfielen. Aber auch seine Vorsicht würde Ealdred und seinen Leibwächter Mauger nicht vor uns schützen. Ihr Wyrd verhieß ihren Tod, und der wartete an der fränkischen Küste auf sie.

Ich nahm ein Stück altes Brot aus meiner Tunika und hielt es in den Regen. Dann sah ich zu, wie der Regen es in einen Brei verwandelte, der zumindest meine Zähne schonen würde. Penda hob seine Arschbacken an und setzte einen Furz ab, der die Segel der *Seeschlange* mindestens einen Tag lang gefüllt hätte. Dann schüttelte er den Kopf und lachte leise.

»Ich werde dein Gesicht niemals vergessen, Junge, als die Waliser uns umschwärmten wie Fliegen die Kuhfladen. Dein blutrotes Auge leuchtete wie der Teufel selbst. Und deine Zähne …« Er bleckte die Zähne wie ein wütender

Hund. »Ich glaube sogar, du hättest mir den Kopf abgehauen, wenn ich dir zu nahe gekommen wäre.«

»Ich werde ihn jetzt abhauen, wenn du noch einmal so furzt«, gab ich zurück und verzog mein Gesicht bei dem schrecklichen Gestank. Er grinste zufrieden, was die leuchtende Narbe verzog, die ihm jemand verpasst hatte und die sich von seiner linken Wange bis unter sein Kinn zog.

»Die Waliser müssen gedacht haben, dass ein Dämon aus dem Albtraum ihrer Kinder über sie gekommen wäre«, sagte er. »Die armen Mistkerle.«

»Soweit ich mich erinnere, Penda, haben sie uns übel mitgespielt.« Ich zog eine Grimasse. »Es ist ein Wunder, dass wir überhaupt noch leben und diesen Pissregen genießen können.«

Penda sah mich an, und seine Augen trübten sich plötzlich, so wie sich eine dünne Eisschicht über ein stehendes Gewässer legt. Er hatte an diesem Tag Landsleute und Freunde verloren. Dann nickte er, und seine Augen wurden wieder klar. »Wer weiß, vielleicht machen wir ja eines Tages sogar einen anständigen Kämpfer aus dir. Und geben dir ein bisschen Geschick an die Hand, zusätzlich zu deinem düsteren Zorn. Du magst es nicht, wenn dich jemand töten will, stimmt's, Junge?« Er lächelte. »Du kannst von Glück reden, dass du das da hast.« Er deutete auf einen Felsbrocken, der halb im hohen Gras verborgen war.

»Dass ich was habe?«

»Diesen unsichtbaren Schild, du Dummkopf«, sagte er. »Irgendwann muss ich mir auch mal einen besorgen.«

Ich schüttelte den Kopf. »Diese unsichtbaren Schilde sind sehr selten«, ging ich auf sein Spiel ein. »Man findet heute so gut wie keine mehr. Aber wenn ich über einen stolpere, dann lasse ich es dich wissen.«

»Guter Junge«, gab er zurück. Aber es war ein schlechter Witz, denn Penda war nicht der Einzige, der es für einen sonderbaren Wyrd hielt, dass ich so lange überlebt hatte, während kriegserprobte Männer gefallen waren. Vielleicht schützte mich tatsächlich irgendein Seiðr-Schild. Und vielleicht gehörte dieser Schild Óðin.

Ich aß das nasse Brot, während ich mich wieder an diesen blutigen Tag und den Hügel erinnerte, wo wir Stellung bezogen hatten. Männer hatten dieses Gras mit ihrem Blut getränkt, und anschließend hatten die Toten dagelegen wie ein Haufen Knochen. In Wahrheit hatte Penda mir das Leben gerettet, als er mich hochgezogen hatte, als meine Gliedmaßen mir den Dienst versagten. Ich schuldete ihm mein Leben. Andererseits stand ich auch in der Schuld von Sigurd und allen anderen Nordmännern. Sie hatten zu mir gehalten, für mich getötet, wie Männer es für all jene neben ihnen im Schildwall taten, doch vor allem hatten sie mich in ihre Gemeinschaft aufgenommen. Ich war jung, überheblich und mit der Blindheit der Jugend geschlagen. Und doch, in ruhigen Momenten bedachte ich all das, was man mir geschenkt hatte: eine Ruderbank, ein Schwert, einen Platz zwischen Männern, die eine seltene Heldensage woben. Wann immer ich über all das nachdachte, wurde mir fast schwindlig. Dann schüttelte ich den Kopf und blies die Wangen auf. Stolz breitete sich warm in meiner Brust aus, und mein Herz schlug stärker. Ich wollte diese Schuld irgendwie zurückzahlen. Also blickte ich in dieser verregneten Nacht auf die Bucht hinaus, über den Kanal nach

Nordwesten, in die letzten Strahlen der untergehenden Sonne und hoffte, dass ich die *Fjord-Elch* erblicken würde und derjenige wäre, der Sigurd die Nachricht überbrachte.

Der Mond war auf- und wieder untergegangen, als Svein und Bram uns bei der Wache ablösten. Ihre Gestalten tauchten auf dem knirschenden Felsvorsprung neben uns auf. Schwarze Formen vor einer Dämmerung, die die Farbe von Drachenfeuer hatte. Wenigstens hatte der Regen aufgehört, und ich roch in der reinen Morgenluft den Met im Atem der beiden Nordmänner, als sie näher kamen.

»Ich hoffe, dass ihr beiden nicht zu viel Angst bekommen habt, ganz allein hier oben.« Bram zwinkerte Svein zu. In der einen Hand hielt er seinen Eschenspeer, in der anderen einen prallen Metschlauch.

»Bei dem schrecklichen Haar des Engländers und Ravens Blutauge hätte es ein sehr tapferer Draugr sein müssen, wenn er versuchen wollte, die beiden zu erschrecken.« Svein lehnte seinen Speer an den Felsen und wollte sich gerade setzen, als ein Schrei hinter uns die Stille zerriss. Bram duckte sich und wirbelte herum. Er nahm seinen Speer und streckte ihn stoßbereit vor, als ein Wanderfalke wie ein Pfeil in das hohe Gras schoss.

»Keine Angst, Bram.« Ich lachte zusammen mit den anderen. »Svein deckt dir den Rücken. Du würdest doch nicht zulassen, dass dieser hinterhältige alte Vogel unserem Bären den Bart abpickt, oder, Svein?«

»Vielleicht doch«, gab Svein grinsend zurück. »Man sollte irgendwas wegen diesem Bart unternehmen. Brams Gesicht ist behaarter als Thórs Sack.«

Bram brummte irgendetwas davon, dass wir uns gefälligst zum Strand verpissen sollten, und ich war sicher, dass seine Wangen unter dem buschigen braunen Bart rot angelaufen waren. Wir standen auf und reckten uns, weil wir so steif waren wie getrockneter Kabeljau. Penda gähnte und schmatzte mit den trockenen Lippen. Er warf einen Blick auf den Schlauch in Brams Hand und zwinkerte. Ich verstand.

»Es macht verdammt durstig, die ganze Nacht Wache zu halten«, sagte ich auf Nordisch. »Da hat man es verdient, sich die Zunge zu befeuchten.« Bram hielt mir den Metschlauch hin, obwohl es ihm sichtlich Pein bereitete.

»Ich weiß wirklich nicht, warum ich dir Met geben sollte«, brummte er. »Mein alter Vater hätte mich bei lebendigem Leib gehäutet, wenn ich so mit meinen Herren geredet hätte, wie du das tust.«

»Er hätte es tun sollen«, sagte ich und reichte Penda den Metschlauch. »Ein Pelz wie deiner hätte ihn reich gemacht.« Bei diesen Worten stürzte sich Bram auf mich, und ich brachte mich schleunigst in Sicherheit. Er fluchte, und Svein lachte.

»Ich kümmere mich später um dich, du Welpe!«, brummte er drohend, nahm einen Stein und schleuderte ihn nach mir.

Dann gingen Penda und ich zurück zum Strand, an den Nestern der Seeschwalben und Sturmtaucher vorbei, über den Vorsprung aus windgeplättetem Gras und durch das Feld von Grasnelken. Unter uns hatten die Robben wieder mit ihrem Geheul begonnen. Das Geräusch klang irgendwie zu inbrünstig für den immer noch ruhigen Sommermorgen. Der Geruch von Zwiebeln, geschmolzenem Fett und süßem Holzrauch wehte zu uns hinauf. Mir lief das Wasser im Mund zusammen, und mein Magen knurrte hungrig.

Als wir näher kamen, vermischte sich der Duft mit dem köstlichen Geräusch von kochendem Essen und dem gedämpften Murmeln von leisen Stimmen. Normalerweise ließen wir den Koch in Ruhe seine Arbeit tun und fielen erst wie Wölfe über ihn her, wenn er rief. Jetzt jedoch hatte sich bereits ein Rudel zusammengeschart, sodass nur der Rauch verriet, wo der Kessel stand.

Olaf drehte sich zu uns herum und kratzte sich am Arsch. »Immer noch nichts von dem Ziegenschiss zu sehen?«, rief er.

»Nicht eine einzige gekräuselte Welle, Onkel.« Ich schüttelte den Kopf und fragte mich, ob sich Sigurd vielleicht geirrt hatte, als er annahm, Ealdred würde sich an der Küste halten. Vielleicht hatte der Ealdorman die gerade Überfahrt gewählt, so wie wir es getan hatten, und schlürfte bereits Wein mit dem Kaiser der Franken. Der Jarl saß allein auf einem Felsen und fuhr mit einem Wetzstein über die Schneide seines Langschwertes.

»Er wird kommen, Onkel!«, rief Sigurd uns zu, ohne von seiner Arbeit aufzusehen. Olaf zuckte mit den Schultern und drehte sich wieder zu dem Kessel herum. Als er sich bewegte, sah ich den Grund für das Interesse der Nordmänner. Cynethryth. Sie rührte mit einem glatten Stock in dem Brei. Sie trug ein indigoblaues Kleid, dessen Saum sandig war und ihre nackten Füße zeigte. Ihr Haar war so golden wie reife Gerste und hing in zwei Zöpfen über ihre Schultern. Sie glänzten im Morgenlicht, und ihre Haut, so weiß wie geronnene Milch, verlieh ihren Augen einen Ausdruck von Lebendigkeit und Klugheit. Zwischen diesen reisemüden Kriegern wirkte sie einfach unglaublich schön. Allein sie anzusehen zerriss mir fast die Eingeweide.

»Hast du's ihr gesagt, Junge?«, fragte Penda. Ich blieb unvermittelt stehen und packte seine Arme. Dann drehte ich ihn zu mir herum, bevor wir so nah waren, dass die anderen uns belauschen konnten. Ich spürte, wie mir das Blut ins Gesicht schoss. Man hätte auf meiner Wange ein Ei braten können.

»Was habe ich ihr gesagt?« Es war ein armseliger Versuch, den Unwissenden zu spielen. Penda senkte den Kopf und hob die Brauen. Ich seufzte. »Nein, ich habe ihr nichts gesagt«, lenkte ich ein, »und das wirst du auch nicht tun, Penda. Es sei denn, du willst meinen Stiefel in deinem Arsch spüren.« Er grinste, schüttelte den Kopf, kratzte seine lange Narbe und fuhr sich mit der Hand durch das dichte Haar, das sich prompt noch stacheliger aufrichtete.

»Du bist ein sonderbarer Kerl, Raven«, erwiderte er. »Du nimmst es mit einer Horde Waliser auf, nur weil du dich langweilst, aber beim Anblick eines knochigen Mädchens kriegst du weiche Knie.«

»Reiß ja dein Metloch nicht so weit auf, Penda!« Mir war klar, was für einen erbärmlichen Anblick ich abgeben musste, als ich den Mann halb anflehte und ihm halb drohte, nichts über meine Gefühle zu verraten. Aber ich konnte nichts dagegen tun. »Bitte«, setzte ich hinzu, um meiner Schande die Krone aufzusetzen.

Penda warf einen Blick auf Cynethryth und sah mich dann wieder an. Er wirkte wie ein Mann an einem Scheideweg, der überlegte, welchen der beiden Wege er nehmen sollte.

»Ich bewahre dein Geheimnis, Junge«, sagte er schließlich. »Solange du meine Zunge mit Brams Met benetzt. Dieser hinterlistige Hurensohn hat seinen persönlichen Vorrat versteckt, und wenn ich dem letzten Schluck glauben kann, dann ist das ein verdammt guter Tropfen. Mein Vater hat immer gesagt, dass ein Krug mit gutem Met einen Mann überzeugen kann, dass er alles vermag. Er hat mir gesagt, dass er einmal drei Meilen auf seinen Augenbrauen nach Hause gekrochen ist, nach einem besonders schmackhaften Schluck. Also dürfte es nicht zu schwierig sein, dein kleines Geheimnis für mich zu behalten.«

Ich streckte meinen Arm aus, und wir besiegelten den Pakt mit dem Kriegergruß. »Ich verschaffe dir deinen Met«, sagte ich. Bram war mindestens genauso oft betrunken, wie er nüchtern war, und es sollte nicht zu schwer sein, Met aus seinem Vorrat zu stehlen. Und selbst eine blutige Nase und ein blaues Auge wären ein angemessener Preis für Pendas Schweigen.

»Rühr weiter, aber nimm den Topf von der Flamme, sobald es anfängt zu brodeln«, befahl Cynethryth und gab Arnvid den Stock, während Olaf ihre Worte ins Nordische übersetzte. Arnvids Miene nach zu urteilen hätte man denken können, dass er neun Tage und Nächte hungernd und von einem Speer durchbohrt am Weltenbaum gehangen und jetzt endlich die geheimen Runen des Wissens entschlüsselt habe. »Wenn du es kochen lässt, dann verdirbst du den Geschmack.« Arnvid nickte feierlich. Dann roch sie noch ein letztes Mal an dem Eintopf, bevor sie sich abwandte. Die anderen beobachteten Arnvid voller Heißhunger. Cynethryth sah mich an und lächelte, und der Geist eines Wanderfalken schien in meinem Bauch mit den Flügeln zu schlagen.

»Du bist schmutzig, Raven«, tadelte sie mich und maß mich von Kopf bis Fuß. Meine Zunge klebte an der Schädeldecke, also nickte ich nur und lächelte dümmlich. »Dafür gibt es keinen vernünftigen Grund, es sei denn natürlich, du hättest diese Pfütze da drüben noch nicht bemerkt.« Sie deutete auf den Ozean, der so flach wie Blattgold im Licht der Morgensonne lag, bis auf die trägen Wellen, die schäumend an den Strand schlugen. »Hoffen wir, dass es genug Wasser gibt, um dir diesen Dreck runterzuwaschen.« Sie fuhr mit einem Finger über meine Wange. »Es sieht älter aus als Olaf.« Dann schob sie ihren Arm durch meinen, und einige der Nordmänner zwinkerten und stießen sich gegenseitig an. Cynethryth jedoch ignorierte sie und führte mich zum Wasser.

»Du trägst die Feder ja immer noch«, sagte sie. Kurz vor der Brandung zog ich meine Stiefel aus. »Ich habe nicht von dir erwartet, dass du sie für immer trägst, Raven.« Sie runzelte die Stirn. »Es war ein Spaß, mehr nicht.«

Ich zuckte mit den Schultern. »Sie gefällt mir«, verteidigte ich mich. Der Anflug eines Lächelns umspielte ihre Lippen. Ich trat in die Wellen.

»Und der Rest?« Sie deutete auf meine Tunika und meine Hose. »Wenn sie nicht an deiner Haut festgewachsen sind. Wir können nicht zulassen, dass du uns das

Meer verschmutzt.« Ich zog meine Tunika aus und ließ sie neben meine Stiefel und mein Brynja fallen. Dabei warf ich Cynethryth ein Lächeln zu, das sie mit dem unbewegten Gesicht beantwortete, welches eine Mutter ihren Bälgern zeigt, bevor die Weidenrute den Rest erklärt.

»Alles?«, vergewisserte ich mich.

»Oh, richtig, Nordmänner baden ja vollständig angekleidet«, verspottete sie mich. »Für den Fall, dass das Wasser kalt ist.«

»Nordmänner baden überhaupt nicht«, erwiderte ich, was nicht stimmte. Wir wuschen unsere Gesichter und kämmten unser Haar am Morgen, und außerdem wuschen wir uns auch gern vor dem Essen die Hände. Und wir badeten auch, wenn nicht gerade junge Engländerinnen neben uns standen und uns argwöhnisch musterten. Cynethryth verdrehte die Augen.

»Hetz mich nicht, Frau«, sagte ich. Unter ihrem Blick schienen meine Finger plötzlich jemand anderem zu gehören, so wenig Kontrolle hatte ich über sie. »Und jetzt guck weg«, sagte ich.

»Das mache ich, wenn du es auch tust«, antwortete sie und hob mutwillig eine Braue. Plötzlich verschlug es mir den Atem.

Denn Cynethryth begann sich auszuziehen.

4

Ich tat, als hörte ich die Pfiffe und das Johlen nicht, als ich meine Kleidung und mein Brynja in einem Haufen im Sand zurückließ und nackt wie ein Neugeborenes zum Wasser ging. Mir war klar, dass die Pfiffe nicht mir galten, denn Cynethryth war ebenfalls nackt, oder so gut wie. Das kurze Leinenhemd unter dem Kittel wurde durchsichtig, als das Wasser es tränkte, und enthüllte das dunkle Haar ihres Schoßes. Ihre harten, spitzen Brustwarzen bohrten sich in den Stoff, und ich warf einen letzten sehnsüchtigen Blick auf sie, bevor ich hastig ins Wasser tauchte. Ich kam schnell wieder hoch, schüttelte mein langes Haar wie ein Hund und schnaubte meine Nase aus.

»Es ist kälter, als es aussieht«, sagte ich.

Cynethryth schwamm unbekümmert hinaus, drehte sich auf den Rücken und trieb im Wasser, wie ich es bei den verspielten Robben gesehen hatte.

»Als ich ein kleines Mädchen war, hat mein Vater mir erzählt, dass die Römer große Steinbecken gebaut und sie mit Wasser gefüllt haben, das immer warm blieb. Sie haben jeden Tag in warmem Wasser gebadet. Kannst du dir das vorstellen?«

»Wie haben sie das Wasser denn warm gehalten?«, fragte ich skeptisch.

»Sie haben Kammern unter dem Becken angelegt und dort Feuer entzündet. Die heiße Luft strömte durch diese Kammern und hat das Wasser darüber angeheizt.« Einen Moment glaubte ich, Cynethryth würde mich verspotten, aber ihre Miene überzeugte mich vom Gegenteil.

»Dann ist es kein Wunder, dass die Römer ihr Imperium verloren haben und dass ihre Stadt niedergebrannt wurde«, erwiderte ich. »Sie waren zu sehr damit beschäftigt, ihre Haut zu säubern, um sie zu verteidigen.« Ich stellte mir vor, wie Scharen von Männern in riesigen Steinbädern in irgendeinem heißen Land hockten und sich gegenseitig den Rücken schrubbten, während wild blickende Krieger ihre Heime brandschatzten und ihre Frauen vergewaltigten. »Narren«, brummte ich und schöpfte eine Handvoll Sand vom Meeresgrund, um mich unter den Achseln zu waschen. »Warmes Wasser verweichlicht einen Mann«, sagte ich fröstelnd und tauchte erneut unter. Als ich wieder auftauchte, sah ich mich um. Von Cynethryth sah ich nur ihre Fußsohlen, als sie das Wasser hinter sich tretend aufwühlte. Ich rief sie, aber sie konnte mich in der Brandung, dem Kreischen der Möwen und bei ihrem eigenen Spritzen nicht hören. Also folgte ich ihr schwimmend wie ein Hund.

Als wir schließlich wieder an Land gingen, war ich erschöpft. Ich hatte nicht gewusst, dass Schwimmen einen Mann ebenso seiner Kraft berauben konnte wie eine zerfetzte Ader, und in dem Maß, in dem mein Respekt vor den Römern schwand, wuchs meine Bewunderung für die Fische. Wir waren nicht sehr weit hinausgeschwommen, hatten aber die *Seeschlange* bereits passiert. Das hatte uns anzügliche Rufe von Bjørn und Bjarni eingebracht, die wieder an Bord waren. Dann waren wir um eine kleine Felsnase herumgeschwommen, wo das Wasser dumpf an die Felsen schlug. Direkt dahinter lag eine kleine geschützte Bucht, die aussah, als könnte man dort gut Atem schöpfen.

»Du ... solltest ... ausruhen«, stieß ich keuchend hervor und schluckte jede Menge Wasser. Denn ich war immer ein sehr schlechter Schwimmer gewesen. Erleichtert sah ich, wie Cynethryth bereits mit langen, geschmeidigen Bewegungen zu der Bucht schwamm. Ich gebe zu, dass ich meine Bemühungen beschleunigte, in der Hoffnung, noch einen Blick auf diesen geheimen Schatz werfen zu können, der unter ihrem Hemd verborgen war. Dann erst fiel mir meine eigene Nacktheit ein.

Sie saß bereits auf dem Sand, umschlang ihre Knie und schüttelte ihr Haar, als ich den Strand erreichte. Er war nicht einmal eine Speerwurflänge breit. Ich lag in der Brandung, das Gesicht zur aufgehenden Sonne gerichtet, und täuschte Zufriedenheit vor, obwohl ich in Wahrheit zu verlegen war, um aufzustehen. Der Sand unter meinen Händen zitterte plötzlich, und ich zuckte zusammen. Mein Blick fiel auf einen flachen Fisch, der in einer kleinen Sandwolke davonzischte. Möwen kreisten kreischend im dunkelblauen Himmel über uns und erinnerten uns daran, dass wir Eindringlinge in dieser ruhigen Bucht waren.

»Selbst du musst mittlerweile sauber sein«, rief Cynethryth.

»Du hattest recht«, rief ich ihr über die Schulter zu. »Den Dreck hatte ich zum Teil schon ziemlich lange auf der Haut. Er ist genauso eigensinnig wie Bram der Bär.«

Ich begann mich erneut zu schrubben und zuckte einen Moment später erschreckt zusammen, als sich Hände auf meine Schultern legten. Ich blickte hoch, in Cynethryths Augen, und schluckte schwer. Dann nahm ich die Hand, die sie mir hinhielt, und stellte mich vor sie. Keiner von uns sagte etwas. Die Möwen kreischten, und die Wellen schlugen sanft ans Ufer. Sie führte mich zu einem Flecken Gras und Strandastern, auf deren fleischigen Blättern Hunderte schwarz-roter Schmetterlinge saßen. Sie erhoben sich in die Luft wie eine vom Wind gepeitschte Blüte. Cynethryths smaragdgrüne Augen leuchteten, als ihr Blick über meinen Körper glitt wie ein Drachenschiff durch das Meer. Sie strich mir mit den Fingern über Wange und Bart. Ich zitterte. Dann schlossen wir die Augen und verließen uns auf andere Sinne, und meine Seele trieb davon wie ein Boot, dessen Haltetaue man zerschnitten hatte.

Cynethryths Finger packten meinen Scheitel, und ich beugte mich zu ihr. Unsere Münder berührten sich. Mich überlief ein Schauer, und mir war klar, dass meine Erregung deutlich zu sehen war. Sie öffnete die Lippen, unsere Zungen berührten sich, und ich schmeckte sie. Etwas tief in mir fluchte, denn ich wusste, dass dieser süße Geschmack mich so sicher und unsichtbar wie Gleipnir an diese Frau band.

Ich kam mir irgendwie lächerlich vor, wie ich dastand, während mein steifer Schaft auf ihren Bauch zeigte. Also drückte ich sie in den Sand, und sie wehrte sich nicht, sondern zog ihr Hemd aus und entblößte ihre kleinen Brüste. Ihre Brustwarzen waren dunkel und sahen so hart aus wie Tannenzapfen. Dann legte sie sich zurück, und ich drang in sie ein. Weil sie nass war, war es ganz leicht, und sie keuchte, hob mir die Hüften entgegen. Dann übernahm meine Begierde die Kontrolle. Ich spürte Cynethryths Atem heiß an meinem Hals, als ich immer tiefer in sie stieß. Unsere Zungen umkreisten sich gierig. Ich wusste, dass mir das alles hinterher peinlich sein würde, aber es kümmerte mich nicht. Mein Herz hämmerte, und jede Faser meines Körpers wollte sich mit Cynethryth verbinden. Mit einem Lustschrei, in den sich Schmerz mischte, ergoss ich mich in ihr. Mein Körper zitterte wie verrückt, und dann schrie auch sie auf, warf den Kopf zurück, und ich biss ihr in den Hals.

Danach rollte ich mich von ihr in den Sand. Cynethryth lag auf der Seite. Sie strich mit der Hand über meine Brust, durch den salzigen Schweiß. Ich blickte in den Himmel und grinste wie ein hirnloser Idiot, während ich die Möwen, die Bienen und die Robben in der nächsten Bucht wieder hörte. Ich ging davon aus, dass Cynethryth genauso zufrieden wie ich damit war, in der Morgensonne zu liegen, bis ich schließlich den Kopf zu ihr herumdrehte. Ich sah, wie eine Träne in ihr Haar lief.

»Was ist?« Ich hatte plötzlich Angst, dass ich etwas falsch gemacht hatte. Hatte sie mich nicht an sich gezogen? Eine Erinnerung beschwor das Gesicht eines walisischen Mädchens in den Ruinen von Caer Dyffryn, und mein Magen verkrampfte sich. »Was ist los, Cynethryth? Habe ich dir unrecht angetan?« Das Blut stieg heiß in meine Wangen.

Sie richtete sich auf und griff nach ihrem Hemd. Während sie aufstand, zog sie es sich über den Kopf. Ich erhob mich ebenfalls, fühlte mich gemein wie ein Vieh und doch so verletzlich, da meine Männlichkeit immer noch angeschwollen war und meine Kleider in der nächsten Bucht lagen. Ich ergriff ihre Schultern und fragte erneut, was los sei. Sie kaute auf ihrer Unterlippe herum und schien antworten zu wollen, doch dann riss sie die Augen auf. Die schwarzen Pupillen vergrößerten sich, als sie ihren Blick auf etwas hinter mir richtete.

»Was?« Ich drehte mich zum Meer herum. Das Herz in meiner Brust donnerte, als würden zwei Schildwälle aufeinanderprallen.

Die *Fjord-Elch* war gekommen.

5

Einige Herzschläge lang standen wir stumm da und sahen zu, wie das Drachenschiff durch die ruhige See pflügte. Es war einen guten Pfeilschuss vom Ufer entfernt. Allerdings konnte man es kaum noch ein Drachenschiff nennen. Die zähnefletschende Bugfigur war verschwunden, und an ihrer Stelle fand sich ein Kreuz. Es zeugte davon, dass all jene an Bord in den Klauen des weißen Christus waren. Der elegante Schiffsrumpf glitt mühelos über das Meer. Die langen Fichtenriemen tauchten recht unregelmäßig ins Wasser, nach den Maßstäben der Nordmänner gemessen, aber es genügte in diesem ruhigen Meer, sie anzutreiben. Meine Fäuste waren geballt, und ich knirschte mit den Zähnen, um die Wut zu unterdrücken, die mit den Erinnerungen in mir aufstieg. Als ich das Schiff das letzte Mal gesehen hatte, war es von Ealdreds Männern am Strand von Wessex wie eine Wildsau verschnürt gewesen, und als die *Fjord-Elch* in See gestochen war, hatte Ealdreds Leibwächter Mauger meinen Häschern am Strand bedeutet, mir die Kehle durchzuschneiden. Und diese nichtsnutzigen Ziegenficker hätten auch Cynethryth getötet, weil sie mir geholfen hatte.

»*Meinfretr!*«, stieß ich hervor. Mein Gedanken rasten. Ich war ein zu schlechter Schwimmer, um zurück in die

Bucht zu schwimmen und die anderen zu warnen. Aber ich hatte auch keine Stiefel, also würde es nicht leicht sein, über den zerklüfteten Felsvorsprung zu laufen.

»Kannst du zurückschwimmen, Cynethryth?«, fragte ich sie. Sie blinzelte, und eine Träne lief ihr über die Wange und blieb an ihren Lippen hängen. Dann nickte sie, und ich verwünschte mein Pech, dass die *Fjord-Elch* ausgerechnet jetzt aufgetaucht war, wo alles, was ich wollte, vor mir stand. Ich blickte einen langen Moment suchend über Cynethryths Gesicht, dann drehte ich mich um und rannte zu den Felsen. Ich kletterte hinauf. Die unteren Felsen, die bei Flut im Wasser lagen, waren tückisch glatt von Algen, und ich fiel mehr als einmal hin. Dabei schlug ich mir Knie und Hände auf. Ich rannte weiter, sprang und kletterte über scharfe Seepocken und zertrat Miesmuscheln unter meinen nackten Sohlen. Ich lief spritzend durch von der Sonne gewärmte Becken, in denen Lebewesen lauerten, die wie Blutklumpen aussahen. Ich musste selbst wie ein wildes Tier ausgesehen haben, vollkommen nackt, während mein dunkles Haar und die Adlerfeder hinter mir her wehten. Während ich lief, merkte ich, wie ich anfing zu grinsen, bis aus diesem Grinsen ein Zähnefletschen wurde, das Zähnefletschen eines Wolfs. Denn der Wurm Ealdred war gekommen, und wir würden ihn endlich töten können. Ich sprang über die letzte Spalte, landete auf einem glatten Felsen und sprang dann in den Sand hinunter. Die Nordmänner hatten sich bereits zu einer Gruppe zusammengeschart. Sie waren mit Schild und Kettenpanzern gerüstet und standen vor Sigurd, der mit seinem glänzenden Helm und dem riesigen Speer wie Týr selbst wirkte.

Die Männer drehten sich zu mir herum, als ich näher kam. Etliche lachten über meine Nacktheit, nur Sigurd nicht. »Du siehst aus wie ein Bergtroll, Raven«, knurrte er. Er zog die Oberlippe hoch und zeigte seine weißen Zähne.

»Ich bin so schnell gekommen, wie ich konnte, Herr!«, keuchte ich und zuckte zusammen, weil meine Füße brannten wie Feuer. Jetzt erst sah ich, dass die Haut zerfetzt war und die Fußsohlen bluteten. Flokis Vetter Halldor blinzelte mir zu, und ich warf einen Blick zurück auf die Felsen. Ich sah einen schmalen hohen Felsvorsprung, von dem aus Halldor die *Fjord-Elch* so rechtzeitig gesehen haben musste, dass er die anderen warnen konnte. Ich verzog das Gesicht. Denn von dort oben hatte er höchstwahrscheinlich auch einen sehr guten Blick auf die kleine Bucht gehabt.

»Jetzt werden wir es der *Ormstunga* zurückzahlen!«, schrie Sigurd. Ich fand es eine Beleidigung für alle Schlangen, Ealdred eine Schlangenzunge zu schimpfen, aber die Männer zerstreuten sich, und ich lief zum Ufer, wo meine Kleidung nur eine Speerlänge von der einlaufenden Flut entfernt lag. Aber das Wasser war zu tief, um zur *Seeschlange* hinauszuwaten. In Kettenhemden und Helmen würden wir wie Steine versinken. Dann rannten die Nordmänner an mir vorbei und stürzten sich in die Brandung.

»Hier, Junge.« Penda gab mir Schild und Helm, die ich weiter oben am Strand zurückgelassen hatte. »Ich nehme an, du willst das nicht verpassen.«

»Diese Wette macht dich nicht reich«, erwiderte ich, während ich auf einem Bein hüpfend meine Hosen anzog. Penda bückte sich, hob mein Brynja hoch, und ich wand mich hinein wie ein Aal. Dann blickte ich zum Strand.

Sigurd hatte das Ende eines kurzen Taus über eines der Haltetaue der *Seeschlange* geworfen und zog es jetzt herunter, sodass seine Männer sich daran festhalten konnten, ohne Angst haben zu müssen, zu ersaufen. Und schon waren sie unterwegs, begierig darauf, Blut zu vergießen. Ich sah Bjørn und Bjarni am Bug der *Seeschlange,* die die Männer anspornten, sich gefälligst schneller zu bewegen. Pater Egfrith stand ein paar Schritte entfernt in der Brandung und betete abwechselnd zu seinem weißen Christus und flehte Sigurd an, seine Rachsucht zu beherrschen und friedlich zu verhandeln.

»Aber bei der Liebe Gottes, wo ist das Buch, Sigurd? Du musst das Buch zurückholen!« Die Augen des Mönchs waren weit aufgerissen, und auf seinem Frettchengesicht zeichnete sich ein sonderbarer Ausdruck ab, der sowohl Entsetzen als auch Gier sein konnte.

Svein blieb vor den auslaufenden Wellen stehen und drehte sich zu mir herum. Er grinste breit. »Beeil dich, Raven«, sagte er, drehte sich um und watete dann spritzend ins Meer.

»Also, was ist passiert?« Penda sah mich an und kratzte sich die Narbe auf seinem Gesicht. Er hatte bereits sein Kettenhemd angelegt und war kampfbereit. Ich konnte einfach nicht glauben, dass er mich in solch einem Moment so etwas fragte. »Hast du das Mädchen gepflügt?«

Ich sah mich um, konnte jedoch Cynethryth nicht auf dieser Seite des Felsvorsprungs erkennen. Penda und ich waren die Letzten. Selbst der alte Asgot hatte bereits die Hälfte des Haltetaus der *Seeschlange* hinter sich gebracht und bewegte sich genauso schnell wie die jüngeren Männer.

»Zeit zu gehen, Penda«, antwortete ich. Er machte eine wegwerfende Handbewegung und stürzte sich ins Wasser. Einen Herzschlag später folgte ich ihm, halb watend, halb mich am Seil entlangziehend. Sigurds Wolfsrudel machte die *Seeschlange* fertig, befestigte die Bestie Jørmungand an ihrem Bug und Schilde an ihrem Dollbord. Dann schoben sie die Fichtenriemen durch die Riemenlöcher.

»Ein Fick und ein Kampf, und das alles an einem Tag!«, rief Bjarni, als er mich mit einem kurzen Enterseil aus dem Wasser und über das Dollbord zog. »Klingt wie Walhall, hej, Raven?«

»Dafür habe ich das Frühstück versäumt«, erwiderte ich übellaunig, was ihn zum Lachen brachte. Dann setzte ich mich auf meine Seekiste, in der ich all meine Habseligkeiten aufbewahrte, und packte meinen Riemen, den Svein bereits für mich vorbereitet hatte. Ich drehte mich noch einmal suchend um, konnte Cynethryth jedoch nicht sehen, als Olaf uns mit einem lauten »Hej!« das Kommando für den ersten Zug gab.

Dann ruderten wir. Wir wussten, dass alles darauf ankam, die Wessexmänner zu überraschen, und das bedeutete, wir mussten möglichst lautlos vorgehen. Also behielten wir Olaf im Blick, der sich am Heck der *Seeschlange* aufgebaut hatte und die Faust in die Luft stieß, und so den Takt angab, statt mit der Stimme. Knut stand an der Pinne und lenkte das Schiff so, dass wir dicht an der Küste blieben und erst im letzten Moment aus der Bucht herausruderten, wie ein Habicht, der aus der Sonne heraus angreift.

Rudern fühlt sich immer gut an. Natürlich würden wir uns beschweren, aber in den ersten ein, zwei Stunden, wenn man noch viel Kraft hat und der Rhythmus vorgegeben ist, ist Rudern ein Vergnügen, jedenfalls für mich. Für einen unbeteiligten Beobachter mögen alle Riemen gleich aussehen, aber nicht zwei sind gleich. Man lernt seinen eigenen Riemen kennen, wie man seine Arme und Beine kennt. Allein durch die Berührung kann die schwielige Hand ein Ruder von hundert anderen unterscheiden, so wie sie die Brust oder den Hintern der Geliebten erkennen würden. Eine solche Vertrautheit hat immer etwas Tröstendes.

Sigurd und der schwarze Floki bereiteten die Enterhaken vor und sammelten dreißig oder noch mehr Speere, die sie unseren Feinden in den letzten Wochen abgenommen hatten. Ich hatte noch nie zuvor in einem Schiffskampf gefochten, aber ich wusste, was passieren würde. Wir würden Speere und Faustäxte auf die *Fjord-Elch* schleudern, um Platz auf ihrem Deck zu machen. Dann würden wir die Enterhaken hinüberwerfen und die Seile straffziehen, sodass sich die Haken in ihr Dollbord bohrten. Dann würden die Schiffe zusammenkrachen und eine schwimmende Kampfplattform bilden. Ein vorsichtiger Jarl würde wahrscheinlich weiterhin Speere und sogar Steine hinüberschleudern, bis die Angelegenheit entschieden war. Nicht aber Sigurd. Ich beobachtete ihn, als das Zittern vor dem Kampf in meinen Beinen begann und langsam meinen Körper hinaufstieg. Das Gesicht des Jarls war so hart wie Stein, und seine Augen unter dem Helmrand waren so dunkel wie Sturmwolken. Seine linke Hand lag auf dem Schwertknauf, und in der rechten hielt er zwei große Speere. Wenn man mir gesagt hätte, dass Óðin der Speergott von Asgard heruntergekommen und in den

Körper dieses Jarls gefahren wäre, um ein Gemetzel zu veranstalten, das die Welt in Blut ertränken würde, hätte ich es geglaubt.

Ja, ich wusste, was in meinem ersten Schiffskampf passieren würde, genauso wie ich wusste, was Sigurd vor seinem inneren Auge sah. Ealdreds Männer hatten wahrscheinlich noch nie zuvor auf dem Wasser gekämpft, und sie würden jetzt nicht auf den Kampf vorbereitet sein. Wir würden die *Fjord-Elch* entern, und dann würde das eigentliche Gemetzel erst beginnen. Und danach, wenn wir alle getötet hatten, würde Sigurd drei kostbare Beutestücke sein Eigen nennen dürfen: Ealdreds Kopf, Ealdreds persönliche Schatztruhe sowie das Gebetbuch des heiligen Hieronymus. Und außerdem würde Sigurd die *Fjord-Elch* zurückgewonnen haben, eines der schönsten Schiffe, die je gebaut wurden, um das graue Meer zu überqueren.

»Die Götter lächeln auf uns herab, Raven«, knurrte Svein hinter mir.

Ich war denoch nervös. Und zwar so nervös, dass ich Angst hatte, mir in die Hose zu pissen. Wir hatten das Ende der zerklüfteten Felsen fast erreicht und würden jeden Moment in Sichtweite von Ealdred kommen. Ich hoffte, dass sich Cynethryth dicht an den unter Wasser liegenden Felsen gehalten hatte, damit wir nicht einfach über sie hinwegfuhren.

»Woher weißt du das, Svein?«, fragte ich. »Dass die Götter uns wohlgesonnen sind?« Unsere Riemen tauchten im Gleichklang in das Wasser ein, und die Tropfen hatten kaum Zeit, von den Blättern ins Wasser zu fallen, bevor sie erneut in die sonnenüberflutete See tauchten.

»Es gibt keinen Wind, Junge. Selbst ein Furz von einem Wind macht es unmöglich, ein anderes Schiff mit den Enterhaken heranzuziehen und zu bekämpfen. Mein Onkel Bothvar ist ersoffen, als sein Jarl, Ragnvald, genau das bei kräftigem Seegang versucht hat.« Er holte tief Luft. »Sie haben das Boot ihres Feindes an die Haken genommen, und ihr Feind, ein Mann namens Moldof, hat ihnen sogar geholfen, die beiden Schiffe fest zusammenzubinden, damit sie weiterkämpfen konnten. Vielleicht war Njørð an diesem Tag betrunken und hat gerülpst. Jedenfalls wurden beide Drachenboote davongetrieben und sind an der Lee- küste zerschellt. Keiner hat überlebt. Und Bothvars Vater hat alles von den Klippen aus beobachtet.« Die Riemen klatschten ins Wasser, und die *Seeschlange* schoss über das Meer. »Wir dagegen haben keinen Wind, die See ist ruhig«, fuhr Svein fort. »Ja, die Götter sind mit uns.« Ich brauchte keinen Blick auf Sveins Gesicht zu werfen, um zu wissen, dass er lächelte. Ich flüsterte ein Gebet zu Óðin, in dem ich ihn bat, mir Mut zu schenken und dem Zittern ein Ende zu machen, das sich vertiefte, sich in meine Muskeln fraß, meine Gedärme verflüssigte und meine Eingeweide mit Eis füllte.

Ich blickte zum Strand zurück. Erleichtert sah ich, wie Cynethryth aus der flachen Dünung auftauchte. Sie stand in ihrem tropfnassen Hemd neben Pater Egfrith, und selbst aus der Entfernung konnte ich erkennen, wie das kurze Hemd sich um ihre Brüste schmiegte. Ich war froh, dass Egfrith ein Christensklave war und sich, soweit ich gesehen hatte, nicht für Frauen interessierte. Ich konnte zwar ihr Gesicht nicht erkennen, aber ich erinnerte mich sehr genau daran. Ihr Duft hing immer noch wie ein Zauber an mir, das Einzige, was mich überzeugte, dass wir gerade tatsächlich beieinandergelegen hatten und es kein Traum gewesen war, den mir Freyja, die Göttin der Liebe, geschickt hatte, die Tränen aus rotem Gold weint.

»Da sind sie, die Schafspisse saufenden Hurensöhne!«, brüllte Sigurd und machte einen wütenden Schritt nach vorn, wie Fenrir, der an seiner Kette zerrt. Ich konnte mich nicht umdrehen, aber ich konnte mir sehr gut die entsetzten Gesichter der Mannschaft der *Fjord-Elch* vorstellen, als sie den Faden vor Augen hatten, der das Gewebe ihres Untergangs wob. »Tötet sie alle!«, schrie Sigurd. Speichel schimmerte im roten Morgenlicht in seinem Bart. »Aber überlass den Scheißhaufen Ealdred mir. Ich werde jedem den Kopf abschlagen, der ihn auch nur berührt!« Ich blickte zu Penda. Er stand am Kielschwein, die Beine gespreizt, Schwert und Schild bereit. Ein bösartiges Lächeln überzog sein narbiges Gesicht. Er war noch nicht so weit, dass er hätte rudern können. Normalerweise bekam man keinen Platz auf einem so schönen Drachenschiff wie der *Seeschlange*, wenn man nicht hart und gut genug rudern konnte, um das Schiff über den Rand des Ozeans zu bringen. Und dazu musste man wie ein Dämon kämpfen. Es war sehr unwahrscheinlich, dass Penda gut rudern konnte. Er hatte den ersten Tag damit zugebracht, seine Eingeweide in die Wellen zu kotzen. Aber der Mann verstand es zu kämpfen, und das wusste Sigurd. Penda war ein geborener Schlächter, und in Sigurds Kopf glich das seine mangelnde Erfahrenheit auf See aus. Und obwohl wir viele Männer verloren hatten, gab es bei allen, die auf diesem einen Schiff waren, immer noch mehr Männer als Ruderbänke.

»Rühr Ealdred nicht an, Penda!«, schrie ich dem Wessexmann auf Englisch zu.

»Wer sagt das?« Seine Stimme übertönte den Lärm der Männer, die sich mit Flüchen, Gebeten und Geheul auf das bevorstehende Blutvergießen einstimmten.

»Sigurd sagt das«, rief ich.

Penda spuckte aus und brummte irgendetwas Bösartiges. Er wollte selbst Rache nehmen, aber wie wir anderen musste auch er warten. In der Gemeinschaft war Sigurds Wort Gesetz, und er setzte es mit dem Schwert seines Vaters unerbittlich durch.

Ich legte mich in den Riemen, keuchte und genoss das Anschwellen meiner Schultermuskeln. Denn ich war mittlerweile recht breitschultrig und stolz darauf. Der Schweiß lief mir über den Hals und in meinen Lederharnisch und meinen Kettenpanzer. Ich fragte mich, wie Penda es schaffte auszuspucken, denn mein eigener Mund war so trocken wie alte Kiefernadeln. Aber ich war nicht der Einzige, der nervös war. Zwei Männer, die nicht ruderten, pissten über die Seite des Schiffs, während wir rasend schnell in die Schlacht fuhren. Ich hörte, wie der alte Asgot am Bug der *Seeschlange* brüllend Óðin, den Herrn des Krieges, Thór, den Schlächter der Riesen, und den tapferen Týr, den Schlachtengott, anrief, und dazu andere Götter – Götter, deren Namen ich noch nie gehört hatte. Sie alle sollten uns helfen, unsere Feinde zu töten, sie abzuschlachten, weil sie Anhänger des weißen Christus waren, der ein Gott der Aussätzigen und Schwächlinge war.

Was auch immer ich von Asgot halten mochte, seine wilden Anrufungen waren tröstlich. Wir alle setzten auf die Magie des Godi, weil er alt war und hager und mit Sigurds Vater gekämpft hatte und immer noch lebte, während stärkere Männer bereits in Walhall waren.

»Riemen einholen!«, schrie Sigurd. Wir bewegten uns wie eine Welle, zogen die Riemen durch die Riemenlöcher herein und verstauten sie klappernd, bevor wir die Riemenlöcher verschlossen. Jetzt endlich konnte ich nachsehen, was da vor sich ging. Auf der *Fjord-Elch* herrschte helle Aufregung. Ealdred musste Jørmungand erkannt haben und wusste jetzt, dass Sigurd ihn eingeholt hatte. Wenn er auch nur einen Funken Verstand besaß, dann musste ihn das entsetzt haben. Sein Steuermann hatte den Kurs geändert und versuchte, das Schiff von uns weg, zurück in den offenen Kanal zu lenken. Ein vergebliches Bemühen. Hätten sie uns früher gesehen, hätten sie vielleicht sogar eine Chance gehabt, wenn auch keine große. So jedoch würde unser Bug die *Fjord-Elch* mitschiffs treffen, und wenn das passierte, würde es eine Menge Tote geben.

Ich konnte jetzt sogar Gesichter erkennen, vielleicht sogar Ealdreds, der am Heck der *Fjord-Elch* stand. Ich holte tief Luft, rasselnd, und blickte zu Sigurd.

»Jetzt, Knut!«, schrie Sigurd und ließ den Arm sinken. Seine Augen waren weit aufgerissen. Knut drückte gegen die Pinne, und die *Seeschlange* krängte so plötzlich, dass einige von uns hinfielen. Ich sah zurück, als von unserem Rumpf eine so große Welle gegen die *Fjord-Elch* schlug, dass sie wie eine Kinderwiege schaukelte und die Mannschaft taumelte.

»Tötet sie!«, schrie Sigurd und schleuderte seinen Speer in das panische Gedränge des Feindes, der verzweifelt versuchte, sich zu rüsten.

»Weidet diese rossigen Mähren aus, ihr blutrünstigen Wölfe!«, brüllte Olaf und schleuderte ebenfalls seinen Speer hinüber. Er traf einen riesigen grauhaarigen Mann mitten ins Gesicht. Wir schrien und warfen unsere Speere, und die Wirkung war verheerend. Denn wenn ein Mann mit eisernen Schultermuskeln, die er sich durch jahrelanges Rudern angeeignet hat, einen Speer schleudert, dann wird er nicht immer durch einen Körper aufgehalten. Manchmal durchbohrt er den Körper zur Gänze. Unsere Feinde waren auf einer ruhigen See gesegelt und hatten keinen Grund gehabt, sich auf einen Kampf vorzubereiten. Deshalb trugen sie keine Kettenpanzer, und aus demselben Grund drängten sie sich verzweifelt brüllend am flachen Frachtraum der *Fjord-Elch,* als sie versuchten, an ihre Waffen zu kommen. Es war fast unmöglich, sie in dem Pulk zu verfehlen. Verzweifelte Schreie zerrissen den sonnigen Morgen. Einige der Wessexmänner versuchten andere Männer als Schilde zu benutzen. Der schwarze Floki und Bram hatten bereits zwei Enterhaken an Bord der *Fjord-Elch* geschleudert und zogen mit verkniffenen Gesichtern an den Seilen, um die Schiffe zusammenzubringen. Osk und Arnvid warfen zwei weitere Haken. Der von Osk griff nicht, Arnvids dagegen schon. Bjarni packte mit ihm zusammen das Seil, und die beiden zogen. Wenn sich die Enterhaken erst einmal in das Holz gebohrt hatten, blieb dem Feind nur noch, die Taue zu kappen. Das war jedoch nicht einfach, wenn Speere wie Blitze unter sie fuhren. Drei bleiche panische Wessexmänner standen am Heck und schossen mit ihren Bögen Pfeile auf uns. Aber die Schiffe schaukelten in dem Tumult so stark, dass sie nicht richtig zielen konnten. Trotzdem, ein oder zwei Pfeile landeten zwischen uns. Sie prallten von Schilden ab oder von Brynjur, als die Schiffe mit einem dumpfen Krachen aufeinandertrafen.

Die Nordmänner brüllten, und es klang wie Donner. Sigurd war der Erste, der hinübersprang. Er schlug zwei Wessexmänner mit seinem Schild zur Seite und hackte einem Dritten sein Schwert in den Hals. Über die gesamte Seitenlänge der *Seeschlange* sprangen jetzt Nordmänner, schwangen Äxte und Schwerter und stürzten sich auf die unvorbereitete Mannschaft der *Fjord-Elch*. Ich sprang hinter Penda her und rutschte auf dem bereits blutigen Deck der *Fjord-Elch* aus. Ein Mann stieß mit seinem Speer nach meiner Brust, aber ich schlug das Blatt mit dem Schild beiseite und hämmerte mein Schwert in seine Schulter. Es blieb wie ein Messer in einem zähen Stück Fleisch hängen. Er schrie, und ich trat ihm mit dem linken Fuß in den Bauch. Als er sich krümmte, löste sich die Klinge, und ich hackte sie in seinen Schädel. Der Kampf war ein Kinderspiel. Die Engländer waren nicht daran gewöhnt, sich auf der *Fjord-Elch* zu bewegen. Sie stolperten und fielen, während wir sie in Stücke hackten. Ihr zerfetztes Fleisch dampfte in der kühlen Morgenluft, sodass schon bald ein Nebel wie ein Drachenhauch über dem Deck hing.

»Ealdred! Ealdred! Wo bist du, du Wurm?«, schrie Sigurd durch den Lärm. Männer flehten um Gnade, aber als sie sahen, dass man sie nicht verschonen würde, sprangen sie über die Seite der *Fjord-Elch*. Nordmänner liefen hinterher und spießten sie wie Fische auf. Ein Mann fiel vor Penda auf die Knie und rang die Hände, während er irgendetwas plapperte. Penda schwang sein Schwert, sodass der Kopf des Mannes über das Eichendeck hüpfte und dabei Blut verspritzte. Ein anderer Engländer hatte seine Klinge bereits auf das Deck gelegt, doch als er das sah, bückte er sich und packte den lederumwickelten Griff. Wenn er Penda kannte, musste er gewusst haben, dass ihm Betteln ebenso wenig helfen würde, wie wenn er sich in die Hose schiss, also entschied er sich stattdessen für einen ehrenvollen Tod.

»Sag Satan, dass dein verfluchter Lord schon sehr bald seinen Schwanz lutschen wird!«, knurrte Penda und schlug das Schwert des Mannes beiseite. Es gelang diesem trotzdem, Pendas nächsten Angriff zu parieren. Penda lächelte bösartig und trat zurück. Er schwenkte ausholend sein Schwert, um den Mann zu einem Versuch aufzufordern, ihn zu töten. Der schrie und holte wütend mit dem Schwert aus. Penda sprang zurück, wirbelte einmal herum und schlug seine Klinge wie eine Sichel in den Hals des Wessexmannes. Dabei hackte er sogar einen Splitter aus seinem Schlüsselbein. Der schrecklich weiße Knochensplitter ragte empor, als der Mann auf die Knie sank. Helles Blut spritzte aus der Wunde, und sein Kiefer hing schlaff herunter, eine schwarze Wunde in seinem schwarzen Bart.

»Hungrig?«, schnarrte Penda. »Dann friss das hier!« Er rammte dem Mann sein Schwert ins Maul. Die Schwertspitze trat an seinem Hinterkopf heraus, aber der Wessexmann starrte ihn immer noch an.

Die Blutgier hatte mich gerade erst gepackt, als mir klar wurde, dass der Kampf bereits vorbei war. Wir hatten die Wessexmänner mit unglaublicher Leichtigkeit niedergemetzelt, und jetzt standen wir zwischen zerfetzten Leibern und stinkenden Eingeweiden und toten weißen Gesichtern, die vor Schreck und Schmerz verzerrt und erstarrt waren. Instinktiv bildeten wir vor dem Kielschwein einen Schildwall, vier Reihen tief, quer über das Deck der *Fjord-Elch*. Ich warf einen Blick zurück auf die *Seeschlange*. Asgot und sieben oder acht Nordmänner waren immer noch an Bord unseres Schiffes, weil es nicht genug Platz für uns alle auf dem feindlichen Schiff gegeben hatte und wir riskiert hätten, uns gegenseitig in die Quere zu kommen. Diese Männer standen mit Speeren oder Pfeil und Bogen bereit und beobachteten die englischen Überlebenden, die in einer letzten verzweifelten Schar vor ihrem Lord am Bug standen. Es waren große, grimmige Männer, Ealdreds Schildmänner. Mauger, sein Leibwächter, war ebenfalls dort, und er musste gewusst haben, was auf ihn wartete, nämlich dass die Fische schon bald an seinem Fleisch saugen würden. Aber er ließ sich nicht anmerken, ob er Angst hatte. Sie waren zu fünft. Sie alle mussten ihre Kettenpanzer angelegt haben, während wir ihre Landsleute abgeschlachtet hatten. Sie standen in einem lächerlich kleinen, aber perfekten Schildwall vor dem Kreuz aus dunklem Holz, das sie anstelle von Sigurds stolzem Drachenkopf am Bug montiert hatten. Ealdreds langer Schnauzbart glänzte von Fett. Seine dunklen Augen starrten uns bösartig an.

Sigurd trat aus unserem Schildwall. Sein Schwert war vollkommen von dunklem Blut überzogen. Ich konnte mir nur zu gut vorstellen, was er von dem Kreuz am Bug der *Fjord-Elch* hielt.

»Du bist ein Mann ohne Wert, Ealdred«, sagte er auf Englisch. »Und dein Wort bedeutet weniger als Kuhscheiße. Du hast mich verraten. Du hast sogar deinen eigenen Sohn getötet.« Sigurd spuckte aus, weil er Letzteres zu widerlich fand. »Ich habe nur Eisen für dich übrig, Ealdred. Ich habe nur die Raben, die dir das Fleisch von den Knochen picken, den Wolf, der dir das Mark herauskaut, und die Würmer, die sich von dem Dreck ernähren, der übrig bleibt, bis du nur noch ein Fleck im Schlamm bist.«

Die Wessexmänner hielten ihre Schilde fest und warteten auf unseren Angriff. Sie hielten sich stolz, obwohl sie ihrem Tod ins Auge sahen, und ich muss zugeben, dass ich sie eigentlich gar nicht umbringen wollte. Es waren Väter und Ehemänner, vor allem aber waren sie Krieger und zeigten weder Furcht, noch bettelten sie um ihr Leben. Es war ihr unseliger Wyrd, dass ihr Lord ein feiger Neiding war.

Lautes Platschen hinter mir verriet, dass die Nordmänner die englischen Toten über die Seite der *Fjord-Elch* warfen, bevor ihr Blut und ihr Unflat in das Eichendeck sickern konnten. Selbst die Seebrise konnte den Gestank von Scheiße und Blut nicht vertreiben, und ich freute mich keineswegs auf das anstrengende Schrubben, das auf uns wartete, wenn das hier alles vorbei war.

Ealdred trat auf die Kampfplattform am Bug, sodass er mit Kopf und Schultern seine Männer überragte. Ein verlockendes Ziel für unsere Bogen- und Speerschützen.

»Ich bin ein Lord von Wessex!«, rief er. »Und was seid ihr? Ihr seid heidnischer Abschaum, der sich im Schatten windet wie Maden im Kadaver eines Schafs. Mit Leuten wie euch mache ich keine Geschäfte. Kein Christ tut das, es sei denn, er will einen Speer in den Rücken bekommen. Also, worauf wartest du, Sigurd, Sohn einer Ziege. Komm und koste unseren englischen Stahl. Oder kämpfst du nur gegen unbewaffnete Männer?«

Das war ganz gut gesprochen, obwohl die meisten Nordmänner kein Wort davon verstanden. Wir hoben unsere Schilde und traten vor, aber Sigurd brüllte, wir sollten stehen bleiben.

»Gut, Ealdred«, sagte der Jarl. »Ich hätte darauf gewettet, dass du bettelst, Feigling, der du bist!« Es war ein schwerwiegender Vorwurf, jemand einen Feigling zu nennen. »Es freut mich, dass du doch lieber wie ein Mann stirbst, obwohl du wie ein Neiding gelebt hast. Wessex ist ein schönes Land. Eine Honigwabe wie dieses Land braucht Männer, die bereit sind, mit einem Schwert in der Hand zu sterben. Sonst wird es in zwanzig Jahren dort von Nordmännern nur so wimmeln. Nordische Kinder werden an den Röcken eurer Frauen zerren, und diese Kinder werden zu Männern heranwachsen, die Gebete zu Óðin und Thór murmeln. Dein weißer Christus wird dann nur noch ein Pissfleck von Erinnerung sein.« Ealdred warf Sigurd wütende Blicke zu, und sein langer Schnauzbart zitterte.

»Ich werde gegen dich kämpfen, Sigurd!« Maugers breites Gesicht war rot und hassverzerrt. »Scheiß auf die Götter! Finden wir heraus, was Männer bewirken können!«

Einige Nordmänner brummten und murrten, dass wir sie einfach alle erledigen sollten, statt lange zu reden. Sie verstanden fast nichts von dem, was da gesprochen wurde, aber dass es um eine Herausforderung ging, war allen klar. Und das beunruhigte sie. Mauger war Ealdreds Leibwächter und bester Krieger. Ein granitharter Mann, der viele Schlachten überstanden hatte. Ich hatte Leute sagen hören, Mauger wäre der größte Krieger, den es in ganz Wessex gab, deshalb wollte ich nicht, dass Sigurd gegen ihn kämpfte. Aber Sigurd war ebenfalls ein geborener Krieger, und selbst ein Jarl kann unter der Fuchtel seiner Ehre stehen. Für Sigurd glänzte eine solche Herausforderung mehr als eine Seekiste voller Hacksilber.

»Ealdred, erst musst du gegen mich kämpfen, und wenn du das tust, lasse ich deine Männer frei, nachdem ich dich getötet habe. Mir scheint, es sind loyale Männer. Sie verdienen etwas Besseres, als für jemanden wie dich zu sterben.« Er hob sein Schwert und richtete es auf den Ealdorman. »Was sagst du dazu? Wirst du gegen mich kämpfen?«

Ealdred verzog die Lippen zu einer höhnischen Grimasse. »Das werde ich nicht«, erwiderte er. »Aber ich werde Mauger an meiner Stelle schicken, damit er gegen dich oder jeden anderen Mann kämpft.« Mauger nickte entschlossen. Die Muskeln an seinen nackten Armen zuckten unter seinen vielen Kriegerarmreifen und Tätowierungen. Ich bedauerte aufrichtig jeden Mann, der gegen ihn kämpfen musste.

»Ich nehme es mit diesem Mistkerl auf!«, schrie Penda und betrachtete Mauger gierig.

»Was reden die da, Raven?«, zischte Bjørn neben mir. Wir standen in der dritten Reihe und spähten den Männern vor uns über die Schultern.

»Mauger hat Sigurd herausgefordert«, erwiderte ich auf Nordisch. Das löste einen Hagel von Beleidigungen aus nordischen Mündern aus.

»Ich werde auf dein Herz scheißen!«, schrie ein Mann.

»Eure eigenen Mütter werden euch nicht mehr zusammennähen können!«, brüllte ein anderer. Der schwarze Floki und Svein flehten Sigurd an, dass er sie an seiner statt gegen Mauger kämpfen ließ, aber Sigurd befahl allen, den Mund zu halten.

»Als Jarl ist es mein Recht«, sagte Sigurd und steckte sein Schwert in die Scheide. »Legt eure Waffen nieder, Männer von Wessex, und ich gebe euch mein Wort, dass ihr heute Morgen die Raben nicht fett macht. Ich akzeptiere Maugers Herausforderung. Wenn er gewinnt, seid ihr alle frei.«

»Und wenn er nicht gewinnt?«, fragte einer der Wessexmänner. Ealdred wies ihn für seine Frechheit zischend zurecht. Ich vermute, dass seine Lage den Mann kühn genug gemacht hatte, eine solche Frage zu stellen, denn seine Angst vor dem Ealdorman wurde jetzt von seiner Furcht vor uns überschattet.

Sigurd zuckte mit den Schultern. »Wenn ich gewinne, werde ich selbst euren Wyrd weiterspinnen. Vielleicht webt er euren Tod. Vielleicht auch nicht.«

Die englischen Krieger sahen sich gegenseitig an. Offenbar wanden sich ihre Gedanken wie Schlangen, denn sie mussten die Chance, dass Mauger gewann, gegen den nahezu sicheren, aber ehrenvollen Tod abwägen, der sie erwartete, wenn sie gegen uns kämpften, statt ihre Waffen niederzulegen. Das Schicksal eines Mannes, sein Wyrd, ist eine geheimnisvolle Angelegenheit. Diese Wessexmänner hatten noch vor wenigen Stunden, als sie über das ruhige Meer segelten, nicht gewusst, was ihnen dieser Morgen bringen würde. Heiden waren aufgetaucht, wie aus den pissegetränkten Albträumen ihrer Kindheit. Dieselben Heiden, die sie hatten vernichten wollen, waren gekommen, um Rache zu nehmen. Wir hatten die Fäden der Zukunft dieser Wessexmänner durchtrennt. Aber es waren Gefolgsleute, stolze Krieger, treu bis zum Ende. Und auf Ealdreds Befehl hin bückten sie sich und legten ihre Schwerter auf das Deck der *Fjord-Elch.*

»Es wird ein Hólmgang«, sagte Bjørn. Seine Augen leuchteten vor Aufregung. »Wie es die alten Sitten vorschreiben.«

»Aber ich glaube, es wird mehr als nur das erste vergossene Blut brauchen, um diese Sache zu regeln, Bruder«, erwiderte Bjarni und verzog das Gesicht.

Wir teilten uns in zwei Gruppen. Olaf übernahm das Kommando über die *Fjord-Elch,* und ich kehrte mit Jarl Sigurd und unseren englischen Gefangenen auf die *Seeschlange* zurück. Wir waren gerade genug Männer, um beide Schiffe zu rudern, obwohl es beiden dann an Geschwindigkeit mangeln würde. Das war ein Problem, das Sigurd irgendwann bedenken musste. Andererseits waren sie aufgrund der kleineren Mannschaften auch leichter, trotz der vollgepackten Frachträume. Und unter Segel würden sie fliegen wie geflügelte Drachen.

»Fesselt sie«, befahl Sigurd, als wir unsere vollgeschwitzten Helme absetzten und uns aus unseren blutigen Brynjur schälten. Sie mussten verdreckt bleiben, wie sie waren, bis der Wind so weit auffrischte, dass wir Segel setzen konnten. Dann würden wir sie reinigen. Es dauerte nicht lange, bis die Fliegen kamen. Sie setzten sich auf die Kettenpanzer, auf unsere Arme, in die Blutlachen auf Deck und fraßen sich satt. Eine Weile schlugen wir nach ihnen, doch schon bald gaben wir auf. Die Menschen sprechen von den Raben und dem Wolf, den Aasfressern, die auf jedem Schlachtfeld bei den Gefallenen auftauchen. Aber nur selten erwähnt jemand diese verfluchten Fliegen.

Jarl Sigurd nickte und spuckte über die Seite des Schiffs. »Mach die Leinen los, Onkel!«, rief er.

Olaf schüttelte den Kopf und schnalzte missbilligend mit der Zunge, als er die Enterhaken aus dem Dollbord der *Fjord-Elch* riss. Die tiefen Schrammen würden uns schmachvoll daran erinnern, dass wir das Schiff in die Hand unseres Feindes hatten fallen lassen.

»Wir können diese Dollbords mit Leichtigkeit ersetzen, Onkel.« Bram schlug Olaf aufmunternd auf die Schulter, bevor er sich um den nächsten Haken kümmerte. Die Schiffe schaukelten schwach und stießen auf der morgendlichen See zusammen. In Handumdrehen waren wir frei, und Ealdreds Männer waren gebunden und saßen am Bug der *Seeschlange*, unter Jørmungand. Sigurd fesselte den Ealdorman nicht, was eher eine Beleidigung war als ein Zeichen des Respekts vor dem Rang des Mannes. So zeigte Sigurd Ealdred, dass er ihn nicht für einen Krieger hielt, sondern für ebenso wenig bedrohlich wie ein Weib oder ein Kind.

Die Flut hatte beide Schiffe dichter ans Ufer getrieben, also ruderten wir aufs Meer hinaus und machten einen großen Bogen um die felsgesäumte Landzunge, bevor wir wieder in die Bucht einliefen, an dessen Strand Cynethryth und Vater Egfrith warteten. Ich hatte es eilig, zu Cynethryth zu kommen. Ich schlug daher vor, dass Penda meinen Riemen nahm und ein bisschen Rudern übte, solange es nur darum ging, die Strömung zu korrigieren und die *Seeschlange* auf der Stelle zu halten. Er war nicht gerade das, was ich einen eifrigen Schüler nennen würde. Er nannte mich einen Hundearsch und riet mir, einen Bergtroll von hinten zu ficken.

»Du musst es irgendwann lernen, Penda«, sagte ich und konnte nur schwer ein Lächeln unterdrücken. »Besser jetzt als da draußen in den Klauen eines Sturms. Beobachte einfach Arnvid, mach es wie er. Ich vertraue dir.«

»Du unverschämter Welpe! Wie schwer kann das schon sein?«, erwiderte er. Es stimmte, dass mein Grinsen ihn nicht gerade ermutigte, sich zu beweisen, aber nach ein paar weiteren Beleidigungen setzte er sich schließlich auf meine Seekiste und packte das glatte Kiefernholz.

»Ein Engländer an unseren Riemen! Willst du uns versenken, Raven?«, rief Bjørn und erntete ein paar Lacher und ein paar Gebete zu Njørð.

»Ich hoffe, das Mädchen und der Christensklave können schwimmen, Raven«, sagte Sigurd, als wir zum Strand blickten. »Diese Flut versteckt Felsen, die ich meiden will. Sie müssen zu uns kommen.«

»Cynethryth schwimmt wie ein Fisch, Herr«, erwiderte ich, als ich mich an meine Mühe von heute Morgen erinnerte, mit ihr mitzuhalten. Es fühlte sich an, es wäre es schon ein Lebensalter her, dass ich mit ihr in der geschützten Bucht gelegen hatte. Jetzt war ihr Vater unser Gefangener, und ich wusste nicht, was Cynethryth davon halten würde. »Was den Mönch angeht, Herr, weiß ich nicht, ob er so weit schwimmen kann. Ich hoffe nicht.« Sigurd lachte leise. »Vielleicht kann Asgot ja Njörð bitten, ein Seeungeheuer zu schicken, das dieses Wiesel verschlingt«, fuhr ich fort.

»Dann würde mir dieses Ungeheuer leidtun«, antwortete Sigurd. »Denn ich glaube, dass Egfrith ziemlich übel schmeckt. Wie ranzige Milch oder faule Eier … Oder noch schlimmer.« Er flocht seinen dichten, blonden Bart zu einem Zopf. »Das war ein leichter Kampf, hej, Raven?«

»Viel zu leicht, Herr«, antwortete ich und schlug nach einer Fliege, die einfach nicht aufhören wollte, an dem verkrusteten Blut auf meinem Arm zu saugen. »Ich habe fast Mitleid mit ihnen gehabt.«

Er schüttelte den Kopf und band den Zopf mit einem Lederstreifen zusammen. Axtschläge drangen über das Wasser, als die Mannschaft der *Fjord-Elch* sich um das Kreuz an ihrem Bug kümmerte. »Mitleid mit ihnen? Sie hätten dir die Eier abgeschnitten und sie dir ins Maul gestopft, wenn sie es gekonnt hätten. Du bist ein sonderbarer Mensch, Raven. Seine Feinde zu lieben sollten wir lieber den Christensklaven überlassen. Ich habe dich in die Gemeinschaft aufgenommen, weil du Thórs Liebe für einen guten Kampf teilst, nicht, damit du die Männer bemitleidest, die versuchen, deine Eingeweide an der Sonne zu trocknen.«

»Ich sagte, dass ich sie *fast* bemitleidet hätte, Herr«, sagte ich. »Aber dann hat sich einer vollgepisst und meine Stiefel beschmutzt, und ich dachte: Zu Hel mit ihnen.«

Sigurd lachte. »Schon besser, Junge. Das ist mein Raven, mein Sohn des Donners.«

Wir gaben Cynethryth und Egfrith mit Handzeichen zu verstehen, dass sie zu uns herausschwimmen sollten. Ich sah, wie Cynethryth den Mönch ermutigte, ja, wie sie sogar seine Hand griff und ihn in die Brandung zog. Letztlich schwammen sie beide mit Leichtigkeit, und ich fragte mich unwillkürlich, ob Egfrith vielleicht mehr ein Otter als eine Ratte war. Wir ließen ein Tau herunter, an dem sie sich eine Weile festhalten und Atem schöpfen konnten, während wir zurückruderten, um die Strömung auszugleichen. Dann zogen wir sie wie Fische an Bord und gaben ihnen Decken. In dem Moment sah Cynethryth ihren Vater unter dem Bug der *Seeschlange* und erbleichte.

»Ich will mit ihm reden«, erklärte sie, während das Wasser aus ihrem langen Haar auf das Deck tropfte. Ich sah, wie Ealdreds Blick auf seine Tochter fiel. Er sah aus, als hätte man ihm mit einem Ruderblatt ins Gesicht geschlagen. Aber er stand auf, hob sein Kinn und lächelte das Mädchen mühsam an. Die Engländer um ihn herum hielten die Blicke gesenkt. Sie mussten jetzt an ihr eigenes Schicksal denken. Ich drehte mich herum und fragte Sigurd, ob Cynethryth zu ihrem Vater gehen durfte. Der Jarl blickte über meine Schulter. Als ich mich umsah, bemerkte ich, dass Cynethryth bereits das Deck halb überquert hatte und dabei ihr Haar zusammenband. Die nasse Decke hatte sie einfach fallen lassen.

»Sorg dafür, dass sie ihn nicht umbringt, Raven«, befahl mir Sigurd und kratzte sich die bärtige Wange.

Ich folgte Cynethryth.

6

Ich stand neben Cynethryth und starrte Ealdred hasserfüllt an. Er beachtete mich gar nicht. Er hatte nur Augen für seine Tochter.

»Haben diese Teufel dir etwas angetan?«, fragte Ealdred Cynethryth.

Ich hätte Ealdred gern gesagt, was ich von ihm hielt. Stattdessen jedoch umklammerte ich den Knauf meines Schwertes an meiner Hüfte und biss mir auf die Zunge.

»Nein, Vater«, antwortete sie. »Warum hätten sie mir etwas antun sollen? Ich habe sie schließlich nicht hintergangen.« Die Worte klangen trocken wie Stroh. Die Anklage traf Ealdred deshalb umso stärker. Er presste die Zähne zusammen, und die Muskeln tanzten in seiner Wange, als er leicht schwankend dastand, um das sanfte Rollen der *Seeschlange* auszugleichen.

»Warum bist du hier, Tochter? Unter diesen…« Sein Blick zuckte zu mir. »Diesen Wilden? Dieser düstere Feind muss dich verhext haben. Wie sonst könntest du so nah bei ihm stehen, Tochter? Er ist die Brut des Fürsten der Finsternis. Du musst doch von den grauenvollen Dingen wissen, an die sie glauben? Von ihren barbarischen Sitten?«

Cynethryth sah mich an, und ich hätte schwören können, dass sie die Wahrheit seiner Worte abwog. Ich verschränkte die Arme und hob die Brauen, um sie zu einer Antwort aufzufordern, aber sie drehte sich stattdessen zu dem Ealdorman herum. »Der Tod meines Bruders lastet auf deinem Gewissen«, sagte sie. »Du hättest ihn genauso gut mit deinen eigenen Händen ermorden können.«

»Vergisst du etwa, dass die Heiden ihn ergriffen haben? Sie haben euch beide gefesselt aus Coenwulfs Land entführt. Wenn jemand meinen Sohn getötet hat, dann waren sie es. Glaubst du etwa, dass ich nicht um Weohstan trauere? Um meinen Sohn? Jetzt habe ich nichts mehr. Gott hat uns verlassen, Cynethryth. Das glaube ich jetzt.« Ealdred zitterte, und ich hoffte um seinetwillen, dass er nicht heulte wie ein *meyla*, ein kleines Mädchen. »Er hat unserer Familie den Rücken zugekehrt. Sieh uns an, Mädchen!«

»Weohstan hat dich geliebt«, antwortete Cynethryth. Ihre Stimme klang traurig und matt. »Er war ein besserer Mann als du.«

»Cynethryth …« Ealdred beugte sich zu ihr und zwang sich zu einem bitteren Lächeln. »Wenigstens in dem Punkt sind wir uns einig.«

Ich berührte Cynethryths Ellbogen. »Komm. Überlass ihn seinem Schicksal«, sagte ich. Zwei Möwen kreisten über dem Bug der *Seeschlange*. Eine von ihnen stieß in diesem Moment aufs Wasser herab und schwang sich dann mit einem Kreischen wieder empor. Cynethryth schien etwas sagen zu wollen, dann schüttelte sie jedoch nur den Kopf, drehte sich um und ging mit mir zum Heck.

»Noch vor Sonnenuntergang ist er Futter für die Fische«, knurrte Sigurd auf Nordisch, als wir am Kielschwein an ihm vorbeigingen.

»Je früher desto besser, Herr«, erwiderte ich in derselben Sprache. Dann bückte ich mich und nahm eine trockene Decke für Cynethryth aus dem Frachtraum. Ich gab sie ihr, und sie ging damit zu meiner Seekiste und setzte sich neben Penda, die Decke um die Schultern gelegt. Dann umschlang sie ihre Knie und starrte aufs Meer. Ich wäre gern zu ihr gegangen und hätte versucht, ein paar Brosamen von dem aufzuklauben, was wir im Morgengrauen dort in der sandigen Bucht miteinander geteilt hatten. Und doch spürte ich, dass es sich bereits im Morgenwind verwehte, was es auch gewesen sein mochte. Wie Dampf aus einer offenen Wunde. Es würde für immer verloren sein. In meiner Vorstellung vergiftete Ealdreds Gegenwart alles zwischen Cynethryth und mir. Ich wäre glücklich gewesen, wenn Asgot zum Bug der *Seeschlange* gegangen wäre und dem Ealdorman die Kehle durchgeschnitten und ihn ins Meer geworfen hätte, als Opfergabe an Njørð oder irgendeinen anderen Herrn von Asgard, mit dem der Godi redete.

Ich übernahm Pendas Platz am Ruderriemen, worüber die Nordmänner ziemlich froh waren. Der Engländer ebenfalls, der Art nach zu urteilen, wie er flüchtete, noch bevor ich den Riemen gepackt hatte. Das Holz wäre fast durch das Riemenloch gerutscht, und wir hätten ihn vielleicht verloren, wenn ich ihm nicht mit einem Satz nachgesprungen wäre. Dabei schlug ich mir das Knie am Rumpf an. Einige Männer fluchten, und mir war es peinlich, aber den Engländer schien das nicht im Geringsten zu kümmern. Er setzte sich auf das Deck, zog einen Wetzstein aus seinem Gürtel, spuckte darauf und begann sein Schwert zu schärfen.

Egfrith hatte das Gebetbuch im Frachtraum der *Fjord-Elch* gefunden. Keiner der Nordmänner hatte etwas mit diesem Ding des Weißen Christus zu tun haben wollen, also musste Knut die *Seeschlange* neben die *Fjord-Elch* steuern, damit der Mönch an Bord krabbeln konnte.

»Hier ist es! Gelobt sei die Gnade des Allmächtigen, hier ist es!«, hatte Egfrith geschrien, nachdem er eine Weile im Frachtraum der *Fjord-Elch* herumgewühlt hatte. Dabei hatte er die ganze Zeit mit sich selbst oder vielleicht mit seinem Gott geredet. Er drückte einen seidenen Beutel an die Brust und riss die kleinen Augen weit auf. »Ich habe es gefunden! Das Buch ist wieder in Sicherheit!«, schrie er. »Gelobt sei der Herr, der diesen Schatz des heiligen Hieronymus Seinem demütigen Diener anvertraut hat! *Calix meus inebrians*, hehe, Raven? Mein Becher macht mich trunken.«

»Ich kenne kleine Mädchen, die mehr vertragen können als du, Mönch!«, rief ich nur zurück.

Mit unseren englischen Gefangenen, dem Gebetbuch des heiligen Hieronymus und der *Fjord-Elch* im Kielwasser legten wir uns in einem ruhigen Takt in die Riemen und ruderten nach Süden, Richtung Küste. Jetzt hielten wir uns nicht so dicht am Land, da Sigurd vermeiden wollte, dass wir auf irgendwelche fränkischen Boote trafen, die vielleicht in den flacheren Küstengewässern Wache schoben. Und er wollte auch nicht, dass irgendwelche Fischerboote an fränkische Herde zurückkehrten und die Neuigkeit verbreiteten, dass zwei Drachenschiffe vor der Küste entlangschlichen. Sigurd befahl uns daher, nach einer Insel zu suchen oder nach der Mündung der Sequana oder einem abgelegenen Monasterium, das irgendwo an der grünen Küste lag. Denn ein solches Kloster, vollgestopft mit Silber und nur von Mönchen bewacht, war etwas, was kein richtiger nordischer Schwertkämpfer ignorieren konnte. Sollten wir zuerst auf den Fluss treffen, würden wir unseren Bug wenden und nach Norden segeln. Denn Karolus' Königreich war kein Ort für Heiden. Eine verlassene Insel dagegen brauchten wir, oder vielmehr, Jarl Sigurd brauchte sie, um die uralte Tradition des Hólmgangs zu vollziehen.

»Hólmgang?« Penda ließ sich das Wort auf der Zunge zergehen. »Was für heidnische Pferdescheiße ist ein Hólmgang?« Cynethryths Blick ruhte auf mir, während ich den Riemen in perfektem Gleichklang mit Arnvid vor mir durch das Wasser zog. Sie hatte die Lippen zusammengepresst. Ich vermutete, dass sie wieder seekrank war.

»Das ist ein Kampf, Penda«, antwortete ich. »Ein Kampf zwischen zwei Männern. Und ich glaube, er muss auf einer Insel stattfinden.« Mehr wusste ich auch nicht, also fragte ich Bjarni.

»Es ist ein Zweikampf um die Ehre«, erwiderte Bjarni, während er mühelos weiterruderte. »Die Ehre eines Mannes ist wie eine Waage, die im Gleichgewicht ist. Ein Mann darf niemals zulassen, dass dieses Gleichgewicht gestört wird. Wenn das passiert, dann ist er nicht mehr ein Ebenbürtiger in seinem Volk, und man kann seine Familie verspotten. Jeder Mann, der auch nur seine Haut wert ist, wird jeden Mann bekämpfen, der ihn beleidigt hat. Er wird sich die Ehre zurückholen, die man ihm genommen hat. Aber es ist kein bloßer Kampf. Es gibt strenge Regeln. Der Kampf muss auf einem Stück Land stattfinden, wo niemand lebt. Oder an einem bestimmten Ort, der für solche Zwecke vorgesehen ist. Mein Dorf hat einen solchen Ort.« Er sah uns mit seinen blauen Augen an. »Das Gras selbst ist dort rot, von dem vielen Blut, das dort vergossen wurde.«

Der schwarze Floki hinter mir grunzte zustimmend. »Die Ehre eines Mannes kann eine verdammt blutige Angelegenheit sein«, brummte er.

Während Bjarni mir den Hólmgang erklärte, übersetzte ich seine Worte für Penda und Cynethryth. Offenbar gab es so etwas wie den Hólmgang in Wessex nicht, und auch nicht, soweit Penda wusste, in irgendeinem anderen Königreich in England. Dort drehten sich die Blutfehden wie Wagenräder, und Morde aus Rachsucht forderten unablässig Opfer, eins nach dem anderen, Generation um Generation, bis die ursprüngliche Beleidigung lange vergessen ist.

»Der Kampf endet normalerweise mit einer schweren Verletzung«, fuhr Bjarni fort. »Aber ich habe auch schon Kämpfe gesehen, die erst mit dem Tod endeten. Den sonderbarsten Kampf habe ich erlebt, als ich noch ein bartloser Junge war. Er passierte vier Tagesreisen von meinem Dorf entfernt, aber jeder Mann und jeder Hund unternahm diesen weiten Marsch wegen der beiden Kämpfer.«

Bjarnis dicke Lippen verzogen sich zu einem Lächeln, und man hätte seinem Gesicht nicht angemerkt, dass er gerade ruderte.

»Einer war ein Mann namens Gnupa, der Sohn einer Hure aus dem Norden, der in dem Ruf stand, jede Frau zu pflügen, die auch nur in seine Richtung blickte, und auch einige, die nicht einmal das taten. Er war außerdem ein berüchtigter Schlächter, weshalb er damit davonkam, dass er über die Frauen anderer Männer stieg. Jedenfalls kam Gnupa oft in unser Dorf, um seine Rentierknochen und Bärenfelle und dergleichen zu verkaufen. Er verdiente viel Geld, dann trank er sich besinnungslos, suchte Streit und verschwand, bevor ihn jemand zur Rechenschaft ziehen konnte. Der andere Kämpfer war Kráki, der Sohn unseres Häuptlings. Ein vielversprechender junger Mann war er, stark und beweglich, und wer weiß, warum Krákis junge Frau, ich habe den Namen der Hure vergessen, sich entschlossen hatte, ihre Beine für Gnupa breitzumachen, aber sie hat es getan. Jedenfalls haben die Leute das behauptet. Unser Häuptling hat versucht, die Sache kleinzureden und sie einfach nur als ein fehlgeschlagenes Geschäft darzustellen, einen hitzigen Streit über Gnupas Preise. Aber Kráki verlangte den Holmgang, und ich glaube, der alte Mann war deshalb stolz auf seinen Sohn, auch wenn er nicht wollte, dass es dazu kam.«

Ich unterbrach Bjarni, damit ich seine Geschichte für Penda und Cynethryth übersetzen konnte. Dann bedeutete ich dem Nordmann mit einem Nicken fortzufahren.

»Jedenfalls trafen sie sich an einem Ort, den Gnupa ausgewählt hatte, der etliche Meilen von jeder bewohnten Siedlung entfernt war. Ich glaube, er wollte nicht, dass zu viele Leute sahen, wie er den Sohn des Häuptlings tötete. Das ist schlecht fürs Geschäft. Trotzdem, wie ich schon sagte, gingen wir alle hin, um zuzusehen. Wir mochten Kráki, und es gab mehr als nur ein paar Männer, die hofften, sehen zu können, wie der Junge das tat, wozu es ihnen an Mut mangelte. Auch die Frauen kamen mit.« Bjarni lachte leise. »Vielleicht waren ihre Mösen ja nass wegen Gnupa.« Diese Worte ließ ich wohlweislich aus. »Beide Männer verzichteten auf Schilde, was ziemlich ungewöhnlich war …«

»Elende Dummköpfe«, warf der schwarze Floki ein.

»Vielleicht, aber tapfere Dummköpfe«, antwortete Bjarni. »Sie fingen allerdings recht vorsichtig an, umkreisten sich wie Wölfe, Erfahrung gegen Jugend, und beide waren Rechtshänder.« Er grinste. »Wir glaubten, dass wir einen besonderen Kampf erleben würden. Wir waren richtig scharf darauf. Dann schrien die beiden Männer auf, traten vor, schwangen ihre Schwerter und schlugen sich in ein und demselben Moment gegenseitig die Köpfe ab! Aus ihren Halsstümpfen spritzte Blut über uns, ihre Köpfe tippten zweimal auf dem Boden auf, bis sie im Schlamm liegen blieben. Ihre Augen waren weit aufgerissen. Gnupa kippte seitlich um und zitterte wie ein Fisch. Kráki dagegen sank auf die Knie und hockte dort, kopflos und tot wie ein Felsblock, das Schwert immer noch in der Hand. Wir waren zu verblüfft, um zu murren, dass wir um einen guten Kampf betrogen worden waren. Wir starrten sie einfach an. Und das war es. Es war vorbei. Ich habe seitdem nie wieder so etwas gesehen. Noch vor dem nächsten Vollmond ist unser Häuptling gestorben. Meine Großmutter hat gesagt, ihm wäre das Herz gebrochen.«

Ich holte tief Luft und beendete die Geschichte auf Englisch.

»Das ist eine schreckliche Geschichte, Raven«, tadelte mich Cynethryth. Ich glaube, sie schluckte gerade gegen ihren Brechreiz an.

»Es war nicht meine Geschichte«, verteidigte ich mich.

»Mir hat sie gefallen.« Penda kratzte sich die Narbe in seinem Gesicht. »Ich habe mal gesehen, wie ein Dummkopf sich mit einer Axt das halbe Bein abgehackt hat.« Er schüttelte seinen stacheligen Kopf. »Aber noch nie so etwas Sonderbares. Frag den Heiden, ob er noch mehr Geschichten kennt.«

Ich warf einen Blick auf Cynethryth, die einen Schritt näher an die Seite der *Seeschlange* getreten war, als wollte sie sich übergeben. »Vielleicht später, Penda«, sagte ich.

»Sie ist einfach nur seekrank, Raven!«, protestierte er. »Eine gute Geschichte lenkt sie davon ab.«

In Wahrheit jedoch wollte ich auch keine solchen Geschichten mehr hören. Meine Gedanken waren so schon finster genug. Denn Sigurd würde gegen Mauger kämpfen, den besten Kämpfer von Wessex, und es bestand durchaus die Möglichkeit, dass es sein Untergang wurde. Und was sollten wir ohne Sigurd tun?

Dreimal an diesen Tagen meldeten uns die Männer Schiffe, die sie dichter am Ufer erblickt hatten, und einmal ein Langboot, das am nördlichen Horizont nach Osten segelte. Es gab kaum Wind, und das bisschen war so warm, dass wir mit nacktem Oberkörper rudern konnten. Wir genossen die Luft auf der Haut, die den Schweiß trocknete, der uns über die Leiber ran. Der Himmel war nur schwach bewölkt, und bald konnten wir braunen Rauch erkennen, der jenseits der Hügel und Klippen der Küste im blauen Himmel hing. Wenn wir die Sequana nicht an diesem Tag erreichten, dann sicherlich am nächsten, also beschloss Sigurd, ein letztes Mal an Land zu gehen, bevor wir wieder

Kurs nach Norden nahmen. Es gab Dinge zu regeln. Blut sollte vergossen werden. Doch wir hatten bislang keine Insel gefunden und auch keine größere Sandbank, die unbewohnt war. Sigurds Kampf mit Mauger würde also an den fränkischen Gestaden stattfinden müssen.

»Ein Hólmgang auf Christenland?« Asgot spuckte aus und schüttelte den Kopf, sodass die Knochen in seinem strähnigen Haar klapperten. »Ich muss dich warnen, Sigurd. Der Mann, gegen den du kämpfst, ist ein Christ. Sein Gott ist hier sehr mächtig.« Er deutete mit einem Nicken zur Küste. Die anderen ruderten weiter, aber wir versuchten so viel von seinen Worten aufzuschnappen wie möglich.

Sigurd zog seinen goldblonden Bart durch die Faust. »Was sagen die Knochen, Godi?«

Asgot verzog die Lippen. »Die Knochen sind nicht eindeutig«, gab er zu. »Die Zukunft ist verborgen. Wir sollten warten.« Er deutete auf die englischen Gefangenen, die sich unter Jørmungand kauerten. Sie redeten leise miteinander und schienen Mauger zu ermutigen. Ihre Gesichter waren hart und entschlossen. »Bring sie nach Norden, Sigurd. Dort töte die Engländer, und wirf sie in unsere kalten Gewässer. Das wird die Götter erfreuen. Diese Würmer sind unsere Feinde. Du schuldest ihnen nichts. Gib ihnen nur den Tod, mein Jarl. Denn mehr würden sie uns auch nicht geben.«

Sigurd schien eine Weile darüber nachzudenken, runzelte die Stirn. Dann schüttelte er den Kopf.

»Die Abmachung gilt«, erwiderte er. »Bevor der Mond aufgeht, werde ich gegen diesen Hurensohn kämpfen, und damit ist die Angelegenheit erledigt. Wenn Maugers Blut auf meinem Schwert trocknet, gebe ich dir Ealdred. Mach mit ihm, was du willst.« Bei diesen Worten glühten die gelblichen Augen des Godi bösartig, und seine klauenartige Hand fiel auf den Messergriff in seinem Gürtel. Er verbeugte sich vor Sigurd, dann drehte er sich schwungvoll herum und ging zum Bug. Dort quälte er die Wessexmänner in seinem schlechten Englisch mit Versprechungen von Schmerz und Tod.

Wir verstauten Jørmungand im Frachtraum, um die Landgeister nicht zu verärgern, und ruderten die *Seeschlange* und die *Fjord-Elch* sicher ans Ufer. Ihre Rümpfe knirschten auf dem Kiesstrand, und wir sprangen mit Seilen hinaus, um ihre Rümpfe aus der Brandung zu ziehen. Es gab keine Felsen, an denen wir sie hätten vertäuen können. Also hämmerten wir acht angespitzte Pfähle, die wir zu diesem Zweck mitführten, mit unseren großen Axtköpfen in den Strand. Wie üblich liefen der schwarze Floki und etliche andere Nordmänner los, um sich in der Gegend umzusehen, während andere sich an die wichtige Aufgabe machten, Holz für die Kochfeuer zu sammeln. Sobald wir erfuhren, dass wir gefahrlos Feuer entzünden konnten, wurden die Kessel von den Schiffen geholt, und Olaf schickte eine Gruppe von fünf Männern los, die das Blut und den Dreck vom Deck der *Fjord-Elch* schrubben sollten. Mir befahl er, auf die Engländer aufzupassen, vor allem auf Ealdred. Das machte ich nur zu gern, weil ich dadurch nicht das Deck schrubben musste. Blut sickert in Eiche ein, und es erfordert ein ganzes Fass von Muskelschmalz, um es wieder herauszubekommen, und selbst dann sieht man die Flecken noch bis Ragnarøk.

Weiter oben am Strand lagen Tausende von Steinen so glatt wie Hühnereier, und dahinter ragte eine Wand aus Ebereschen, Eschen und Holunder empor. Ihr grüner Duft kämpfte gegen den Geruch des Seetangs an.

Asgot schickte Bram und Svein los, um einen Fuchs, einen Dachs, einen Hasen oder was auch immer dieser Landstrich zu bieten hatte zu jagen. Er schärfte ihnen ein, dass das Tier lebendig sein musste, wenn sie es ihm brachten. Es konnte nicht schaden, den Göttern ein Blutopfer zu bringen, bevor sein Jarl gegen einen berühmten Krieger kämpfte. Als sie zurückkehrten, hatten wir unser Nachtmahl bereits verzehrt, einen Brei aus Robbenfleisch und Pilzen. Die späte Stunde und ihre Gesichter sagten uns, dass sie nicht erfolgreich gewesen waren. Die Hünen hockten sich an die Feuer aus Birkenholz, nahmen die dampfenden Näpfe mit Nahrung, die man ihnen anbot, und aßen schweigend. Niemand wagte es, sie nach dem Erfolg ihrer Jagd zu fragen. Selbst Asgot blieb stumm, obwohl sein Gesicht, so säuerlich wie alte Milch, mir sagte, dass er in ihrem Scheitern ein schlechtes Omen sah. Wir gaben auch den Gefangenen zu essen, und Sigurd selbst gab Mauger einen vollen Napf, damit der Engländer seine bevorstehende Niederlage beim Hólmgang nicht auf Schwäche durch Hunger schieben konnte. Allerdings würde der Verlierer ohnehin nicht in einem Zustand sein, groß Klage zu führen, jedenfalls nicht in diesem Leben. Trotzdem, Mauger akzeptierte den Napf mit einem kurzen Nicken, und er aß auch noch einen zweiten Napf restlos leer. Die Feuer knackten, die Funken stoben, und das leise Murmeln der Nordmänner hing über den Flammen wie Fetzen einer Geschichte, die noch nicht erzählt worden war. Was würde aus der Gemeinschaft, wenn Mauger siegte? Ich nahm an, dass Olaf uns dann anführen würde, und ich war mir auch sicher, dass die Nordmänner ihm folgen würden. Nur, wohin würden wir gehen? Und würden die Männer Olaf ebenfalls einen Treueeid schwören, wie sie ihn vor ihrem Jarl abgelegt hatten?

»Es ist Zeit«, sagte Sigurd, stand auf und leerte das Methorn, das er in der Hand hielt. Er saß auf der anderen Seite des Feuers, dessen Licht über sein scharf geschnittenes Gesicht zuckte. »Onkel, du bist mein Schildträger.« Olaf nickte ernst.

Ich sah Bjarni an.

»Beim Hólmgang brauchen beide Männer einen Helfer, einen Schildträger«, erklärte Bjarni und wischte sich den Met von den Lippen. »Dieser Helfer ist unbewaffnet und darf nicht in den Kampf eingreifen. Oh, und …« Er hielt vier Finger hoch, runzelte betrunken die Stirn und knickte einen ab. »Beide Kämpfer dürfen drei Schilde benutzen.« Er zuckte mit den Schultern. »Schilde halten im Hólmgang nicht allzu lange.«

»Raven«, sagte Sigurd und deutete zu der Stelle, wo die Gefangenen hockten. »Du bist Maugers Schildträger.«

»Herr?« Ich lächelte zögernd, weil ich seine Worte für einen Scherz hielt.

»Hol drei Schilde für den Engländer. Gute Schilde mit eisernem Rand«, sagte er. »Und sorg dafür, dass er sein Schwert nicht vergisst.« Er band sein Haar zurück, das im Licht der Flammen golden schimmerte. »Godi, bereite den Kampfplatz vor. Und hör auf, dich darüber zu beschweren, dass dein Opfermesser trocken ist. Wir bringen ein Opfer dar, wenn es vorbei ist.« Asgot stand auf und nickte. Er forderte Bjarni und Bjørn auf, ihm zu helfen. Dann ging er den Strand hinunter, zurück zu den Schiffen, die in der Dämmerung halb verborgen waren. Nur ihr Heck leuchtete im Licht der weißen Schaumkronen. Ich stand einen Moment regungslos da und sah zu, wie der schwarze Floki seinem Jarl etwas ins Ohr zischte. Floki hatte die Hand auf seinen Schwertgriff gelegt, und ich wusste, dass er Sigurd bat, an seiner Stelle gegen Mauger kämpfen zu dürfen. Aber Sigurd legte dem Krieger eine Hand auf die Schulter und schüttelte den Kopf. Daraufhin ließ Floki resigniert die Schultern sinken.

Und ich setzte mich in Richtung *Fjord-Elch* in Bewegung, um drei gute Schilde zu holen.

7

Bjørn und Bjarni legten zwölf alte Umhänge in einem etwa neun Fuß langen Quadrat auf dem Boden aus. Wir befanden uns oberhalb der Stelle mit den runden Steinen, jenseits des leisen Murmelns des Meeres und des knackenden und knisternden Feuers. Hier war der Boden mehr oder weniger eben. Vor uns schwankten die niedrigen Bäume schwerfällig, und ihre Blätter raschelten im Nachtwind. Einige von uns hatten den Boden vorbereitet, Stumpen von Geißblatt und Zaunwinden weggehackt, von denen ein süßer Duft aufstieg, als wir sie jäteten. Nachdem die Umhänge ausgebreitet und mit Pflöcken im Boden befestigt worden waren, nahm Asgot eine Speerspitze und zog drei Linien an den Außenseiten des Quadrats in den Boden. Jede war etwa einen Fuß von der anderen entfernt. In jede Ecke steckte er einen kräftigen Stamm. Die Begrenzung wurde durch vier Seile vervollständigt. Dann entzündeten Olaf und Bram der Bär die Fackeln, die sie in den Boden gesteckt hatten. Ihre Flammen spendeten ein unruhiges, blakendes Licht, das Schatten durch die Arena warf und sie in eine verzerrte Traumlandschaft verwandelte. Nach Harz riechender Rauch stieg uns in die Nase und sammelte sich, bis er sich wie schwarze Geister in den dunklen Nachthimmel erhob.

Als alles vorbereitet war, stand der alte Godi auf und betrachtete das Werk. Mit einem zufriedenen Grunzen befahl er mir, die stinkenden Schweineblasen zu holen. Er meinte Mauger und Ealdred und die anderen Wessexmänner.

Mauger lag auf dem Rücken im Sand neben den Langschiffen. Ein Bein hatte er an seine breite Brust gezogen, während das andere zur Spitze des Mastes der *Fjord-Elch* zeigte. Er packte die Wade des ausgestreckten Beines und zog es höher, dehnte die Sehnen, so stark, dass die Muskeln in seinen Oberarmen anschwollen. Die Kriegerarmreifen, auf die er so stolz war, lagen bereits bei den Schätzen im Frachtraum der *Fjord-Elch*. Wo er sie getragen hatte, sah man noch die Eindrücke auf den Armen. Man kann einem Krieger seine schwer erkämpften Schätze abnehmen, aber einige, Männer wie Mauger, wirken ohne sie nicht weniger imposant. Diesen Männern musste man ihren Stolz mit einem guten Schwert aus dem Leib schneiden.

»Sigurd wartet«, verkündete ich. Der schwarze Floki stand im Schatten und warf dem Wessexmann hasserfüllte Blicke zu. Der Schaft seines Speeres bohrte sich in den Sand. Ealdred und seine Leibwächter saßen immer noch am Feuer, aber sie waren nervös, wie auch die restlichen Nordmänner, da der Geruch des Kampfes in der Luft lag.

»Soll er warten«, brummte Mauger und verzog bei dem Schmerz durch die Dehnung das Gesicht. Dann rollte er sich herum und stand in einer fließenden Bewegung auf. Mein Herz schlug schneller, weil der Mann mir plötzlich so nahe war. Ich wusste, wie stark Mauger war. Er hätte mir mit einem Griff das Genick brechen können, als wäre ich nichts weiter als ein Suppenhuhn. Er lockerte Schultern und Nacken, wobei er mich nicht aus den Augen ließ. Mir stieg der scharfe Gestank seines Schweißes in die Nase.

»Ich bin dein Schildträger«, sagte ich mürrisch.

Er runzelte die Stirn und beugte sich vor. »Du?«

Ich zuckte mit den Schultern. »Ich.«

»Warum willst du mein Schildträger sein?«, fragte er mich.

»Von Wollen kann keine Rede sein«, antwortete ich. »Wenn es nach mir ginge, würden wir dich fesseln und dich als Zielscheibe für unsere Übungen mit dem Bogen benutzen.« Der schwarze Floki trat vor, weil er Ärger witterte. »Sigurd hat mir befohlen, deine Schilde zu halten. Also halte ich deine Schilde.«

Mauger lächelte und spannte seine gewaltigen Muskeln an. Die Tätowierungen auf seinen Armen zuckten. Dann drehte er sich zum Meer herum und holte dreimal tief Luft. Seine Brust hob und senkte sich wie die leichte Dünung hinter den Brechern. Er wandte sich wieder um, warf einen kurzen Seitenblick auf den schwarzen Floki und blickte dann zu mir. »Also gut, Junge.« Er zog Schleim hoch, spuckte ihn in den Sand. »Gehen wir zu deinem Jarl.«

Wir gaben Mauger seine Waffen, sein Brynja, den Helm, das Schwert und den Schild, und ich nahm zwei weitere Schilde mit, die gut gearbeitet und unbeschädigt waren. Dann gingen wir langsam den Strand hinauf. Wir kamen an den Lagerfeuern vorbei, glühenden Gluthaufen, die im Wind rot und schwarz pulsierten. Und an drei verärgerten Nordmännern, die das Pech hatten, bei den Langbooten

Wache halten zu müssen, wo sie doch alles dafür gegeben hätten, dem Kampf zusehen zu dürfen.

»Ich halte dich nicht für einen Christensklaven, Mauger«, sagte ich, »aber wenn du ein Christ bist, solltest du dich wohl besser um deine Seele kümmern.«

»Du glaubst, dein Jarl kann mich schlagen, Blutauge?« Er klang mehr überrascht als beleidigt.

»In Sigurds Adern fließt das Blut der Asen«, gab ich zurück. »Er stammt von Týr ab, dem Herrn der Schlacht. Vielleicht sogar von Óðin selbst. Du hast einen großen Ruf, Mauger, und ich bin sicher, dass du schon etliche Krieger zu Boden geschickt hast. Aber Sigurd ist etwas anderes. Er ist ein Schlächter.«

»Wir werden sehen, was Sigurd ist«, gab Mauger zurück, während er polternd über die Steine trat und sich durch ein Dornengebüsch drängte. Ich hatte versucht, den Samen des Zweifels in seinen Verstand zu streuen, aber natürlich verschwendete ich nur meinen Atem. Ein Mann mit Maugers Erfahrung ließ sich von Worten ebenso wenig erschüttern wie ein Berg vom Wind.

Schließlich erreichten wir die Anhöhe. Die Zuschauer hatten eine Gasse gebildet. Ihre bärtigen Gesichter waren grimmig, sie hatten die Lippen fest zusammengepresst. Der Krieger aus Wessex schritt zwischen ihnen hindurch. Ich folgte ihm, die Handflächen feucht von Schweiß. Die Krieger drängten sich eng um den Kampfplatz. Ihr Geruch nach Schweiß, Leder und Fett mischte sich mit dem honigsüßen Duft der Blumen.

Mauger nickte seinem Ealdorman zu, und Ealdred erwiderte die Geste. Es herrschte Stille, bis auf das Zischen der Fackeln, das Rascheln der Blätter und das Knacken der Äste der dunklen Bäume im Hintergrund. Irgendwo schrie ein Raubvogel, dem das Heulen eines Wolfs antwortete, der damit kundtat, dass er Beute gemacht hatte. Da draußen im Dunkel floss bereits Blut.

Sigurd stand bereits in dem von Seilen begrenzten Feld, und ich musste lächeln, als ich ihn sah. Sein Helm reflektierte das Licht der Fackeln. Er sah Mauger an. Seine Wangenknochen traten deutlich hervor, und sein Vollbart war unter dem Kinn so dick wie ein Tau zusammengebunden. Die Ringe seines Brynja schimmerten im Fackellicht, sodass sie wie aus Gold gemacht schienen. Das Schwert seines Vaters hing an seiner Hüfte und schien nur ein weiterer Körperteil dieses Mannes zu sein. Er hielt einen runden Schild an die Brust gedrückt, dessen glänzender Buckel von keiner Kerbe verunziert wurde. Auf den Schild war ein Wolfskopf gemalt. Er sah einfach herrlich aus.

Ich wusste, dass irgendwo in der Menschenmenge auch Cynethryth war, widerstand jedoch dem Drang, nach ihr zu suchen. Die Wessexmänner standen bei Ealdred, und einer von ihnen schrie Mauger aufmunternd zu. Die anderen folgten ihm sofort, und dann brüllten Sigurds Männer für ihren Jarl. Einen Moment herrschte ohrenbetäubender Lärm. Ich sah Penda. Er stand mit verschränkten Armen da und hob das Kinn in meine Richtung. Ich ertrug seinen Blick nicht. Ich wollte Sigurd bitten, jemand anderen zu bestimmen, der Mauger helfen sollte, einen der Engländer, vielleicht Ealdred selbst. Warum musste ich den Schild des Mannes halten? Ich würde ihn lieber tot sehen, und das wollte ich meinem Jarl auch sagen, aber kein Mensch hätte in diesem Moment zu Sigurd durchdringen können. Also hielt ich den Mund und nahm meinen Platz hinter Mauger ein. Er hatte sich unter das Tau hindurchgeduckt und stand jetzt seinem Widersacher gegenüber. Olaf stand hinter Sigurd. Das Gesicht des älteren Mannes war wie versteinert.

Asgot trat in die Mitte des Kampfplatzes und stellte sich zwischen die Krieger. Seine gelblichen Augen verrieten seine Sorge. Dann hob der Godi die Hand, und alle verstummten.

»Mauger hat eine Herausforderung nach dem uralten Ritus des Hólmgangs akzeptiert!«, krähte er und nickte mir zu. Das bedeutete, ich sollte für die Wessexmänner seine Worte übersetzen, was ich auch tat. »Jeder Mann muss auf dem mit Tüchern bedeckten Platz bleiben und darf keine Fingerlänge davon abweichen. Üblicherweise ist der Kampf vorbei, wenn das Blut eines Mannes auf das Tuch tropft. Das gilt nicht heute Nacht. Dieser Hólmgang endet erst, wenn ein Mann tot ist.« Jetzt duckte sich auch Olaf unter das Tau und stand zwischen den Linien, die Asgot in die Erde gezogen hatte. Ich fragte mich, was er da tat, als Asgot weitersprach. »Jeder Krieger hat seinen eigenen Schildträger, der ihn verteidigen wird, solange sein Schild hält.« Ich hatte das Gefühl, als hätte mir jemand ins Gesicht geschlagen. Asgot hob seinen knochigen Finger. »Aber kein Schildträger darf seinen Widersacher oder den Helfer seines Widersachers schlagen und in den Kampf eingreifen, außer um ihn zu verteidigen.«

Ich sah Sigurd an und forderte ihn mit meinem bohrenden Blick zu einer Erklärung auf. Es war eine Sache,

Maugers Schilde zu halten, aber ihn auch noch damit verteidigen? Wie sollte ich Mauger verteidigen? Gegen Sigurd! Eher würde ich mein Messer in Maugers stinkende Eingeweide bohren.

»Der Mann, der herausgefordert wurde, führt den ersten Schlag. Danach geht der Kampf frei weiter, und keiner der hier Anwesenden darf sich einmischen.« Jetzt drehte sich Asgot zu Mauger herum. Sein Gesicht war eine verzerrte Grimasse des Hasses. »Wenn mein Jarl dich getötet hat«, zischte er, »werde ich dir Arme und Beine von deinem Leichnam schneiden. Ich werde dir die Haut abziehen. Deine Seele wird schreiend ins Nachleben fahren, und auf alle Ewigkeit wird keine andere Seele dich als einen Menschen erkennen.«

Die Worte ließen mein Blut gefrieren. Ich konnte Maugers Gesicht nicht sehen, aber ich sah, wie er dem Godi ausspuckte. Insgeheim bewunderte ich ihn dafür. Olaf bedeutete mir, ebenfalls in das Quadrat zu steigen, und ich gehorchte. Mein Herz flatterte wie ein Banner im Sturm. Wieder herrschte Stille. Doch dann zog Mauger sein gewaltiges Schwert und brüllte wie der Schlund hinter Hels Toren. Er sprang vor und hämmerte sein Schwert auf Sigurds Schild in der Hoffnung, ihn zu spalten. Aber es war ein guter Schild, ebenso wie der Arm, der ihn hielt, und Sigurd fing den Schlag ab, obwohl er ihn bis ins Mark erschüttert haben musste. Jetzt hob der Jarl das Schwert seines Vaters und hämmerte es auf Maugers Schild. Aber der hielt seinen Schild gut, sodass das Gewicht des Schwertes auf den eisernen Rand traf. Das zornige Brüllen der Zuschauer toste wie ein Sturm, während die Kämpfer ihre

Schwerter schwangen. Die Schilde wurden übel zugerichtet, aber weder Olaf noch ich konnten uns ihnen nähern, selbst wenn wir es gewagt hätten.

Sigurd war größer, aber Mauger war breiter und schwerer. Er rammte seine rechte Schulter in Sigurds Schild und stieß den Jarl zurück, bis der Absatz seines rechten Fußes über den Rand der Umhänge hinausragte. Sigurd stemmte sich in seinen Schild und drückte. Die Adern in seinem Hals drohten zu platzen, während er Mauger zurückschob. Dabei knurrte er wie ein Raubtier. Im nächsten Moment ließ Mauger seine Schulter sacken, zog sie nach links und brachte Sigurd aus dem Gleichgewicht. Dann beschrieb der Wessexmann mit seinem Schwert einen großen Bogen, und Sigurd hob seinen Schild gerade noch rechtzeitig. Aber das Lindenholz wurde mit einem lauten Krachen gespalten. Beide Männer sprangen zurück und atmeten schwer. Ihre Gesichter waren bereits schweißgebadet. Sigurd musste seinen Schild nicht ansehen. Er wusste auch so, dass er beschädigt war, und auch, dass es ein Risiko war, ihn weiter zu benutzen. Aber es war noch zu früh in diesem Kampf, um den Schild zu wechseln. Plötzlich wurde mir klar, warum jedermann drei bekam. Der Grund war, dass sie sich erschöpfen sollten, während sie die Schilde ihrer Widersacher zu Kleinholz verarbeiteten, sodass sie am Ende nicht mehr die Kraft für einen tödlichen Schlag hatten. Aber das hier war kein gewöhnlicher Hólmgang, und er würde nicht mit dem ersten vergossenen Blut enden.

Sigurd wischte sich mit dem Unterarm über das Gesicht und spuckte einen Schleimklumpen aus. Die beiden

Männer umkreisten sich und starrten sich an. Sigurd schlug nach Maugers Kopf, so schnell wie ein Blitz. Aber Mauger bewegte sich bereits, und die Schwertspitze zischte wie ein Atemhauch an seinem Gesicht vorbei, während er nach Sigurds Schild schlug. Er hieb das Holz glatt entzwei. Sigurd packte die untere Hälfte und trat den anderen Teil weg. Wenigstens hatte der eiserne Buckel gehalten, obwohl er das nicht mehr lange tun würde. Also griff er an und ließ eine Folge von gewaltigen Schlägen auf Mauger niedergehen, die dieser mit seinem eigenen Schild abfing. Ich fluchte, weil ich diesen Schild ausgesucht hatte. Er war härter als ein Rad von Thórs Streitwagen.

Dann griff Mauger an. Er war kein eleganter Kämpfer, sondern schwang sein Schwert wie ein Mann, der sich durch Brombeeren hackt. Er zertrümmerte die Reste von Sigurds Schild, hackte ein weiteres Viertel davon ab, sodass der Jarl nur noch den eisernen Buckel hatte, zwei verbogene Metallstreifen und eine Scheibe Holz. Blut tropfte aus der Innenseite des Schildbuckels.

»Man hat mir gesagt, du wärst ein großer Krieger, Mauger.« Sigurd grinste sein Wolfsgrinsen. »Aber ich sehe, dass du ein alter Hund bist, dessen beste Tage schon lange vorbei sind. Dann komm! Ich werde deiner Schmach ein Ende bereiten.«

»Dieser Hund hat noch Zähne, Heide!«, gab Mauger zurück. Das wurde von den Wessexmännern mit Jubelrufen quittiert. Ich warf einen Blick auf Ealdred und sah, dass seine Augen vor Stolz glänzten.

Olaf gab Sigurd einen neuen Schild, und Mauger wartete, bis Sigurd bereit war. Dann griff der englische Krieger erneut an. Sigurd wich nicht zurück, und als Mauger zurücktrat, um Luft zu holen, führte der Jarl einen Stoß nach seinem Hals. Mauger erwischte die Schwertspitze mit seinem Schild und schlug sie hoch, aber Sigurds Angriff war nur eine Finte gewesen. Er hämmerte seinen Schild in Maugers Gesicht, sodass der Hüne zurücktaumelte. Dann machte Sigurd noch einen Schritt auf ihn zu und trat ihm mit voller Wucht gegen den Schenkel. Das hätte den Mann fast umgeworfen. Mauger taumelte, brüllte und pflanzte erneut die Füße in den Boden. Dann senkte er den Kopf und hob seinen Schild und das Schwert. Sigurd hackte auf den Schild des Mannes ein. Splitter flogen durch die Luft, während der Jarl auf den Mann eindrosch. Mauger konnte nichts anderes tun, als jeden Schlag abzuwehren, obwohl die Schläge sich angefühlt haben mussten wie Ragnarøk, das Ende der Welt. Der Wessexmann ging langsam rückwärts und um den Platz herum, und man sah an seinen zitternden Schultern, dass er keuchte und nach Luft rang. Er schrie und trat mit dem rechten Fuß vor, schwang sein Schwert von links nach rechts, um Sigurds ungeschützte Seite anzugreifen. Aber Sigurd riss sein Schwert herum. Die Klingen prallten aufeinander, ein Eisenspan flog durch die Luft und schlitzte Sigurds Wange auf. Sigurd hämmerte Mauger den Knauf seines Schwertes in die Zähne und zertrümmerte sie. Ich hörte Maugers Grunzen, während das Blut über sein Kinn lief wie Wasser von einer Bergflanke. Der Wessexmann war benommen. Er stolperte, schwankte. Sigurd witterte den Sieg. Er griff an und ließ sein Schwert wie ein rachsüchtiger Gott auf den Mann heruntersausen, und ich stürzte vor, fing das Schwert mit dem Schild ab. Der Hieb hämmerte mich in die Erde wie einen Zeltpflock. Sigurd trat zurück, und seine großen Augen glänzten wie Silbermünzen. Rund um mich herum brüllten die Nordmänner. Ich zuckte zusammen, weil ich erwartete, dass gleich kalter Stahl meine Haut zerfetzen würde.

Mauger war zur anderen Seite des Kampfplatzes gestolpert und schüttelte den Kopf, wie um sich zur Besinnung zu bringen. Er spuckte zerbrochene Zähne und Blut aus. Sigurd hatte dem Wessexmann den Rücken zugekehrt und starrte mich an. Ich hatte meine Pflicht als Schildträger getan, obwohl ich es wahrhaftig lieber gesehen hätte, dass Sigurd Mauger in zwei Teile hackte. Dann blitzten Sigurds Augen auf. Er verzog das Gesicht und drehte sich wieder zu Mauger herum. Der Kampf ging weiter wie ein Sturm. Die Schilde krachten aufeinander. Mauger führte einen tiefen Schlag, den Sigurd mit seiner eigenen Klinge abblockte. Dann hämmerte der Wessexmann den Rand seines Schildes gegen Sigurds Schläfe, sodass dem Jarl der Helm vom Kopf flog. Mauger geriet in einen wahren Kampfrausch, wie ein Bär, der von Pfeilen getroffen war. Er hackte den zweiten Schild seines Widersachers zu Kleinholz. Dann war Olaf plötzlich da, hob den letzten Schild vor seinen Jarl und fing Maugers Schläge ab. Olaf mochte älter sein als die anderen Nordmänner, aber er war eine Eiche von Mann. So sehr Mauger es auch versuchte, er kam nicht bis zu Sigurd durch, obwohl ich nicht wusste, wie ein Mann so viel Kraft haben konnte, einen solchen Angriff auszuhalten. Und so ging es weiter, bis tief in die Nacht. Ich habe noch nie erlebt, dass Schilde so viele

Schläge abbekommen hatten und so lange hielten. Doch auch diese mussten früher oder später in Stücke gehen.

Sigurds blondes Haar hatte sich gelöst und hing schweißnass um sein Gesicht. Eine Hälfte war von Blut bedeckt, das im Licht der Fackeln schimmerte. Er schnappte sich den letzten Schild von Olaf und schlug mit dem Schwert gegen den Buckel, winkte Mauger anzugreifen.

Maugers Mund war ein blutiges Loch. Er hatte den zweiten Schild über den Arm gestreift und humpelte. Er war zu erschöpft, um auch nur ein Wort herauszubringen. Er nickte dem Nordmann zu, hob seinen Schild und näherte sich ihm unter dem Jubel seiner Landsleute. Ich folgte ihm, beobachtete beide Männer und hoffte, dass ich schnell genug war, mich ducken oder irgendeinen verirrten Schlag von einem der beiden abwehren zu können.

Olaf hatte keine Schilde für Sigurd mehr. Er stand daher jenseits der Umhänge und musste tatenlos dem Geschehen zusehen. Er hatte seine Fäuste wie knotige Taue zusammengeballt, die Stirn gerunzelt und knurrte leise vor sich hin. »Mach dem ein Ende, Sigurd, bring es zu Ende.«

Die beiden Krieger hämmerten ihre Schilde gegeneinander, traten zurück und schwangen die Schwerter. Mauger hoch und Sigurd tief. Der Nordmann war schneller, und seine Klinge grub sich in Maugers Hüfte und zertrümmerte die Ringe seines Brynja. Aber Maugers Schwert drang durch den Kettenpanzer auf Sigurds Schulter und hackte ein Stück Fleisch heraus. Sigurd schrie vor Schmerz und Wut und hämmerte sein Schwert auf Maugers Schild. Mauger taumelte zurück und zertrümmerte dabei Sigurds Schild mit einem gewaltigen Hieb in zwei Teile. Sigurd warf die zertrümmerten Reste beiseite und bereitete sich auf Maugers Angriff vor. Der Wessexmann grinste wild, humpelte vor und schwang sein Schwert, um seinem Gegner den Kopf abzuhacken. Aber Sigurd duckte sich blitzschnell, wirbelte herum und griff von links an, grub seine Klinge in Maugers rechten Schenkel. Es klang, als wäre ein Holzscheit gespalten worden. Offenbar hatte er dem Mann das Bein gebrochen, denn Mauger schrie auf und sank auf die Knie. Aus der Wunde an Sigurds Schulter quoll Blut, seine linke Seite war blutdurchtränkt und glänzte, als er sich erneut auf Mauger stürzte. Das Schwert seines Vaters hing einen Moment in der Luft, und das Licht der Flammen beleuchtete die lange Klinge. Dann fiel es, aber Mauger fing die Waffe mit seinem Schild ab. Sigurd schlug erneut zu. Diesmal spaltete sein Hieb Maugers Schild mit einem hallenden Krachen. Ich stürzte mit dem letzten Schild in der Hand vor, und Sigurd knurrte, trat aber zurück und ließ zu, dass ich die Lederriemen über Maugers Unterarm schob. Mauger bedankte sich mit einem Grunzen und versuchte aufzustehen, schaffte es jedoch nicht. Ich sprang zurück, als er einen weiteren Schlag abwehrte. Dann gelang es Ealdreds Mann irgendwie, Sigurds Unterschenkel zu treffen, sodass der Jarl ebenfalls auf die Knie fiel. Die Kämpfer starrten sich an, die Gesichter vor Schmerz verzerrt, ihre Körper zitterten vor Erschöpfung. Nordmänner und Engländer feuerten ihre Kämpfer mit lautem Gebrüll an, forderten sie auf, sich zu erheben und die Sache zu beenden. Aber Mauger und Sigurd waren in ihren eigenen schmerzerfüllten Welten und schienen den Lärm nicht zu hören.

Mauger legte sein Schwert nieder, setzte den Helm ab, schüttelte den Schild vom Arm und breitete dann die Arme weit aus. Er lud Sigurd mit einem blutigen, hasserfüllten Grinsen ein. Sigurd spuckte aus und bohrte dann mit einem Grunzen das Schwert seines Vaters durch die Umhänge in die Erde. Einen Herzschlag lang wurde es ringsum still wie in einem Grab, dann stürzten sich Sigurd und Mauger aufeinander. Sie verkeilten sich und rangen eine Weile wie zwei sich balgende Jungen. Plötzlich zerriss ein Schrei die Luft, bei dem einem das Blut in den Adern gefror. Mauger hatte ihn ausgestoßen. Sigurd hatte ihm das Auge ausgerissen, das jetzt an seinen blutigen Sehnen heraushing und auf der Wange des Mannes baumelte. Die Nordmänner ringsum stöhnten auf. Sigurd hämmerte unterdessen seine Stirn in Maugers Gesicht und brach ihm die Nase. Dann packte er den linken Arm des Kriegers und verdrehte ihn hinter dessen Rücken. Maugers Arm brach mit einem hohlen Krachen. Sigurd stieß ein Siegesheulen aus, packte das herunterbaumelnde Auge seines Gegners mit der Faust und riss die blutigen Sehnen aus der Augenhöhle. Dann warf er das Auge Ealdred vor die Füße.

Maugers Gesicht und sein Bart waren vollkommen blutüberströmt. Sein linker Arm baumelte nutzlos herunter. Sigurd verzog das Gesicht und trat vor Mauger hin. Der schlug nach ihm, aber ohne jede Kraft. Der Jarl achtete gar nicht darauf, als er den Kopf des Wessexmannes mit beiden Händen ergriff.

»Óðin!«, schrie er. Dann riss er Maugers Kopf fast einmal ganz herum. Wieder krachte es. Maugers rechte Hand flatterte wie der gebrochene Flügel eines Vogels, dann fiel sie regungslos herunter. Sigurd ließ von dem Mann ab, und der Leichnam kippte lautlos zur Seite. Es war vorbei. Sigurd hatte gewonnen.

8

Olaf und der schwarze Floki liefen zu ihrem Jarl und fingen ihn auf, als seine Beine unter ihm nachgaben. Sigurds Gesicht und sein Brynja glänzten und waren voller Blut. Die Männer trugen ihn vom Kampfplatz, während Ealdred und seine Wessexmänner sich um Mauger scharten. Sie konnten nicht fassen, dass ihr bester Kämpfer tot war. Asgot brüllte den Nordmännern zu, dafür zu sorgen, dass die Engländer Maugers Leiche nicht berührten. Dann trottete er hinter Sigurd her, rang die Hände und betete zu den Göttern.

Ich stand da wie betäubt. Trotz allem, was ich mit angesehen hatte, war ich beeindruckt von den Kriegern, die gerade eben dort gekämpft hatten, von ihrer Kraft, ihrer Geschicklichkeit, ihrem Durchhaltewillen. Und doch war es schrecklich, einen Krieger von Maugers Statur so zu sehen – ein lebloser Haufen Fleisch. Vor dem Kampf hatten beide Männer wie Kriegsgötter dagestanden. Jetzt war Mauger ein Fressen für die Würmer, und auch der Jarl wirkte wie ein Wrack eines im Sturm gestrandeten Schiffes, und wir mussten abwarten und zusehen, wohin die Gezeiten seines Wyrd ihn trugen.

Einige der Nordmänner drängten die Wessexmänner mit ihren Speerschäften von Maugers Leiche weg, während andere die Pflöcke aus der Erde zogen und das Seil zusammenrollten. Sigurds Schwert nagelte immer noch die Umhänge auf dem Boden fest, als wäre es ein endgültiges Urteil. Etwas in mir, der Teil, in dem das Blut noch kochte, sodass meine Muskeln zitterten und zuckten, wollte unbedingt den Schwertgriff ergreifen, als könnte ich nur durch die Berührung dieser Waffe mehr von dem schrecklichen Ruhm dieses Ereignisses kosten.

»Du solltest beten, dass er überlebt, Junge«, knurrte Bram der Bär neben mir. Er deutete auf die blutbefleckten Umhänge. Bjørn und Bjarni zogen gerade die Holzpflöcke aus der Erde. »Das Blut da würde Sigurds Innereien immer noch wärmen, wenn du nicht gewesen wärst. Was bei Óðins haarigem Arsch hast du dir gedacht? Mauger ...« Er spuckte aus. »Dieser verräterische Hund war erledigt, Junge. Sigurd hatte ihn geschlagen. Aber dann hast du diesen Hieb abgefangen ... Ich dachte, ich träume.« Er starrte mich an, und eine tiefe Falte erschien auf seiner Stirn. Dann schüttelte er den Kopf und ging davon. Ich sah, dass mich andere Nordmänner ebenfalls anblickten. Bram hatte recht. Ich hatte keine geringe Rolle in diesem Hólmgang gespielt. Der Kampf wäre erheblich schneller vorbei gewesen, hätte ich nicht den Schild zwischen Mauger und Sigurds Klinge gehalten. Nur meinetwegen hatte unser Jarl etliche Wunden davongetragen, einige so ernst, dass sie ihn das Leben kosten konnten. Und wenn er starb, dann würde ich ganz gewiss die Schuld dafür bekommen. Aber es war nicht der Gedanke an die Rache irgendwelcher Nordmänner, der sich eisig um mein Herz legte. Stattdessen fürchtete ich, dass ich dadurch, dass ich Mauger mit diesem Schild gerettet hatte, einen Faden aus Sigurds Wyrd gezogen und ungeschehen gemacht haben könnte, was die Nornen gewoben hatten. Wenn ich das getan hatte, dann wäre eine Klinge im Bauch eine Kleinigkeit, denn jene, die in Asgard lebten, liebten Sigurd. Das glaubte ich immer noch, obwohl andere bereits begonnen hatten, daran zu zweifeln. Dann musste ich mich dem Zorn der Götter stellen.

Im Lager herrschte in dieser Nacht gedrückte Stimmung. Asgot und Olaf waren bei Sigurd. Olaf hatte Cynethryth gefragt, ob sie Erfahrung in der Behandlung von Wundverletzungen hätte. Als sie erwiderte, sie kenne sich mit Heilkräutern aus und könne Verbände anlegen, bat Olaf sie, ihm zu helfen. Es war eine sonderbare Gemeinschaft, die in dieser Nacht um Sigurds Leben kämpfte. Asgot flehte Eir an, eine Heilgöttin und Magd von Frigg, und natürlich Óðin selbst, den Jarl zu retten, seine Wunden zu schließen und ihm die Kraft wiederzugeben. Ab und zu drang mir der Geruch von irgendwelchen Kräutern in die Nase, die der Godi verbrannte, um die Götter gnädig zu stimmen. Olaf beruhigte ihn mit Worten, die ich nicht hören konnte. Er tupfte die Stirn seines Freundes mit feuchtem Leinen ab, wusch das Blut aus seinen Wunden und schnitt Tuch in Streifen, die Cynethryth als Verband benutzen konnte.

Gelegentlich wurden wir anderen gerufen, um neues heißes Wasser zu bringen. Und manchmal auch Met. Den flößten sie Sigurd ein, um seine Qualen zu lindern.

Ich beneidete die Männer, die auf den Dünen Wache schoben, weil sie der düsteren Stimmung am Strand entkamen. Indem wir jeden qualvollen Seufzer hörten, jedes elende, leidende Stöhnen, teilten wir in gewisser Weise Sigurds Leiden. Und das war das Mindeste, was wir tun konnten.

Der sonderbare gelbe Rauch aus Asgots Feuer schien es darauf angelegt zu haben, meine Augen zu finden. Sie brannten und tränten, sodass mein Blick auf unsere Gefangenen aus Wessex verschleiert wurde. Sie saßen um ihren Ealdorman herum. Sie sprachen kaum ein Wort. Sie wussten, was der Tod ihres Kämpfers bedeutete: Sigurd konnte mit ihnen tun, was er wollte. Wenn er überlebte, würde er höchstwahrscheinlich nicht besonders mildtätig gestimmt sein. Und wenn er starb, würden seine Männer den Engländern vermutlich alle Gliedmaßen ausreißen, nur aus süßer Rache. Von meiner Warte aus betrachtet, waren Ealdred und seine fünf Männer verlorene Seelen. Sie waren *draugr*, lebende Tote.

»Jetzt wird es interessant«, sagte ein Nordmann neben mir. Stunden waren verstrichen, und die erste Morgenröte zeigte sich als schwacher Glanz im Osten. Ich hob den Kopf. Asgot ging über den Strand. Er ließ Olaf und Cynethryth bei Jarl Sigurd. Obwohl er erschöpft sein musste, ging der Godi zielstrebig auf den Leichnam von Mauger zu. Man hatte ihn von dem Platz des Hólmgangs gezerrt, ihm sein Brynja ausgezogen und ihn mit dem Gesicht nach unten im Sand liegen lassen. Ich konnte sehen, dass der Körper bereits steif war. Denn ein Arm war unnatürlich nach hinten gebogen, und die Hand sah aus wie eine Adlerklaue. Asgot hob seine Arme zum Himmel, und ohne seinen Blick von dem Leichnam zu nehmen, rief er Svein, damit er mit seiner Axt zu ihm kam.

Ohne ein Wort zu sagen stand Svein auf, packte seine große Axt und ging über den Sand. Seine hünenhafte Gestalt hob sich gegen die schwache Morgenröte ab.

Ich erinnerte mich an das schreckliche Versprechen, dass der Godi Mauger vor dem Kampf gegen Sigurd gegeben hatte. Dass schlangenartige Zischen von Asgots Stimme, jedes gifttriefende Wort ging mir durch den Kopf.

Ich werde dir Arme und Beine von deinem Leichnam schneiden. Ich werde dir die Haut abziehen ... Und keine andere Seele wird dich als einen Menschen erkennen.

Die Engländer stöhnten leise, als Sveins Axt zum ersten Mal herabfuhr. Sie trennte Maugers Arm ab, wie man einen Zweig von einem Baum abtrennt. Das Gesicht des rothaarigen Hünen war grimmig, als er erneut ausholte und den anderen Arm mit einem lauten Krachen an der Schulter abtrennte. Das war zu viel für Pater Egfrith. Er stand zitternd auf, bekreuzigte sich und schlich zum Ufer. Asgot grinste wie ein Dämon, als er sich bückte und die beiden Arme aufhob. An der Art, wie der Godi sich dabei zurücklehnte, sah ich, wie schwer diese Gliedmaßen waren. Die Beine waren mächtige Fleischbrocken, die Sehnen und Muskeln so zäh wie knorrige Eiche. Selbst der Hüne Svein musste mehrmals zuschlagen, um sie vom Leib abzuhacken. Ich sah zu Ealdred, aber der Ealdorman hatte dem Gemetzel den Rücken zugekehrt. Wir Nordmänner hingegen sahen alle zu. Wir murmelten Gebete zu Óðin, dem Herrn des Krieges, und flehten ihn an, unseren Jarl nicht nach Walhall zu holen, sondern stattdessen die Opfergabe eines großen Feindes anzunehmen. Es war kein richtiges Opfer, weil Mauger bereits tot war, aber wir nahmen an, dass Asgot immer noch glaubte, oder zumindest hoffte, dass er den Gott mit dem Mann aus Wessex besänftigen konnte. Mittlerweile glaube ich eher, dass Asgot es getan hat, weil es ihm einfach gefiel. Die Grausamkeit und die Verachtung dieses Mannes für seine Feinde war tiefer als der tiefste Fjord. Trotzdem sahen wir wie gebannt zu.

Als Maugers Leichnam zerlegt war, machte sich Asgot daran, die Teile aufzuspießen. Er bohrte zwei Speere in jedes Gliedmaß, dann hielten Svein und er sie über das Feuer, um die Kleidungsstücke zu verbrennen, die durch das verklumpte Blut an der Haut klebten. Als das bewerkstelligt war, nahm Asgot sein Messer und begann die schwarze Haut von Armen und Beinen abzuschälen. Sein altes Gesicht war vor Konzentration verzerrt. Svein überließ ihm diese Aufgabe und setzte sich neben mich. Er roch nach Holzkohle und verbranntem Fleisch und versenktem Haar. Einen solchen Geruch wurde man so schnell nicht mehr los.

»Ein schlechtes Ende für einen Krieger.« Svein schüttelte den Kopf.

»Ein schlechtes Ende für jeden«, murmelte ich, und Svein nickte.

Arnvid und Bothvar schickten eine Gruppe Nordmänner auf die Suche nach Pilzen und essbaren Wurzeln. Und sie sollten Vogeleier von den bemoosten Klippen holen, für den Eintopf, den wir über den Kochfeuern zubereiteten. Aber was die Männer sammelten hätte nicht einmal eine Schar alter Weiber satt gemacht, geschweige denn eine Gemeinschaft von Kriegern. Ich vermute, dass sie nur halbherzig gesucht hatten. Aber die Männer aßen auch nur halbherzig. In Gedanken waren alle bei Jarl Sigurd.

»Jarl Sigurd ist der Stärkste von uns«, brummte Bram, um den Männern, die schweigend aßen, Mut zuzusprechen. »Er ist wieder auf den Beinen und plant Listen wie Loki, bevor ihr es euch verseht.«

Einige Männer murmelten zustimmend, und etliche Hände berührten Amulette und Schwertgriffe, um das Glück zu beschwören. Der schwarze Floki schlug vor, dass wir die Gefangenen langsam töten sollten, damit wir nicht von den finsteren Gedanken verfolgt wurden, unseren Jarl zu verlieren. Einige Männer machten Vorschläge, wie die Wessexmänner sterben sollten. Sie überboten sich mit Grausamkeiten. Aber Bjarni widersprach. Es wäre Sigurds Recht, und er allein würde über das Schicksal von Ealdred und seinen Männern entscheiden. Immerhin hatte sich unser Jarl dieses Recht verdient, oder etwa nicht? Dagegen konnte kein Mann am Kochfeuer etwas einwenden, nicht einmal Floki.

Óðin, rette ihn. Bitte, hol ihn noch nicht. Gib ihm Kraft. Stille den Blutfluss. Mach das Blut dicker, Óðin. Mach es steif und fest wie Butter im Butterfass. Schließe seine Wunden, mächtiger Jarl der Götter. Wir brauchen ihn. Ich brauche ihn.

Was hatte ich getan? Ich blickte auf den Silberreif an meinem Arm, ein Geschenk von Sigurd. Er fühlte sich so schwer wie nie an. Ich wollte ihn abnehmen, tat es jedoch nicht, aus Angst, dass andere mich dabei beobachten könnten. Ein Jarl muss ein Reifgeber sein, muss Silber und andere Schätze verteilen, denn das bekommt man dafür, dass man ihm sein Schwert und sein Leben weiht, ihm und der Gemeinschaft. Aber was hatte ich getan? Ich hatte einen guten Schild gehoben, um den Feind zu schützen, und deshalb war das Blut meines Jarls wie Wasser aus einer Weidenreuse geflossen.

Cynethryth trug ein Bündel von rot durchtränkten Lumpen zum größten Feuer und warf sie hinein. Dort zischten sie, drohten die Flammen zu ersticken und erfüllten die Morgenluft mit dem Geruch von Eisen. Ich blickte zum Strand, sah die schattenhafte Gestalt von Pater Egfrith, der aufs Meer hinausstarrte. Seine blanke Tonsur schimmerte im ersten Licht des neuen Tages.

»Du solltest ihn bitten, ein Wort für Sigurd einzulegen«, sagte Penda und deutete mit dem Daumen auf Egfrith. »Dein Jarl braucht alle Hilfe, die er bekommen kann, Junge.«

»Dieses Rattengesicht soll für Sigurd zu seinem christlichen Gott beten?« Ich sah ihn verständnislos an.

Penda zuckte mit den Schultern.

»Ich würde eher eine Handvoll Nägel schlucken«, erwiderte ich, aber ich verstand sehr gut, was Penda meinte. Es stand wirklich schlecht um Sigurd. Aber ich wollte Óðin nicht noch mehr verärgern. Ich hatte schon genug Unheil angerichtet. Ich ließ Egfrith also, wo er war, und flehte Óðin, den Wanderer an, bis meine Kehle so trocken war wie eine alte, von Unkraut überwucherte Zisterne.

Sigurds Lebensfaden wand sich und dehnte sich, aber er riss nicht. Olaf, Asgot und Cynethryth pflegten ihn, so gut sie konnten. Sie wuschen seine Wunden, trugen Salben aus Breitwegerich und anderen Kräutern auf, die ich nicht kannte. Dann verbanden sie jede Wunde fest mit sauberen

Verbänden. Sie gaben ihm Fleischbrühe zu trinken, damit er zu Kräften kam, und Kräutertee, um seinen Schmerz zu lindern. Sie flößten ihm honigsüßes Wasser und Met ein, und die ganze Zeit verbrannte Asgot seine harzigen Kräuter, die dafür zu sorgen schienen, dass Sigurd schlief, trotz der Schmerzen.

Selbst Egfrith half schließlich. Er war plötzlich verschwunden und kehrte dann mit Fenchel in den Händen zurück. Er sagte, Kaiser Karolus selbst hätte angeordnet, dass dieser Fenchel wegen seiner heilenden Eigenschaften in jedem seiner Gärten angebaut würde. Asgot hatte zwar spöttisch die Lippen verzogen, aber Olaf hatte ihn überzeugt, dass diese Medizin zumindest einen Versuch wert war. Er erklärte, dass ein Mann, der einen Gott verehrte, der angeblich von den Toten auferstanden wäre, höchstwahrscheinlich etwas von heilenden Kräutern verstünde.

Wir warteten, mehrere Tage. Unfähig zu entscheiden, was wir tun sollten. Einige waren dafür, mit den Schiffen nach Norden zu segeln. Mit anderen Worten: nach Haus zurückzukehren. Aber die Mehrheit von uns wollte nichts davon wissen. Denn wenn wir jetzt nach Norden segelten, würden wir damit unsere Niederlage eingestehen, und ein Schwertkämpfer der Nordmänner, der so etwas tut, verdiente die Aufmerksamkeit der Götter nicht länger. Er würde höchstwahrscheinlich ungesehen von ihnen auf den Meeresgrund sinken. Besser war es, in die Augen der göttlichen Weberinnen zu spucken, komme, was da wolle, sagten die Männer.

Unsere Gefangenen wurden allmählich zur Last. Sie

stanken bestialisch. Wir gaben ihnen nur das Nötigste zu essen, und ab und zu trat irgendein frustrierter Nordmann einen Engländer oder schlug ihm ins Gesicht. Sie brauchten uns nur schief anzusehen, um Prügel zu beziehen, weil wir diesen Männern die Schuld an allem Übel gaben, das über uns gekommen war, auch für die leeren Ruderbänke an Bord der *Seeschlange* und der *Fjord-Elch*. Aber niemand rührte Ealdred an. Sigurd selbst würde sich um diesen Sohn einer schleimigen Schlange kümmern. Trotzdem juckte es Asgot, wenigstens einen der Wessexmänner für Óðin zu opfern. Bei jeder sich bietenden Gelegenheit scharte der Godi Männer um sich und erklärte allen, die es hören wollten, warum er sein Opfermesser mit englischem Blut benetzen sollte. Das einzig Gute an seiner Rede war, dass immer, wenn er von diesem Opfer sprach, Cynethryth zu mir kam, sich neben mich setzte und voller Angst meine Hand nahm.

Am vierten Tag schien Asgot zu bekommen, was er wollte. Einer der Engländer, ein breitschultriger, kräftiger Krieger mit einem dichten schwarzen Bart, wurde von den anderen weggezogen und musste sich vor einen Pfahl stellen, den Svein in den Boden gerammt hatte. Ich hielt mich fern, sammelte weiter Holz und legte Häute darüber, damit es trocken blieb. Ich hatte mich bereits in den letzten Tagen viel zu sehr in das Gewebe der Nornen eingemischt, und was die anderen entschieden, war mir nur recht.

»Die Götter lieben die alten Sitten.« Asgots Stimme knisterte wie ein brennender Holzscheit, als er mit einem dünnen, knotigen Finger auf den Pfahl zeigte. »Also werden wir das auch nach den alten Sitten handhaben.« Einige

Männer nickten und murmelten zustimmend. Andere runzelten die Stirn, weil sie mit diesen alten Sitten weniger vertraut waren. Asgot fuhr mit einer unsichtbaren Klinge über den Unterleib des Mannes. »Ich werde diesem Mann den Bauch aufschlitzen, das Ende seiner Innereien nehmen und sie an den Pfahl nageln. Dann wird er um den Pfahl herumgehen.« Er beschrieb mit der Hand einen Kreis in der Luft. »Wie die Schlange Jørmungand, die sich in ihren eigenen Schwanz biss, nachdem sie die Welt umschlungen hat. Ja, er wird gehen, bis sein Gedärm aufgewickelt ist und sich das Fleisch spannt. Er sieht stark aus.« Der Godi betrachtete Ealdreds Krieger grinsend. Der Mann hatte die Zähne zusammengebissen, aber seine Augen verrieten sein Entsetzen, denn er brauchte kein Nordisch zu verstehen, um zu begreifen, dass ihm Schlimmes bevorstand. »Er sollte es bis zum Ende schaffen«, fuhr Asgot fort. »Wenn nicht, dann wird er sich bald wünschen, er wäre im ranzigen Leib seiner Mutter geschrumpft und gestorben.«

Ein Schauer lief mir über den Rücken. Was konnte schlimmer sein, als zuzusehen, wie man die eigenen Eingeweide um einen Pfahl wickelt?

»Armes Schwein«, murmelte Penda. Auch er brauchte kein Nordisch, um sich auszurechnen, was da kam.

»Das waren die Sitten unserer Vorväter«, fuhr der Godi fort und bedeutete dem schwarzen Floki, den Gefangenen auf die Füße zu stellen. »Und es werden unsere Sitten sein.« Die einzigen Männer, die sich noch nicht hier versammelt hatten, waren die sechs oder sieben, die Wache hielten. Die Luft schien in der Erwartung dieses Blutrituals zu zittern. Floki drückte den Engländer gegen den Pfahl, und zwei weitere Nordmänner packten die Arme des Mannes. Denn jeder Mann zappelt wie eine Makrele, wenn man ihm ein Messer an den Bauch hält.

Asgots Klinge fuhr zischend aus der Scheide. Cynethryth neben mir spannte sich an.

»Steck deine Klinge weg, Godi!« Wir drehten uns um. Es war Sigurd. Sein Gesicht war aschgrau und so hager, dass es fast aussah, als würden seine Wangenknochen die Haut durchbohren. Er stand ein wenig schwankend da, nur mit einer schmutzigen Hose bekleidet. Sein Oberkörper war eingehüllt in Verbände, auf denen sich dunkle Flecken zeigten. »Heute gibt es kein Opfer.« Die Männer drehten sich zu Asgot herum.

»Aber der Allvater wartet, mein Jarl.« Asgot hielt ihm flehentlich beide Hände entgegen, von der eine immer noch das scharfe Messer hielt. Die Miene des Godi verriet, dass er ebenso überrascht war wie wir anderen, Sigurd auf den Beinen zu sehen. Ich erwartete fast, dass der Jarl jeden Moment aufs Gesicht fiel. Er sah aus wie ein *haugbui*, der Bewohner eines Hügelgrabs, der aus seinem Grab gefahren war, um die Lebenden zu quälen.

»Es war ein guter Kampf zwischen Mauger und mir«, sagte er. »Er war ebenso schwer zu töten wie ein zäher alter Eber.« Ein schwaches Lächeln legte sich um Sigurds grüne Lippen. »Deshalb werden die Männer von Wessex leben.« Die Nordmänner brummten. Ihre Gesichter waren finster.

»Was sagt er?« Cynethryth packte meine Hand fester.

»Er verschont sie«, erwiderte ich. »Glaube ich.«

Sigurd deutete auf die Wessexmänner, die neben einem

vom Meer glatt geschliffenen Felsen saßen, der halb im Sand vergraben war. »Diese Krieger werden leben, aber Ealdred wird sterben.«

Wieder fragte Cynethryth, was der Jarl gesagt hatte, und diesmal log ich und sagte, dass ich seine Worte nicht ganz verstanden hätte.

Die Männer grunzten zustimmend. Noch einen Herzschlag zuvor hätten sie gern zugesehen, wie ihr Godi die Gefangenen einen nach dem anderen aufgeschlitzt hätte. Aber als Krieger verstanden und teilten die Nordmänner Sigurds Respekt vor einem würdigen Gegner. Niemand konnte abstreiten, dass Mauger wie ein wahrer Streiter gekämpft hatte, was Sigurds Sieg nur noch strahlender machte. Ealdred jedoch war in ihren Augen ein Feigling und verdiente diese Gnade nicht.

Trotzdem erwartete ich, dass Asgot protestierte, aber das tat er nicht. Er nickte einfach nur, schob das Messer in die Scheide und bedeutete den Nordmännern, den hünenhaften Wessexmann freizulassen. Der schwarze Floki schob ihn zu seinen Landsleuten zurück.

»Du willst ihn einfach laufen lassen?« Olaf starrte Sigurd ungläubig an. »Sie sind Christen! Sie werden zu einer Siedlung im Landesinneren laufen, vielleicht sogar bis zur Tür von Karolus selbst, und werden uns eine ganze Armee von verrückten Anhängern des Weißen Christus auf den Hals hetzen.«

Sigurd schüttelte müde den Kopf. »Nein, Onkel. Das werden sie nicht. Denn sie haben jetzt keinen Herrn mehr, und wir haben Ruderbänke zu besetzen.«

Olafs Gesicht lief unter dem buschigen Bart rot an.

»Du willst sie an Bord unserer Drachenschiffe nehmen? Sie sollen unsere Riemen anfassen?«

»Sie können sich auch für den Tod entscheiden, Onkel. Diese Wahl überlasse ich ihnen.« Wir sahen uns an. Es schien ungeheuerlich, dass diese Männer, die unsere Feinde gewesen waren, jetzt mit einem Platz an den Riemen der *Seeschlange* oder der *Fjord-Elch* geehrt wurden. Und doch hatte Sigurd recht. Wir brauchten kräftige Arme. Und selbst fünf Paar Arme waren eigentlich nicht genug.

Sigurd ging zu den Gefangenen. Er verzog das Gesicht vor Schmerz. Der Leinenverband an seinem linken Bein unter dem Knie leuchtete hellrot.

»Ihr könnt für mich rudern, oder ihr könnt für ihn sterben«, sagte Sigurd, als er die Gefangenen erreicht hatte. Er deutete mit dem Kopf auf Asgot. »Entscheidet euch. Jetzt!« Er sah sie ernst an. Instinktiv blickten die Krieger zu Ealdred, aber Sigurd schüttelte den Kopf. Sein schlaffes Haar fiel ihm ins Gesicht. »Ihn braucht ihr nicht zu fragen. Sein Wort gilt nichts. Er wird schon sehr bald Futter für die Würmer sein. Ihr allein entscheidet über euer Schicksal. Rudert oder sterbt.«

Der große Krieger mit den strähnigen Haaren, der kurz davor gewesen war, seine Innereien zu begutachten, blickte zu uns anderen und nickte. Dann sah er Sigurd an.

»Können wir dann noch zu unserem Herrn beten?«, fragte er mutig.

»Du meinst zum weißen Christus?« Der Mann nickte erneut und schien etwas zu schrumpfen. Sigurd zuckte mit den Schultern. »Der bedeutet mir nichts«, sagte er.

»Dann rudern wir«, erklärte der Wessexmann, ohne die

anderen zu fragen. Ealdred starrte seine Tochter wie ein Mann an, der den Wind von der Eiche spürt, die gleich auf seinem Kopf landen wird, aber weiß, dass es zu spät ist, um sich zu bewegen.

Mit Penda würden jetzt also sechs Engländer an unseren Riemen sitzen – Männer, die unsere Feinde gewesen waren und uns hatten töten wollen.

Und schon bald sollten eben diese sechs Männer uns das Leben retten.

9

Sigurd blieb noch zwei weitere Tage an sein Bett aus Häuten und Fellen gefesselt, und wir konnten von Glück reden, dass es in der Nähe unseres Strandes keine Menschenseele zu geben schien. Aber es begann zu regnen, und Olaf hatte Mühe, Sigurds Wunden trocken zu halten, damit sie nicht die Wundfäule bekamen. Cynethryth und Asgot gingen gemeinsam in den Wald, um nach Heilkräutern zu suchen. Das gefiel mir zwar nicht, aber um Sigurds willen schluckte ich meinen Unwillen herunter.

»Die beiden«, hatte Olaf mit erhobenen Brauen gesagt und auf Asgot und Cynethryth gedeutet, die irgendeine übel aussehende Tinktur zubereiteten, »könnten eine Leiche wieder zum Leben erwecken. Darauf würde ich meine Nase verwetten.« Er musste meinen Widerwillen bemerkt haben, wenn ich Cynethryth und den Godi zusammen sah, und grinste. »Sie sind ein sonderbares Paar, hab ich recht, Junge? Wie Hund und Katze, die sich ein Lager neben dem Herd teilen.«

»Auch wenn sie sich am selben Feuer wärmen, macht das den Hund und die Katze nicht zu Freunden, Onkel«, gab ich finster zurück. Daraufhin lachte Olaf in sich hinein und ging los, um nachzusehen, was über dem Kochfeuer brodelte. Er überließ mich meinen grüblerischen Gedanken.

Ich wusste damals nicht, dass der alte Godi seine Krallen bereits in Cynethryth geschlagen hatte, und selbst wenn ich es gewusst hätte, was hätte ich tun sollen, da Sigurd die beiden brauchte?

Ich nutzte die Zeit, um unter Sveins und Brams Anleitung den Kampf mit der Axt zu trainieren. Nicht mit der einhändig geführten Faustaxt, die viele von uns im Gürtel trugen. Es war eine praktische Waffe in einem Schildwall und nützlich, wenn man Feuerholz schlagen oder durch die Haustür seines Feindes brechen wollte. Ich trainierte mit der zweihändig geführten langstieligen Axt. Diese Waffe war im Schildwall nicht gut zu gebrauchen, weil man viel Platz braucht, um sie zu schwingen. Außerdem entblößt man dabei seinen Bauch für Stiche mit Schwert oder Spieß. Wenn man jedoch seinen Feind damit trifft, ist er ein toter Mann. Wenn man mit der großen Axt arbeitet, gewinnt man zudem sehr schnell einen gewissen Respekt für jene, die den Umgang damit gemeistert haben. Zum Glück war ich es als Lehrling eines Tischlers gewohnt, einen ordentlichen Axtschaft in der Hand zu halten. Trotzdem war ich froh, dass ich so viel gerudert war, weil ich dadurch Muskeln auf Rücken und Schultern bekommen hatte. Und die brauchte man für die zweihändige Axt. Ich konnte zwar die Waffe noch nicht durch die Luft sausen lassen wie Svein, Bram oder Olaf, aber ich wusste, dass ich das bald schaffen konnte. Ich würde sie tanzen und flüstern lassen, während ihr blanker Kopf im Sonnenlicht glänzte. Jetzt jedoch genügte es mir, dass dieses Training wie eine Ruderpinne funktionierte und meinen Geist ablenkte.

Am dritten Tag erhob sich Jarl Sigurd erneut, und diesmal rollte er die Häute seines Krankenbettes allein auf. Er schien noch schwach, und die Wunden waren noch längst nicht verheilt, aber Olaf sagte, sie würden gut heilen, und Asgot gab zu, dass Sigurd immer noch in der Gunst des Allvaters zu stehen schien, wenn er so rasch nach solchen Verletzungen wieder laufen konnte. Allerdings setzte er auch hinzu, er wäre ein Narr, auf diese Münze zu beißen und sie Silber zu nennen. Denn Óðin war ein Gestaltwandler, was bedeutete, seine Gunst war eine höchst launische und flüchtige Angelegenheit. »Es ist leichter, einen Furz an die Tür zu nageln, als den Willen des Speergottes zu erkennen«, knurrte er.

Ich schwang Brams Axt durch die Luft, während mir der Schweiß über das Gesicht lief. Dann sah ich aus dem Augenwinkel, wie Sigurd mich beobachtete. Sofort gerieten die fließenden Bewegungen ins Stocken.

»Komm her, Raven«, sagte er. Die drei Worte schnürten meinen Magen wie mit einem eisigen Seil zusammen.

»Jetzt ist es so weit«, hörte ich einen Nordmann leise murmeln.

»War schön dich gekannt zu haben, Jungchen«, brummte ein anderer.

»Sag ihm, dass er immer noch gut aussieht«, grollte Bram der Bär hinter vorgehaltener Hand. »Das ist deine einzige Chance.«

Maugers Schildrand hatte Sigurds Schläfe aufgerissen, und die Wunde war vereitert und sah ziemlich übel aus. Außerdem hatte ein Eisenspan seine Wange aufgeschlitzt, und Maugers Finger hatten die Wunde noch vergrößert, als hätte ein Adler einen Fisch zerfetzt. Dort würde eine große Narbe bleiben.

Ich nahm all meinen Mut zusammen und ging die zehn Schritte bis zu meinem Jarl. Es kam mir vor wie zehn Meilen.

»Schon der Anblick einer Axt kann deinen Feind *argr*«, sagte er. Das letzte Wort ließ mich zusammenzucken, denn es bedeutete entmannen. »Gib sie mir.« Sigurd streckte die Hand aus, auf deren Knöchel eine Schicht von geronnenem Blut war. Ich gab ihm die Axt, und er nickte. Er packte sie mit zwei Händen, eine unter dem Kopf, eine am unteren Ende des Schafts, dann trat er zurück, und bevor ich ihm abraten konnte, schwang er sie in zwei Kreisen durch die Luft. Der eine ging geschickt in den anderen über, während sein Gesicht sich vor Konzentration verzog. Er war gerade erst von dem Totenbett aufgestanden, und doch wirkten neben seiner Geschicklichkeit meine Versuche wie das wilde Herumzappeln eines Ertrinkenden. *Wahrscheinlich ist er deshalb auch ein Jarl,* tröstete ich mich. Dann hörte er auf. Er gab mir die Axt zurück. Ich roch den Schweiß, den Sigurd verströmte.

»Eine gute Waffe, die Kriegsaxt.« Er atmete schwer, und ich wusste, dass ihm diese Bewegungen Schmerzen bereitet haben mussten. Frischer Eiter sickerte aus der Wunde an seinem Kopf. »Die Eingeweide deines Feindes werden sich verflüssigen, sodass er seine Schuhe mit stinkender Furcht bespritzt. Übe viel mit ihr, Raven. Allerdings würde ich mir an deiner Stelle einen besseren Lehrmeister suchen.«

Bram machte eine Handbewegung, die man selbst von

der Spitze eines Berges nicht hätte fehldeuten können. Jetzt war es Sigurd, der mir zuzwinkerte. Bram brummte wie ein ferner Steinschlag. Einen Moment herrschte Schweigen, und Bram verstand den Wink. Er ging davon und ließ Sigurd und mich allein zurück. Der Himmel über dem Meer war schwarz. Irgendwo hinter dem Horizont braute sich ein Sturm zusammen.

»Vielleicht hätte ich nur ein paar Blasen an meinen Händen, wenn ich damit gegen Mauger gekämpft hätte, hej.« Plötzlich grub sich der silberne Reif auf meinem Arm in meine Haut. Ich zerrte daran herum und versuchte ihn herunterzuziehen, aber dann legte Sigurd seine Hand auf meine, und ich sah in seine scharfen blauen Augen. Am liebsten hätte ich geweint.

»Du hast deine Sache gut gemacht, Raven«, sagte er.

»Herr?«

»Mauger konnte von Glück reden, dich als Schildmann zu haben.«

»Aber Herr ... ich ...«

»Du hast getan, was ich von dir verlangt habe«, fiel er mir ins Wort. »Und du hast es gut gemacht.« Er zuckte zusammen und betastete die Wunde an seiner Schläfe. »Ein bisschen zu gut, das gebe ich zu. Aber das kann ich dir wohl schlecht vorwerfen, hab ich recht?«

»Ich dachte, du würdest mir meine Eier abschneiden«, sagte ich und lächelte erleichtert.

»Wenn eine dieser Wunden grün wird, dann mache ich das vielleicht noch.« Er verzog das Gesicht. »Warum glaubst du, habe ich dich gebeten, Maugers Schilde zu tragen?«

Ich zuckte mit den Schultern. »Die Nornen selbst hätten Mühe, das zu verstehen, Herr.« Das kommentierte er mit einer erhobenen Braue.

»Ich habe dich gebeten, weil ich wusste, dass du es richtig machen würdest«, sagte er. »Ich hätte Floki oder Bjørn oder Bjarni fragen können. Jeden von ihnen.« Er deutete mit einem Nicken auf die Nordmänner. »Aber glaubst du, dass sie mit dem Herzen dabei gewesen wären? Glaubst du, sie hätten sich selbst zwischen meine Klinge und einen Haufen Kuhscheiße wie Mauger gestellt? Und Floki... Floki hätte ein bisschen mit dem Schild herumgewedelt, damit es eine Weile gut aussieht, aber er hätte mich Mauger bei der ersten guten Gelegenheit töten lassen.« Er strich mit der flachen Hand über die Innenseite seines Schenkels, als wäre sie ein Messer. »Ich würde ihm sogar zutrauen, dass er Mauger in einem günstigen Moment die Ader aufgeschlitzt hätte.«

»Das hätte auch ich tun sollen.«

»Nein, Raven, dass hättest du nicht. Und ich wusste, dass du es nicht tun würdest.« Er trat einen Schritt zurück. »Sieh mich an, Junge. Mir geht es gut. Ein paar neue Kratzer, die den anderen Gesellschaft leisten und mich daran erinnern, warum ich mit meinen Feinden nicht wie eine Katze mit einer Maus spielen, sondern sie schnell erledigen sollte.« Glaubte er wirklich, dass er in dem Kampf mit Mauger die Oberhand gehabt hatte? Für mich hatte es wie ein verzweifeltes schreckliches Ringen ausgesehen, bei dem das Glück abwechselnd beide begünstigte, wie der Wechsel der Gezeiten.

»Die Männer haben gesehen, wie ich den Kampf gewonnen habe. Und was das für ein Kampf war, hej! Er war eines Skaldenlieds würdig, und zwar das eines guten Skalden. Die Saga, die davon erzählt, wird die Knochen unserer Kinder in eiskalten Nächten noch wärmen, wenn sie schon alt sind.« Einen Moment trübte sich sein Blick, weil er einen Sohn gehabt hatte. Aber der Huf eines Pferdes hatte den Kopf des kleinen Jungen zerschmettert.

»Ich habe jedenfalls noch nie etwas Ähnliches gesehen«, erwiderte ich. »Das war ein Kampf, bei dem selbst den Göttern der Kiefer heruntergeklappt wäre.«

Sigurd lächelte stolz. »Aber ich habe gewonnen, Raven. Ich habe ihren Preiskämpfer besiegt, habe Wurmfutter aus ihm gemacht, trotz deiner Bemühungen. Wer kann jetzt noch sagen, dass Sigurd, der Sohn von Harald dem Harten, vom Glück verlassen wäre?« Dann lachte er, und ich stimmte in das Lachen mit ein.

Denn Sigurd war nicht nur so wild wie Thór, er war auch so gerissen wie Loki.

Später an diesem Morgen rollte Donner vom Westen heran, und die Luft hatte diesen staubigen Geruch, den sie immer vor einem starken Regenfall hat. Wir wickelten uns in Tierhäute, die mit frischem Robbenfett eingefettet worden waren. Als der Regen dann kam, rollte er in schimmernden Tropfen von diesen Häuten ab, wie Wasser von einem Otterpelz. Wir entzündeten Fackeln, weil dicke mürrische und eisengraue Wolken sich über das Dach der Welt legten und den Tag unnatürlich dunkel machten. Einer der Männer beschwerte sich, weil es fast so war wie in den Fjorden. Er brauchte jetzt nur noch eine Frau, die ihm Befehle ins Ohr brüllte, dann könnte er glauben, dass er zu Hause wäre.

Das Wolfsrudel hatte sich versammelt. Regen durchnässte unser Haar, tropfte aus unseren Bärten und verschwand im Sand, wo es einen schmutzigen Schaum hinterließ. Wir gaben den Engländern auch Häute, denn da wir entschieden hatten, sie mitzunehmen, waren sie lebendig für uns mehr wert, als wenn sie an einem Fieber starben oder in dem fränkischen Regen ersoffen, wie Bram es ausdrückte. Wir standen in einem Halbkreis um Asgot, Sigurd und Ealdred herum, denn heute war der Tag, an dem der Ealdorman sterben würde. Er machte einen erbärmlichen Eindruck. Verschwunden war die Überheblichkeit, die zuvor in seinen Augen wie Stahl geglüht hatte. Ohne das Fett hing der lange Schnauzbart, der damals bei den Engländern Mode war, schlaff und ausgefranst herunter wie ein altes, nasses Stück Tau. Er ließ die Schultern hängen. Man hatte ihm alle Rangabzeichen abgenommen, seine Armreifen, eine goldene Brosche und natürlich sein schönes Schwert. Sigurd hatte es dem schwarzen Floki gegeben, weil der den Silberschatz des Jarls am Strand von Wessex bewacht hatte. Obwohl Floki behauptete, er würde das Schwert verkaufen.

»Die Hand eines Feiglings hat es entweiht«, sagte er und spuckte auf die Klinge. »Eine solche Waffe kann nur Unglück bringen.«

Als Pater Egfrith begriff, was da vor sich ging, scharwänzelte er um Sigurd herum und bat ihn, Ealdred zu verschonen – trotz der tödlichen Blicke, die der alte Asgot ihm zuwarf. Aber der Jarl nahm ebenso wenig Notiz von dem Mönch, wie man auf einen zwitschernden Vogel achten würde, was Egfrith ergrimmte, bis er schließlich mit dem Fuß in den Sand stampfte und in den Himmel deutete.

»*Tu ne cede malis, sed contra audentior ito!*«, rief er aus. Jetzt sah Sigurd ihn an. »*Tu ne cede malis, sed contra audentior ito!*«, wiederholte der Mönch mit seiner dünnen Stimme, die mich an das Geräusch erinnerte, das Kinder machten, wenn sie auf einem Grashalm bliesen.

Sigurds Miene verfinsterte sich, als er sich zu dem Mönch herumdrehte, und seine Hand fiel auf seinen Schwertgriff. »Wirkst du da irgendeinen christlichen Zauber, kleiner Mann?« Er legte den Kopf schief.

Der Mönch schreckte zurück. »Ich habe nur auf Latein gesprochen, Sigurd, in der Zunge der Römer und aller gelehrten Männer. Ich sagte, du solltest nicht dem Bösen nachgeben, sondern stattdessen noch kühner dagegen ankämpfen.« Egfrith bekreuzigte sich.

»Aha.« Bjarni wedelte mit den Armen, wie ein Mann, der von einer Klippe fiel. »Ich dachte, dich hätte der Schlag getroffen.« Wir lachten, und Egfriths Frettchengesicht lief rot an vor Wut.

Cynethryth stand neben Penda und mir. Sie hatte die Hände verschränkt, wohl um sie am Zittern zu hindern. Ich legte einen Arm um ihre Schulter, aber sie schüttelte ihn ab. Dann drehte sie sich zu mir herum und richtete den Blick ihrer smaragdgrünen Augen auf mich.

»Lass nicht zu, dass sie meinen Vater töten, Raven«, sagte sie plötzlich, während der Regen über unsere Gesichter lief und der Donner von Thórs Streitwagen über den dunkelgrauen Himmel rollte. Ich warf einen Blick auf Penda, der nur mit den Schultern zuckte und hilflos die Hände ausbreitete.

»Was kann ich schon tun?«, sagte ich. Selbst Pater Egfrith schien sich mit der bevorstehenden Grausamkeit abgefunden zu haben.

»Sigurd hört auf dich«, sagte Cynethryth. »Du bist sein Talisman.« Sie trat zu mir und nahm meine Hände in ihre. »Du kannst ihn dazu bringen, Ealdred zu verschonen. Ich weiß, dass du das kannst.«

»Aber ich dachte, du hasst ihn«, erwiderte ich. »Seinetwegen ist Weohstan tot. Hast du das vergessen?«

Sie zuckte bei der Erwähnung ihres Bruders zusammen, und ich biss mir auf die Zunge. Natürlich hatte sie es nicht vergessen.

»Er ist mein Vater«, sagte sie. »Er ist der einzige Verwandte, den ich noch habe. Trotz allem, was er getan hat, kann ich nicht einfach zusehen, wie er stirbt, Raven. Das musst du doch verstehen.«

»*Homo homini lupus,* meine Tochter«, sagte Egfrith zu Cynethryth und schüttelte seinen halb kahlen Schädel in trauriger Resignation. »Der Mensch ist dem Menschen ein Wolf«, übersetzte er.

»Mach nur weiter mit deinem verdammten Gerede, Mönch, dann leistest du schon bald den Römern Gesellschaft!«, knurrte Bram auf Nordisch und ließ den Kopf seiner Axt in seine Hand klatschen.

»Mut, Lord Ealdred«, sagte Egfrith und ignorierte Brams drohende Geste. Er trat zu Ealdred und legte ihm sein Holzkreuz auf die Stirn. Ich hatte den Mönch zuvor mit einem silbernen juwelenbesetzten Kreuz gesehen. Ich vermutete, dass es jetzt in Stücke gehackt in der feuchten Dunkelheit einer nordischen Seekiste lag. »Möge der Herr dir deine Sünden vergeben und das Königreich seine Tore öffnen, um deine Seele einzulassen.« Ealdreds Gesicht war verzerrt, als bereitete er sich auf Schmerzen vor. Vor Scham konnten seine eigenen Männer, die ihn mit ihrem Leben hätten beschützen sollen, nicht zusehen. Stattdessen hielten sie ihre Köpfe gesenkt, obwohl gelegentlich ein Blick hochzuckte, schnell wie die Zunge einer Otter, als wollte er den Tod seines Herrn kosten.

»Raven!«, zischte Cynethryth. »Unternimm etwas!« Meine Gedanken flatterten in meinem Kopf umher wie ein eingesperrter Vogel. Was konnte ich tun? Aber ich musste etwas tun, denn Cynethryth flehte mich an, und für sie hätte ich selbst Gjallarbrú überquert, die Brücke zur Unterwelt, und in das Auge des Riesen Módgud gespuckt.

»Sigurd, warte!« Ich erschrak über meine eigenen Worte. Alle blickten mich an. Der alte Asgot warf mir einen bösen Blick zu, verärgert, weil sein Blutopfer schon wieder unterbrochen wurde, und Sigurd zog verärgert die Brauen zusammen. Er konnte seinem Godi nicht jedes Mal den Wunsch nach einem Opfer verwehren, und er wusste, dass auch die Männer Opfer brauchten, vor allem hier, in Christenland.

»Was gibt es, Raven?«, fragte der Jarl.

»Das Gebetbuch, Herr.« Mein Verstand tastete umher wie eine Hand, die im Wasser nach einem Lachs greift. »Was hast du damit vor?« Ich spürte die Blicke der Gemeinschaft auf mir.

Sigurd kratzte sich den Bart. »Das weiß ich nicht. Wir werden darüber entscheiden, wenn dieser Misthaufen nicht mehr die Luft atmet, die für bessere Menschen gedacht ist.« Trunkenes Gejohle stieg zu der niedrigen grauen Wolkendecke empor, und Thórs mit eisernen Rädern bestückter Streitwagen rollte über den Himmel.

»Ealdred wollte es dem Kaiser der Franken verkaufen«, sagte ich und übertönte die Flüche, mit denen man Ealdred eindeckte. »Das wissen wir. Was bedeutet, das Buch muss einen fetten Schatz wert sein.« Ich deutete auf den Ealdorman. »Der Mann hier ist krank vor Gier nach Silber.«

»Und?« Sigurd machte eine ungeduldige Handbewegung.

»Also segeln wir den Fluss hoch und verkaufen das Buch an diesen Kaiser!«, platzte ich heraus und widerstand dem Drang, einen Blick zu Cynethryth zu werfen. Aus dem Wolfsrudel ertönte ein Brummen, wie ein Echo auf die Donnerschläge im Westen.

»Wir wären tot, bevor unsere Füße trocken wären«, höhnte Olaf und schüttelte seinen bärtigen Schädel, als wäre das die dümmste Idee, seit Týr seine Hand in den Mund des angeketteten Wolfs Fenrir gelegt hatte. »Der Kaiser liebt Heiden nicht, Junge, hast du das nicht gehört?«

»Wir hätten so viele christliche Pfeile im Leib, wie Bram Haare in der Nase hat«, setzte der schwarze Floki hinzu und spuckte verächtlich aus.

»Nicht, wenn ein christlicher Lord für uns spricht. Für uns verhandelt.« Ich deutete mit dem Kopf auf Ealdred.

»Und dazu noch ein christlicher Mönch. Dieser fette Schatz, den Ealdred einstreichen wollte, würde dann uns gehören. Fränkisches Silber für all die guten Männer, die wir verloren haben.«

Nach einem Moment der Stille, grinste Svein breit. »Ich habe gehört, dieser König der Franken wäre so reich, dass seine Eier aus Gold gemacht sind«, sagte er.

»Und ich habe gehört, dass er heiliges Wasser pisst.« Olaf hob warnend einen dicken Finger. »Damit kann er dir ein Loch in den Pelz brennen, Rotschopf.«

»Dann müssen wir ihm eben seine Schlange abschneiden, bevor wir seine Eier stehlen!«, platzte Bram heraus, was lautes Gelächter auslöste. Es verwandelte sich in aufgeregtes Gemurmel, das durch die Gemeinschaft lief, als die Idee sich im Kopf eines jeden Mannes festsetzte.

»Wir könnten ja Kreuze am Bug der Schiffe befestigen, wie sie es getan haben.« Knut deutete mit einem Nicken auf die Wessexmänner.

»Und was würden unsere Götter davon halten, Knut?«, spie Asgot hervor. Aber keiner achtete auf ihn, weil ihre Köpfe vom Klappern der Münzen erfüllt waren, dem Klang von Beute. Ich konnte ein Lächeln nicht unterdrücken und dankte stumm Loki. Denn ganz sicher war es der Vater der List gewesen, der seinen Bogen gespannt und mir die Idee in den Kopf geschossen hatte. Um mich herum begannen die Wölfe zu grinsen, und ihre Reißzähne schimmerten gelblich in der Dämmerung.

Da wusste ich, dass ich sie auf die Fährte gesetzt hatte.

10

Also wurde Ealdred verschont, jedenfalls vorläufig. Allerdings sah der Ealdorman alles andere als glücklich aus, sondern enttäuscht, entmutigt und beschämt. Später würde er vielleicht wieder beginnen, Ränke zu schmieden, zu glauben, dass er durch Heimtücke und Gier etwas erreichen konnte, doch jetzt war er nur noch eine elende Kreatur. Er hatte seine Leibwächter verloren, sein Vermögen und seinen Sohn. Seine Tochter mochte einen neuen Faden in sein Lebensmuster gewebt haben, aber jetzt wollte sie nichts mehr mit ihm zu tun haben. Selbst der Tod, der allein seiner Schande ein Ende bereitet hätte, war ihm verweigert worden. Mein Hass auf ihn hatte sich in Mitleid verwandelt. Es ist schwer, einen gebrochenen Mann zu hassen, ganz gleich, was er in der Vergangenheit getan haben mochte.

Ich hatte erwartet, dass Cynethryth mich umarmen, mich küssen und mir danken würde, weil ich das Wort ergriffen und Ealdred im letzten Moment dem Tod entrissen hatte. Vielleicht würde sie mich sogar zu einem verschwiegenen Platz führen, wo ihre dankbaren Lippen mich auf ganz eigene Art und Weise belohnen würden. Ich war noch jung genug, um mir solche Bilder auszumalen.

Aber Cynethryth sagte und tat gar nichts, und sie führte mich auch nirgendwohin. Ich nahm an, dass sie im Inneren immer noch mit sich rang, wie zwei Schlangen, die sich widerstreitend umwanden, eine, die für Ealdreds Tod sprach, und die andere für sein Leben. Das war ein Hólmgang, an dem ich nicht teilnehmen wollte. Deshalb respektierte ich den Abstand, den sie zwischen uns legte, und lauschte stattdessen dem Gerede der Männer über Karolus, diesen Kaiser der Franken.

Die meisten Schiffsführer wären in einem solchen Wetter nicht gesegelt, aber Sigurd war nicht wie die meisten Schiffsführer, und sowohl Knut als auch Olaf waren sich einig, dass das ferne Donnergrollen und die Blitze am Dach der Welt die letzten Zuckungen eines nachlassenden Sturms waren. Irgendwo dort oben schlachtete Thór Giganten ab, aber wir waren in Sicherheit, solange wir uns dicht an der Küste hielten. Der flache Frachtraum der *Seeschlange* war bis zum Rand mit Silber, Bernstein und Fellen gefüllt, mit Geweihen und Waffen, sodass wir die Hälfte ihrer Fracht im Bauch der *Fjord-Elch* unterbrachten. Zuerst legten wir eine Schicht aus Tierhäuten über die glatten Ballaststeine, die wir vom oberen Ende des Strandes geholt hatten. Damit ersetzten wir die alten Steine, die mit grünem Schleim überzogen waren und stanken. Dann lösten wir die Leinen der Drachenschiffe von den Anlegepfosten im Sand und schoben mit aller Kraft, die Schultern an den Rumpf gestemmt. Wir stießen und knurrten und fluchten, und die Muskeln in meinen Schenkeln brannten, als wären meine Beinknochen durch rot glühende Eisenstangen ersetzt worden. Aber die Schiffe wollten sich einfach nicht von der Stelle bewegen. Ein hässlicher Nordmann mit einem Pferdegesicht, der Hedin hieß, meinte, für ihn stänke das förmlich nach einem schlechten Omen. Bjørn jedoch nannte Hedin eine Memme und setzte grunzend vor Anstrengung hinzu, dass das nichts mit einem Omen zu tun hatte, sondern mit dem verdammten Regen. Er hatte den Strand aufgeweicht, und Sand und der Kies saugten jetzt gierig an den Schiffsrümpfen. Der Kiel und die beiden untersten Planken waren vollkommen im Schlamm versunken, und am Ende mussten wir den an der Oberfläche bereits angetrockneten Schlick mit unseren Speeren aufbrechen und die Schiffe mit den Händen ausgraben. Bis dahin war die Ebbe gekommen, was bedeutete, wir mussten die Schiffe noch weiter schieben.

Die Wessexmänner ruderten jetzt an Bord der *Seeschlange*. Sie hatten zwar die *Fjord-Elch* gerudert und waren vertraut mit dem Schiff, aber die Decksplanken hatten viel Wessexblut aufgesogen. Sigurd fürchtete, die Krieger könnten auf dumme Gedanken kommen, wenn sie die Zeugnisse des Kampfes jeden Tag vor Augen sahen.

»Man gewinnt nichts damit, wenn man einen Mann an seine Niederlage und an den Tod seiner Freunde erinnert«, sagte der Jarl. »Jedenfalls nicht, wenn man will, dass er für einen rudert. Es ist besser, dass sie die Gelegenheit bekommen, die *Seeschlange* ebenso zu lieben wie wir.«

»Ja, und außerdem kann ich sie so im Auge behalten«, setzte Olaf hinzu, als die Engländer ihre neuen Ruderplätze eingenommen hatten. Sie keuchten noch von der Anstrengung, die *Seeschlange* freizugraben, und betrachteten missmutig ihre Fingernägel. Sie waren gerissen und blutig.

Zum Glück war der Wind jedoch stark genug, sodass wir Segel setzen und die Riemen einholen konnten. Der Wind wehte aus Südosten, und wir wollten nach Süden, deshalb richteten wir uns auf ein langsames Fortkommen ein. Trotzdem waren wir froh, dass wir nicht rudern mussten. Die Männer im Vorschiff kümmerten sich um das Segel, befestigten dicke Taue am Auslegerbaum, damit es so weit wie möglich quer zum Kiel stand und sie hart am Wind segeln konnten.

Alles an Bord war durchnässt und nach nur sieben Tagen mit klebrigem Schleim überzogen. Unsere See-kisten, das Deck, der Mast, die Wasserfässer, die Taue und Blöcke, ja, selbst das Segeltuch an seinen Rändern. Wir mussten alles mit Klingen abschaben, mit grobem Tuch abreiben und mit Fett einschmieren. Das Leben an Bord eines Schiffes war schon schwer genug, ohne dass man auf Moos und Schlamm herumrutschte. Aber es fühlte sich gut an, ein Langschiff zu reinigen, vor allem ein Drachenschiff wie die *Seeschlange* oder die *Fjord-Elch*. Man ertappte sich dabei, wie man liebevoll mit ihm spricht. *Na, dann wollen wir dich mal wieder ein bisschen hübsch machen, was? Ja, jetzt bist du wieder so schön wie früher ...* Denn wenn man ein Schiff liebt, wird es diese Liebe erwidern. Selbst wenn die Wellen masthoch kommen oder so groß und angeschwollen sind, dass man nur noch einen Finger-nagelbreit Holz über der Wasserlinie hat, wird sie sich wiegen und auf den Wogen reiten und dafür sorgen, dass sich unsere Lungen mit Luft füllen statt mit Salzwasser.

Ich blickte zum Himmel und sah schwarze Punkte in dem dichten Grau, bis meine Augen sie schließlich zu

Möwen und Schwalben verwandelten, die aussahen wie kleine Pfeilspitzen, und über denen drei Krähen kreisten, deren Schreie ab und zu durch den Nebel und die Wolken drangen.

Sigurd hatte Ealdred bei sich und Knut, den Steuermann, am Heck untergebracht. Die anderen Wessexmänner wurden direkt hinter den Mast gesetzt, damit sie alles über das Schiff lernen konnten, indem sie die Nordmänner bei ihrer Arbeit am Segel beobachteten. Drei Männer waren nötig, um die Masttaue zu straffen. Diese Aufgabe war ziemlich einfach. Schon bald hatte Olaf die Wessexmänner damit betraut. Sie machten ihre Sache recht gut, und an ihrer Haltung konnte ich sehen, dass sie sogar stolz darauf waren.

»Mein Vater hat immer gesagt, Engländer segeln wie Hühner fliegen«, sagte Sigurd auf Englisch, damit Ealdred es hören konnte. Ich vermutete jedoch, dass diese Wessexmänner in der Lage waren, Sigurds Vater zu widerlegen. Sigurd ahnte das wohl ebenfalls. Denn er bemerkte meinen Blick und deutete mit einem Nicken auf die Engländer. Dabei hob er fast amüsiert eine Braue.

Wir kreuzten langsam, aber stetig an der Küste entlang, und irgendwann segelten wir mitten in eine Wolke aus widerlichen Stechmücken. Sie flogen in unsere Münder, in den Halsausschnitt unserer Tuniken und saugten gierig unser Blut. Es waren so viele, dass es keinen Zweck hatte, sie zu verscheuchen. Wir brüllten Olaf und Knut an, uns gefälligst aus dieser Hölle herauszubringen, aber obwohl sie es versuchten, war zu wenig Wind im Segel, sodass wir es ertragen mussten. Wir duckten uns unter Felle und Häute wie ängstliche Weiber. Danach lachten wir darüber, denn wenn sich Svein unter ein weißes Rentierfell kauerte, sah es aus, als wäre ein Schneeberg auf das Deck gefallen. Wir lachten, verspotteten uns und kratzten uns, und als wir drei fette Knørren sahen, die auf ihrem Kurs nach Südwesten unterwegs waren, wussten wir, dass wir die Mündung der Sequana erreicht hatten. Und schon bald segelten wir um eine stumpfe Landzunge, auf der Dutzende Häuser schwarzen Rauch in den grauen Himmel husteten. Olaf sagte, dass wir den Fluss sähen, sobald wir diese Landzunge passiert hätten.

Wir waren nicht nah genug am Ufer, um Menschen zu erkennen, aber die würden zweifellos die Segel der *Seeschlange* und der *Fjord-Elch* erkennen – auch wenn die niedrigen Rümpfe wahrscheinlich durch die Wellen vor ihrem Blick verborgen waren.

»Christus allein weiß, was die Franken von uns halten werden«, sagte Penda hinter mir.

»Als die *Seeschlange* in mein Dorf kam, hatte nicht einmal Griffin, unser erfahrenster Krieger so viele Männer in Brynjur gesehen oder von einer so großen Anzahl gehört.« Ich erinnerte mich an das Entsetzen, das ich beim Anblick von fast sechzig bewaffneten und gepanzerten Männern empfunden hatte. »Ganz zu schweigen davon, dass jeder von ihnen ein Schwert, einen Speer und Äxte hatte. Hoffen wir, dass es diesen Franken nicht anders geht. Es wäre besser, wenn sie Angst vor uns haben.«

»Oh, sie werden auf jeden Fall vorsichtig sein, Junge, wenn sie diesen mörderischen Haufen zu Gesicht bekommen. Darauf würde ich meine besten Zähne verwetten. Was ist mit Griffin passiert?«

Bei diesen Worten spürte ich ein Ziehen in meinen Eingeweiden. »Es gab einen Kampf. Er hat einen von ihnen getötet, ihren Schiffszimmerer«, sagte ich. Irgendwo in meiner Seele blühte einen Herzschlag lang warm und verstohlen so etwas wie Stolz auf. »Also haben sie ihm den Rücken aufgeschnitten, die Rippen in Stücke gehackt und seine Lungen herausgeklappt.« Ich schnitt unwillkürlich eine Grimasse. »Sie nennen das den Blutadler.«

»Ich weiß, wie sie das nennen, Junge«, gab Penda zurück. »Diese heidnischen Mistkerle.«

Bevor wir in See gestochen waren, hatten Bjørn und sein Bruder Bjarni vier Vertaupfähle gekürzt und sie zu zwei Kreuzen zusammengebunden. Jetzt gab Sigurd den Befehl, die Drachenköpfe abzunehmen und stattdessen diese christlichen Symbole als Bugfigur aufzusetzen. Asgot reagierte auf diese Abscheulichkeit, indem er einen großen Sack nahm, in dem etwas zappelte, und ihn aufschnürte. Zum Vorschein kam eine Robbe. Ohne zu zögern, schnitt er ihr die Kehle durch und ließ das Blut in die Gischt spritzen, die unter dem Bug der *Seeschlange* aufschäumte. Der Schaum färbte sich hellrot, und der Godi hob das zappelnde Tier hoch, damit wir alle es sehen konnten. Dann warf er es begleitet von sonderbaren Gebeten über das Dollbord.

Jedenfalls war das ein besseres Opfer als der Hase, den er Njørð geopfert hatte, als wir am Morgen die Küste von Wessex verließen. Bram scherzte, dass wir das Robbenfleisch zuerst hätten essen sollen. Wir hätten die Haut hinterher mit Gras ausstopfen können. Die Götter hätten gewiss keinen Unterschied bemerkt.

»Ich wette, dass der Bauch des alten Njørð niemals so knurrt wie meiner.« Bram schlug sich auf den dicken Wanst.

»Selbst Thórs Streitwagen rumpelt nicht so wie dein Bauch«, erwiderte der aschfahle Bothvar, was Bram der Bär mit einem Nicken und einem stolzen Lächeln quittierte.

Jetzt hatten wir das kleine Kap umschifft und waren in die Mündung des großen Flusses eingelaufen. Wir sahen das grüne Land. Und wir konnten es auch fühlen. Hedin Pferdegesicht sagte, der Ort sähe aus wie Fensfjord, von wo die meisten der Nordländer kamen. Aber Olaf fuhr ihn an, das wäre nur *hjem lengsel*, Heimweh, und dummes Gerede. Hedin dachte eine Weile darüber nach. Schließlich gab er zu, dass Olaf recht hatte. Das Meer hier war nicht so klar oder so tief, das Land nicht so hoch und die Luft längst nicht so süß wie in einem norwegischen Fjord. Er entschuldigte sich sogar murmelnd für diese Beleidigung bei Frey, dem Gott der Ernte, der darüber entscheidet, wann die Sonne scheint oder der Regen kommt.

Wir sahen immer mehr Boote aller Größen und Formen: breite Knørren, heruntergekommene Pilgerschiffe mit durchlöcherten Segeln, Fischerboote, ein Kriegsschiff mit zwanzig Riemen, dessen Kapitän seinen Bug jedoch klugerweise von uns wegdrehte. Und wir sahen sogar ein schlankes Drachenboot, das nach Süden unterwegs war. Das musste ein Plündererboot sein, wahrscheinlich ein Däne, meinte Knut, denn es war länger als die *Seeschlange* und so schmal wie ein Pfeil. Ich hatte nicht den Eindruck, dass es mit diesem schlanken Rumpf seetüchtig sein konnte. Ich stellte mir vor, wie eine Welle gegen die Seite schlug und es wie einen Holzscheit umwarf. Aber als ich das zu Penda sagte, kratzte er sich die lange Narbe und erwiderte, dass es immerhin bis hierher gekommen war, also mussten seine Erbauer etwas von ihrem Handwerk verstehen.

»Ich gehe grundsätzlich nicht auf ein Schiff, das man mehr als dreimal in zwei Tagen leerschöpfen muss«, sagte Olaf. »Aber es würde mich nicht stören, wenn diese Planken ein bisschen mehr lecken würden.« Er stand auf dem Kielschwein und betrachtete die Fahrrinne mit erfahrenem Blick. »Ich würde gern sehen, wie ihr Lämmer buckelt und schöpft. Zur Zeit meines Vaters sind wir gerudert! Wir haben das Meer aufgewühlt, bis es so zäh war wie Haferschleim. Damals haben wir nicht herumgesessen und darauf gewartet, bis der Wind uns hierhin und dorthin weht.« Das brachte ihm einen Chor aus höhnischen Bemerkungen von den Männern ein. Aber der alte Onkel kümmerte sich nicht darum. »Ihr seid so weich wie Pferdedung! Wie alle jungen Männer heutzutage. Óðin weiß, wie es um die Welt steht, und ich wette, dass ihm die Tränen aus dem Auge laufen.«

Über unseren Köpfen flatterte und knatterte das verblasste rote Segel der *Seeschlange*. Allmählich machte sich eine gewisse Aufregung unter den Männern breit. Immerhin kamen wir in ein unbekanntes Land, dessen Menschen und Geister uns nicht unbedingt freundlich gesonnen waren, vor allem wenn sie herausfanden, dass wir Heiden waren. Ich hörte plötzlich das Knarren der Planken der

Seeschlange, das Singen der Taue und all diese Geräusche, dieses Quietschen und Ächzen, das irgendwie menschlich wirkte, wie Fragen von einem verängstigten Kind. *Bist du sicher, dass wir hier sein sollten? Ist es ungefährlich? Was ist, wenn sie uns wie beim letzten Mal wehtun?* Es war sonderbar, aber ohne den Drachen Jørmungand am Bug fühlte sich die *Seeschlange* anders an – irgendwie verwundbar. Obwohl wir unsere Schilde nicht am Dollbord befestigt hatten und auch keine Kettenhemden und Helme trugen, würde es nicht allzu lange dauern, bis die mächtigen Herren dieses Königreiches uns in Augenschein nehmen würden. Denn ganz sicher waren solche Schiffe wie die unsrigen in diesen Gewässern selten.

Die Kriegsknørr, von der ich gedacht hatte, dass sie schon längst verschwunden war, lief jetzt in die Flussmündung am gegenüberliegenden Ufer ein und folgte uns aus sicherer Entfernung. Sie ließ sich Zeit, wie ein Aasvogel, der neben fressenden Wölfen hockt. Das allein machte uns zwar noch keine großen Sorgen, aber es verriet uns, dass die Franken Fremde misstrauisch beäugten und sogar diese südwärts gelegenen Grenzen überwacht wurden, obwohl sie sehr weit von den Zentren der Macht entfernt waren. Sigurd hatte erklärt, dass dieser Karolus immerhin König von fernen und großen Ländern war, ein selbst ernannter Kaiser. Diese Macht hatte er zweifellos nicht ohne Grund gewonnen. Und nachdem wir jetzt die Sicherheit des offenen Meeres hinter uns gelassen hatten und in diesen Schlund des Flusses eingelaufen waren, konnte ich einfach diesen Klumpen eiskalter Furcht nicht zum Schmelzen bringen, der in meinem Bauch gewachsen war.

Ich sah zu, wie Vater Egfrith eine zusammengerollte Haut zum Bug der *Seeschlange* trug, wo Cynethryth irgendwie unbeholfen herumstand. Pflichtbewusst rollte Egfrith die Haut auf und hielt sie wie eine Trennwand hoch. Cynethryth lächelte matt, bevor sie dahinter verschwand und sich in einen Eimer erleichterte. Egfrith wandte sein Gesicht ab, und ich war, wenn auch widerwillig, diesem Mann dankbar, der sich um Cynethryth an Bord eines Schiffes rauer Männer kümmerte. Die arme Cynethryth. Es war gewiss nicht leicht, unter uns zu leben. Sie war immerhin die Tochter eines Lords aus Wessex. Jetzt war sie genauso in Gefahr wie wir anderen. Pater Egfrith hatte uns genüsslich davon berichtet, dass viele Sachsen im Osten, zwischen den Flüssen Elbe und Ems, durch das Gesetz des Karolus den Tod gefunden hatten, weil sie heidnischen Sitten gefolgt waren, statt den weißen Christus anzuerkennen. Sich einfach nur zu weigern, von einem christlichen Priester unter Wasser getaucht zu werden, schien bereits zu genügen, damit einem der Kopf vom Hals getrennt wurde. Als ich den anderen all das übersetzte, zog Bram die buschigen Augenbrauen zusammen.

»Das klingt für mich nicht so, als wäre dieser Karolus ein Anhänger dieses Christus«, sagte er und biss von einem Stück Brot ab.

»Vielleicht stanken diese Sachsen ja wie Schafärsche«, warf Bjørn ein. »Der König hatte es vielleicht satt, sich die Nase zuzuhalten, also hat er seinen Priestern befohlen, sie zu waschen, und als sie sich weigerten ...« Er fuhr sich mit der Handkante über den Hals.

»Das nennt sich Taufe«, erklärte ich. »Ein christlicher

Priester taucht dich als Heide unter Wasser, und wenn du wieder hochkommst, bist du ein Christ.« Diese Idee kam den Nordmännern ganz eindeutig ziemlich absurd vor, und sie starrten mich skeptisch an. Ich zuckte mit den Schultern. »Vielleicht ist das noch nicht alles«, sagte ich. »Aber jedenfalls ist es wahr.«

»Sie glauben tatsächlich, sie könnten Óðin und Thór mit ein bisschen Wasser aus uns herausspülen?« Arnvid verzog das Gesicht zu einer ungläubigen Grimasse.

»Ich möchte gern sehen, wie ein christlicher Priester versucht, meinen Kopf unter Wasser zu tauchen«, sagte Svein und lächelte Pater Egfrith an. Der beobachtete uns, während er versuchte, unsere Worte zu verstehen, jedenfalls kam es mir so vor. Dann warf ich einen Blick auf Ealdred. Ich fragte mich, ob er wohl wirklich für uns sprechen würde, wenn es so weit war. Natürlich hatte er keine große Wahl, aber andererseits hatte er auch nicht viel zu verlieren außer seinem elenden Leben. Deshalb konnten wir nicht sicher sein. Das andere Problem war, dass die Franken ihm vielleicht trotzdem nicht glaubten, was ich für recht wahrscheinlich hielt, so wie er sich am Heck der *Seeschlange* wie ein Schiffshund zusammenkauerte, der Prügel bezogen hatte, weil er in die Schlafdecke eines Mannes geschissen hatte.

Olaf und Sigurd unterhielten sich, dann drehte sich Olaf zu uns herum. Er grinste in seinen buschigen Bart.

»Steckt eure Kämme weg, ihr Hurensöhne!«, rief er. »Es wird Zeit, dass ihr euer Essen verdient.« Hier, wo Salzwasser und frisches Wasser sich vermischten, war der Fluss schmaler geworden, der Seewind war kaum noch zu spüren.

Also gab es keinen Grund mehr, mit Segel fahren zu wollen. Mit lautem Klappern auf beiden Schiffen holten wir die Riemen vom Baum und bereiteten uns darauf vor zu rudern. Olaf, der schwarze Floki und Bram refften das Segel der *Seeschlange* und nahmen dann ihre Plätze auf den Seekisten ein. Vom Wind aufgeworfene Dünen erhoben sich zu beiden Uferseiten. Und auf diesen Hügeln stand Strandhafer so steif wie die Nackenhaare eines wütenden Hundes. Dort, wo die Uferböschung auf das Wasser traf, hatten die Gezeiten Stufen in den Sand geschnitten, und darüber konnte ich selbst aus der Entfernung Hunderte von Libellen erkennen, die wie verrückt herumflogen und die Luft schimmern ließen. Fette Möwen kreischten und schossen zum Achtersteven der *Seeschlange* herunter, begierig auf die Fischinnereien, die die Männer über Bord warfen, wenn sie vom Meer nach Hause kamen. Ein Schwarm Mauersegler schoss wie eine Pfeilsalve über unseren Bug hinweg und schwenkte dann über einer Sandbank ab. Und während ich weiterruderte und meine Muskeln sich dehnten und zusammenzogen, während sich die Wärme in meinem Körper ausbreitete, sahen wir die ersten Franken. Sie tauchten einer nach dem anderen auf den Kuppen der Dünen auf, standen regungslos da, wie eine Streitmacht von *haugui*, von Untoten, die aus ihren Grabmulden gekrochen waren. Ich berührte das Amulett an meinem Hals, damit uns das Schicksal wohlgesonnen blieb, das kleine geschnitzte Abbild des Gesichts des Allvaters, das einst Sigurd gehört hatte.

Das gleichmäßige Klatschen von Riemen, unseren Riemen und denen der *Fjord-Elch*, war ebenso eine Botschaft an den christlichen Gott wie auch an jene, die uns jetzt vom Ufer aus beobachteten. Was sie dachten, wussten nur sie selbst, obwohl ich wettete, dass ihre Gedanken von Furcht getränkt waren, denn Sigurds Wölfe waren ins Land der Franken gekommen.

11

Es gab Streit an Bord darüber, ob die Franken mit ihren Pfeilen unsere Rümpfe erreichen könnten, falls sich herausstellte, dass wir nicht willkommen waren. Am Ende waren wir uns einig, dass wir ziemlich weit vom Ufer entfernt waren und uns auch schnell fortbewegten. Also müssten die Bogenschützen sehr genau zielen und weit vorhalten. Es würde sehr viel Geschicklichkeit oder aber Thórs Glück erfordern, um einen tödlichen Schuss zu landen.

»Hoffen wir, dass sie die Hunde auf der *Fjord-Elch* treffen, wenn sie auf uns zielen«, scherzte Bjarni und deutete mit dem Daumen über die Schulter. Aber nur wenige Männer lachten. Denn mittlerweile beobachteten uns so viele Franken am Ufer, dass uns großer Ärger bevorstand, falls wir an Land gingen und die Sache schlecht lief – ganz gleich, wie stark ihre Bögen auch sein mochten.

Es kann einem mächtig auf die Blase schlagen, wenn man einen Fluss hinaufrudert und sich fühlt, als würde man wie ein Lachs in eine Reuse schwimmen. Das dachte ich gerade, als Penda hinter mir leise fluchte.

»Wenn diese Franken genug Schiffe haben, können sie hinter uns den Fluss blockieren. Dann sitzen wir in der Falle wie Met in einem verkorkten Trinkschlauch.«

»Und wir würden durch sie hindurchschneiden, ohne auch nur langsamer zu werden«, gab ich zurück. Aber ich glaubte nicht, dass es wirklich so leicht werden würde. »Sigurd ist ein kühnerer Seemann als jeder Franke«, setzte ich hinzu. Das war die Wahrheit, aber Sigurd war bleich und erschöpft von seinen Schmerzen. Obwohl wir jetzt in ein neues Land kamen, saß er in einen Pelz gehüllt neben Knut an der Pinne, und es war betrüblich, den Jarl so sehen zu müssen. Sein Gesicht war von einem Schweißfilm überzogen. Es lag halb im Schatten. Sein blondes Haar, das normalerweise glänzte wie das von Baldur, klebte ihm fettig und strähnig im Gesicht.

Deshalb sah ich lieber wieder zum Fluss, dem wir folgten. Er machte viele Biegungen und war voller Untiefen, aber Knut war ein geschickter Steuermann. Außerdem rief ihm Olaf vom Bug der *Seeschlange* Warnungen zu, wenn er seichte Stellen und Sandbänke sah und die merkwürdigen Strömungen, die sie verursachten. Onkel hielt auch Ausschau nach Schiffswracks, denn es war ein uralter Fluss. Er musste viele Schiffe verschlungen haben, und nur die Einheimischen wussten, wo sie lagen.

Die Engländer an den Riemen schnaubten wie die Ochsen. Sie mussten froh gewesen sein, dass Olaf ein langsames Tempo vorgegeben hatte. Das hatte er getan, um bei den Franken keinen Argwohn zu erregen. Ich roch Holzrauch und hörte das Kläffen von Hunden. Ich blickte über meine Schulter und sah, dass wir uns einem belebten Ort näherten. Der Himmel wurde von dem graubraunen Rauch von Herdfeuern verdunkelt, während Scharen von Möwen kreischend über den Ufern schwärmten, wo die

Männer Fischerboote entluden, Netze flickten und an den Rümpfen ihrer Boote arbeiteten. Diese Siedlung war wohl hundertmal so groß wie Abbotsend, das Dorf in Wessex, in dem ich zwei Jahre gelebt hatte. Dieser Gedanke erhitzte mein Blut und beschleunigte meinen Herzschlag, während ich zusah, wie die Männer am Flussufer in ihrer Arbeit innehielten und uns misstrauisch beobachteten. Hinter ihnen erhoben sich irdene Wälle, die wohl eher gegen Hochwasser schützen sollten als gegen Plünderer. Dahinter erahnte man viele reetgedeckte Gebäude, deren Dächer von dem Rauch vieler Jahre geschwärzt worden waren.

Plötzlich hallte ein metallisches Läuten vom Land über das Wasser. Im nächsten Moment setzte ein ähnliches Läuten auf der anderen Flussseite ein. Es war, als würden zwei mächtige Schmiede darin wetteifern, das Schwert eines Gottes zu schmieden. Die Nordmänner sahen sich verblüfft an.

»Der Klang des Glaubens!«, rief Pater Egfrith erfreut aus. Seine kleinen Wieselaugen leuchteten erregt. »Das Geläut der Hoffnung«, sagte er und umfasste das Dollbord. Man hatte ihn nicht als würdig erachtet, einen Riemen zu halten, obwohl es leere Ruderbänke gab.

»Bei Óðins haarigem Arsch!«, rief Bram. »Das klingt, als würde Völunds Hammer auf den Amboss schlagen.« Einige Männer blickten misstrauisch zum Himmel oder zu Pater Egfrith. Die anderen suchten das Ufer nach dem Ursprung dieses sonderbaren eisernen Liedes ab. Und mehr als einer betastete sein Amulett oder seine Armreifen, um das Glück zu beschwören.

»Das sind Kirchenglocken, Bram!«, rief ich, während ich meinen Riemen durch das Wasser zog. »Sie werden aus gegossener Bronze gemacht, wenn die Kirche reich genug ist. Und wenn nicht, dann aus gehämmertem Eisen.«

»Ich würde gern glauben, dass dieser schreckliche Lärm nur ein Zufall ist«, sagte Bjørn und sah stur geradeaus, während er ruderte. »Aber meine Pisse sagt mir, dass es vielleicht irgendetwas mit uns zu tun haben könnte, hej.« Ich wusste auch ohne ihn anzusehen, dass er lächelte.

»Die Christen pissen sich in die Hose, Sigurd!«, rief Olaf vom Bug der *Seeschlange*, wo das hölzerne Kreuz wie zum Hohn prangte. »In diesem Moment laufen die kleinen Christensklaven rund um ihre Kirchen und verstecken ihr Silber und Gold und scheißen sich vor Angst in die Hemden.«

»Glaubst du, sie halten uns für Anhänger des weißen Christus?« Sigurd deutete mit dem Kopf auf das Kreuz und hustete, weil es ihn anstrengte, über die ganze Länge der *Seeschlange* hinweg zu schreien.

»Ich glaube, dass selbst die Christen nicht so dumm sind!«, schrie Olaf zurück. Und doch hofften wir, sie wären es, als die ersten Krieger am Ufer auftauchten. Ihre Schilde waren deutlich zu erkennen.

»Christus beschütze uns«, murmelte Egfrith, und ich sah, wie Sigurd unbehaglich hin und her rutschte. Seine Miene verfinsterte sich.

»Los geht es, Raven!«, unkte Penda und drehte seinen Kopf wieder zum Heck. Zuerst dachte ich, er würde auf die Kriegsknørr anspielen, die vom gegenüberliegenden Ufer auf die *Fjord-Elch* zusteuerte, die in unserem Kielwasser folgte, aber dann wurde mir klar, dass er das nicht tat.

»Ein Plan, Sigurd?«, rief Olaf auf Englisch, um die Franken zu narren, falls sie bereits in Hörweite waren. Allerdings würde der Name Sigurd diesen schwachen Versuch vereiteln. Ich drehte mich um, konnte aber über dem geschwungenen Bug der *Seeschlange* nichts erkennen.

»Drei Boote, Junge«, sagte Penda. »Sie kommen schnell und zielstrebig auf uns zu.«

»Weiterrudern!«, rief Sigurd. »Raven. Komm her!«

Ich zog meinen Riemen mit dem Blatt durch das geschnitzte Riemenloch und legte es zu den übrigen Riemen, bevor ich zu Sigurd ging. Er verzog vor Schmerz das Gesicht, als er sich unsicher aufrichtete und sich an dem straffen Backstag festhielt.

»Such etwas für diesen Ziegenschwanz, damit er irgendwie bedeutend aussieht«, sagte Sigurd auf Englisch und deutete auf Ealdred. Der saß in der kleinen Mulde am Heck der *Seeschlange*. Der zerzauste Schnauzbart des Ealdormans zuckte, als sich seine Lippen zu einem gequälten Lächeln verzogen. Ich drehte mich um und eilte zum Frachtraum, wo ich ein paar lockere Planken anhob. Darunter verwahrten wir die kostbarste Fracht. Ich hob den Deckel einer Kiste hoch, zog eine nach Fett stinkende Haut heraus und genoss einen Moment den Anblick von so viel Silber, dass wir eine weitere *Seeschlange* oder *Fjord-Elch* hätten kaufen können. Aber das nützte uns jetzt nichts, und ich trat zur nächsten Kiste, die ich hastig öffnete. Unter der Ölhaut lag ein Schatz, für den jeder Nordmann die Zähne seiner Mutter eingetauscht hätte. Silberne Schüsseln, Halsketten und Armreifen, Ringe, ein Dutzend oder noch mehr Broschen mit Bernstein und Smaragden besetzt, dazu feine Spiralen aus Messing, goldene Armreifen, Halsreifen, christliche Kreuze aus Silber, von denen einige ebenfalls mit Edelsteinen geschmückt waren, und dazu Silberbarren und Hacksilber, vieles davon so lang wie mein Finger und so dick wie mein Daumen. Alle zeigten kleine Einkerbungen, wo die früheren Besitzer ihre Qualität überprüft hatten. Ich nahm an, dass die Knochen von so manchen Vorbesitzern mittlerweile von den Schnäbeln von Raben oder den Zähnen von Ratten gezeichnet waren. Aber für mich war das kostbarste Stück ein großer, dicker Halsreif, der aussah wie ein silbernes Stück Tau. Ich konnte nicht widerstehen und hob den Reif aus der Kiste, ließ einen Moment meinen Daumen über die gewundenen Silberdrähte gleiten, die sich selbst an diesem warmen Tag kühl anfühlten. Er war schwer genug, um als Anker für ein Boot zu dienen, jedenfalls kam es mir so vor. Dieser Halsreif hätte auch Thór Ehre gemacht, und ich hätte alles gegeben, um ihn mir um den Hals legen zu können, um das kühle Gewicht zu spüren. Aber ich war nicht einmal würdig, einen Reif zu tragen, der auch nur halb so schön war. Und wenn man sich einen Jarlsreif anlegt und kein Jarl ist, dann erregt man den Zorn der Götter und beschleunigt seinen eigenen Untergang. Also legte ich den Halsreif vorsichtig zurück und nahm stattdessen eine runde Brosche aus Silber und Bronze und ein hölzernes Kreuz des weißen Christus, das mit Rubinen besetzt war und an einem Lederriemen hing.

»Spiel deine Rolle gut, Engländer!«, knurrte Sigurd

Ealdred zu, der den Blick des Jarls finster erwiderte, als er sich die Brosche ansteckte und das Kreuz umhängte. »Du bist ein englischer Lord und willst mit dem Kaiser Geschäfte machen.« Sigurd deutete auf das größte der fränkischen Schiffe, das sich von den beiden anderen gelöst hatte und sich der *Seeschlange* auf der Steuerbordseite näherte. Es war kein Drachenschiff, aber es war mit Bewaffneten bemannt. Und wir konnten jetzt sehen, dass etliche dieser Männer Langbögen in Händen hielten.

Ich mischte mich unter Ealdreds Leibwächter am Kielschwein. »Wenn ihr überleben wollt, dann solltet ihr euch besser daran erinnern, wie man ein guter Christ ist«, sagte ich auf Englisch und legte die Hand auf den Griff des Schwertes an meiner Hüfte. Einer von ihnen, der Hüne, der vor Asgots Opfermesser gerettet worden war, zog ein Holzkreuz an einem Band aus seinem Waffenrock und legte es sich gut sichtbar auf die Brust. Zwei andere folgten seinem Beispiel, und ich nickte, denn ich hoffte, dass dies zusammen mit den Kreuzen an unserem Bug genügte, um die Franken zu täuschen.

Einer der Franken legte die Hände wie einen Trichter an den Mund und schrie ihnen etwas in einer Sprache zu, die aus einem Teil Englisch und zwei Teilen einer anderen Sprache zu bestehen schien. Die anderen Schiffe hielten Abstand, um weder uns noch der *Fjord-Elch* zu nahe zu kommen, waren aber dicht genug, um mit ein paar Ruderschlägen in einen Kampf einzugreifen. Der Mann schrie erneut. Er hatte einen Eisenhelm auf dem Kopf und trug einen blauen Umhang. Von seinem Gesicht konnte ich jedoch nur seinen langen Schnauzbart erkennen. Wir sahen uns ratlos an und schüttelten den Kopf, dann grinste Pater Egfrith mich verschlagen an und bekreuzigte sich.

»*Alea iacta est*«, sagte er. »Der Würfel ist gefallen, Raven.« Mit diesen Worten trat er an die Steuerbordseite und stieß eine Flut von Silben aus, die wie das sinnlose Geplapper eines Säuglings klangen. Wir wussten jedoch mittlerweile, dass es Latein war, die uralte Sprache der Römer. »*Dominus vobiscum! Gloria in excelsis Deo, Dominus illuminatio mea!*« Es sprudelte nur so aus dem kleinen Mönch heraus.

»Wenn er uns verrät, dann dreh ich ihm die Gurgel um«, knurrte der schwarze Floki mit zusammengebissenen Zähnen, während er ruderte. Aber Egfrith lächelte und winkte freudig mit den Armen. Ich glaubte, dass er uns keineswegs als Heiden verraten wollte, sondern stattdessen die Lüge genoss, die er den Franken auftischte, nämlich dass wir Männer des weißen Christus wären, die in Frieden und als Brüder im Glauben gekommen waren.

Als Egfrith fertig war, hob der Franke in dem blauen Umhang die Hand und schlug ein unsichtbares Kreuz in der Luft. Dann rief er eine Antwort in derselben Sprache. Egfrith drehte sich zu Sigurd herum.

»Sein Name ist Fulcarius, und er befehligt die Küstenwachen des Kaisers. Er sagt, er und seine Männer könnten sich genauso gut die Füße auf das Deck nageln, so wie die des Herrn Christus ans Kreuz genagelt worden waren, weil sie jede wache Stunde auf ihr verbringen.« Egfrith deutete flussabwärts, woher wir gekommen waren. »Die Bedrohung durch die Heiden lauert wie eine dunkle Wolke stets am Horizont«, sagte er. Ich hätte schwören können, dass der Mönch ein Lächeln unterdrückte. »Erst heute Morgen haben sie ein Schiff voller Dänen aus der Flussmündung vertrieben.«

Ich erinnerte mich an das lange, schmale Drachenschiff, das wir zuvor gesehen hatten. Ob dieser Fulcarius wohl wusste, dass er die Dänen nicht weit genug verjagt hatte? Denn sobald sie aus der Sichtweite seiner fränkischen Knørr verschwunden waren, schlich dieses schlanke Drachenschiff zweifellos am Ufer entlang auf der Suche nach leichterer Beute. Vielleicht wusste Fulcarius das auch, aber es kümmerte ihn nicht. Oder das Wissen, dass seine Handvoll Schiffe nicht reichten, um die ganze Küste zu bewachen, nagte an seinem Herzen. Aber wahrscheinlich gab es noch mehr Leute wie Fulcarius, Männer, die den Auftrag hatten, das Frankenreich vor Plünderern zu schützen. Fulcarius selbst jedenfalls hatte sich schnell auf uns gestürzt, wie eine Eule, die vom Balken einer Methalle herunterschoss, um sich eine Maus in den Binsen zu schnappen. Und sein Schiff war jetzt in Schussweite der Bögen. Sie ruderten langsam und gleichmäßig an uns vorbei, damit ihr Hauptmann uns besser betrachten konnte.

»Hebt die Ruder«, sagte Sigurd und band sich das Haar zurück. Damit entblößte er sein hageres Gesicht. »Sollen die Hunde uns ruhig beschnüffeln.« Fulcarius lehnte derweil an der Relingsplanke und plauderte weiter. Zweifellos stellte er immer mehr Fragen, auf die Egfrith einen ganzen Haufen von Antworten zu wissen schien. Aber ich sah die Franken jetzt ganz deutlich, und sie starrten uns misstrauisch an. Sie ruderten langsam zurück, um sich gegen die Strömung neben uns zu halten. Die *Fjord-Elch* lag drei Längen hinter uns auf der Backbordseite, während die drei anderen fränkischen Schiffe weiter Abstand hielten. Auf ihrem Deck wimmelte es von Speerkämpfern und Bogenschützen. Ein Windhauch aus dem Nordwesten wehte uns den scharfen Gestank von fränkischem Schweiß und Fett in die Nasen. Letzteres sagte uns, dass wenigstens eine Mannschaft der Küstenwache ihr Segel und ihre Umhänge mit geschmolzenem Schweinefett wetterfest gemacht hatten. Und ein gut gepflegtes Schiff sprach normalerweise für eine gute Mannschaft.

Wir versuchten, uns nichts anmerken zu lassen. Aber ich wusste, dass die Augen unserer Männer glänzten wie die von Küken, während sie ihre Riemen umklammerten. Sie hofften, dass die erste Knørr nicht näher kam. Und selbst wenn sie Abstand hielt, würde eine Welle das Schiff vielleicht hoch genug heben, damit die Mannschaft über das Dollbord hinweg auf unser Deck sehen konnte. Wenn das passierte, würden sie die Waffen und Kettenhemden erblicken, die vor unseren Füßen lagen. Zum Glück war das Wasser flach, aber das hielt Knut und Sigurd nicht ab, leise Pläne zu schmieden. Ich vermute, dass sie bereits einen Fluchtweg ausgekundschaftet hatten, falls die Männer des Kaisers angriffen. Da ich selbst erlebt hatte, wie Nordmänner auf dem Meer kämpfen, war ich sicher, dass wir auch gegen vier Schiffe gewinnen konnten. Aber diese Franken waren nicht so unvorbereitet, wie Ealdred und seine Männer es gewesen waren. Wir würden nicht ohne große Verluste davonkommen. Selbst wenn wir durchbrachen und die Franken hinter uns lassen konnten, bestand die Möglichkeit, dass wir auf weitere von ihnen stießen, bevor wir das offene Wasser erreichten.

»Fulcarius sagt, wir sähen aus wie Dänen. Er sagt, diese Schiffe sähen aus wie dänische Schiffe, trotz des Kreuzes.« Vater Egfrith deutete mit seinem dünnen Finger auf das Kreuz am Bug der *Seeschlange.* »Aber ich habe ihm erklärt, wie Ealdorman Ealdred tapfer und dank der Gnade Gottes erfolgreich gegen die Heiden gekämpft und sie vernichtet hat, weil sie vorhatten, das Königreich von Wessex zu plündern.« Einer von Ealdreds Männern fluchte laut und zog langsam den Riemen ein. »Ich habe ihnen gesagt, dass wir mit dem großen Kaiser höchstpersönlich Geschäfte machen wollen, dem Licht und dem Herrn der christlichen Welt«, fuhr Egfrith fort, während der Riemen des Engländers klappernd auf das Deck fiel. »Möge Gott ihn beschützen und ihm gewogen bleiben.«

In diesem Moment stand der Engländer auf, ergriff das Kreuz auf seiner Brust und drehte sich wütend zu den Franken herum. »Du fränkischer Hurensohn!«, schrie er. »Du wagst es, uns Dänen zu nennen? Mein Schwert klebt noch vom Blut heidnischer Schädel! Dieser Abschaum kam wie hungrige Wölfe in unser Land, und wir haben diese Mistkerle zurückgeschlagen! Wir haben ihnen sieben Fuß Erde geschenkt, das haben wir ihnen gegeben, und wenn du uns noch einmal Dänen nennst, dann schwimme ich zu dir rüber und schneide dir deine lügnerische Zunge heraus!«

Die Nordmänner wurden unruhig, und einige griffen nach den Helmen, weil sie glaubten, wir wären verraten worden. Aber die anderen Wessexmänner auf der Steuerbordseite hoben ebenfalls ihre Riemen aus dem Wasser, nahmen die Kreuze, die sie um den Hals trugen, und hielten sie demonstrativ den Franken entgegen. *Gut gemacht, Männer,* dachte ich, während ich zu ihnen eilte und einem Engländer die Hand auf die Schulter legte.

»Beruhige dich, Leofmar!«, rief ich lächelnd. »Fulcarius tut nur seine Pflicht und will dich nicht beleidigen.« Egfrith sah mich erstaunt an, dann jedoch blitzten seine Augen auf, als er verstand. Er drehte sich wieder zu Fulcarius herum, der mit einem fetten Mann sprach, der neben ihm stand. »Es führt zu nichts Gutem, einen Wessexmann einen Dänen zu schimpfen, Fulcarius!«, schrie ich und zuckte mit den Schultern. »Wir Wessexmänner fürchten Gott, aber man kann uns schnell reizen. Jeder ist ein Narr, der einen Bullen mit einem spitzen Stock ärgert.« Der fette Mann redete wieder auf Fulcarius ein, und mir wurde klar, dass der Mann Englisch sprach. Das begriff Ealdred ebenfalls.

»Ich will mit dem Kaiser handeln und habe noch einen weiten Weg vor mir, Fulcarius!« Der Ealdorman spuckte auf seine Finger und glättete die abstehenden Haare seines Schnauzbartes. Da er kein besonders großer Mann war, fiel das silberne Kreuz auf seiner Brust umso mehr auf. »Wenn wir einen Wegzoll zu zahlen haben, dann sagt es nur, aber wir müssen weiter!« Wieder redete Fulcarius mit dem fetten Mann.

Egfrith neben mir hob hilflos die Hände, schüttelte den Kopf, und seine Miene verfinsterte sich. »*Auribus teneo lupum, Fulcarie!*«, schrie er zu der Knørr der Küstenwache hinüber. *Ich halte den Wolf an den Ohren,* hieß das.

Fulcarius hatte wohl mittlerweile begriffen, dass er einen Kampf mit einem christlichen Lord aus Wessex und seinen beiden Schiffen voller Krieger riskierte, und ich vermutete, er war der Meinung, dass er dafür nicht gut genug bezahlt wurde. Er sagte etwas zu dem fetten Mann, der lächelnd nickte.

»Zwei Pfund Silbermünzen sind der Wegzoll, wenn ihr flussaufwärts wollt!«, rief der fette Mann. »Drei in Hacksilber, wenn ihr keine Münzen habt.«

»Diese fränkischen Mistkerle«, murmelte Penda leise, während Olaf ein Grinsen unterdrückte und Ealdred zustimmte. Es war nicht leicht, die Drachenschiffe in dem reißenden Fluss auf der Stelle zu halten, aber die Nordmänner handhabten ihre Riemen geschickt. Die Engländer mitschiffs bemühten sich, so gut sie konnten.

»Hol das Silber, Raven«, sagte Sigurd. Dann senkte er gespielt respektvoll den Kopf vor Ealdred. »Woher wissen wir, dass wir nicht zehn Ruderschläge weiter flussaufwärts den nächsten Wegzoll bezahlen müssen?«, knurrte er dem Engländer mit einem Lächeln zu. Ealdred nickte und stellte Fulcarius die Frage, während ich zum Flussufer blickte. Die Leute der Siedlung verfolgten diesen Austausch auf dem Fluss mit großen Augen. Alle, die mit Speeren und Schilden bewaffnet waren, hatten sich zu einer Kriegerhorde von mehr als hundert Männern versammelt. Ich versuchte, sie zu zählen, als hinter dem Heck der *Seeschlange* ein Lachs aus dem Wasser sprang. Es war ein silberner Blitz, der wie gehämmertes Eisen im Licht des Nachmittags aussah. Über uns zogen sich graue Wolken zusammen. Schon bald würde der Rauch aus den fränkischen Herden sich wie eine stinkende Decke über den Fluss ausbreiten.

»Für ein weiteres Pfund Silber ist Fulcarius bereit, euch ein Banner zu geben, das ihr ans Heck binden könnt!«, schrie der fette Mann. »Damit zeigt ihr, dass ihr mit dem Segen der Küstenwache seiner Hoheit des heiligen Kaisers flussaufwärts segelt.« Ich sah seine Zähne. »Wir können natürlich nichts garantieren.«

»Wieso segelt ein Engländer mit den Franken?«, spie Penda verächtlich hervor. Denn an dem Akzent des fetten Mannes erkannte man deutlich, dass er kein Franke war.

»Wieso segelt ein Engländer mit den Nordmännern?«, zischte ich ihm zu. Penda runzelte die Stirn und kratzte sich die lange Narbe auf seinem Gesicht, und man hätte glauben können, ich hätte ihn gebeten, die Salzkörner im Meer oder die Haare in Brams Bart zu zählen.

Wir trafen die Abmachung, und ich stand mitschiffs mit drei schweren Lederbeuteln mit Münzen und Hacksilber in den Händen. Einen Speerwurf entfernt, schrie Fulcarius seinen Leuten Befehle zu. Wer seinen Pfeil eingelegt oder den Wurfspeer bereitgehalten hatte, ließ seine Waffe sinken und lockerte seine angespannten Muskeln. Die an den Riemen machten sich bereit zu rudern.

»Sie kommen wegen des Silbers, Sigurd«, warnte Olaf ihn und runzelte finster die Stirn. Er wusste, dass die Engländer unsere Waffen sehen würden, die Brynjur, Schwerter und Helme, die in einem Haufen vor unseren Füßen lagen.

»Halte den Frankenhund von der *Seeschlange* fern, Onkel.« Sigurd beobachtete die fränkische Knörr wie ein Habicht. Sein hageres, zerschundenes Gesicht glänzte von

Wundfieber. Olaf nickte und nahm einen Riemen vom Baum. Bram folgte seinem Beispiel. Am Bug der Knørr umklammerten bereits einige Franken dicke Schutztaue und lange Stäbe, um zu verhindern, dass die Schiffe in der Strömung zusammenprallten. Ich konnte Fulcarius jetzt gut erkennen. Der gierige Ausdruck auf seinem kantigen, wettergegerbten Gesicht verriet, dass er nur Augen hatte für den kleinen Schatz in meinen Händen. Aber einer der anderen Franken würde sicher begreifen, wer wir waren, selbst wenn sie warten würden, bis sie das Silber hatten, bevor sie sich auf uns stürzten.

In zehn Ruderschlägen hatten sie uns erreicht.

»Allvater, steh mir bei«, flüsterte ich, holte aus und schleuderte mit aller Kraft den ersten Silberbeutel hoch in die Luft. Zu meiner Verblüffung landete er mitten zwischen Fulcarius' Männern. Die brüllten erschreckt und ungläubig.

»Hast du den Verstand verloren, Raven?«, knurrte Olaf auf Nordisch, während die anderen Nordmänner genauso entsetzt fluchten und sich beschwerten. Aber ich hatte bereits ausgeholt, und schon war der zweite Beutel unterwegs. Er prallte an den Mast der Knørr und musste aufgeplatzt sein, denn plötzlich herrschte ein großes Durcheinander unter der Mannschaft. Fulcarius fuchtelte mit den Armen herum und schrie seine Männer an, die Hände zu heben, damit er sie sehen konnte.

»Raven, du verfluchter Narr!«, hörte ich Pendas Stimme, als ich den letzten Beutel fliegen ließ. Aber diesmal hatte ich mich verschätzt und zu viel Kraft in den Wurf gesteckt. Denn die Knørr war mittlerweile näher gekommen, und dieser Beutel mit Silber wäre ins Wasser hinter ihrem Heck gefallen, wäre nicht einer der Franken hochgesprungen und hätte ihn aufgefangen. Allerdings verlor er dabei das Gleichgewicht und landete im Fluss – was für uns das reinste Óðin-Glück war. Denn die Franken ruderten sofort zurück, in ihr eigenes Kielwasser, um den Mann zu retten, wahrscheinlich jedoch eher das Silber, bevor es verloren war. Auf Fulcarius' Schiff ging jetzt alles drunter und drüber, und Ealdred, der versuchte zu rechtfertigen, was ich getan hatte, schrie ihnen zu, einige unserer Planken wären schon alt, und wir könnten keine Kollision riskieren. Allerdings bezweifelte ich, dass die Franken ihn in dem allgemeinen Lärm hörten. Die Riemen krachten aneinander und verhakten sich, und die Luft war von fränkischen Flüchen geschwängert. Dann gab Sigurd den Befehl, zurückzuweichen. Im selben Moment ertönte ein Triumphschrei von der Knørr der Küstenwache. Als ich meinen eigenen Riemen nahm und ihn durch das Riemenloch schob, sah ich den halb ertrunkenen Helden, der über die Seite des Schiffs an Deck gehievt wurde. Durch eine Lücke in dem Gedränge sah ich, wie der Mann keuchend, aber siegreich auf dem Deck stand und den Beutel mit Silber hoch über den Kopf hielt wie ein Preiskämpfer. Er grinste, als seine Kameraden jubelten und uns den Rücken zukehrten. Wir schäumten mit unseren Riemen den grauen Fluss auf und ließen sie zurück.

12

Sigurd und Ealdred vermuteten, dass dieser Fetzen blaues Tuch, den wir an das Backstag der *Seeschlange* banden, vollkommen wertlos war. Aber selbst drei Pfund waren ein kleiner Preis dafür, einen Kampf zu vermeiden und flussaufwärts segeln zu können. So viel Silber war, wie Bram es ausdrückte, wie ein Furz im Sturm im Vergleich zu dem Schatz, den wir von dem Kaiser für das Gebetbuch bekommen würden. Zu meinem Glück war die Sache gut ausgegangen, aber das hinderte etliche Nordmänner nicht, die Köpfe zu schütteln und mir Vorwürfe zu machen, weil ich ein so großes Risiko mit dem schwer verdienten Silber eingegangen war.

Aslak rief laut: »Das Silber hätte einen schönen Brynja und einen guten starken Helm eingebracht! Oder zwei oder drei großbusige Thralls, die einem das Bett wärmen. Und du hättest es fast auf den Grund des Flusses geschickt! Ich nenne so etwas verdammt leichtsinnig!«

»Es hätte uns Ráns Gunst erkauft, Aslak«, rief ich ebenso laut zurück. »Und wenn du darüber nachdenkst, lohnt es sich, die zu haben.«

»Ráns Gunst?«, mischte sich Bram an. »Für drei Pfund Silber würde das alte Weib an Bord klettern und dich ficken, bis du so trocken bist wie der Furz eines Toten!«

Aber nicht Rán hatte unser Silber in die Hände bekommen, sondern Fulcarius. Und deswegen drangen wir jetzt tiefer ins Frankenreich hinein. Die Sonne schickte sich an unterzugehen und wärmte unsere Gesichter. Die Franken, die uns am Ufer des Flusses gefolgt waren, zerstreuten sich allmählich.

Die Wessexmänner hatten keine geringe Rolle dabei gespielt, Fulcarius und seine Franken zu täuschen, indem sie ihre Kreuze emporgehalten hatten, aber ein Mann insbesondere verdiente unseren Dank. Das war der Engländer, der Fulcarius beschimpft hatte. Er hieß nicht Leofmar, wie ich ihn einfach genannt hatte, sondern Wiglaf. Er war ein dicker Mann mit schütterem Haar, das er nach vorn strich, sodass ein paar Strähnen an seinen verschwitzten Schläfen klebten. Er hatte ein rotes Gesicht, eine lange spitze Nase, und sein Kinn war so rund wie ein Holzapfel. Vielleicht hatte er uns gar nicht helfen wollen, die Franken zu täuschen. Vielleicht hatte sich Wiglaf wirklich darüber aufgeregt, dass man ihn einen Heiden und Dänen schimpfte, und wäre wirklich über Bord gesprungen, um Fulcarius die Zunge aus dem Mund zu schneiden. Jedenfalls wirkte der Mann ziemlich erschreckt, als Sigurd ihn zum Heck der *Seeschlange* rief. Dort gab er ihm einen goldenen Fingerring, den er sich selbst von seiner linken Hand zog. Wir hatten den Wessexmännern nach dem Kampf im Kanal alles Wertvolle abgenommen, ihre Schwerter, Langmesser, Brynjur, Gürtelschnallen, Broschen, Fibeln und Ringe. Als Wiglaf nun belohnt wurde, war das ein erster Schritt für ihn, seine Ehre wiederzuerlangen. Und auch wenn er das Jarl-Gold unter den Blicken von Ealdred und seinen

Landsleuten nur widerwillig entgegennahm, musste er so etwas wie Hoffnung empfunden haben. Er mochte Ealdreds Leibwächter und ein Christ sein, aber er war auch ein Kämpfer. Er hatte gesehen, wie Sigurd Mauger besiegte, der ein wahrhaft beeindruckender Krieger gewesen war. Wiglaf mochte Sigurd hassen, aber er musste ihn auch bewundert haben. Jedenfalls steckte er den goldenen Ring an den Finger und kehrte zu seiner Ruderbank zurück. Seine Landsleute sagten nichts. Aber der Hüne Baldred, der Asgots Messer entkommen war, nickte brüsk. Diese Geste sprach für sich.

In dieser Nacht drang kalter Tau in unsere Kleidung und machte alles an Bord klamm. Wir ankerten im Schutz einer kleinen Insel mitten im Fluss. Sie war flach und schlammig und schimmerte im Licht des Mondes, der durch Wolkenfetzen schien und Muster auf den reißenden Fluss warf. Da auf dieser Insel nichts wuchs, woran wir unsere Taue hätten befestigen können, warfen beide Schiffe Anker. Olaf ging mit den Wessexmännern los, um die Vertaupfähle in den Schlamm zu rammen. Als sie wieder an Bord kletterten, sahen sie aus wie wandelnde Scheißhaufen mit Augen. Also hielten sie sich an Tauen fest und wuschen sich im Fluss, bis sie sauber waren. Dann hängten sie ihre Kleider über die Relingsplanke der *Seeschlange*, damit sie im Wind trockneten, während sie sich in Felle hüllten. Olaf fragte uns, wie es angehen konnte, dass er, der zweitälteste Mann an Bord, die Schiffe sichern musste, während jüngere Männer herumsaßen und sich am Sack kratzten. Es war zu dunkel gewesen, um weiter flussaufwärts zu rudern. Aber Sigurd wollte nicht am Ufer anlegen, solange er nichts über die Launen des Flusses, das umliegende Gebiet und die Stimmung der ansässigen Franken wusste. Solange wir in diesem Schlamm ankerten, konnten wir zwar nicht an Land gehen, aber die Schiffe waren geschützt und wir waren vor den Angriffen sicher. Morgen würden wir entscheiden, wo wir sicher an Land gehen konnten.

Cynethryth schlief zwischen mir und Pater Egfrith. Als der Wind auffrischte und durch die Riemenlöcher und über die Relingsplanke blies, rutschte sie dichter an mich heran. Ihr Rücken lud mich ein, mich ebenfalls auf die Seite zu rollen und mich an sie zu schmiegen. Das tat ich auch, und ich zog die Felle zurecht, sodass sie uns beide bedeckten. Meine rechte Hand lag auf ihrer Hüfte, mein rechtes Knie schob sich in ihre Kniekehle. Ich schlief ein, während ich den beruhigenden Duft von Cynethryths goldblondem Haar einatmete. Selbst wenn Karolus persönlich an Bord geklettert und ein flammendes Schwert geschwungen hätte, hätte ich keinen Muskel gerührt.

Der Morgen war grau und feucht und roch nach Tang und Moos, der die kleine Insel und die Flussufer überzog. Über der Sequana hing ein dichter Nebel, der langsam aufstieg wie eine Seele, die einen Körper nur unwillig verließ. Die Männer gähnten und furzten und stellten sich an die Reling der *Seeschlange* und der *Fjord-Elch,* um in den Fluss zu pissen, während sie sich den Schlaf aus den Köpfen schüttelten und die Träume aus den Augen rieben. Unsere Haare waren wild, die Bärte zerdrückt, und wir kratzten uns und suchten in dem schwachen Licht der Morgendämmerung unsere Kleidung nach Flöhen ab.

An Bord eines Schiffes aufzuwachen ist immer etwas Besonderes. Gewiss, alles ist klamm, und manchmal beschweren sich die Knochen über die harten Spanten und Planken des Decks, und manchmal fühlt man sich wie platt getretenes Gras, das sich im Wind wieder aufrichten möchte. Aber die Macht des Seiðr überspannt das Deck eines Schiffes wie eine unsichtbare Brücke in die Welt der Geister. Die Männer reden leise miteinander, alle Geräusche sind gedämpft, und selbst unsere Zukunft scheint stumm zu sein, als würden die Nornen noch schlafen oder hätten nicht genug Licht, um die Lebensmuster zu erkennen, die Wyrds, die sie für uns weben. Für uns Sterbliche ist der neue Tag unbefleckt, und wir sind auf dem Rücken eines Drachen aufgewacht. Also steht es uns frei, das Meer zu durchstreifen.

Nachdem wir Käse, getrocknetes Robbenfleisch und das letzte Brot gegessen hatten, das mittlerweile härter war als abgelagerte Eiche, machten wir uns bereit, weiter flussaufwärts zu rudern. Alle Männer taten geschäftig, niemand wollte abkommandiert werden, die Schiffe von den Vertaupfählen im Schlamm loszubinden. Aber man kann nicht ewig Felle verstauen, sein Haar zurückbinden und Riemen vom Riemenbaum holen. Diesmal suchte Olaf fünf Nordmänner aus, die ihm helfen sollten, vielleicht weil er die Wessexmänner nicht erneut verärgern wollte. Wahrscheinlich jedoch tat er es aus dem Grund, weil wir am Tag zuvor über ihn gelacht hatten. Und ich hatte das Pech, einer der Auserwählten zu sein. Wir rutschten in dem Schlamm aus und fielen hin, wie junge Hunde, die ihre ersten Schritte machten.

Cynethryth hatte die matschige Prozedur vom Bug der *Seeschlange* aus beobachtet. Als ich vorwurfsvoll Bjørn zurief, mir ein Seil zuzuwerfen, damit ich mich daran festhalten und mich im Fluss waschen konnte, kicherte sie. Das ärgerte mich noch mehr.

Schließlich zog Bram den schlammbedeckten Anker hoch, und wir schoben die Riemen durch die Löcher, tauchten sie in das ruhige Wasser und brachen auf in Richtung Sonne. Die rollte in ihrem blassgoldenen Streitwagen langsam, aber unausweichlich in den mürrischen Himmel hinauf. Und mit ihr hob sich auch meine Laune. Das morgendliche Bad hatte vielleicht den Duft von Cynethryth von meiner Haut gewaschen, aber auch die schlechte Laune weggespült. Und als mein Haar trocknete und das Rudern meine Muskeln wärmte, war ich wieder guter Dinge. Trotzdem nahm ich mir vor, nie wieder über Onkel zu lachen.

In unserem Kielwasser glitt die *Fjord-Elch* so geschmeidig durch die Fluten wie ein Messer durch heißen Rindertalg. Ihre Riemen bewegten sich in makelloser Gleichmäßigkeit, anders als unsere, weil sie keine unerfahrenen Engländer auf ihren Seekisten hatten. Neben dem Kreuz an ihrem Bug stand der Schiffsführer, Bragi Eierkopf. Er hieß so, weil der Mann kein einziges Härchen auf dem Schädel hatte. Sigurd hatte Bragi zum Schiffsführer der *Fjord-Elch* gemacht, nachdem der alte Schiffsführer, Glum, ihn hintergangen hatte. Und Eierkopf schien seine Sache gut zu machen. Sein Bruder Kjar war der neue Steuermann, der die Aufgabe von Glums Vetter Thorgils übernommen hatte. Der war mit Glum und dem großen Thorleik in jener Nacht vor der Schäferhütte in den walisischen Hügeln gestorben. Ich kannte Kjar nicht besonders gut, aber als ich ihn am Heck beobachtete, die Pinne fest und zuversichtlich in der Hand, hielt ich das für ein gutes Zeichen.

Selbst an einem trüben Tag wie diesem war das Land, durch das wir ruderten, so bunt wie der prachtvollste Wandteppich, und es veränderte sich zudem ständig. Wir glitten an strahlenden Kalksteinklippen und Tälern vorbei, in denen das Vieh zufrieden auf saftigen Weiden graste. Wir kamen an endlos scheinenden blühenden Flachsfeldern vorbei, und die wichen kurz darauf Wäldern mit Kastanien, Birken, Eichen, Walnussbäumen, Fichten und Kiefern. Dazwischen wühlten Wildschweine mit schlammigen Schnauzen. Ihr Grunzen drang bis zu uns aufs Wasser. Wenn man lange und genau hinsah, entdeckte man auch Rotwild. Bothvar wies einmal laut auf einen mächtigen Silberwolf hin. Doch als wir zum Ufer sahen, war er bereits verschwunden.

»Wer könnte uns daran hindern, uns ein bisschen von dem Fleisch des Kaisers zu holen?«, murmelte Bram halblaut. Und in der Tat schien der Landstrich völlig menschenleer zu sein. Also legten wir kurz darauf am Ufer an, vertäuten das Schiff an ein paar Weiden und fingen und schlachteten vier Schweine, einen alten Eber und drei Hühner, die herumirrten und die der schwarze Floki erwischte. Bjørn und Bjarni errichteten mit Häuten und Speeren ein Räucherzelt am Ufer, in dem sie über langsam brennendes Eichen- und Apfelbaumholz die Fleischstücke aufhängten. Dann leisteten wir den anderen an einem großen offenen Feuer Gesellschaft. Dort rösteten wir den alten Eber und die drei Hühner, die Cynethryth und Egfrith gerupft, mit Zwiebeln gefüllt und mit Butter aus Wessex, Koriander und Salz eingerieben hatten. Der Duft ließ einem das Wasser im Mund zusammenlaufen, und als Yrsa und der rotgesichtige Hastein mit prallen Metschläuchen von den Schiffen kamen und die schäumende Flüssigkeit in Trinkhörner und Becher füllten, glaubte ich, in Walhall zu sein.

»Dieses Land schmeckt mir«, brummte Bram mit vollem Mund und wischte sich das Fett mit dem Handrücken von den Lippen. »Verhungern muss man hier nicht.«

»Und alles zur freien Verfügung«, sagte Svein. Er grinste unter seinem fettglänzenden Bart, als er sich ein ordentliches Stück Fleisch abriss. Für die Gemeinschaft waren Fleisch und Met genauso wichtig wie Gold und Mädchen, wenn nicht wichtiger. »Diese Franken sind wirklich großzügig«, fuhr Svein fort und lutschte an seinen Fingern. »Aber es gibt keine Schweinehirten, die wir verprügeln können. Das nimmt der ganzen Sache ein bisschen den Spaß.«

Der schwarze Floki schüttelte den Kopf. »Und warum ist das so, du Leuchte?« Er hob fragend eine schwarze Braue.

Svein hielt ein Hühnerbein hoch wie eine Kriegsbeute und biss dann genussvoll hinein. »Weil ihr weißer Christus ihnen gesagt hat, sie sollen die armen Heiden füttern?« Er kaute grinsend, während die anderen lachten. Selbst die Wessexmänner, die kein Wort von dem verstanden, aßen mit sichtlichem Vergnügen. Alle, bis auf Ealdred, der abseits saß und mit erloschenem Blick vor sich hinkaute.

»Dieses Fleisch war nicht eingepfercht, weil sein Besitzer nicht glaubt, dass jemand es stehlen wird«, sagte Floki. »Du bist jetzt nicht mehr im Norden, Rotschopf. Ich glaube, hier gibt es Gesetze, verdammt strenge Gesetze.« Er zog einen Knorpel aus dem Mund und untersuchte ihn im Licht des Feuers. »Dieser fränkische Kaiser hat sein Land und sein Volk fest im Griff«, sagte er und warf den Knorpel ins Feuer.

Svein zuckte mit den Schultern und schmatzte zufrieden, als würde ihn das nicht kümmern. Uns anderen jedoch gaben Flokis Worte zu denken. Natürlich konnte er sich irren. Vielleicht war der Schweinehirt einfach nur krank geworden und konnte sich an diesem Tag nicht um seine Tiere kümmern. Oder das Vieh, das wir gefunden hatten, war von einem nahe gelegenen Dorf entlaufen. Aber irgendwie spürten wir die Wahrheit in Flokis Worten. Die Schiffe der Küstenwache, die uns aufgebracht hatten, und die Wachtürme, die wir auf den Klippen an der Küste gesehen hatten, ließen in der Tat darauf schließen, dass dieser Karolus ein Mann war, der wusste, wie man ein Pferd aufzäumte, und auch, wie man es ritt.

In dieser Nacht schlief die Hälfte von uns an Bord und die andere Hälfte an Land. Am nächsten Tag stachen wir erneut in See, mit vollen Bäuchen und köstlichem geräuchertem Fleisch in unseren Frachträumen. Gelegentlich kamen uns kleinere Schiffe entgegen. Sie drückten sich gefährlich dicht ans schlammige Ufer, um uns aus dem Weg zu gehen. Eine Knørr, die neu aussah, hatte drei fette Kühe und ein paar Fässer geladen. Sie lief auf Grund bei dem Versuch, uns möglichst weit auszuweichen. Ihr Kiel grub sich in eine Sandbank, die das Boot ruckartig zum Stehen brachte. Die Franken – sechs Mann – wären fast gestürzt. Sie schrien die Tiere an, die vor Schreck stampften und ihrerseits muhten. Wir glitten weiter und ließen in unserem Kielwasser nordisches und englisches Gelächter zurück.

Andere Schiffe passierten wir ohne Zwischenfälle. Wir winkten und lächelten allen zu, die wir sahen, und Pater Egfrith grüßte die Besatzung der Boote und wünschte ihnen Gottes Segen so freigebig, als würde er ihnen Äpfel zuwerfen. Manchmal erwiderten die Leute unsere Grüße vorsichtig, aber die meisten zuckten nur finster mit den Schultern. Sie hatten Angst vor uns und konnten den Mönch wohl auch nicht verstehen.

»Mein wunderschönes Latein«, sagte Egfrith später an diesem Nachmittag und seufzte. Drei alte Fischer in einer Faering starrten uns furchtsam und mit offenen Mündern an. Sie verstanden kein Wort von dem Geplapper des Mönchs. »Und es ist, wohlgemerkt, die Sprache von Papst Leo höchstselbst, Gott schütze Seine Heiligkeit. Sie ist an diese Einfaltspinsel wahrhaft verschwendet«, fuhr Egfrith fort, als wir immer noch lächelnd und winkend und Segen spendend an ihnen vorbeiruderten. »Ebenso verschwendet wie guter Wein an einen Nordmann. *Dominus illuminatio mea! Dominus vobiscum!*«, rief er ihnen nach. Dann schüttelte er den kahlen Kopf. »Für sie könnte das genauso gut das Schreien einer Gans gewesen sein. Ignorantes Pack.« Er sah mich beifallheischend an, verdrehte dann jedoch die Augen, weil er begriff, dass ich ihm diesen Gefallen nicht tun würde.

»Du kannst ihnen nicht vorwerfen, dass sie überrascht sind, Mönch!«, rief ich ihm von meiner Seekiste zu. »Sie haben noch nie zuvor ein sprechendes Frettchen gesehen.« Penda lachte, und Egfrith sah mich finster an, woraufhin ich ebenfalls lachen musste. Aber Cynethryth sah mich böse an, woraufhin ich schuldbewusst den Blick senkte.

Bei Einbruch der Dunkelheit waren die Wolken nach Süden weitergezogen. Sterne zeigten sich am Abend-himmel. Der Mond ging auf und warf kalte, silberne Schatten über den Fluss und die Felder auf beiden Seiten, als wir an einer flachen Stelle mit Schilfgras anlegten, wo Sumpfhühner und Wildenten ihre Nester verteidigten. Sie schlugen wild mit den Flügeln und quakten und zeterten. Das Brackwasser der Gezeiten an den Mündungen des Flusses, wo Süßwasser- und Salzwasserfische lebten, war verschwunden, ebenso wie die Schlammebenen, in denen Gänse und Wasservögel nach Wasserpflanzen und Ein-tagsfliegen suchten, ebenso wie die Uferschwalben, die wir in den letzten Tagen beobachtet hatten. Sie verließen ihre Nester, um vor dem bevorstehenden Winter nach Süden zu flüchten. Hier, im mittleren Teil der Sequana, strömte der Fluss ruhiger, was das Rudern erleichterte. Allerdings hofften wir immer noch, dass der Wind um-schlug, sodass wir unsere Riemen verstauen und das Segel setzen konnten. Wir würden den morgigen Tag abwarten. Jetzt sicherten wir die *Seeschlange* und die *Fjord-Elch*, ver-täuten sie am Bug an uralten knorrigen Wurzeln, die durch die ewige Strömung des Wassers freigelegt worden waren, und warfen am Heck die Anker.

Wer in der letzten Nacht an Land gegangen war, blieb

diesmal an Bord. Sigurd hatte an Englands Gestaden eine bittere Lektion gelernt. Damals hatte Ealdred ihn vom Land und vom Meer angegriffen und dabei Fischerboote mit Männern bestückt, die mit Brandpfeilen drohten. Seitdem waren immer genug Männer an Bord, die das Schiff nötigenfalls sofort in Sicherheit bringen konnten. Und die an Land konnten immer am Ufer entlanglaufen und etwas weiter entfernt wieder an Bord der Drachenschiffe gehen, weit weg von einer möglichen Bedrohung. Das war ein kluger Plan, und auch wenn es bedeutete, dass die Hälfte von uns die Nacht auf harten Eichenplanken und Seekisten verbringen musste, störte uns das nicht. Die Brandspuren, die die *Seeschlange* immer noch zeichneten, waren eine schmerzhafte Erinnerung daran, dass wir sie fast verloren hätten. Wir schuldeten es ihr, sie zu beschützen.

Unter dem südöstlichen Himmel hing ein schwacher rötlicher Schein. Wir vermuteten, dass es jenseits der schwarzen Schattenlinie der Wälder, weiter im Inland, eine Stadt oder zumindest ein Dorf gab. Vielleicht wussten die Menschen dort, dass wir hier waren, und hatten Feuer entzündet, damit wir uns nicht ungesehen unter sie mischen konnten. Oder ihre Feuer gehörten zu einer Feier oder einem Ritus, einer Eheschließung oder einem Begräbnis. Jedenfalls würden wir sie nicht belästigen, solange sie uns in Ruhe ließen.

Ealdred und die Wessexmänner waren an Land gegangen, obwohl der Ealdorman von den anderen ferngehalten wurde. Sigurd wollte so gut es ging die Bande zwischen seinen Männern und ihm zerschneiden, ohne ihn zu töten. Penda und ich machten es uns zwischen den Fellen am

Heck der *Seeschlange* bequem. Wir tranken Met und spielten Tafl. Andere an Bord schliefen bereits, machten es sich gemütlich, so gut es in der Enge ging, oder redeten leise oder erledigten Dinge, die sie wegen des Ruderns nicht hatten erledigen können. Hinter uns saßen Cynethryth und Pater Egfrith auf der Kampfplattform. Ich dachte gerade, wie leise sie doch waren, als mir klar wurde, dass sie angelten. Die Steingewichte zogen ihre Angelschnüre aus Nesselhanf in die Tiefe, aber trotz ihres Schweigens und ihrer Geduld hatten weder das Mädchen noch der Mönch bis jetzt auch nur eine Sprotte gefangen.

»Hat sie dir eigentlich schon gedankt, dass du ihren Mistkerl von Vater gerettet hast?« Penda deutete über meine Schulter. Mit seinem stacheligen Haar, dem vernarbten Gesicht und den wilden Augen sah Penda einfach immer wild aus, selbst in einer ruhigen, klaren Nacht wie dieser und während eines Tafl-Spiels. »Eine hübsche Belohnung für den kleine Raven?« Seine Augenbrauen tanzten. »Einmal Eintauchen in den Honigtopf?«

Ich warf ihm einen säuerlichen Blick zu, weil ich fürchtete, dass Cynethryth uns belauschen könnte. Aber er grinste einfach nur wie ein mutwilliger Junge.

»Kümmer dich lieber um das Spiel«, murmelte ich und verschob eine Kammmuschel, sodass ich eine von Pendas schwarzblauen Miesmuscheln schlagen konnte. »Ich wette, dass selbst Svein dich besiegen könnte, Penda.«

Er runzelte die Stirn. »Du brauchst so lange für jeden Zug, dass ich fast eingeschlafen bin, wenn ich endlich drankomme. Genauso gut könnte man einem Baum beim Wachsen zusehen«, erwiderte er mürrisch.

»Sehr gut, Cynethryth! Ruhig. Vorsichtig.« Ich drehte mich um. Cynethryth zog ihre Angelschnur schnell und geschickt ein. »Gutes Mädchen. Lass ihn nicht vom Haken!« Pater Egfrith hüpfte aufgeregt von einem Fuß auf den anderen. Cynethryths Gesicht verriet ihre Konzentration.

»Was auch immer es ist, es ist schwer«, sagte Penda, und ich nickte. Aber keiner von uns dachte daran, ihr zu helfen. »Wahrscheinlich der Stiefel eines Franken«, setzte der Engländer hinzu.

Dann stieß Cynethryth einen entzückten Schrei aus, drehte sich um und schwang den Fisch auf das Deck der *Seeschlange*. Dort zappelte er klatschend auf das Holz. »Ein Hecht!«, stieß Egfrith hervor und kniete sich hin, um den graugrün gefleckten Fisch zu ergreifen und den Haken im Maul zu lösen. »Man muss sich vor seinen Zähnen hüten. Sie sind messerscharf.« Er hatte recht. Die Zähne des Hechts sahen gefährlich aus, als er wild um sich schlug und das Maul aufriss.

»Ein *gaddr*.« Yrsa Schweinsnase nickte anerkennend auf seiner Seekiste.

»Die Engländer nennen ihn Hecht, Yrsa«, sagte ich auf Nordisch. Etliche andere Nordmänner waren herübergekommen, und jetzt stritten sie darüber, wie der spitzköpfige *gaddr* im Vergleich zu anderen Flussfischen schmeckte: zum Rotauge, zur Rotfeder, zur Brasse und zum Barsch.

»Er ist so lang wie mein Arm«, stellte ich anerkennend fest.

»Und fast so lang wie mein Schwanz.« Ingolfs Grinsen zeigte mehr Lücken als Zähne.

»Aber der da sieht besser aus«, krähte Hastein und schlug Ingolf auf den Rücken.

»Gut gemacht, Mädchen. Das gibt eine köstliche Mahlzeit.« Penda kratzte sein Kinn.

»Ich habe schon geglaubt, die Fische da unten würden alle schlafen«, neckte ich, Cynethryth, während Egfrith den Fisch an den Kiemen hochhob, so stolz, als hätte er ihn selbst gefangen.

»Glaubst du, ich hätte nicht schon vorher Fische gefangen, Raven?« Cynethryth sah mich herausfordernd an.

»Natürlich nicht«, antwortete ich. »Ich meinte nur …«

»Kümmert euch wieder um euer Spiel, Kinder, und überlasst uns die Arbeit.« Egfrith grinste bei Cynethryths Worten, und ich hätte ihm am liebsten eine runtergehauen. Stattdessen jedoch setzten sich Penda und ich wieder an unser Spiel. Gerade als ich meinen nächsten Zug bedachte, rief Cynethryth zu uns herüber.

»Und Penda, du kannst die Flöhe zerquetschen, die dir in der Hose herumhüpfen. Raven hat keine Belohnung von mir bekommen.«

13

Ich wurde durch laute Flüche geweckt. Cynethryth regte sich neben mir, und wir setzten uns beide in unseren Fellen auf, um zu sehen, was los war. Ich rieb mir die Augen, und dann hörte ich erleichtert, dass sich das Gelächter anderer Männer in Ingolfs Obszönitäten mischte. Der Nordmann mit den vielen Zahnlücken stand mittschiffs und wischte sich mit der Hand über die Hose. Dabei benutzte er Kraftausdrücke, bei denen selbst Thór errötet wäre. Er hatte sich die Hose vollgepisst. Eigentlich hatte er über die Relingsplanke der *Seeschlange* gepinkelt, aber der Wind hatte seinen eigenen Willen gehabt, und jetzt hatte Ingolf eine stinkende Hose und eine Stinkwut.

»Danke Njørð dafür«, sagte Yrsa, reckte die Arme und ließ einen mächtigen Furz fahren.

»Ich soll Njørð dafür danken, dass ich mich vollgepisst habe?«, fragte Ingolf wütend und zeigte Yrsa den dunklen Fleck auf seinem linken Hosenbein.

»Nein, du Hohlkopf.« Yrsa dachte einen Moment nach. »Oder eigentlich schon«, meinte er dann. »Denn das bedeutet, der Wind hat gedreht. Er kommt jetzt aus Südwesten.« Er hob den Arm und packte einen Riemen, der über ihm auf dem Ruderbaum lag. »Was bedeutet, diese Scheißdinger können heute bleiben, wo sie sind.« Er grinste, während er gähnte, dass ihm die Tränen in die Augen traten. »Wenn ich du wäre, Raven, würde ich den ganzen Tag in meinem Schlafsack bleiben«, setzte er mit einem mutwilligen Grinsen und einem Seitenblick auf Cynethryth hinzu.

»Und wenn ich du wäre, Yrsa, würde ich mir einen Felsbrocken um den Hals binden und über Bord springen«, erwiderte ich. Allmählich begriff ich, dass es nicht einfach war, eine Frau auf einem Langschiff mitzuführen, schon gar nicht eine Frau, die man liebt. Aber Yrsa hatte recht, was den Wind anging, und der Gedanke, nicht rudern zu müssen, hob die Stimmung der Männer, als wir die Morgenmahlzeit vorbereiteten. Cynethryth und Egfrith hatten am vergangenen Abend ingesamt zwei große Hechte und drei Barsche gefangen. Sie wurden zu einem Eintopf verarbeitet, zusammen mit Meerrettichblättern und dem restlichen Brot, das zu hart war, um es kauen zu können. Bjarni hatte mit dem Bogen zwei Enten im Schilf geschossen, und daraus wurde ein weiterer Eintopf gemacht. Mit Knoblauch und den Knochen eines Hasen, die Yrsa von einer früheren Mahlzeit aufbewahrt hatte. Ich wusste nicht, was die Männer auf der *Fjord-Elch* aßen. Aber ich wusste, dass es schrecklich roch, und ich war dankbar für Cynethryths Angelglück und Bjarnis Geschicklichkeit im Umgang mit dem Bogen. Allerdings hätte ich darauf gewettet, dass auch die Gemeinschaft an Bord der *Fjord-Elch* froh darüber war, dass wir endlich auf den Schiffen kochen durften, ganz gleich, was in ihrem Topf war. Denn es kam nicht oft vor, dass Sigurd ein Feuer über den Ballaststeinen erlaubte.

»Dieses Gewässer ist so ruhig wie Milch, und weißt du, warum das so ist, Junge?« Olaf hatte mir in der letzten Nacht diese Frage gestellt, als er den Anker in den Fluss gelassen hatte und das Seil durch seine knorrigen Hände hatte laufen lassen.

»Weil es flach ist, Onkel?«, hatte ich geraten.

Er schüttelte den Kopf. »Es ist tief genug, dass selbst ein großer Bursche wie du darin ersaufen kann, Junge«, erwiderte er, während er den Knoten an dem Vertaupfahl neben der Relingsplanke überprüfte. »Nein. Der Fluss fließt langsam, weil sein Oberlauf nur acht Speerlängen über dem Meeresspiegel liegt, was bedeutet, er hat kein großes Gefälle und nimmt so keine große Geschwindigkeit auf. Nicht wie die Flüsse bei uns zu Hause. Die tragen dich schneller hinab als Sleipnir und spucken dich ins Meer, und bevor du weißt, wo du bist, wischst du dir die Scheiße von Seemöwen aus dem Auge.«

Weil der Fluss so ruhig war, hatte Sigurd denen von uns, die an diesem Morgen auf den Schiffen aufwachten, erlaubt, unsere Kochtöpfe über kleine Feuer zu hängen, die wir auf den glatten Ballaststeinen entfachten. Solange wir Wassereimer danebenstellten und die Asche hinterher ins Wasser spülten. Nach dem Frühstück setzten wir das Segel und legten ab. Wir fingen den Wind ein, der Ingolf den Morgen versaut hatte. Langsam fuhren wir die Sequana hoch, während im Osten die Sonne aufging. Sie vergoldete den Fluss und wärmte uns die Gesichter, denn wir mussten nicht rudern und blickten Richtung Bug. Wir reinigten unsere Waffen, unsere Brynjur, die Helme und Schwerter, entfernten die kleinen Rostflecken, die nach all den Tagen in der salzigen Luft erschienen. Die Männer sprachen über ihre Familien zu Hause, und ich hörte ihnen zu und schwieg, denn ich hatte keine Familie, von der ich hätte reden können. Und wenn doch, wusste ich nicht, wer oder wo sie wohl war. Alles, was ich wusste, war, dass ich jetzt hier war und mit diesen Männern einen fränkischen Fluss im Heimatland eines Kaisers hinaufsegelte. Denn meine Erinnerung war wie ein dunkles, leeres Fass. Vor zwei Jahren hatte irgendein Schlag meinen Schädel gebrochen, und sämtliche Erinnerungen waren hinausgelaufen. Ich war im Haus des alten Ealhstans aufgewacht. Er hatte mir Essen und Arbeit gegeben, aber jetzt war er tot. Jeden Tag, den ich an Bord der *Seeschlange* verbrachte, gruben sich die Wurzeln meiner Seele etwas tiefer in ihren Rumpf. Auch wenn ich es nie erklären konnte, wusste ich, dass die Saga meiner Vorfahren in das komplizierte Muster ihres geschnitzten Vorder- und Achterstevens eingearbeitet war, und auch in Jørmungands schlanken, aufgereckten Hals. Ich stellte mir vor, mein Vater, falls er noch lebte, wäre ein Herr des Meeres, wie Sigurd. War ich vielleicht in einem Sturm vor der Küste von Wessex über Bord gespült worden und hatte mir den Schädel an einem Felsen aufgeschlagen? Vielleicht hatte ich zu einer Bande von Plünderern gehört. Vielleicht hatte mich ein englischer Knüppel bewusstlos geschlagen, und man mich für tot gehalten und zurückgelassen. Vielleicht hatte ich mich halbtot weitergeschleppt und war schließlich in der Nähe des Dorfes Abbotsend in Ohnmacht gefallen ... Wahrscheinlich würde ich es niemals erfahren. Also stritt ich nicht mit meinem Herzen, wenn es im Takt der nordischen Riemen schlug.

Gegen Mittag ruderten wir erneut, weil der Wind im Segel zu schwach war, um Sequanas unaufhaltsamen Drang zum Meer zu überwinden. Die nächsten drei Tage zogen wir den Fluss entlang nach Süden, kamen an Erlen- und Weidenwäldern vorbei, an Feldern mit Weizen und Gerste, die wie ein goldener Ozean im Wind wogten. Wir legten nie in der Nähe eines der Dörfer an, deren Bewohner uns vom Ufer und von den niedrigen Hügeln aus beobachteten.

Furcht und Neugier schienen sich bei ihnen die Waage zu halten. Zwei heidnische Drachenschiffe mit christlichen Kreuzen am Bug – so etwas hatten sie gewiss noch nie gesehen. Und wir blieben nirgendwo lange genug, dass sie hätten herausfinden können, was es damit auf sich hatte. Stattdessen ruderten wir ein langes Stück dieses mäandernden Flusses hinauf, bis die Kreuze an unseren Bugen nach Nordosten zeigten. Zwei Tage später erreichten wir Paris. Ich weiß nicht, was ich erwartet hatte, aber jedenfalls nicht das, was wir vorfanden. Wir kamen in ein großes Becken, wo die Sequana breiter wurde und sich teilte, bevor sie an den Seiten einer niedrigen Insel vorbeiströmte, die einst, laut Egfrith, Heim eines Stammes der Gallier war, der Roms größten Hauptmann bekämpft hatte, Julius Caesar.

»Euer Jarl hätte Julius Caesar gemocht«, fuhr Egfrith fort und verzog das Gesicht. »Er hat heidnische Götter angebetet und ganze Völker abgeschlachtet.«

»Ich wette, dass er nicht im Stroh gestorben ist«, hatte Olaf mit einem bewundernden Lächeln angemerkt.

»Er hatte keine Zeit zu sterben, Onkel«, kam ich Egfrith

zuvor. »Er war zu sehr damit beschäftigt, Christen zu töten.«

Der Mönch grinste, und seine kleinen Augen funkelten boshaft. »Julius Caesars eigene Freunde haben ihn erstochen, während er über römische Gesetze geredet hat«, sagte er.

Bei diesen Worten hatte Onkel über die Relingsplanke der *Seeschlange* gespuckt. »Niemand mag Gesetze«, sagte er.

Auf Sigurds Befehl hin steuerte Knut das Schiff in den linken Flussarm. Er war breiter als der rechte, was bedeutete, dass wir mehr Wasser zur Verfügung hatten, um zu manövrieren, falls es nötig sein sollte. Und wir betrachteten den Ort, als wir in diesem makellosen Rhythmus ruderten, den wir immer an den Tag legten, wenn andere Seeleute zusahen. Die schlammigen Ufer der Insel erhoben sich sanft aus dem Fluss, bis zu einem künstlichen Wall, auf dem eine speerhohe Palisade aus glatten, spitzen Pfählen stand. Dieser Wall wurde regelmäßig von Plankengängen unterbrochen, die vom Ufer über den Wall direkt in die Stadt führten. Es gab so viele, dass ich mich fragte, warum sie überhaupt den Wall errichtet hatten. Es war ein sehr belebter Ort. Dutzende von Fischerbooten, Faerings und dickbäuchigen Knørrs waren auf den Schlamm gezogen und an Duckdalben befestigt. Die Sonne hatte geschienen, bis wir auf Pfeilschussweite an Paris herangekommen waren. Jetzt verdunkelte ein Gemisch aus schwarzem, grauem und gelbem Herdrauch den Himmel.

Hier und da erhob sich ein Abschnitt einer weißen Steinmauer hinter der Palisade, und es gab sogar einige zerfallene Bastionen, aber diese steinernen Befestigungen waren zu selten, als dass sie den Bewohnern groß genutzt hätten. Egfrith erklärte, es seien die Reste der römischen Mauer, die Paris einmal vor den Feinden des römischen Reichs geschützt hatte. Heutzutage wäre es schon schwer, die Stadt vor einem räudigen Hund zu beschützen. *Oder vor uns,* dachte ich grimmig und erinnerte mich daran, wie das Wolfsrudel Abbotsend niedergebrannt hatte.

»Seht sie euch an. Wie Ratten in einem Mistpfuhl«, sagte Bram angesichts der Franken, die bei unserem Anblick ihre Schritte beschleunigten. »Es sieht so aus, als hätten sie Angst vor dem Kreuz, Mönch«, sagte ich zu Egfrith. Er stand neben Sigurd auf dem Kielschwein.

»Die Kreuze können den Nebel der Sünde nicht vertreiben, der diese Schiffe umhüllt«, gab er zurück. »Ihr könntet euch Christi Sandalen anziehen und Seine Robe überwerfen, und darunter wärt ihr immer noch Heiden. Verlorene Seelen.« Ich hoffte in dem Moment, dass Sigurd den Mönch packen und ihn über Bord werfen würde, wie einen Pisskübel, aber unser Jarl schien das Wimmern des Frettchens nicht zu hören. Sigurd war immer noch schwach, noch nässten viele seiner eitrigen Wunden. Er stand leicht gebückt an der Reling. Er war schrecklich abgemagert.

»Wir legen hier an, Onkel«, sagte er und deutete auf eine Stelle, wo keine Boote lagen. Dort war die Böschung am schmalsten, nur zwei Speerlängen breit, bevor der schlammige Wall begann. Es gab dort keine Vertaupfähle, und ich blickte zu der Palisade hinauf. Es waren auf dreihundert Schritt in jeder Richtung keine Tore zu sehen. Sigurd hatte sich für diesen Ort entschieden, weil wir von dieser Anlegestelle aus lange vorher sehen würden, wenn Männer über die Uferböschung kamen, und wir Zeit hatten, uns darauf vorzubereiten.

»Gerissener Mistkerl«, murmelte Penda. Wir ruderten die letzten Schläge mit aller Kraft, um Schwung zu holen, bevor wir auf den Schlamm liefen. Blitzschnell verstauten wir unsere Riemen, packten unsere Schilde, Helme und Speere und sprangen vom Bug der *Seeschlange* ins seichte Wasser. Wir verzichteten auf die Kettenhemden, weil wir bereit sein wollten, wenn es zum Kampf kam. Brynjur hätten klarer als ein Kriegshorn verkündet, dass wir gekommen waren, um zu rauben und zu morden. Also standen wir in einer lockeren Gruppe da, während wir den Wall und die Uferböschung im Auge behielten. Ich verfluchte mich dafür, dass ich meine Zeit während des Segelns damit verschwendet hatte, meine alten Schuhe zu reinigen. Denn sie waren jetzt unförmige Klumpen aus Leder und Schlamm, und meine Füße waren ebenso nass wie Ráns Möse.

Wiglaf und die Wessexmänner hatten die Vertaupfähle dabei und hämmerten sie mit den Köpfen ihrer Äxte in den Schlamm. Sigurd hing einen Moment am Bug der *Seeschlange*, bevor er sich fallen ließ und im Schlamm ausrutschte, als er versuchte sich aufzurichten. Ich war nicht der Einzige, der tat, als wäre er zu sehr an Paris interessiert, als dass er es bemerkt hätte.

»Behalte diesen Mistkerl im Auge«, sagte er zum schwarzen Floki. Der ließ sich hinter einem elend wirkenden Ealdred auf die Sandbank herunter und schob den Ealdorman unsanft weiter.

Jetzt fiel mir ein unangenehmer Gestank auf. Ich sah

mich um. Dann begriff ich, warum dieser Teil des Ufers verlassen war. Fünfzig Schritte nördlich sickerte ein Wasserlauf den Wall herunter und wurde von der Sequana aufgenommen. Das Dreckwasser stank erbärmlich. Wir hatten fast in einem Fluss fränkischer Scheiße angelegt.

»Willkommen in Paris.« Olaf räusperte sich und spuckte aus.

Ich gab Bjørn meinen Speer, ging wieder zur *Seeschlange* zurück und reichte Cynethryth die Hand, um ihr herunterzuhelfen. Aber sie achtete nicht darauf und sprang. Mit ihren nackten Füßen landete sie im Schlamm. »Du hättest besser deinem Jarl helfen sollen«, sagte sie.

»Cynethryth!«, sagte ich tadelnd. Sie verzog schmollend die Lippen, sodass ich sie auf der Stelle hätte küssen mögen. Doch dann drehte ich mich um, weil jemand brüllte, dass die Franken kämen.

Sie waren zu dritt – zwei Soldaten und ein Amtsträger in hohen Stiefeln, einem übergroßen Mantel und einer konischen Mütze aus Rattenfell. Ein Blick auf den Mann genügte, und man wusste, dass er ein aufgeblasener Mistkerl war. Mir taten die Bewaffneten leid, die ihn begleiteten und durch den Schlamm auf uns zustapften. Manchmal sanken sie bis zum Knie ein, während sie versuchten, mit ihrem Anführer Schritt zu halten.

Ein Strom unverständlicher Worte drang durch die stinkende Luft.

Sigurd sagte nichts, bis der Mann näher gekommen war und uns verächtlich anstarrte. Die beiden Bewaffneten rangen nach Luft und verzogen bei dem Gestank das Gesicht.

Sigurd sah Ealdred an, weil er erwartete, dass der Ealdorman seine Rolle spielte wie schon zuvor. Ealdred sagte jedoch nichts, und sein zerzauster Schnauzbart zuckte, als er sich das Kinn kratzte. Vielleicht wog er unterschiedliche Möglichkeiten ab. Cynethryth sah zu ihrem Vater.

Der Anführer versuchte es auf Englisch: »Wer seid ihr?«

Sigurd nickte dem Ealdorman zu. Der lächelte schließlich.

»Ich bin Ealdorman Ealdred aus dem Königreich Wessex in England«, sagte er. Ich hatte die Luft angehalten und atmete jetzt aus. »Ich will mit dem Kaiser einen Handel abschließen«, fuhr er hochmütig fort und blickte verächtlich zu den Palisaden. Er war ein guter Schauspieler.

»Mit dem Kaiser?« Der Anführer hätte fast gelacht. »Du glaubst, der Kaiser lebt hier? In diesem Schlammloch? Der Kaiser kommt nur hierher, wenn er mehr Gold will, um seine Kirchen zu bauen«, sagte er, und es klang, als wäre dies das Normalste der Welt. »Und wer könnte es ihm verdenken, dass er so schnell wie möglich wieder abreist? Sein Palast liegt in Aix-la-Chapelle. Von hier aus ist das ein sehr langer Marsch nach Nordosten. Allerdings werdet ihr nirgendwo hingehen, bis ihr nicht die Anlandegebühr entrichtet habt«, sagte er und grinste einen seiner Männer an. Der kaute auf seiner Unterlippe. Dann runzelte der Anführer die Stirn, warf einen Blick auf die Langschiffe und dann wieder auf uns und auf Sigurd. »Diese Männer sind Heiden!«, sagte er zu Ealdred. »Ich kann es riechen. Und das da ist Heidenwerk«, er deutete auf die Schiffe, und seine Überheblichkeit wich deutlich einer gewissen Furcht. Seine Männer sahen sich nervös an. »Du bist kein Ealdorman«, rief er Ealdred zu, der nur mit den Schultern zuckte und Sigurd ansah.

Jetzt läutete in der Stadt eine Glocke. Ich warf einen Blick auf den verrauchten Himmel, wo Dohlen und Saatkrähen aufflatterten und weiter nach Süden flogen. *Der Anführer ist ein toter Mann,* dachte ich.

»Wir sind Christen«, sagte Egfrith und schlug ein Kreuz, als wäre das Beweis genug.

»Ihr seid Heiden!« Der Anführer hielt Sigurd einen Finger vors Gesicht, was so ziemlich das Dümmste war, was er hätte tun können. Die Soldaten traten unbehaglich von einem Fuß auf den anderen, während sie ihre Speere krampfhaft festhielten. Sie mahlten mit den Kiefern. »Ihr seid Dänen«, fuhr der Mann fort. »Ich sage euch, dass ich es riechen kann.«

Egfrith warf Sigurd einen Blick zu, der wohl heißen sollte *Ich habe es dir ja gesagt,* aber Sigurd achtete nicht darauf. Er trat jetzt mit zwei großen Schritten zu dem Zollvogt, packte den Kopf des Mannes und bohrte seine Daumen in seine Augen. Die Soldaten drehten sich um und rannten davon, überließen ihren schreienden Herrn seinem Schicksal. Sigurd zog den Mann an seine Brust, drehte sich an der Hüfte und riss seinen Kopf zur Seite. Es knackte laut. Der Mann fiel mit dem Gesicht voran in den Schlamm, während wir anderen wie betäubt zusahen – alle bis auf den schwarzen Floki. Der verfolgte bereits die flüchtenden Franken.

»Los!«, befahl Olaf Bjørn und Bjarni. Die warfen sich einen Blick zu, ließen ihre Schilde fallen und rannten davon, wie Hunde, die man von der Leine gelassen hatte.

»Ihr seid verrückt!« Erneut schlug Egfrith das Kreuz.

»Wir wären nicht weit gekommen«, erwiderte Sigurd gleichgültig, »wenn Großmäuler wie dieser hier überall verbreitet hätten, dass wir Dänen sind. Außerdem ist das eine Beleidigung. Wir sind ebenso wenig Dänen wie er.«

»Und wofür, glaubst du, werden sie euch jetzt halten?« Egfrith schüttelte den Kopf.

Sigurd seufzte, als wäre er all dessen überdrüssig. »Sie können jetzt nicht wissen, wer wir sind, denke ich«, erwiderte er. Das zumindest stimmte, aber wer wusste schon, wie lange das so blieb? Ich sah mich um. Es war niemand zu sehen. Also gab es zumindest die Möglichkeit, dass niemand gesehen hatte, was wir getan hatten. Der schwarze Floki und Bjørn zogen bereits einen schlammigen Leichnam zu uns zurück, ungefähr so, wie Männer Säcke mit Pferdeäpfeln hinter sich hergezogen hätten.

Ealdred grinste und der alte Asgot ebenfalls, vielleicht weil er glaubte, Sigurd würde ihm jetzt den Wessexmann ausliefern. Und der Godi würde seinerseits Ealdred dem Allvater opfern, und zwar mit Hilfe seines verdammt scharfen Messers.

»Zurück zu den Schiffen«, sagte Sigurd. »Wir wissen nicht, womit wir es hier zu tun haben, und wir können in diesem Schlamm nicht kämpfen.« Er warf einen finsteren Blick um sich. Niemand beschwerte sich, als das Wolfsrudel die Vertaupfähle aus dem saugenden Schlamm zog und wieder an Bord kletterte.

Plötzlich hatte ich eine Idee. »Lass mich mit dem Mönch hierbleiben«, sagte ich, ehe ich mich recht besinnen konnte. »Wir gehen in die Stadt und sehen uns um«, fuhr ich fort. »Wir finden heraus, was wir wissen müssen.«

Sigurd und Olaf starrten mich an. Ebenso Cynethryth.

»Und wenn sie gesehen haben, wie wir den Mann hier getötet haben, Raven?« Olaf deutete mit einem Nicken auf den Wall.

Wir waren jetzt alle an Bord, bis auf diejenigen, die den Ruderern helfen sollten, indem sie die Langschiffe zurückschoben, bevor sie ins Wasser wateten und an den Enterseilen wieder an Bord kletterten.

»Sie haben es nicht gesehen, Onkel«, sagte ich, auch wenn ich mir da nicht sicher sein konnte. »Und selbst wenn sie wissen, dass irgendetwas passiert ist, was sie spätestens dann erfahren, wenn der Vogt nicht zurückkehrt, dann werden sie einen christlichen Mönch keiner solchen Tat verdächtigen.« Pater Egfrith gab zu, dass das stimmte, als ich es ihm auf Englisch übersetzte. Ich glaube, er war ebenso erpicht darauf wie ich, sich in dieser fränkischen Stadt umzusehen.

»Ich gehe mit ihnen, Sigurd.« Penda sprang vom Bug der *Seeschlange*, ohne auf Sigurds Erlaubnis zu warten. Er schlug Egfrith auf den Rücken und grinste wie ein Dämon.

Der Jarl warf einen Blick auf Olaf, der sich den buschigen Bart kratzte. »Wir rudern flussaufwärts«, erklärte Sigurd, »und suchen uns einen ruhigen Platz. Seid bei Sonnenaufgang am übernächsten Tag hier. Wir holen euch ab.«

Ich warf einen Blick zu Cynethryth und berührte unwillkürlich die Rabenfedern, die sie mir ins Haar geflochten hatte. Ich musste ein Narr sein, dass ich sie verließ und stattdessen an einen Ort ging, wo es einen Haufen mehr

Menschen gab, als ich je zuvor gesehen hatte, und die darüber hinaus alle Christen waren.

»Pass auf Pater Egfrith auf, Raven«, sagte Cynethryth, und ihre Stimme klang besorgt. Ihre Wangen, die einst schneeweiß gewesen waren, waren jetzt vom Wind und der Sonne gebräunt, aber sie sah schöner aus denn je.

»Ich behalte ihn im Auge«, sagte ich, und hätte ihr gern noch mehr gesagt.

»Und ich behalte beide im Auge, Lady«, warf Penda mit einem respektvollen Nicken ein.

»Nimm das mit, Raven.« Sigurd warf mir einen kleinen Beutel zu, in dem es klimperte, als ich ihn auffing. Dann merkte ich, dass es kein Beutel war, sondern eine Mütze, die mit einer Lederschnur zugebunden war. Es war die Mütze aus Rattenfell, die der Zollvogt getragen hatte, als Sigurd ihm das Genick gebrochen hatte. Jetzt war sie voller Hacksilber. *Was nicht schaden kann,* dachte ich, als die *Seeschlange* und die *Fjord-Elch* wieder in den Fluss glitten, während ihre Mannschaften geschickt die Riemen betätigten. Denn ich war schließlich in Paris.

14

Wir drei gingen über das Flussufer nach Süden und behielten dabei die Palisaden im Auge, falls es irgendwelche Anzeichen dafür gab, dass die Franken gesehen hatten, was wir mit ihrem Vogt angestellt hatten.

»Wahrscheinlich haben wir ihnen nur einen Gefallen getan«, sagte Penda. »Ich glaube nicht, dass sie diesen Mistkerl lieber mochten als wir.« Jeder unserer Schritte wurde von einem Schmatzen begleitet. »Wenn sie etwas gesehen hätten, wäre hier längst der Teufel los«, setzte der Wessexmann hinzu. »Außerdem vermute ich, dass es hinter den Palisaden keinen Wehrgang gibt – zum Glück.«

»Ich wäre mir da nicht so sicher. Vielleicht haben sie nur keine Lust, durch diesen Schlamm zu waten«, sagte Egfrith sachlich. »Sie müssen ihre Stiefel ja auch nicht schmutzig machen. Immerhin kommen wir zu ihnen.«

Penda und ich sahen uns an. Der Mönch hatte recht. Es war durchaus möglich, dass wir dort hineingingen und in einen Wald von Speeren marschierten, mehr als ein Igel Stacheln hatte.

Ein Mann und sein Sohn, beide barfuß wie Egfrith, hatten ihr Fischerboot vertäut und stiegen die Böschung hinauf. Sie trugen einen Weidenkorb mit Brassen und Rotaugen. Silbrig schimmernde Schwänze zuckten wild, doch trotz ihres reichen Fangs machten Vater und Sohn einen elenden Eindruck, und jetzt sah ich die Muttermale auf ihren Wangen und der Stirn. Vielleicht lösten die Male Furcht bei anderen aus, so wie mein Blutauge. Wenigstens werden sie nicht hungern, dachte ich, als sie vor uns den Hang hinaufgingen. Sie beachteten uns gar nicht.

Wir gingen weiter, über das Gras zwischen den Planken, weil das Holz tückisch glatt war von Moos, und dann traten wir durch das offene Tor. Zum zweiten Mal an diesem Tag wünschte sich meine Nase, dass sie woanders wäre. Am Wasser hält sich ein Geruch nie so lange, dass er einem wirklich lästig wird, nicht einmal Brams Fürze. Aber an einem von Palisaden umgebenen Ort kann der Gestank einem das Wasser in die Augen treiben, und man wünscht sich, dass man sich zusammengerollte Minzblätter in die Nase gestopft hätte. Der Rauch von Feuerstellen, von Siedern, Gerbern, Brauern, der Geruch von Fisch, feuchter Wolle, nassem Lehm und Stroh, von Schweiß und Pisse, erzeugten einen derartig überwältigenden Gestank, dass man ihn fast kauen konnte.

Dann wurde mir auch klar, warum keine Bewaffneten aus den Toren geströmt waren wie Wasser aus einem löchrigen Kübel, um ihren Vogt zu rächen. Sie waren zu sehr mit hundert anderen Dingen beschäftigt und hatten nicht bemerkt, was jenseits dieses Pfuhls hinter der nördlichen Palisade passiert war.

Es wimmelte von Händlern und Handwerkern, Fischern, Bettlern und Huren. Ein Betrunkener mit einem pockennarbigen Gesicht stolperte an uns vorbei, fiel gegen mich und fluchte, als ich ihn von mir stieß.

»Soll ich es halten, Junge?« Penda deutete auf die mit Hacksilber gefüllte Mütze in meiner linken Hand.

»Ich pass schon darauf auf, Penda«, sagte ich und umfasste die Mütze aus Rattenfell fester. Es war genug Silber darin, um sich ein anständiges Schwert zu kaufen oder mir eine ordentliche Tracht Prügel einzubringen, wenn ich es verlor.

»So viele Seelen.« Egfrith seufzte, als wäre er irgendwie verantwortlich für sie oder bemitleidete sie alle. Holztische ächzten unter der Last der Waren. Es gab edle Felle von Biber, Otter, Marder, Fuchs und Bär, Töpferwaren, Glas und Metallgegenstände sowie Dinge aus Geweih, Kämme, Spangen, Messer- und Schwertgriffe. Ich sah Broschen, Halsketten und Ringe aus Gold, Silber und Bernstein, und an einigen Ständen wurden Fleisch, Gemüse, Kräuter und Gewürze sowie goldener Honig verkauft.

In diesem stinkenden Kessel aus Lärm und Gedränge wurde mir schwindlig. Penda redete bereits mit einer dunkelhaarigen Hure, deren rot bemalte Wangen und nackten Brüste davon ablenken sollten, dass sie nur noch einen Zahn hatte. Bei Penda funktionierte das ganz offensichtlich, denn er hielt je eine Brust in einer Hand und spitzte die Lippen, als würde er den Getreidepreis eines Händlers prüfen. Pater Egfrith war zu sehr damit beschäftigt, sein Latein an einem prachtvoll gekleideten Pferdehändler auszuprobieren, um den Wessexmann zu tadeln.

»Wo bei Óðins haarigem Arsch fangen wir an?« Ich kratzte mir den kurzen Bart und sah mich um.

»Was redest du da, Junge?« Penda schickte Einzahn mit einem Klaps auf den Hintern weiter. Sie spuckte böse aus und stampfte davon. »Wo werden wir wohl anfangen, du heidnischer Sohn einer Ziege?« Er grinste. »Natürlich in einer Schenke! Es ist schon schlimm genug, dass wir die hiesige Sprache nicht verstehen. Aber wie soll man mit trockener Zunge reden?«

Egfrith war zu uns getreten. Ich erwartete, dass er einen besseren Vorschlag vorbringen würde.

»Ich stimme Penda zu«, sagte er zu meiner Überraschung. »Ein Tropfen Wein wird uns beleben.«

»Wein, Mönch?« Ich hatte natürlich von Wein gehört, hatte aber noch nie meine Lippen damit benetzt. Wein war ein Getränk für reiche Männer.

Egfrith und Penda waren jedoch bereits unterwegs. Die Leute wichen Penda aus, denn er war jeder Zoll ein Krieger und zudem ein Furcht einflößender Anblick. Der Mönch dagegen wand sich durch die Menge wie das Frettchen, das er war. Also umklammerte ich Sigurds Silber und folgte ihnen.

Wir kämpften uns durch Herden von Schweinen, die zum Schlachtblock getrieben wurden, um ihr Fleisch für den Winter vorzubereiten. Sie waren mit Bucheckern, Kastanien, Eicheln und anderen Früchten des Waldes gemästet worden und würden köstliche Speisen abgeben. Aber wenn man sie jetzt sah, vollkommen mit Unrat bedeckt und ängstlich quiekend, hätte man glauben können, sie wären soeben aus den Gruben Hels entkommen.

Ein altes Pferd wieherte schrill, als drei Männer es am Boden hielten und eine fette Frau ihm die Kehle aufschlitzte. Neben ihnen warteten zwei alte Hunde ruhig auf den Tod, während ihr Herr sein Messer schärfte. Es war die Jahreszeit, in der man entscheiden musste, welche seiner Tiere in den kommenden Monaten mehr Futter verzehrten, als ihre Lebenserwartung rechtfertigte. Alle alten und kranken Tiere würden sich schon sehr bald im Kochtopf wiederfinden.

Wir gingen über eine uralte verfaulende Laufplanke zwischen eng zusammenstehenden Häusern, die aus mit Lehm abgedichtetem Fachwerk errichtet waren. Gelbbrauner Rauch drang aus den Öffnungen in den Reetdächern. Ein grauhaariger Krieger saß im Schlamm und hielt eine Schüssel hoch, in der drei kleine Silbermünzen lagen. Sein linkes Bein endete am Knie. Er hatte die Hose dort abgeschnitten und zusammengenäht, und Fliegen umschwärmten ungestört ein eitriges Geschwür an seinem Hals. Er sah aus wie eine arme, verlorene Seele, bis auf den angelaufenen, silbernen Kriegerreif an seinem Arm. Offenbar hatte sein Stolz nicht zugelassen, dass er ihn gegen Nahrung eintauschte, obwohl in seinem Blick kein Stolz mehr lag. Penda holte eine Münze aus seinem Beutel, bückte sich und legte sie in die Schüssel. Der Mann verzog das Gesicht, nahm die Münze und steckte sie rasch ein, sodass sich erneut nur drei Münzen in der Schüssel befanden.

»Vielleicht war er einmal ein stolzer Krieger«, murmelte Penda und ging weiter, als Egfrith das Kreuz über dem alten Soldaten schlug, bevor er uns eilig folgte. Wir wandten uns nach rechts, vorbei an einem Flickschuster, den ich später aufsuchen würde, und an einer schrecklich hässlichen Frau, die eine Schar von jungen Mädchen anbot. Die Mädchen bedrängten uns, als wir an ihnen vorbeigingen, und versuchten uns dazu zu bringen, ihre knospenden Brüste und ihren Schoß zu berühren. Mir wurde schlecht.

»Heilige Maria, Mutter Gottes!«, ächzte Pater Egfrith und rang die Hände. Er hielt diese Kinder offensichtlich für die Bräute von Satan selbst. Vor mir zuckten sie zurück, als sie mein Blutauge sahen. Wir gingen weiter, an einer Reihe von lauten Fischhändlern vorbei, machten einen Bogen um eine Pfütze aus trocknender Kotze und blieben schließlich vor einem niedrigen Holzhaus, aus dem der Rauch eines Kochfeuers und die Geräusche betrunkener Männer drangen, stehen. Am Giebel hing ein Fass. Wir wollten uns in dem Regenfass neben der Tür die Hände waschen, aber das Wasser hatte eine sehr verdächtige Farbe, also verzichteten wir darauf und traten geduckt durch die niedrige Tür in den vollen, dunklen Schankraum. Es stank nach Schweiß, altem Fleisch und Bier, und nach flackernden Kerzen aus Hammeltalg. Penda bahnte uns mit seinen Ellbogen einen Weg zu einem soliden Eichentisch. Dahinter begrüßte uns mit einem kurzen Nicken der Wirt der Schenke, ein großer, dünner Mann mit einer Hakennase, und füllte drei Lederbecher mit Bier.

»Lass es fließen, Franke«, sagte Penda, als ich dem Mann einen silbernen Fingerring aus der Rattenfellmütze gab. Er biss hinein, nickte zufrieden und grinste mich an.

»Ich kann sie füllen, wenn ihr sie leeren könnt«, sagte er auf Englisch, das er mit demselben starken Akzent sprach wie der Zollvogt. Dann wandte er sich ab und bediente einen lärmenden Haufen Fischer, die nach Innereien von Heringen stanken und mit schimmernden Fischschuppen bedeckt waren. Dunkelrote Fleischstücke wurden über dem Tisch des Wirtes geräuchert.

Penda trank aus seinem Becher und wischte sich mit dem Handrücken über die Lippen. »Aaah, das löscht das Feuer, Männer«, sagte er. Er hatte recht, das Bier war gut. »Viel Hopfen, und nicht zu viel Gagel. So hab ich's gern.«

»Besser als Brams Met allemal«, sagte ich und trat einem Mann auf die Zehen, als sich eine hübsche Schankmagd an mir vorbeidrängte.

»*Putain!*«, knurrte der Mann. Ich drehte mich zu ihm herum, und er runzelte die Stirn, als er mein rotes Auge sah. Dann warf er einen Blick auf Penda und drehte sich wieder zu seinen Freunden herum. Er setzte das Gespräch fort, als wäre nichts passiert.

»Es gefällt mir hier, Mönch«, sagte ich. Das Stimmengewirr so vieler Menschen war ohrenbetäubend, aber nicht unangenehm – es war wie das Rauschen des Meeres. Aber Egfrith war bereits wieder zum Wirt unterwegs, den leeren Becher in der Hand.

»Ich glaube, ihm gefällt es hier auch, Raven.« Penda grinste. Kurz darauf kam der Mönch mit einem Weinschlauch zurück. Er hielt den Schlauch an die Brust gedrückt, als wäre es das Christuskind persönlich, und füllte unsere Becher mit der roten Flüssigkeit. Als ich das Getränk kostete, fragte ich mich, ob ich vielleicht in Wirklichkeit von den Männern des Vogts am Strand getötet worden war und mich gerade in Óðins Walhall befand und den Tropfen des Speergottes trank. Es fühlte sich wie Wasser im Mund an, hatte aber einen starken fruchtigen Geschmack, der meinen Bauch wärmte, meinen Verstand umwölkte und ein dümmliches Grinsen auf mein Gesicht zauberte. Bevor ich mich versah, waren wir bereits bei unserem zweiten Weinschlauch.

»Jetzt weiß ich auch, warum ihr Kirchenleute immer das Sakrament zelebriert, Pater«, erklärte Penda. »Schneidet mir das Haar ab, und gebt mir einen Rock, wenn ich dann den ganzen Tag dieses Zeug trinken darf. Das hier, Raven, ist das Blut Christi. Oder nicht, Pater?«

Ich blickte von meinem Weinbecher auf und sah Egfrith an. Der nickte feierlich. »In der Nacht, als unser Herr Jesus verraten wurde, nahm er das Brot, sprach ein Dankgebet und brach es. Dann sagte er: ›*Das ist mein Leib, der für euch gegeben wird. Das tut zu meinem Gedächtnis.*‹ Genauso verfuhr er mit dem Kelch nach dem Abendmahl. ›*Das ist der Kelch, das neue Testament in meinem Blut, das für euch vergossen wird, solches tut, so oft ihr's trinket, zu meinem Gedächtnis!*‹ Das hat der Apostel Paulus aufgeschrieben«, erklärte Egfrith, »deshalb ist es ein großer Segen, die Eucharistie zu empfangen.« Er sah mich stirnrunzelnd an. »Du weißt nichts davon, Raven? Es gibt doch eine Kirche in Abbotsend?«

»Es gab eine«, antwortete ich. »Aber Wulfweard hat mir befohlen, mich von ihr fernzuhalten, und das war mir nur recht.«

Der Pater zuckte mit den Schultern und trank noch einen Schluck, als brenne wirklich ein Feuer in seinem Bauch, das gelöscht werden müsste. »Du brauchst dir deshalb deine schwarze heidnische Seele nicht zu zermartern, Raven«, sagte Egfrith, während er seinen Becher erneut füllte. »Dieser Wein wurde nicht gesegnet. Es sei denn, der

Wirt wäre ein Diener des Herrn, was ungefähr so wahrscheinlich ist, wie dass du von einer Jungfrau geboren bist. Kurz, es ist einfach nur Wein.« Er schnupperte an seinem Becher, prostete mir dann zu und trank erneut.

Doch mir reichte es. Ich kippte den Rest meines Weins in Pendas Becher. Der weiße Christus musste ein Riese mit mehr Blut in seinen Adern gewesen sein, als es Wasser in den Ozeanen gibt, wenn all seine Anhänger das Zeug ebenso gierig soffen wie Pater Egfrith.

Kurz vor Sonnenuntergang betrat ein fränkischer Büttel in Begleitung von Bewaffneten die Schenke und begann die Einheimischen zu befragen.

»Jemand hat Radulf den Zollvogt ermordet«, sagte Hakennase und füllte meinen Becher mit Bier. Er schien immer noch zufrieden mit unserem Handel zu sein, und ich überlegte, wie viel Bier und Wein man mit einem einfachen Silberring kaufen konnte. »Ein Fischer hat ihn und Bernart und Arthmael halb im Schlamm begraben gefunden, im Norden vor dem Wall. Gott allein weiß, was sie dort zu suchen hatten. Schande. Bernart war einer meiner besten Kunden.« Er schüttelte traurig den Kopf.

»Und gib mir was von dem Schweinefleisch.« Ich zeigte über seinen Kopf. Er nahm einen Schinken vom Haken, zog ein Messer aus seinem Gürtel und schnitt geschickt Scheiben von dem Fleisch, die er auf eine Platte legte. »Warum sollte einer den Vogt töten?«, erkundigte ich mich, während mir beim Anblick des Fleisches das Wasser im Mund zusammenlief. Hakennase zuckte mit den Schultern.

»Er war ein verdammt neugieriger Mistkerl«, erwiderte

er und legte ein dickes Stück Käse auf die Platte. »Aber er war trotzdem ein anständiger Mann. Er hat die meisten Nächte hier getrunken, zusammen mit den beiden anderen.« Er zuckte mit den Schultern und schob mir den Holzteller zu. »Trotzdem, niemand zahlt gern Abgaben.«

Wir taten so, als wären wir vollkommen betrunken, als der Beamte und seine Soldaten zu uns kamen. Vielleicht waren wir es auch. Jedenfalls begriff der Mann, dass er von uns nicht viel erfahren würde, und als er sah, dass Egfrith ein Mönch war, nickte er und ging weiter. Wie sich herausstellte, erkaufte uns ein Stück Silber etwa von der halben Größe meines Daumens einen Platz auf dem Boden im hinteren Teil der Schenke, und dazu frisches Stroh und so viel Bier, wie wir bis zum Sonnenaufgang trinken konnten. Zudem bekamen wir den Namen eines Englisch sprechenden Fischers, der uns vielleicht sagen konnte, was wir wissen wollten. Sein Name war Winigis. Hakennase sagte, wir würden den Mann beim ersten Hahnenschrei an der Mole auf der Südwestseite der Insel finden, wo Boote von der anderen Seite des Flusses anlegten, weil dort das Ufer weniger schlammig war.

Egfrith weckte uns im Morgengrauen. Mein Kopf fühlte sich an wie ein Amboss, auf den Völund seinen Hammer niedersausen ließ. Ich spritzte mir frisches Wasser aus einem Eimer ins Gesicht, den Hakennase in der Nacht bereitgestellt hatte. Nach einem großen Schluck kalten Bieres war ich zumindest wieder so lebendig, dass ich Egfrith und Penda aus der stinkenden Taverne in das morgendliche Paris folgen konnte. Im Osten färbte sich der Himmel blutrot, während er im Westen immer noch pechschwarz war. Mehrere Hähne krähten aufgeregt, als sei dieser neue Tag etwas ganz Besonderes.

Wir gingen durch die Straßen, die zu dieser Stunde fast menschenleer waren. Nur wenige Händler bauten bereits ihre Buden auf und legten ihre Waren aus.

»Ich muss zugeben, dass ich mich schon besser gefühlt habe«, erklärte Penda, als wir uns hinter einen Zaun aus Haselnusszweigen stellten und in einen Graben vor dem inneren Damm pissten, der unter dem Wall hindurch und aus der Stadt hinausführte.

»Du hast auch schon mal besser ausgesehen«, erwiderte ich. »Aber nicht sehr.« Ich fröstelte, als ich pinkelte.

»Du bist auch nicht gerade Baldur der Schöne«, gab Penda zurück. Seine Nackenknochen knackten, als er den Kopf rollte. »Wessen Idee war es eigentlich, Paris trockenzusaufen?«

»Sieh mich nicht an«, gab ich zurück, »sondern rede mit dem Mann ohne Schuhe.« Dabei fiel mir wieder ein, dass ich nach unserem Treffen mit Winigis den Flickschuster aufsuchen wollte.

Egfrith stieß einen langen, quietschenden Furz aus, für den sich jeder Nordmann geschämt hätte. Er wirkte ungewöhnlich zerknirscht. Der letzte Weinschlach war eindeutig ein Weinschlauch zu viel gewesen. »O Herr«, sagte er und rülpste. Dann ließ er den Saum seiner Kutte fallen, um seine weißen Beine wieder zu bedecken.

»Das war ein Gebet, auf das der Herr gut hätte verzichten können, Egfrith.« Penda lachte leise und rieb sich die Nase.

Wir fanden den Fischer Winigis, als er seinen morgendlichen Fang von Hechten, Barschen und Karpfen verhökerste. Auf der Mole herrschte wenig Betrieb. Neben den Fischern saßen junge Burschen, flickten die Netze ihrer Herren, andere hockten in den Fischerbooten, aus denen sie das Wasser schöpften.

Als Winigis uns die Böschung herabkommen sah, lächelte er und breitete seine Hände über seinem Fang aus. Die Fische zappelten in Körben, die auf drei langen Planken standen, die er über zwei alte Baumstümpfe im Schlamm gelegt hatte. Er sagte etwas, was wir nicht verstanden, also hob Egfrith die Hand, um ihm mitzuteilen, dass er sich sein Geplapper für andere Kunden sparen konnte.

»Man hat uns gesagt, dass du Englisch sprichst«, sagte der Mönch, während Penda einen fetten Kaulbarsch nahm und ihn betrachtete. Der Mann runzelte die Stirn.

»Ein bisschen«, erwiderte er und hielt zwei Finger dicht zusammen.

»Gelobt sei der Allmächtige.« Egfrith hob seine Arme zum Himmel. »Dann haben wir den Mann gefunden, den wir brauchen.«

»Aix-la-Chapelle«, sagte ich, nachdem ich mich überzeugt hatte, dass uns niemand belauschte. »Weißt du, wo das ist?« Über uns kreischten Möwen. Das Wasser war vor wenigen Augenblicken noch schwarz und kalt gewesen, zeigte jetzt jedoch ein verzerrtes Spiegelbild des heller werdenden Himmels. Kalter Wind wehte vom Wasser herüber, und ich blies in meine hohlen Hände.

»Ich bin dort gewesen, einmal«, erwiderte Winigis misstrauisch. »Ihr seid nicht wegen meiner Fische hier?«

Er nahm Penda den Kaulbarsch weg, der an seinen Händen roch und sie dann an seiner Hose abrieb.

»Nein, wir wollen deinen Fisch nicht, Winigis. Wir wollen nach Aix-la-Chapelle.«

»Wir machen ein Geschäft mit dem Kaiser«, sagte Egfrith stolz.

Winigis zuckte mit den Schultern. »Ich wüsste nicht, was ich damit zu schaffen habe. Ich bin Fischer. Und ihr stört meine Geschäfte, also geht freundlicherweise weiter.« Sein Blick blieb an meinem Blutauge hängen. Zwei Frauen waren gekommen, um Winigis' Fang zu begutachten. Penda drehte sich zu ihnen herum und schenkte ihnen ein Lächeln, bei dem sie erbleichten und hastig die Flucht ergriffen. Winigis wurde ungehalten. Er riss sich die Kappe vom Kopf und funkelte uns empört an. Schließlich beschloss er, an Egfrith zu appellieren. »Bitte! Lasst mich in Ruhe«, sagte er. »Ich bin ein einfacher Mann.«

»Hast du einen Lehrling? Oder vielleicht einen Sklaven?«, fragte ich. Er nickte, sah mich aber verständnislos an. »Dann ist dein Boot in Sicherheit, bis du zurückkehrst.«

»Zurückkehren? Worüber redest du? Und was ist mit deinem Auge los?«

Ich lächelte. »Du wirst uns nach Aix-la-Chapelle bringen, Winigis«, erklärte ich. »Und dafür wird mein Herr dir jede Menge Silber geben.«

Das pockennarbige Gesicht des Mannes rötete sich vor Wut. Die anderen Fischer verkauften gut.

»Ich will aber das Silber von deinem Herrn nicht!«, fuhr er mich an und sah sich jetzt hilfesuchend um. Vielleicht suchte er Radulf, den Zollvogt.

Mit meiner freien Hand wischte ich einen Korb mit Fischen vom Tisch. Der schimmernde Fang landete zappelnd im Schlamm. Vielleicht schöpften sie neue Hoffnung. Dann kippte ich den Inhalt der Mütze auf die Bretter. Das Hacksilber, die Ringe und Broschen schimmerten matt im grauen Morgenlicht, und Winigis der Fischer stand mit offenem Mund da. Seine Augen waren so groß wie Münzen. »Oh, ich glaube, du willst es«, sagte ich und grinste breit.

15

Den Rest des Tages schlenderten wir durch die Stadt. Wir hatten verabredet, dass wir uns mit Winigis am nördlichen Ufer treffen wollten, wo der Dreck der Bewohner von Paris in die Sequana glitt. Er protestierte nicht – nicht, nachdem er das Silber gesehen hatte. Er hatte nur genickt und keine weiteren Fragen gestellt. Wir waren gegangen und hatten es ihm überlassen, die Fische aus dem Schlamm zu klauben.

Die östliche Seite der Insel war offensichtlich fast vollständig dem weißen Christus geweiht worden, und Egfrith versuchte uns dazu zu bringen, die Kirchen und Klöster dort zu besuchen. Aber ich wollte nicht, also musste er sie allein aufsuchen. Ich hatte immer noch das Silber, also ließ mich Penda nicht aus den Augen. Er musste mich auch zur Bude des Flickschusters begleiten, wo ich mir hohe Stiefel kaufte mit Sohlen aus dicker Haut. Dafür musste ich mit Penda noch einmal in die Schenke gehen, wo er sich eine Hure suchte. Hakennase präsentierte ihm sieben junge Weiber, und Penda ließ sich lange Zeit für seine Entscheidung. Am Ende nahm er ein dralles hellhäutiges Mädchen. Vermutlich hatte er sich für sie entschieden, weil sie rotes Haar hatte wie das Mädchen aus Wessex, von dem er träumte. Ich begnügte mich mit einem Weinschlauch, weil diesmal der Mönch nicht bei uns war und ihn mir nicht mit seinem Gerede über das Blut Christi versauern konnte. Als er halb leer war, hätte es von mir aus das Blut von Christus, Óðin oder sogar mein eigenes sein können.

»Warum nimmst du nicht auch eine?«, hatte Hakennase mich gefragt und auf eine Hure mit teigiger Haut gedeutet, als er einen Napf mit dampfendem Eintopf vor mir auf den Tisch knallte. »Sag mir nicht, dass es dir nach Jungen gelüstet. Du siehst nicht aus wie ein Grieche«, sagte er und kratzte seinen von Pockennarben übersäten Hals. »Aber auch das könnte man arrangieren.«

»Auf Raven wartet ein dürres Mädchen«, antwortete Penda an meiner Stelle. Seine Stimme wurde von den schweren Brüsten der Rothaarigen gedämpft. »Sie ist so hübsch wie die Sonne und außerdem ein gutes Kind. Nicht wie dieses Stück Hammelfleisch.« Die Rothaarige gurrte weiter, was bedeutete, dass sie kein Englisch verstand.

»Aber dieses dürre Mädchen ist jetzt nicht hier.« Hakennase gab zwei finster dreinblickenden Franken zwei Becher Bier. Sie waren mit Schwertern und Langmessern bewaffnet. »Es kann nicht schaden, ein Feuer anzufachen, wenn du weit weg vom eigenen Herd bist.«

»Ein Feuer anzufachen ist gefährlich«, sagte ich und blies auf einen Löffel Eintopf. Ich fragte mich, welches Tier dafür wohl sein Leben geopfert hatte, denn das Fleisch hatte eine ungewöhnliche Farbe. Aber es schmeckte köstlich. Hakennase zuckte mit den Schultern und kümmerte sich um seine Angelegenheiten. Endlich konnte ich in Ruhe essen und trinken. Ich erfreute mich an meinen neuen Stiefeln und achtete nicht weiter auf Pendas Gefummel hinter mir im Stroh.

Es war schon spät in der Nacht, und ich war fast eingeschlafen, als Egfrith in die Schenke kam. Er fing sofort an zu plappern, von der Kirche der heiligen Geneviève und ihrem kostbarsten Relikt, einem uralten Stück Holz, das angeblich von dem Kreuz stammte, an dem der weiße Christus gestorben war. Danach hatte er ein Kloster aufgesucht und mit den dortigen Brüdern gebetet und was weiß ich sonst noch gemacht. Ich hörte ihm eine Weile zu und legte dann wieder den Kopf auf den Tisch.

Im Morgengrauen gingen wir zu einer Frau, die frisch gebackenes Gersten- und Weizenbrot verkaufte. Wir erstanden alle Laibe, die sie hatte, füllten drei große Säcke damit und einen vierten mit geräuchertem Fleisch von Hakennase. Dann zog ich meine neuen Stiefel aus, band sie zusammen und hängte sie mir um den Hals, bevor wir zum nordwestlichen Tor und dort durch den Schlamm gingen, wo Winigis auf uns wartete. Er trug einen langen Kittel aus grober Wolle und statt eines Umhangs eine gewachste Tierhaut, die ihm bis über den Hintern reichte. In einer Hand hielt er seinen ebenfalls gewachsten Lederhut und in der anderen einen kleinen geölten Wollsack. Darin befand sich alles, was er für die Reise mitnehmen wollte. Wir warteten zu viert dort. Penda dachte an seine Hure, Egfrith schwärmte weiter von den Kirchen von Paris, und Winigis löcherte uns mit Fragen, auf die er keine Antworten bekam. Ich suchte in der Zwischenzeit den nebligen Fluss nach der *Seeschlange* und der *Fjord-Elch* ab.

Wir mussten nicht lange warten. Die *Seeschlange* tauchte aus dem Nebel auf, genauso wie damals, als ich sie zum ersten Mal von den Felsen über Abbotsend gesehen hatte.

Damals hatte sich ein eisiger Klumpen in meinem Bauch gebildet, und ich war erstarrt vor Angst. Jetzt jedoch war ihr schwanenartig gebogener Bug ein herzerhebender Anblick für mich, trotz des christlichen Kreuzes daran. Olaf winkte mir zu, und Knut lenkte das Schiff ans Ufer.

»Ich hätte nie geglaubt, dass ich einmal glücklich sein würde, so ein Ding zu sehen«, erklärte Penda und legte die linke Hand auf den Schwertknauf.

»Ihr gehört zu denen?« Winigis sah uns erschrocken an. Egfrith seufzte.

»Sie heißt *Seeschlange*. Und das andere Schiff trägt den Namen *Fjord-Elch*«, erklärte ich stolz. Ich lächelte, als Sigurds zweites Schiff aus dem dämmrigen Nebel kam.

»*Seeschlange?*« Winigis blickte zurück zu den Palisaden. »Das ist aber kein sehr christlicher Name.« Er leckte sich die Lippen und knetete die Mütze zwischen den Fingern.

»Ebenso wenig wie *Fjord-Elch*«, sagte ich und hielt den Blick auf die *Seeschlange* gerichtet, die am schlammigen Ufer anlandete, während Olaf sich an dem Kreuz am Bug festhielt. »Und der Grund ist, dass diese Männer Heiden sind, Winigis«, sagte ich, während zwei Taue über die Relingsplanke geworfen wurden, damit Egfrith und Winigis hinaufklettern konnten. »Jedenfalls die meisten von ihnen.« Der Franke riss die Augen auf. Ich warf ihm die Mütze mit dem Silber zu. Er fing sie auf und presste sie an die Brust. »Und jetzt geh an Bord, Winigis«, sagte ich.

Er warf einen Blick auf Pater Egfrith, der ihm zunickte und vorausging. Der Franke stopfte das Silber in seinen Ölsack und folgte Egfrith, als Bjørn, Bjarni, Osk, Hedin und drei Wessexmänner von Bord sprangen, um Penda und mir zu helfen, das Drachenschiff wieder in den Fluss zu schieben.

»Also, Junge, wer ist das?« Olaf musterte den Franken voller Misstrauen, der am Kielschwein stand, während ich meinen Riemen nahm und durch das Riemenloch neben meiner Seekiste schob. Cynethryth lächelte mich an. Ihre grünen Augen leuchteten so frisch wie junges Gras an diesem Ort aus Schlamm und braunem Wasser. Eine Faust schien meine Brust zusammenzupressen.

»Er ist ein Fischer, Onkel«, sagte ich und nahm den Takt der anderen Ruderer auf, während das Schiff zurück auf den Fluss glitt. »Und er wird uns nach Aix-la-Chapelle bringen, zum Kaiser.«

»Wirklich?«, fragte Olaf leise, während Sigurd dem Franken Fragen stellte. Er hatte den Umhang fest um die Schultern gezogen und hielt ihn mit einer Hand am Hals zusammen, obwohl der Morgen mild war. »Und er bekommt das ganze Silber, das Sigurd dir gegeben hat?« Er hob die Brauen und kratzte sich den Bart.

»Abgesehen von dem, wovon wir Brot und Fleisch gekauft haben, ja, Onkel«, sagte ich, und sah immer noch Cynethryth an.

»Dann muss ich wohl annehmen, dass du diese hübschen neuen Stiefel irgendwo gefunden hast, hej?«, fuhr er fort.

Ich lächelte Cynethryth an und stellte mir vor, was ich mit ihr machen würde, wenn wir die Gelegenheit bekämen, allein zusammen zu sein.

»Sie standen einfach so herum. Herrenlos«, antwortete ich. »Einige von uns haben einfach Glück, Onkel.«

Wir ruderten flussaufwärts und betrachteten die Festungsinsel von Paris, die an Steuerbord zurückblieb. Am Ufer auf der Backbordseite fällten Männer Bäume, während Ochsengespanne die Stämme wegschleppten. Pater Egfrith verkündete, dass diese Rodungsarbeiten erst der Anfang wären. In ein paar Jahren wäre diese Lichtung voller Gebäude und der Himmel darüber schwarz von Herdrauch. Kirchenglocken würden dann in das Lied jener neuen Kirchen auf dem Land südlich der Insel einstimmen. Denn Paris wäre, so sagte er, eine Bastion des wahren Glaubens. Sie würde aufblühen wie eine Rose, je mehr Kinder Gottes den Weg zum Licht fanden. Schon bald würde der christliche Westen den christlichen Osten treffen, sodass nur noch am Rand der Welt die Dunkelheit lauerte. »Am Rand der Welt und in euren schwarzen Herzen«, sagte er und berührte unwillkürlich die Narbe auf seinem geschorenen Kopf, die Glums Schwert hinterlassen hatte. »Aber ich werde mein Bestes tun, euch auf den rechten Weg zu führen, so wahr mir Gott helfe.«

Die meisten Nordmänner verstanden ihn nicht und duldeten sein Geplapper, weil sie sich daran gewöhnt hatten. Selbst der alte Asgot schien zurzeit kein Verlangen zu haben, dem Mönch die Kehle durchzuschneiden. Aber es gab immer einige, die ihm wie Asgot den Tod an den Hals wünschten. Aber er war zu sehr mit Opfergaben und Zaubersprüchen sowie der Zubereitung von Salben und Tränken beschäftigt, denn an dem Tag, nachdem wir mit Winigis aufgebrochen waren, wurde Sigurd sehr krank. Es war am späten Nachmittag auf einem dunklen, schmalen Abschnitt des Flusses, der von dichtem Wald aus Eichen, Kastanien und Birken beschattet wurde. Sigurd taumelte gegen den Mast der *Seeschlange*, und Bjarni sagte, er hätte gesehen, wie der Jarl die Augen verdrehte, bevor er auf dem Kielschwein zusammenbrach. Seine Beine zuckten, und er hatte Schaum vor dem Mund, wie gerührter Met.

»Rudert weiter, ihr Hurensöhne!«, brüllte Olaf. »Ich schlitze jedem Mann den Bauch auf, der seinen Riemen sinken lässt!« Der Fluss war hier schmal und die Strömung stärker denn je. Aber ich kannte den wahren Grund von Olafs Wut. Er wollte nicht, dass wir Sigurd so sahen. Außerdem hatte er Angst. Also ruderten wir, und Olaf, Egfrith und Cynethryth errichteten ein Zelt aus Häuten im Heck, in das wir unseren Jarl legten, wie einen toten Krieger in seine Erdmulde.

Selbst Egfrith betete für ihn, flehte seinen Gott an, ihn zu retten, denn er wollte den Jarl bekehren in der Hoffnung, auf diese Weise auch uns zu bekehren. Asgot sagte, wir müssten an Land gehen und Kräuter und andere Heilmittel sammeln. In dieser Nacht machten wir am Ufer fest, und die Männer durchstreiften mit Fackeln den Wald auf der Suche nach den Pflanzen, die der Godi brauchte. Es kümmerte uns nicht, dass wir uns damit in Gefahr brachten.

Im Morgengrauen hatten wir bis auf Breitwegerich alles gefunden. Asgot fluchte und sagte, dass Sigurd ohne den Breitwegerich sterben würde, also gingen wir noch einmal an Land, aber wir fanden die Pflanze nicht. Erschöpft und das Schlimmste befürchtend, sahen wir zu, wie der Godi sein Heilmittel zubereitete. Er nahm eine Handvoll Glaskraut, eine Handvoll Kamille, zwei Handvoll Brennnesseln und die Wurzeln vom Flussampfer, allerdings nur von den

Pflanzen, die die Männer in Pfützen und Teichen gefunden hatten. Er gab eine Eierschale voll sauberen Honig und etwas geklärte Butter hinzu und machte eine Mischung daraus, die er dann erhitzte, bis sie flüssig war. Als sie sich verfestigt hatte, ließ er sie erneut schmelzen und danach noch einmal. Dann sprach er einen uralten Zauber über diese Mischung, bevor er in dem Zelt verschwand. Ich muss zugeben, dass ich nicht weiß, ob Sigurd diesen Trank zu sich nehmen sollte oder ob er auf seine Wunden gestrichen wurde. Ich hoffte für ihn, dass es Letzteres war.

»Ich glaube, du solltest dich vorbereiten, Raven«, sagte Cynethryth eines Abends leise, als wir uns zur Nacht auf die dicken Felle legten.

»Was willst du damit sagen?«, fragte ich, obwohl ich genau wusste, was sie meinte. Sie streichelte mein Gesicht und lächelte traurig. Ich blickte hinaus auf den Fluss, der im Mondlicht leuchtete. Fledermäuse flatterten über die Binsen am schattigen Ufer. Irgendwo bellte eine Füchsin, ein schwaches Geräusch, das das leise, aber unendliche Strömen des Flusses übertönte. »Er wird sich erholen, Cynethryth«, sagte ich nach einer Weile. »Sieh dir den schwarzen Floki an.« Der schwarzhaarige Krieger lehnte an dem Frischwasserfass vor dem Frachtraum und wetzte sein Langmesser. »Er sieht doch gesund aus, oder?«

»Ich verstehe nicht.« Cynethryth zog die Bänder von ihren blonden Zöpfen, die sich dadurch aber nicht lösten. Ihr Haar war zu verfilzt. »Was hat der schwarze Floki damit zu tun?«, fragte sie und zerrte an ihren Zöpfen.

»Wenn die Nornen kommen, um Sigurd zu holen, nehmen sie auch Floki mit«, sagte ich. »Es ist ihnen bestimmt,

Bifrøst, die Regenbogenbrücke, gemeinsam zu überqueren und zusammen durch die Tore von Asgard zu schreiten. Vielleicht ist es auch mein Schicksal.«

»Wie willst du so etwas wissen?« Sie spottete nicht, sondern klang nur traurig. »Glaubst du wirklich, dass alles bereits festgelegt ist. Dass wir in diesen Dingen nicht mitreden können, sondern dass wir auf einem Weg sind, dem wir folgen müssen, ohne eine Wahl zu haben.«

»Ich glaube es, denn es ist die Wahrheit«, sagte ich und berührte das Óðin-Amulett an meinem Hals. »Und Sigurd wird überleben.«

Ob es Asgots Seiðr war oder ob es Egfriths Gebete waren oder ob der Allvater selbst seine Hand im Spiel hatte, hätte niemand zu sagen gewusst, aber Sigurd überlebte. Drei Tage lang lag er auf seinem Lager aus Leinen und Häuten, während seine Lebensgeister einen finsteren und verzweifelten Kampf gegen den Tod fochten. Am vierten Tag bei Sonnenaufgang erhob er sich. Seine Haut sah nicht mehr tödlich bleich aus, sondern frisch und gesund, und sein Bart war zu zwei dicken Zöpfen geflochten, dick wie Taue. Er ging nicht gebückt, sondern stand groß und stolz da wie eine Eiche, als er mehrmals tief Luft holte und seine Augen genießerisch schloss. Die Verwandlung war vollkommen.

»Da hat Óðin seine Hände im Spiel«, brummte Bram der Bär.

Ich sah den schwarzen Floki an, der wie ein Wolf grinste.

»Das ist nicht möglich«, sagte ein anderer Mann.

»Ihr könnt mir Thórs Hammer überziehen, wenn er nicht stärker aussieht als je zuvor, dieser verfluchte Sohn des Donners!«, rief Olaf. Dann sah ich, wie Asgot einen Blick mit Cynethryth wechselte. Ich wusste, dass die beiden fast die ganze Nacht bei Sigurd gewesen waren. Hatten sie seine Wange mit Himbeersaft eingerieben oder Lehmpulver verbrannt, um die totengleiche Blässe zu verbergen? Hatten sie Kreide um seine Augen gerieben, um die dunklen Ringe zu verbergen? Vielleicht.

»Ich bin so hungrig, ich könnte eine Troll-Hose fressen«, verkündete Sigurd, warf sich den grünen Umhang um die Schultern und befestigte ihn mit der silbernen Wolfskopf-Fibel. »Was muss ein Jarl auf seinem eigenen Schiff tun, um etwas zu essen zu bekommen?« Die Männer lachten, schlugen sich auf die Schultern und machten übermütige Scherze. Ich musste grinsen. Unser Jarl war wieder da. Und wir würden reich werden.

16

Hinter Paris teilte sich die Sequana, und auf Winigis' Rat hin nahmen wir den linken Nebenarm, der in Richtung der aufgehenden Sonne führte. Sieben Tage lang ruderten wir einen Fluss hinauf, der, wie der Franke uns sagte, Marne genannt wurde, ein Strom, der nach Osten durch ein breites, unbewohntes Tal führte. Die Tage wurden kürzer, aber die Sonne war noch warm genug, dass sie unsere Gesichter selbst am späten Nachmittag wärmte, wenn der gierige Wolf Skøll sie über den Himmel gejagt hatte. »Eines Tages«, hatte Asgot uns mit bitterer Miene gewarnt, »wenn der Untergang der Götter bevorsteht, wird Skøll die Sonne erwischen. Er wird sie wie einen Hasen mit seinem Kiefer packen und sie verschlingen.« Der andere Wolf, Hati, sagte er, würde den Mond fangen und ihn verschlucken, sodass die Welt in vollkommene Dunkelheit getaucht wurde. Allerdings vermutete ich, dass nichts davon für uns eine Rolle spielte. Denn an Ragnarøk, dem Untergang der Götter, würden jene, die das Glück hatten, auserwählt zu sein, die glorreichen Toten, neben den Göttern in einer verzweifelten letzten Schlacht gegen die Frostriesen kämpfen. Soweit ich gehört hatte, konnten wir diese Schlacht nicht gewinnen, also, welche Rolle spielte es schon, wenn die Welt dann dunkel war?

Manchmal kamen wir nach einer Biegung des Flusses vor den Wind, und in diesen kurzen Abschnitten konnten wir das Segel setzen und uns ausruhen. Meistens jedoch ruderten wir gegen die Strömung des Flusses an. Es war hart, aber die Anstrengung machte uns kräftiger und muskulöser, sodass wir gestählt wurden, wie Schwerter auf dem Amboss eines geschickten Schmiedes.

Cynethryth und Pater Egfrith tauchten fast die ganze Zeit ihre Angelschnüre ins Wasser. Sie ruderten natürlich nicht, und es machte den Eindruck, als wollten sie ihren Beitrag leisten, indem sie uns mit frischen Fischen versorgten, wofür auch alle dankbar waren. In der Marne wimmelte es von Lachsen. Sie sammelten sich in dunklen Haufen, und manchmal legten Cynethryth und Pater Egfrith ihre Angelschnüre beiseite, um Netze auszuwerfen, die sie voller zappelnder Fische wieder hochzogen. Einmal fingen sie aus Versehen einen Otter. Die Kreatur hatte in einem Schwarm von Lachsen gejagt. Als das Tier in dem Netz gefangen auftauchte, glänzend, kastanienbraun und mit glattem Fell, versuchte es die Schnur durchzubeißen. Der alte Asgot lachte und tanzte über das Deck der *Seeschlange* wie ein trunkener Dämon. Die Knochen in seinem grauen Haar klapperten.

»Wir werden reicher werden, als wir uns jemals erträumt haben!«, jubelte er. Er war sicher, dass das Pech des Otters für uns ein gutes Omen war. »Reicher als Könige. Von einem solchen Schatz haben wir nicht zu träumen gewagt, aber er wird uns gehören.« Cynethryth tat das arme Geschöpf leid, und sie wollte es befreien, wofür der Godi nur ein verächtliches Schnauben übrig hatte. Er riss ihr das Netz aus der Hand und erschlug den Otter mit einem Speerschaft. Als sie sich jedoch bückte und ihn aus dem Netz holen wollte, stellte sich heraus, dass die wilde kleine Kreatur nur halb tot war. Der Otter biss Asgot in die Hand. Der schrie auf, und Blut tropfte aufs Deck. Die anderen lachten, als er dem fauchenden Tier mit seinem Messer den Garaus machte.

»Lacht nur, ihr Hurensöhne«, stieß Asgot hervor und deutete anklagend mit einem Finger auf uns. »Aber das bedeutet, dass es ganz sicher ein paar Tote geben wird, bevor wir den Schatz eines Königs in Händen haben. Euch wird das Lachen noch vergehen.« Das genügte, uns zum Schweigen zu bringen.

Die Tage verstrichen nur langsam. Als der Fluss schließlich in Richtung Süden verlief, konnten wir auch wieder segeln, weil der Wind die meiste Zeit aus dem Norden kam. Aber auf einem Fluss zu segeln ist etwas ganz anderes, als auf dem Meer zu sein. Es ist vielleicht weniger gefährlich, als durch den unbezähmbaren Ozean und Ráns tosende weiße Töchter zu pflügen, aber mir hat es trotzdem nicht gefallen. Auf einem Fluss ist man gefangen wie in einem Hohlweg. Es ist, wie Cynethryth es ausgedrückt hatte, als wir von unserem Wyrd sprachen: Man befindet sich auf einem Pfad, den man gehen muss, ob man will oder nicht. Gut, man kann das Schiff wenden, wenn der Fluss breit genug ist. Dann kann man denselben Weg zurücksegeln, aber natürlich fühlt sich ein solcher Kurs schal an, denn man durchlebt nur erneut das, was man bereits erlebt hatte. Und wenn man über einen Fluss im Feindesland segelt, kann das sehr gefährlich sein, wie wir schon bald herausfinden sollten.

Sigurd war immer noch nicht ganz wiederhergestellt, aber es tat gut, ihn zu sehen, wie er mit Olaf scherzte und bei Knut an der Pinne stand. Er sprach auch oft mit Winigis und ließ sich von unserem Führer erklären, welcher Herr welches Land um uns herum beherrschte, und Winigis war es auch, der ihm sagte, dass wir an einer bestimmten Stelle die *Seeschlange* und die *Fjord-Elch* drei Meilen über festes Land tragen mussten, bevor wir sie in einen anderen Fluss setzen konnten, der uns nach Norden brachte.

»Das ist unmöglich«, sagte der schwarze Floki und sah Winigis misstrauisch an.

Sigurd zuckte mit den Schultern. »Der Franke hat mir sein Wort darauf gegeben, dass es möglich ist, und da ich ihm versichert habe, dass ich ihm das Herz aus dem Arsch reißen würde, wenn er sich irrt, glaube ich, dass wir schon bald in diesem Aix sind.«

Drei Tage später begegneten wir etlichen kleineren Schiffen auf ihrem Weg zur Sequana. Wir gelangten in den Oberlauf der Marne, wo wegen der vielen Stromschnellen das Rudern schwierig wurde. Wolken von Steinfliegen schwärmten durch die Luft, und graue Bachstelzen zischten wie gefiederte Pfeile zwischen ihnen hindurch. Der Fluss wurde hier immer schmaler und flacher, gesäumt von moosigen Felsen und Hainen von Silberbirken, deren Blätter im Wind rauschten. Wanderfalken hockten in den Zweigen und beobachteten alles regungslos. Schwarze Wasseramseln flogen mit Insekten in ihren Schnäbeln umher oder tauchten am Rand des Flusses ins Wasser, um mit einem kleinen Fisch wieder aufzutauchen. Hier laichten Lachs und Meerforelle, und wir konnten nicht weiterrudern.

Aber Winigis sagte, dass wir noch ein Stück Weg zurücklegen mussten. Wir ruderten sehr vorsichtig und schweigend und zuckten zusammen, wann immer der Kiel der *Seeschlange* über das Flussbett kratzte. »Die Boote, die hierherkommen, haben nur selten diese Größe«, hatte Winigis einem finster dreinblickenden Sigurd nervös erklärt.

Dann kamen wir zu einer Biegung, hinter der das gefährlich flache Wasser nur noch tröpfelte. Ich sah das Sonnenlicht wie Goldbarren auf dem Flussbett funkeln. Wir hatten unser Ziel erreicht.

»Alle runter vom Boot!«, rief Olaf. Er hatte Angst, dass unser Gewicht den Rumpf zu sehr belastete, der jetzt im Schlamm lag. Wir waren in eine Fahrrinne gelaufen, die ins Ufer gegraben worden war, gerade breit genug, um die *Seeschlange* hindurchzulassen. Es war ganz offenbar ein Platz, wo schon seit vielen Jahren Boote und Schiffe aus dem Wasser an Land gezogen wurden. Für den Transportweg über Land war vom Flussufer in den Wald eine Schneise geschlagen worden. Der Weg verlief schnurgerade. Der Boden war von den vielen schweren Transporten vollkommen verschlammt. Es roch stark nach Moder, und die Männer sprachen leise und gedämpft. Überall lagen mit Moos überzogene Baumstämme umher.

Uns blieben nur noch wenige Stunden Tageslicht, also mussten wir schnell arbeiten. Die *Fjord-Elch* wartete geduldig ein Stück stromabwärts im tieferen Wasser. Die Ruderer hatten ihre Riemen verstaut, als Bragi Eierkopf und eine Gruppe seiner Männer ihre Anlegetaue um zwei spitze Felsen geschlungen hatten. Der Rest der Mannschaft lief am Ufer entlang, um uns bei der *Seeschlange* zu helfen.

»Die Mannschaft der *Fjord-Elch* lädt den Ballast aus«, sagte Sigurd, was von einem mürrischen Stöhnen der Männer kommentiert wurde. »Und die Männer der *Seeschlange* fällen Bäume.« Wieder wurde gemurrt, denn wir wussten, dass es nicht damit getan war, einfach nur Eschen und Eichen zu fällen. »Ich will einen guten, glatten Baumstamm pro Mann, glatt genug, dass er rollt. Sonst benutze ich eure verdammten Beine.«

»Was ist denn mit denen da?« Ingolf deutete hoffnungsvoll auf einen großen Haufen glatter Stämme, die offensichtlich von anderen Mannschaften zurückgelassen worden waren. Sigurd zog sein Schwert, ging zu dem Haufen und hackte in einen Stamm. Schon das Geräusch sagte uns, dass das Holz verfault war. Sigurd wischte die Reste des feuchten Holzes von der Klinge und schob sie in die Scheide.

»Macht euch an die Arbeit«, befahl er.

Und das taten wir.

Wir mussten ein ganzes Stück gehen, um geeignete gerade Bäume zu finden. Ich fragte mich, was wohl eine Schiffsmannschaft machen würde, die diese Reise in zehn Jahren unternahm. Denn dann würde es etliche Meilen im Umkreis keine vernünftigen Bäume mehr geben, aber das war nicht unser Problem. Wir nahmen unsere Langäxte, fällten Bäume und behauten sie anschließend. Dann glätteten wir sie mit unseren Faustäxten und manchmal auch mit unseren Langmessern, bis wir jeder einen Stamm hatten, der doppelt so groß war wie wir und sogar für den Palisadenbau geeignet gewesen wäre. Nur bauten wir keinen Palisadenwall. Stattdessen würden wir sie in den Schlamm legen und anschließend unsere Boote darüber hinwegziehen.

In dieser Nacht träumte ich davon, Erlen und Ulmen für Ealhstan zu fällen, meinen Ziehvater in Abbotsend. Es war ein friedlicher Traum, und ich hatte das Gefühl, dass ich diesen Traum an die Hand genommen hatte und führte, anders als die meisten anderen Träume, in denen man selbst geführt wurde, auch wenn man gar nicht wollte. Im Traum schabte ich das Holz mit der Krummaxt des alten Mannes und folgte der Maserung, um glatte Planken herzustellen, eine nach der anderen. Dann trat ich zurück, um meine Arbeit zu betrachten, aber ich wusste nicht, was ich gemacht hatte. Manchmal sind Bäume so sonderbar. Also ging ich wieder näher heran, und mein Herz hämmerte heftig, als ich erkannte, was es war. Ich hatte einen Sarg gezimmert. Langsam und ängstlich hob ich den Deckel an, und dann weinte ich im Traum. Denn der alte Ealhstan lag in diesem Sarg, den ich gemacht hatte, die Hände verschränkt, und sein weißes Haar war lang und seine gelblichen Augen aufgerissen. *In somnis veritas,* hatte Egfrith einmal gesagt. In den Träumen liegt Wahrheit. Und zumindest darin hatte der Mönch recht. Denn ich hatte meinen alten Freund nicht gerettet, und sein Tod lastete auf meinen Schultern.

Am nächsten Morgen zogen wir die *Seeschlange* aufs Land. Ohne den Ballast war sie überraschend leicht, selbst mit ihrer Fracht aus Silber und Waffen, Fellen, Bernstein und anderen Waren. Als sie auf dem Trockenen lag, kam die Reihe an die *Fjord-Elch,* und Bragi und sein Steuermann Kjar brachten sie ebenfalls auf das schlammige Ufer. Wir luden ihren Ballast aus und ließen zwei große Haufen von glatten Steinen zurück. Zweifellos würde jemand sie später sehr nützlich finden. Seit dem Tag, an dem wir mit Winigis an Bord Paris verlassen hatten, hatte Sigurd uns befohlen, alle Eingeweide von den Fischen, die wir gefangen hatten, in ein Fass zu werfen. Dieses Fass war voll mit dieser stinkenden Masse, und wir hatten den Gestank und auch die Fliegen satt, die darum herumschwirrten, obwohl der Deckel fest verschlossen war. Grimmig nahm Sigurd selbst etliche Fäuste von den Innereien und schmierte sie auf die Stämme, die wir auf dem Transportweg ausgelegt hatten, in einer Strecke von etwas mehr als zwei Längen der *Seeschlange.*

»Glitschig wie Ealdred und stinkt genauso übel«, sagte Sigurd, roch an seiner blutigen Hand und hob sie hoch, damit alle sie sehen konnten. Selbst die Wessexmänner lachten darüber – bis auf den Ealdorman, versteht sich. Der warf seinen früheren Leibwächtern finstere Blicke zu. Diese Wessexmänner unterschieden sich jetzt kaum noch von uns anderen, auch wenn sie oft beteten und immer noch die meiste Zeit unter sich blieben. Aber sie hatten uns keinen Ärger gemacht, vielleicht in der Hoffnung, einen Anteil von dem Schatz zu bekommen, den wir einsacken würden, sobald wir das Gebetbuch verkauft hatten. Das hütete Pater Egfrith eifersüchtig in einem kleinen geölten Beutel, den er stets über der Schulter trug. Und das, obwohl keiner von uns etwas damit zu tun haben wollte – abgesehen von dem Silber, das uns das Buch bringen würde.

Die Männer der *Seeschlange* banden ihre Taue zusammen, sodass wir zwei hatten, ein jedes lang genug, um es um das ganze Drachenschiff zu schlingen. Die Mannschaft der *Fjord-Elch* machte dasselbe, dann nahmen wir unsere Plätze ein. Einige schoben von hinten, andere zogen an den Tauen, wieder andere hoben jeweils zu zweit die Stämme hoch, nachdem die *Fjord-Elch* darübergerollt war, und liefen eilig nach vorn, um sie vor die *Seeschlange* erneut auf den Weg zu legen. Diese letzte Aufgabe war die anstrengendste von allen, wie ich herausfand. Denn wir wechselten uns bei allen Aufgaben ab, und wenn ich die Stämme trug, fühlten sich meine Beine an, als würden sie innerlich brennen. Das Beste war es, von hinten zu schieben. Denn dann konnte man sich gegen den Rumpf lehnen und ausruhen, obwohl man so tat, als würde man drücken. Auf diese Weise arbeiteten wir uns in Richtung Nordosten vor. Unsere Drachenschiffe rumpelten schwerfällig über die Stämme. Es war ein im Grunde trauriger Anblick, wenn man bedachte, wie leicht und geschmeidig sie sonst durchs Wasser glitten. Immerhin, dank Sigurds Fischinnereien glitten sie jetzt, wenn auch nur so langsam wie Schnecken.

Ein Mann kann leicht fünfzehn Meilen am Tag gehen. Auf einem Pferd schafft er vielleicht sogar dreißig. Wir schafften mit größter Anstrengung mühsame fünf Meilen.

Am Nachmittag hatte es angefangen zu nieseln, und am frühen Abend war ein wahrer Wolkenbruch daraus geworden. Der ohnehin schon sumpfige Weg verwandelte sich in ein einziges Schlammloch. Die Männer stöhnten und fluchten, wenn sie nicht gerade nach Atem rangen oder ausrutschten und in den Schlamm fielen.

Olaf kam zu uns, um zu überprüfen, wie die *Fjord-Elch* vorankam.

»Gut so, Raven!«, rief er. »Mit Schwung, Junge! Oder noch besser, bitte einen deiner Freunde da oben«, er blickte in den dunklen, eisengrauen Himmel, »seinen Arsch zu bewegen und uns zu helfen.«

»Die Schiffe wären erheblich leichter ohne die Christuskreuze, Onkel!«, brummte Bram. Sein Gesicht war rot vor Anstrengung, als er an dem Tau zog.

»Richtig, und sie wären noch viel leichter ohne deinen geheimen Metschatz«, gab Olaf zurück. Wir mussten trotz des Regens und des Schlamms lachen, denn Bram wirkte vollkommen erschüttert, dass Olaf einfach sein größtes Geheimnis verriet.

»So schwer ist Brams Schatz jetzt nicht mehr, Onkel«, sagte ich grinsend.

»Du elender Sohn einer ziegenfickenden Hure!«, fluchte Bram, als er jetzt erfuhr, dass offenbar alle von seinem Vorrat genascht hatten.

Es war früher Abend, als wir endlich das Ende des Weges erreichten. Der Regen peitschte auf uns herunter, und der Wind heulte. Blätter wirbelten herum, Zweige krachten. Das unheimliche Knarren von Ästen und Stämmen war so laut, als würde der Wald selbst ächzen, beunruhigt von unserer Anwesenheit. Als wir nur noch wenige Schritte vor uns das Flussbett erblickten, schlugen wir einander aufmunternd auf den Rücken und schüttelten das Wasser aus unserem nassen Haar und unseren Bärten.

Wir wussten, dass wir eine Pause verdient hatten und etwas Heißes zu essen. Wir schlugen ein Lager auf, die Kessel wurden von den Schiffen geholt, und wir errichteten mit den Ersatzsegeln ein Zelt zwischen den Bäumen, damit wir alle mit einem Dach über dem Kopf schlafen konnten.

Einige von uns gingen zum Fluss, wo wir Baumstümpfe fanden, einige frisch, andere mit Moos überzogen, und große Haufen von Steinen, die andere Schiffsmannschaften zurückgelassen hatten. Wir konnten durch sie den Ballast ersetzen, den wir selbst zurückgelassen hatten. Nachdem wir die Gegend ausgekundschaftet hatten, machten wir es uns für die Nacht bequem. Cynethryth und ich teilten zwei trockene Felle, um uns zu wärmen, und hofften, dass uns im Schlaf keine Äste auf den Kopf fallen würden.

»Dieser Fluss mündet in einen anderen weit im Norden, der uns nach Aix bringen wird«, erklärte Winigis am nächsten Morgen Sigurd und Olaf, als wir den Ballast aufluden. Dann ließen wir die *Seeschlange* zu Wasser. Das war ziemlich einfach, weil der Fluss hier sehr breit und ausreichend tief war. Der Regen hatte am frühen Morgen aufgehört, aber der Wind wehte immer noch heftig und in starken Böen.

»Wird dein Kaiser am Ufer warten, mit einem Bierhorn und einem Schwein am Spieß?« Olaf schmatzte genießerisch, während sein Bart vom Wind hin und her gepeitscht wurde.

»Er erwartet uns sehnsüchtig, keine Frage«, erwiderte Winigis mürrisch, »aber mit Schwertern und Speeren und tausend Männern. Er wird darauf brennen, uns zu töten.«

»Aber wir sind Christen.« Sigurd deutete auf das Kreuz am Bug der *Seeschlange.*

Winigis schüttelte den Kopf. »Man sagt, der Kaiser ist ein kluger Mann. Er wird wissen, wer und was ihr seid.« Er nahm seine Kappe ab, um sie auszuwringen. »Also, ich habe euch den Weg gezeigt – dann kann ich jetzt vielleicht wieder nach Hause gehen ...« Er sah sich um, aber in seinen Augen schimmerte keine große Hoffnung.

Sigurd legte dem Franken einen Arm um die Schulter. »Du hast deine Sache sehr gut gemacht, Winigis.« Er bleckte die Zähne zu einem wölfischen Grinsen. »Ich finde, zur Belohnung solltest du die große Stadt des Kaisers noch einmal sehen dürfen. Begleite uns nach Aix, dann kannst du deiner Wege ziehen, versprochen.«

Winigis warf Pater Egfrith einen Blick zu, aber in dessen Frettchenaugen fand er keinen Trost.

»*Fiat voluntas dei*«, sagte Egfrith und zuckte die schmalen Schultern. »Gottes Wille geschehe.«

Ich jedoch hoffte, dass dieser Gott gerade mit ganz anderen Dingen bschäftigt war und sich nicht weiter um uns kümmerte. Denn man sagte, dieser Kaiser Karolus sei das Schwert der Christenheit, und das machte uns zu seinen Feinden.

17

Der Fluss war die Maas, wie Winigis uns erzählte, und die Strömung war diesmal auf unserer Seite, was bedeutete, dass unsere Riemen auf dem Riemenbaum bleiben konnten. Das war uns nur recht, denn wir hatten schon den ganzen Morgen reichlich geschwitzt, weil wir beide Schiffe mit Ballast beladen hatten. Jetzt hatten wir die Segel gesetzt, die im Wind klatschten und trockneten, und die Männer auf Lee mit einem feinen Sprühnebel überzogen, was diese allerdings nicht störte.

Sobald wir das relativ flache bewaldete Land des Hauptstroms der Maas hinter uns gelassen hatten, änderte sich die Landschaft. Steile, schroffe Hügel erhoben sich rechts und links und folgten dem Flusslauf wie das kantige Rückgrat von zwei gewaltigen Drachen. Auf den Hügeln wechselten sich grüne Kiefern mit Wäldern aus Buche, Eiche und Esche ab, deren Blätter gerade anfingen, sich rot und braun zu verfärben. Bis auf eine gelegentliche Rauchfahne, die aus dem Wald aufstieg, gab es keinerlei Anzeichen für menschliches Leben. Das Land war wild und groß und fruchtbar und wartete nur darauf, bestellt zu werden.

»Hier ist es wie in den Fjorden, hej!«, rief Bram von seiner Seekiste. Er nutzte die Gelegenheit, etwas von seinem Met zu trinken, bevor er eines Tages aufwachte und feststellen musste, dass seine Vorräte geplündert worden waren. Er wischte sich den Schaum aus dem Bart.

»Aber ich will einen schönen Kabeljau«, erwiderte Halbdan und erntete zustimmendes Gemurmel. »Der Lachs kommt mir allmählich aus den Ohren raus.«

»Hast du das gehört, Cynethryth?«, sagte ich auf Englisch. »Halbdan hat den Lachs satt und möchte gern, dass du ihm einen Seefisch aus diesem Fluss fängst.« Olaf übersetzte das für Halbdan, der plötzlich verlegen dreinblickte.

»Sag Halbdan, dass es ihm freisteht, selbst zu angeln. Allerdings braucht er eine *sehr* lange Leine, wenn er einen Kabeljau fangen will.« Cynethryth zuckte mit den Schultern. »Und wenn er schon dabei ist, kann er mir vielleicht auch gleich frische Kleidung fangen.« Ich übersetzte das, während die Männer lachten und Aslak Halbdan eine Kopfnuss gab, weil er so dumm gewesen war. Halbdan wurde mürrisch, und es tat mir leid, dass ich ihn geneckt hatte. Allerdings nicht sehr, denn wir alle konnten austeilen, aber mussten auch einstecken. So ist es in einer Gemeinschaft von Kriegern.

Jede Nacht ging die Hälfte von uns an Land, während die andere Hälfte bei den Schiffen blieb. Diejenigen, die an Land gegangen waren, jagten Hasen, Füchse, Rotwild oder Wildschweine. Außerdem übten sie sich mit ihren Waffen, denn wir hatten schon einige Zeit nicht mehr gekämpft und hatten Angst, unsere Geschicklichkeit zu verlieren. Denn ständiges Kämpfen erhielt sie, während sie in Friedenszeiten abnahm.

Nach fünf Tagen auf der Maas kam uns ein Kriegsschiff

entgegen, das flussaufwärts ruderte. Es war ein schönes Schiff, nicht so schlank und tödlich schnell wie die *Seeschlange* oder die *Fjord-Elch,* aber breit und lang genug, um mindestens hundert Männer zu einem Kampfschauplatz zu bringen. Aber an diesem Tag waren nicht mehr als siebzig an Bord. Die Riemen tauchten schnell und glatt in die Fluten ein, obwohl das Segel gesetzt war. Und es war ein riesiges Segel, aus neuer weißer Wolle mit einem mächtigen roten Kreuz darauf.

Um unsere List glaubhafter zu machen, war Egfrith zum Bug der *Seeschlange* gelaufen, als Olaf das fränkische Schiff gesehen hatte. Jetzt schlug er ein Kreuz und segnete ihren Schiffsführer, als das Schiff an uns vorbeiglitt. Die Franken an Bord waren harte, erfahren aussehende Männer, die uns trotz Egfrith böse anstarrten.

»Eines Tages werde ich einen Wolfskopf auf meinem Segel haben.« Sigurd war eindeutig neidisch. »Auf allen Segeln meiner Schiffe. Und ich werde dafür mit dem Silber dieses christlichen Königs bezahlen.« Das Frankenschiff war mittlerweile an uns vorbeigerudert, aber das rote Kreuz war auch auf der Luvseite des Segels als großer roter Fleck zu erkennen. »Dieses Symbol hat Macht«, fuhr Sigurd fort und kratzte sich am Hals, während er dem Schiff hinterhersah. »Ich habe es gefühlt.«

»Aber nicht genug Macht, um deine List zu durchschauen, Herr«, sagte ich. Sigurd reagierte mit einem halbherzigen Nicken auf meine Worte. »Beim Anblick deines Wolfskopfs wird den Menschen das Blut in den Adern gefrieren, und sie werden sich vor Angst in die Hosen pissen.« Er kaute nachdenklich auf seiner Unterlippe.

»Eines Tages, Raven, hast du vielleicht ein eigenes Banner«, sagte er nach einer Weile. »Ein schwarzer Rabe mit wild schlagenden Flügeln.« Er grinste. »Bei so einem Anblick würde ich mir in die Hose pissen.«

Ich grinste ebenfalls, vielleicht auch, weil der Gedanke so abwegig war. Denn um ein eigenes Banner zu bekommen, müsste ich ein Jarl werden, und es war wahrscheinlicher, dass der schwarze Floki sich den Kopf rasierte und die Kutte eines christlichen Mönchs überzog.

Wir sahen Schäfer mit ihren Herden auf hohen Weiden und kleine Ansammlungen von rauchumhüllten Häusern am Flussufer. Wir sahen Ruinen aus weißen Steinen, die wie uralte, von der Sonne gebleichte Skelette wirkten, und einmal bemerkten wir am westlichen Ufer eine Kirche oder ein Kloster, dass die Nordmänner gern aufgesucht hätten. Aber wir alle wussten, dass wir hinter einem größeren Fang her waren. Also gaben sich Sigurds Wölfe damit zufrieden, das Kloster gierig zu betrachten und sich das kühle Silber und die Schätze darin vorzustellen. Weiter flussabwärts wich das von Kiefern bewachsene Berggelände einer Landschaft von sanft geschwungenen Hügeln, so weit das Auge reichte. Drei Tage später bogen wir in einen Nebenfluss ein, der nach Osten strömte, und zwei Tage danach nahmen wir einen Fluss nach Norden. Wir kamen an eine Siedlung, die sich direkt auf dem Fluss zu befinden schien, und hielten sie für Aix-la-Chapelle. Aber Winigis erklärte uns, dass wir uns zwischen zwei Städten befanden, Tongeren am Westufer und Le Gi im Osten. Auf diesem Abschnitt des Flusses wimmelte es von Schiffen aller Größen und Formen, also refften wir das Segel, weil wir leichter mit den Riemen zwischen ihnen manövrieren konnten. Händler riefen sich gegenseitig Grüße zu und tauschten Neuigkeiten über unterschiedliche Orte aus. Ihre Stimmen hallten laut über den rauschenden Fluss. Schwärme von kreischenden Möwen hingen in der rauchigen Luft, ständig auf Lauer, wegen der vielen Fischerboote, die kamen und gingen. Die Geräusche von Holz, das bearbeitet wurde, drangen vom Westufer zu uns, wo Männer eine Kirche bauten. Eine Gruppe ernst blickender Mönche stand in der Nähe der Arbeiter, und ab und an wehte der Wind ihren traurigen Gesang zu uns und trieb Egfrith eine Träne ins Auge.

»Kann ich dir nicht verübeln, Mönch«, sagte ich. »Bei diesem Geräusch schrumpfen einem die Eier, und die Augen fallen einem aus dem Kopf.«

Er hörte mir gar nicht zu, sondern lauschte nur auf die Psalmen, die sie sangen, als wir vorbeiruderten. Andere Schiffe beeilten sich, uns auszuweichen, vielleicht weil sie uns für die Schiffe des Kaisers hielten oder auch nur, weil wir gefährlich aussahen, selbst mit dem Christenkreuz an unserem Bug. Niemand hielt uns auf. Und wir hüteten uns, die Nornen zu versuchen, indem wir Streit anfingen. Am Mittag hatten wir eine weitere Stadt passiert, Maastricht. Winigis erzählte uns, dass diese Stadt einst eine große Steinbrücke gehabt hatte, die von den Römern zur Zeit des Caesars Augustus erbaut worden war und die Maas überspannt hatte. Diese Brücke war jedoch schon lange verfallen, und der Rest der braunen Quader diente jetzt den Christen als Fundament für das Gotteshaus in der Mitte der Stadt.

»Das ganze Land stinkt nach dem weißen Christus«, stöhnte der schwarze Floki, als ich Winigis' Erklärung übersetzt hatte.

»Wir sollten es niederbrennen«, schlug Svein vor und legte sich in die Riemen. Sein gewaltiger Rücken schien sich auszudehnen. Der Fluss war hier so breit, dass die Strömung nur noch ganz schwach war, und der Wind war nur noch ein Hauch. Also ruderten wir immer noch. »Dieser Christendreck kann sich nicht verbreiten, wenn wir ihn verbrennen«, setzte er hinzu.

»Wir sind nicht genug Kämpfer, Svein, du blutrünstiger Ochse! Und es ist verdammt schwierig, ein steinernes Gebäude so niederzubrennen, wie die Halle irgendeines Mannes.« Olaf hatte sich vor uns aufgebaut, die Hände auf die Hüften gestemmt. »Aber eines Tages, Männer, kommen wir zurück. Wir kommen zurück und holen uns, was wir wollen. Bis dahin sollen sie ihren schwachen Gott anbeten. Sollen sie weich werden wie ein verfaulender Apfel! Umso einfacher wird es für uns sein, sie unter dem Absatz zu zertreten, hej!« Die Männer jubelten über seine Worte. Selbst Egfrith lächelte. Er verstand kein Nordisch und glaubte, dass wir einfach nur gute Laune hatten. Niemand kam auf die Idee, ihn eines Besseren zu belehren.

Am nächsten Morgen gelangten wir in ein breites Tal, das von bewaldeten Hügeln umgeben war. Der Fluss machte hier einen Knick und wurde langsamer. Eine Mole war am Ostufer in den Fluss hineingebaut worden. Sie war etwa fünfmal so lang wie die *Seeschlange,* und ihre großen Eichenpfähle waren durch den Fluss im Lauf der Jahre dunkel gefärbt worden.

»Hier wird der Fluss die Wurm genannt«, sagte Winigis zu Sigurd und kratzte sich an einer Pockennarbe auf seiner Wange.

»Ein guter Name für einen Fluss«, murmelte Bjørn.

Sigurd runzelte die Stirn. »Ich dachte, wir wären immer noch auf der Maas.«

»Wir waren auf der Maas, und jetzt sind wir auf der Wurm«, sagte Winigis störrisch.

Die Mole war ins Ufer hineingeschnitten worden, sodass die Boote, die daran anlegten, geschützt waren. Am Ende der Mole flussaufwärts bildete ein kurzer Steg einen Wall, der die angelegten Schiffe selbst vor einer stärkeren Strömung des Flusses schützen würde, wenn ein starker Regen oder die Schneeschmelze im Frühling ihn anschwellen ließ.

»Das ist Aix-la-Chapelle«, sagte Winigis, als Sigurd Knuth zurief, uns an die Mole zu steuern. Überall lagen Boote, aber eine Knørr, die mit Tuchballen beladen war, machte gerade los, und die *Seeschlange* konnte ihren Platz einnehmen. Als wir vertäut waren, kam die *Fjord-Elch* längsseits und machte ebenfalls fest.

»Seht mal.« Bram deutete auf den Steg, wo drei kurze, schmale Schiffe mit hohem Bug nebeneinander lagen. Ihre Bugfiguren waren entfernt worden, aber soweit wir sehen konnten, waren die Runen auf der Relingsplanke nordisch.

»Das könnten die Kinder der *Seeschlange* und der *Fjord-Elch* sein«, sagte ich grinsend. Die Boote waren etwa halb so lang wie unsere.

»Ich nehme vielleicht eines für meine Frau mit«, erwiderte Bram und kratzte sich den dichten Bart. »Sie könnte damit im Fjord fischen.«

Menschen sammelten sich auf der Mole, um zu sehen, wer wir waren. Pater Egfrith grüßte sie alle und schlug das Kreuz, aber sie verstanden ihn ebenso wenig, wie wir sie verstehen konnten.

»Winigis, sag ihnen, dass Ealdorman Ealdred von Wessex gekommen ist, um ihrem Kaiser seine Aufwartung zu machen«, sagte Sigurd und deutete auf Ealdred. Der polierte freudlos die Brosche aus Silber und Bronze, die Sigurd ihn hatte anlegen lassen. Das Holzkreuz des weißen Christus mit den Rubinen hing über seiner Brust, und sein Umhang war aus edlem grünen Tuch. Der Kragen war mit weißem Hermelinfell besetzt. Er hatte sich sogar rasiert, bis auf seinen Schnauzbart, den er mit Seehundfett eingeschmiert hatte. Die beiden dicken Enden reichten eine Daumenlänge weit unter sein Kinn.

»Der Mistkerl sieht wieder aus wie ein wahrer Lord.« Penda zog Rotz hoch und spuckte über Bord.

»Ich hoffe, dass er noch weiß, wie sich ein Lord benimmt«, sagte ich. Mir fiel auf, dass einige der Franken mein Blutauge anstarrten und flüsterten.

»Was bei Gottes haarigem Arsch glotzt ihr Ziegenficker so?«, knurrte Penda sie an. Sie verstummten und schlurften davon. »Es ist wohl besser, wenn du eine Augenklappe trägst, Junge«, sagte er. Er hatte recht, wir brauchten keine zusätzliche Aufmerksamkeit. Ich nahm mir ein sauberes Stück Leinen und band es um meinen Kopf, sodass mein Auge bedeckt war.

»Aber das ist das Hübscheste an dir, Raven«, sagte Cynethryth und lächelte schelmisch.

»Das sagt nichts Gutes über den Rest von ihm.« Penda

sah mich von oben herab an. Ich hätte ihm gern einen Schlag versetzt, aber Cynethryth kam mir zuvor. Penda grinste wie ein narbenübersäter Dämon.

»Raven! Komm her, mein Junge!« Das war Egfrith. Er stand mit Ealdred, Olaf und Sigurd am Bug der *Seeschlange*, und seine Augen hatten wieder diesen gerissenen Ausdruck. Der Rest der Männer hatte die Schiffe vertäut und trat jetzt auf die Mole. Sie reckten sich in den Kettenhemden, rückten ihre Rüstungen und Waffen zurecht und pinkelten von der Mole in den Fluss. »Beweg dich, Junge, wir haben einiges zu erledigen!« Der Mönch klatschte in die Hände. Ich ging zu ihm, Penda begleitete mich.

»Winigis sagt, der Palast des Kaisers wäre etliche Meilen östlich von hier.« Sigurd deutete mit einem Nicken auf ein weit entferntes Gehölz aus Eichen mit rostrotem Herbstlaub und Ulmen am Ende der fruchtbaren Flutebene. Entlang des Ufers zogen sich einige Holzhäuser hin, und im Westen lagen abgeerntete Felder, auf denen Fasane nach Nahrung suchten. Die meisten Einheimischen waren verschwunden, weil ihnen der Anblick unserer Kettenhemden, Helme, Speere und Äxte nicht gefiel. Einige jedoch waren stehen geblieben, als warteten sie auf eine Möglichkeit, mit Ealdred oder Sigurd zu sprechen. »Wir können nicht einfach in die Halle dieses Kaisers marschieren wie ein Bär in eine Höhle«, fuhr Sigurd auf Englisch fort. »Dieser Karolus wird mit Leuten wie uns keine Geschäfte machen. Also wird Ealdred gehen.« Er warf einen Blick auf den Ealdorman, dessen Augen jetzt lebhaft funkelten. »Ealdred wird zu diesem König gehen und ihm von dem Christenbuch erzählen. Nach allem, was wir wissen, wird Karolus dieses Buch unbedingt haben wollen. Er wird es dringender wollen als alles andere in der Welt. Er wird sich fragen, wie er nur ohne es leben konnte, und er wird uns alles geben, um es zu bekommen. Was wir wollen, ist sein Silber, ein Schatz, der selbst den Drachen Fáfnir eifersüchtig macht.« Olaf grinste bei diesen Worten. *Aber Fáfnirs Schatz war verflucht,* dachte ich, sagte jedoch nichts. Und vor allem starb der Krieger, der den Drachen erschlug und seinen Schatz stahl, an dem Fluch des Schatzes. Und der Name dieses Kriegers war Sigurd gewesen. »Der Mönch und das Mädchen werden mitgehen, und sie werden Karolus gemeinsam überzeugen, dass er uns vertrauen kann, um ein Geschäft mit uns zu tätigen.«

»Aber du kannst Ealdred nicht vertrauen«, sagte ich auf Nordisch. »Und ebenso wenig dem Mönch. Sie werden uns hintergehen, Herr. Sie werden uns die Christen auf den Hals hetzen wie zuvor. Man kann ihnen nicht trauen.«

»Aber ich kann dir trauen, Raven«, antwortete Sigurd auf Englisch. »Und du wirst sie begleiten.« Jetzt drehte er sich zu Ealdred herum, und sein blonder Bartzopf war auf Höhe der Adlernase des Ealdormans. »Hör mir zu, Engländer.« Beim Klang seiner Stimme schien eine eisige Faust mein Herz zu umklammern. »Du wirst dafür sorgen, dass der Kaiser dieses christliche Buch haben will. Wenn du versagst oder uns verrätst …« Es schabte metallen, als Sigurd sein Langschwert zog und es vor seine Brust hielt. »Ich schwöre beim Schwert meines Vaters, dass ich dich verfolgen werde. In welches Loch du auch immer kriechst, ich werde dich finden. Und selbst der Tod wird dich nicht retten. Ich werde dich erwischen, und ich werde dir das Fleisch in Streifen vom Leib schneiden, aber ich werde dich nicht sterben lassen. Ich werde dich zerschneiden und die Wunden mit Feuer versiegeln, damit du nicht verblutest, und wenn du vor Schmerz und Hunger und Elend den Verstand verloren hast, wirst du das verfaulte Fleisch fressen, dass ich dir abgeschnitten habe, und wirst immer noch nicht sterben. Du wirst deinen eigenen Schwanz fressen, du wirst deine Eier verschlingen und deine Zunge, und dann, Ealdred, dann lasse ich deine Tochter zu dir, damit sie dich sieht, und wenn du dann noch einen Fetzen Ehre in deiner verfaulten Seele hast, wirst du vor Scham sterben.«

In dem Moment tat Ealdred mir leid, trotz allem, was er uns angetan hatte. Denn mir war klar, dass Sigurd jedes seiner Worte todernst meinte. Ich spürte Penda hinter mir, der mich mit der Hand anstieß. »Kann ich Penda mitnehmen, Herr?«, fragte ich. »Ein weiterer Mann aus Wessex kann uns helfen, sie zu täuschen, damit sie uns für Christen halten.«

»Er hat recht, Sigurd«, sagte Olaf. »Der Engländer ist außerdem in einem Kampf ganz gut zu gebrauchen.«

Sigurd überlegte und senkte dann zustimmend den Kopf. »Der schwarze Floki geht ebenfalls mit.« Er rief den Nordmann zu sich. »Sollte dieser Kaiser sich als unser Feind erweisen, schneidet Floki ihm die Kehle durch.« Der schwarze Floki nickte nur, als wäre das ebenso einfach, wie Luft zu holen.

Also machten wir uns bereit. Die Franken, die darauf gewartet hatten, um mit Ealdred und Sigurd zu reden, waren Händler, die ein Geschäft witterten. Deshalb waren sie mutig genug gewesen zu bleiben, wo die anderen alle davongeschlichen waren. Sigurd kaufte von einem von ihnen sieben Pferde und vereinbarte, dass der Händler sie zurückkaufen würde, wenn die Delegation zurückkam. Ein anderer Mann verkaufte Olaf vier Fässer Met, zwei Käseräder und frische Butter, und er versprach, in der Nacht mit einigen Frauen zurückzukehren, die es verstanden, Männer mit dicken Eiern zu unterhalten, die eine lange Reise hinter sich hatten.

Auf uns jedoch warteten nur die ausgedehnte Flutebene und der schlammige Pfad nach Aix-la-Chapelle. Es drohte am Nachmittag zu regnen, also nahmen wir geölte Häute mit, rollten sie zusammen und banden sie den Pferden auf die Rücken, zusammen mit unseren Brynjur und Waffen und ein bisschen Proviant. Egfrith hatte mürrisch eingewilligt, das Gebetbuch des heiligen Hieronymus zurückzulassen. Wir konnten es nicht riskieren, dass der Kaiser es sich einfach nahm oder dass Diebe uns beraubten. Egfrith versteckte es im Frachtraum der *Seeschlange,* und man sah ihm an, dass er sich nur höchst ungern von dem Buch trennte. Wir stiegen in die Sattel, während unsere Kameraden uns lautstark verabschiedeten.

»Odins Glück!«

»Mach uns reich!«

»Raven reitet wie ein Sack Steine auf einer Ziege!«

Björn lächelte wie ein Jüngling. »Raven, sagt dem König der Franken, dass Bjørn und Bjarni aus Haralds Fjord jeder eine braunhaarige Schönheit und ein Fass Wein wollen«, sagte er, und dann wurde sein Gesicht ernster. »Wenn er sie uns persönlich bringt und uns seine Aufwartung macht, dann erwägen wir vielleicht, mit ihm Handel zu treiben.«

Mit ihrem Gelächter in unseren Ohren ritten wir los, um einen Kaiser aufzusuchen.

18

Die schweren dunkelgrauen Wolken hingen tief. Ein kühler Nordwind trieb sie über uns hinweg. Schwärme von
Krähen tauchten aus dem Grau auf und stürzten sich
auf ein umgepflügtes Feld westlich des Eichenwaldes. Ihr
Krächzen drang bis zu uns. Im Osten näherten sich weitere Schwärme von Dohlen einem Gehölz aus Erlen, in
dem bereits jede Menge brütender Artgenossen hockten.
Ich sah zu, wie sie zur Seite abschwenkten und aufstiegen,
als würden sie eine unsichtbare Mauer erklimmen. Dann
schienen sie einen Herzschlag lang in der Luft zu stehen,
bevor sie sich fallen ließen und auf einem Ast oder Zweig
zwischen ihren Artgenossen landeten.

Um den Anschein zu wahren, hatte Sigurd Ealdred das
beste Pferd gegeben. Immerhin war er jetzt unser Lord.
Es war ein lebhafter schwarzer Hengst, ein stolzes, eigenwilliges Tier. Ich ritt eine klapprige alte Mähre, und die
anderen Tiere waren auch nicht viel besser. Was bedeutete, dass Ealdred vielleicht trotz Sigurds Drohung auf
die Idee kam zu flüchten. Also ritten Floki, Penda und ich
dicht bei dem Ealdorman, so dicht, dass wir die Flöhe auf
dem Rumpf seines Hengstes zählen konnten. Floki hatte
zwei Wurfäxte mitgenommen, mit denen er tödlich
genau traf. Sobald Ealdred seinem Hengst die Fersen in

die Flanken schlug, würde eine von Flokis Äxten zwischen seinen Schulterblättern landen.

»Aix-la-Chapelle hieß einmal Aquisgranum«, brach Egfrith nach einer Weile das Schweigen. »Natürlich zur Zeit der Römer. Ich glaube, der Name kommt von einer keltischen Gottheit des Wassers und der Gesundheit, denn man sagt, hier würde heißes Wasser aus der Erde treten und die Menschen würden in diesen Becken baden. Obwohl ich es kaum glauben kann, dass die Kelten sich auch nur in die Nähe dieser Becken begeben haben, ganz gleich, wie der Name dieses heidnischen Gottes auch sein mag. Dafür waren sie einfach zu dreckig und sind es auch immer noch. Man behauptet jedoch, der Kaiser würde jeden Tag in diesen heißen Quellen baden. Seine Haut muss ebenso rein sein wie seine Seele.«

»Vielleicht erlaubt uns der Kaiser ja, dass wir uns in seinem kostbaren Wasser die Ärsche waschen, hej, Pferdchen?« Penda rieb seinen kastanienbraunen Zelter zwischen den Ohren.

»Um damit die heiligen Quellen bis zum Tag des Jüngsten Gerichtes zu verschmutzen?«, rief Egfrith. »Karolus wird euch Bestien nicht einmal in die Nähe der Quellen lassen, Gott sei mein Zeuge. Aber vielleicht bekommen Cynethryth und ich die Ehre. Und auch Ealdred, als christlicher Lord.«

»Dein Wasser interessiert mich nicht, Mönch, erst wenn dein weißer Christus es in Wein verwandelt hat«, sagte ich und ließ mich etwas zurückfallen, um dem Geplapper des Mannes zu entkommen. Aber in der willkommenen Ruhe drängte sich ein neuer und besorgniserregender Gedanke an die Oberfläche meines Verstandes. Warum hatte Egfrith sich bereit erklärt, uns zu helfen, das Gebetbuch des heiligen Hieronymus zu verkaufen? Ich hatte ihn einmal sagen hören, dass man einen solch heiligen Schatz nicht kaufen oder verkaufen dürfte, nicht einmal an jemanden wie Kaiser Karolus. Und doch kam er mit, um zu helfen, den Handel in die Wege zu leiten. Doch ich kam zu keinem Ergebnis. Meine Lotleine war nicht lang genug, um die Motive eines Mannes zu ergründen, der einem Gott diente, der zugelassen hatte, dass man seinen Sohn folterte und an ein Kreuz schlug.

Als der Pfad die Flutebene verließ, wand er sich durch uralte Wälder. Wir sahen riesige Eschen, stumm und ewig. Wir blickten voller Ehrfurcht an ihnen hoch, denn ihre höchsten Zweige schienen den Himmel zu berühren. Es waren Bäume, die selbst den heftigsten Winden von Njørð trotzten.

»Daraus könnte man gute Speere machen«, sagte Penda. »Sie sind so gerade wie ein Sonnenstrahl.«

»Yggdrasil, der Weltenbaum, ist genauso gewachsen«, sagte der schwarze Floki. »Aber er ist noch gewaltiger. Seine Zweige tragen die neun Welten.« Seine Augen waren dunkel und ernst, während ich seine Worte für die anderen übersetzte. »An diesen Baum hat sich Óðin Allvater neun Nächte lang fesseln lassen, um Weisheit zu erlangen. Und auch er bekam eine Speerwunde. Hier, glaube ich.« Floki legte die Hand auf die rechte Seite seines Brustkorbs. Noch während ich übersetzte, sah ich, wie sich Egfriths Miene verfinsterte.

Die Versuchung war zu groß für mich. »Christus wurde

doch an den Baum der Schmerzen gehängt, oder nicht, Mönch?«, fragte ich.

»Ja, Jüngling, unser Herr und Erlöser hat am Kreuz für unsere Sünden gebüßt.«

»Und ein Soldat, ein Römer, wenn ich nicht irre, hat ihn mit einem Speer durchbohrt, als er dort hing?«

»Auch das stimmt«, gab Egfrith zu. »Allerdings versuchte dieser junge Soldat vielleicht, das Leiden unseres Herrn zu beenden.«

»Und stimmt es auch, dass Christus geschrien hat, bevor er starb?«

»Das hat er.« Egfrith nickte feierlich. Dann sah er mich aus zusammengekniffenen Augen an. »Aber das hätte jeder getan, nehme ich an.«

»Das stimmt«, gab ich zu. »Denn auch Óðin hat geschrien, bevor er starb. Es muss ein wahrhaft gewaltiges Geräusch gewesen sein. Dann ist er natürlich wieder lebendig geworden. Ist Christus auch wieder lebendig geworden, Vater?« Cynethryth durchbohrte mich mit einem brennenden Blick.

»Du weißt genau, dass Er wieder auferstanden ist«, sagte Egfrith ungehalten.

»Floki meint, dass Óðin auch ein gewaltiges Fest mit Brot und einem Korb voller Fische veranstaltet hat«, sagte ich. Floki hatte nichts dergleichen gesagt, aber das wusste Egfrith nicht. »Allmählich kommt es mir so vor, als hättet ihr Christen all eure Geschichten von den Skalden der Nordmänner gestohlen.« Penda grinste, aber Ealdred hatte die Lippen verzogen, als hätte ihm jemand Hundescheiße unter die Nase geschmiert.

»Und mir kommt es so vor, Raven, als wärst du ein törichter junger Mann, der dichter an dem bodenlosen Abgrund steht, als es ihm bewusst ist.« Egfrith schüttelte traurig den Kopf. »Und es ist dein Volk, das Geschichten stiehlt, nicht unseres.«

»Hör auf, Pater Egfrith zu verspotten, Raven«, sagte jetzt Cynethryth. »Achtet nicht auf ihn, Pater. Manchmal frage ich mich, ob in diesem großen schmutzigen Leib nicht ein Kind mit einem recht schlichten Gemüt steckt.«

Der Mönch blickte immer noch finster drein, als wir eine Lichtung erreichten, wo man schon vor Jahren Eschen und Eichen abgeholzt hatte. Schlanke gerade Silberbirken ragten zwischen Holunderbüschen hervor. Cynethryth hatte die Gelegenheit ergriffen, um sich hinter einem Gebüsch zu erleichtern, als Egfrith einen alten Karren in einem Dickicht aus Farn entdeckte. Vielleicht hatte man darauf einmal gefällte Bäume transportiert, denn er schien schon Jahre hier gestanden zu haben. Er war ziemlich primitiv, sodass es sich nicht lohnte, ihn zu reparieren. Jedenfalls hatte der Besitzer das offensichtlich geglaubt, denn er hatte ihn wegen eines zerbrochenen Rades zurückgelassen.

»Der Herr findet Verwendung noch für die geringsten Seiner Schöpfungen«, erklärte der Mönch. Er war abgestiegen und stopfte etwas in seinen Sack, aber ich beachtete ihn nicht weiter. Ealdred musste scheißen, und es fiel mir zu, ihn zu begleiten, um dafür zu sorgen, dass er nicht trotz seiner heruntergelassenen Hose weglief.

Dann stiegen wir rasch wieder auf und setzten unseren Weg fort. Selbst Winigis schien aufgeregt zu sein, als wir aus dem Wald kamen und im roten Licht des Sonnenuntergangs die kaiserliche Residenz von Aix-la-Chapelle vor uns liegen sahen.

Wir überquerten einen uralten Grenzgraben. Etwa drei Bogenschüsse vor uns erhob sich eine drei Mann hohe Steinmauer, die die ganze Stadt umschloss. Sie lag im Schatten, nachdem die Sonne hinter die Eichenwälder in unserem Rücken gesunken war. Nebel lag auf den Weiden, sodass das grasende Vieh aussah, als hätte es keine Beine. Aus den eng zusammenstehenden Holzhäusern vor der Stadt, deren Herdrauch sich mit den Wolken vermischte, drang gelbes Licht von den Flammen. Sie sahen freundlich und einladend aus. Der Nebel umhüllte sogar die Stadtmauern und wehte über ihre Zinnen wie Gischt von einer Welle im Ozean. Zahlreiche schlammige Wege führten zu den Stadttoren, und vom Nebel umhüllte Gestalten waren dorthin unterwegs. Einige führten Tiere hinter die schützenden Mauern, denn der Nebel würde Wölfe ermutigen, sich an ihren Schafen zu vergreifen. Das mussten die Hunde der Franken wissen, denn sie bellten unablässig. Es roch feucht und grün, und der Holzrauch, der sich mit dem Nebel vermischte, strömte einen süßen und verlockenden Geruch aus.

»Gegen diese Stadt sieht Paris aus wie eine Latrine«, erklärte Penda. Die Stadt lag an einem Hang, und hinter der Mauer und dem höheren nördlichen Ende des Hangs dominierte ein gewaltiges steinernes Gebäude den Blick.

»Paris ist eine Jauchegrube«, sagte ich in dem Versuch, Egfrith zu ärgern. »Seht euch allein dieses Gebäude an.«

Ich deutete auf das mächtige steinerne Bauwerk. Ich fragte den schwarzen Floki, ob er auf seinen Reisen schon einmal so etwas gesehen hatte. Der Nordmann schüttelte den Kopf. Seine pechschwarzen Zöpfe tanzten.

»So etwas gibt es in ganz Norwegen nicht«, sagte er. »Es könnte Bilskírnir sein.«

»Der Blitzschlag?«

Er nickte ernst. »Bilskírnir ist Thórs Methalle.«

»Dann sollten wir froh sein, dass dies nicht Bilskírnir ist, Floki.« Ich führte mein Pferd um einen schimmernden Haufen Schafsdung. »Ich wette, dass der Donnerer nicht einmal einen Furz auf Egfriths Buch geben würde.« Floki verzog die Lippen und spuckte aus. Wir folgten dem Weg zu einem Stadttor, neben dem zwei Steintürme aus dem Nebel aufragten. Ein Speerkämpfer auf einem der Türme rief jemandem weiter unten etwas zu. Kurz darauf kamen sechs mit Speeren und Schwertern bewaffnete Soldaten in Lederrüstungen heraus, um uns zu empfangen.

»Friede sei mit euch«, rief Egfrith ihnen entgegen und machte das Kreuzzeichen. Dann deutete er auf Ealdred, der die Franken hochnäsig beobachtete. »Lord Ealdred, Ealdorman von Wessex, ist aus England gekommen, um dem großen Kaiser Karolus seine Aufwartung zu machen«, sagte er. »Und das sind Ealdreds Männer«, er wedelte mit den Fingern in unsere Richtung, »und das ist Lady Cyne-thryth, die Tochter des Ealdormans.« Irgendwo in dem nebelverhangenen Land heulte ein Wolf, und das Furcht einflößende Geräusch wurde von dem krächzenden Chor von Krähen und ihren flatternden Schwingen beantwortet, als sie in den dunklen Himmel aufstiegen. Ein rhythmisches Quietschen kündigte einen anderen Franken an, der mit einer Handkarre am Tor auftauchte.

»Innerhalb dieser Mauern sind keine Waffen erlaubt«, sagte der Soldat mit dem besten Helm und Schwert. Er sprach zwar kein gutes Englisch, aber es genügte, dass wir ihn verstehen konnten. »Der Palast des Kaisers liegt auf dem Hügel, aber er empfängt euresgleichen nicht«, fuhr er fort, als der Neuankömmling unsere Waffen entgegennahm und sie achtlos auf seinen Karren warf. Floki und Penda verzogen die Gesichter, weil man ihre Schwerter so schlecht behandelte, aber keiner von beiden sagte etwas. »Man sagt, der Papst müsse warten, wenn er den Kaiser sehen wollte«, fuhr der Wächter fort und zeigte grinsend seine verfaulten Zähne. Dann ballte er die Hand zur Faust. »Aber schließlich regiert der Papst auch nicht die halbe Welt.«

»Geduld ist eine Gabe Gottes, und ich bin sicher, dass Seine Heiligkeit Papst Leo reichlich damit gesegnet ist«, sagte Egfrith.

Wir sahen dem Karren nach, auf dem jetzt unsere Waffen weggeschafft wurden, einschließlich des schönen Schwertes, das Sigurd Ealdred gegeben hatte, damit er glaubwürdig aussah.

»Fühlt sich an, als hätte ich einen verdammten Arm verloren«, knurrte Penda.

»Gebt das hier ab, wenn ihr wieder geht. Dann bekommt ihr eure Klingen wieder.« Der Wächter reichte Ealdred eine kleine Holzscheibe.

»Ah, der heilige Gregor von Tours«, sagte Egfrith, der die Gravur auf der Scheibe gelesen hatte. »Jede Scheibe scheint mit dem Namen eines anderen Heiligen beschriftet zu sein. Wie wundervoll!« Der Wächter zuckte mit den Schultern.

»Ich nehme das, Mylord.« Penda nahm Ealdred die Scheibe ab. Dann machten die Wachen Platz, und wir führten unsere Pferde durch das Tor in die Stadt.

Aix stank nicht nach Scheiße wie Paris, aber es hatte einen eigenen Geruch, und es war der Geruch der Anhänger des weißen Christus. Sie waren überall: Mönche, Priester, barfüßige Pilger mit Bärten bis zu den Knien und bleiche, elend wirkende Nonnen.

Es gab auch Soldaten. Einige von ihnen trugen Kettenhemden, und alle waren mit Speeren und Schwertern bewaffnet. Aber wodurch sie auffielen und was sie als Männer des Kaisers auszeichnete, waren ihre Gewänder. Sie alle trugen strahlend weiße Waffenröcke aus feinstem Leinen und leuchtend rote Hosen, in die Goldfäden eingewirkt waren. Ihre Stiefel waren aus feinstem Leder. Ihre Umhänge, die bis zu den Stiefeln reichten, waren entweder blau oder weiß, je nach Rang, laut Egfrith. Selbst ihre Schwertscheiden waren mit glänzend gewachstem weißen Leinen überzogen.

»Friesische Umhänge«, sagte Penda neidisch. »Das sind die besten, die man bekommen kann.«

»Ja, die halten dich sogar in einem Fimbulvetr warm«, stimmte Floki zu, als ich ihm erklärte, was Penda gesagt hatte. Der Fimbulvetr war ein Winter, in dem drei harte Winter ineinander übergingen, ohne dass eine andere Jahreszeit dazwischenlag. Wenn dieser Winter kam, wussten wir, dass Ragnarøk anfing.

Jedenfalls hatte ich noch nie so etwas gesehen, Männer, die so angezogen waren, dass sie alle gleich aussahen. »Eine kluge Art dafür zu sorgen, dass man im Kampf nicht seine Freunde tötet, hej, Floki«, sagte ich auf Nordisch.

»Und eine sichere Methode, so nah an den Kaiser heranzukommen, dass man ihm die Kehle durchschneiden kann«, erwiderte er und hob eine dunkle Braue. Er hatte recht. Man brauchte nur die Kleider von einem dieser Soldaten anziehen, dann würde man für eine kaiserliche Wache gehalten werden.

»Das ist wundervoll«, sagte Cynethryth. Sie meinte nicht die Wachen, sondern offensichtlich die Gebäude der Stadt, die in der Tat ziemlich beeindruckend waren. Die meisten Häuser waren aus Holz, aber es gab auch viele Steingebäude mit Reetdächern oder sogar mit Dächern aus dünnen Steinen, die wie Fischschuppen übereinandergelegt waren. Egfrith sagte, es wären Dachziegel, und dass die Römer sie bereits verwendet hätten.

Händler drängten sich um Waren, Kaufleute stritten um Preise, prachtvoll gekleidete Frauen prüften Obst und Gemüse. Fleisch brutzelte auf Rosten, es brodelte in Kesseln, und in den Schmieden schlugen hell die Hämmer. Pferde wieherten, Kinder schrien, und Christen beteten. Es konnte einem schwindlig werden.

Wir verabschiedeten uns von Winigis, der es kaum erwarten konnte, mit dem Silber, das er sich verdient hatte, zu verschwinden. Ich war sicher, dass der Fischer zufrieden mit seinem Fang war. Wir übergaben die Pferde zwei schmutzigen Pferdeknechten und gingen über den breiten hölzernen Weg, der mitten durch die Stadt führte und bis zu dem großen Gebäude am Ende des Hangs reichte. Es musste mindestens hundertfünfzig Schritte lang sein. Rauch aus tausend Herdfeuern erfüllte die Luft, und überall roch es nach Essen, nach Zwiebeln, Knoblauch, scharfen Gewürzen, nach Fisch und Fleisch.

»Wieso glaubst du, dass der Kaiser uns empfängt, Mönch?« Ich ging davon aus, dass wir zum kaiserlichen Palast gingen. »Du hast gehört, was der Wachposten gesagt hat. Unsere Bärte werden so lang werden, dass wir unsere Füße damit wärmen können, während wir an der Tür vor der Halle des Mannes stehen und darauf warten, dass er seine Gebete beendet.«

»Der Heide hat recht, Egfrith«, sagte Ealdred, der bislang geschwiegen hatte. »Ich bin ein Ealdorman, nicht Johannes der Täufer.«

Egfriths Zähne schimmerten gelb, und das Einzige, was in seinem Gesicht noch fehlte, waren die Schnurrbarthaare einer Ratte.

»Wir gehen nicht zum Palast«, entgegnete er.

»Wohin dann, Pater?« Penda verzog das Gesicht.

Aber Egfrith antwortete nicht. Ich hätte ihm die Antwort am liebsten aus dem Leib geprügelt, aber dann lenkte mich ein dürrer Mann ab, um den sich eine Gruppe von Menschen scharte wie Fliegen um einen Hundehaufen. Der Mann schien in seinen Handflächen zu bluten und auch an seinen nackten Füßen. Einige um ihn herum waren auf die Knie gesunken, und andere bekreuzigten sich.

»Pater, habt Ihr den Mann gesehen?« Cynethryth zupfte am Ärmel des Mönchs. Ihre grünen Augen waren weit aufgerissen.

»Du wirst hier noch ganz andere Dinge sehen, mein Kind. Wir sind in der Stadt, in die der goldene Fürst der Christenheit sein Banner eingepflanzt hat«, sagte Egfrith, ohne seine Schritte zu verlangsamen. Wir marschierten den Hügel hinauf. Der Rauch war hier so dicht, dass er in meinen Augen brannte. Derweil schüttelten wir blinde Bettler ab, zerlumpte Kinder und Straßenhändler, die uns ihre Waren aufdrängen wollten. Aber es gab keine Huren, wie Penda mürrisch bemerkte. Dann plötzlich gab es keine Häuser mehr. Wir waren auf einen freien Platz gekommen, wo der Rauch vom Wind verweht wurde. Der Anblick, der sich uns bot, war verblüffend. Ein langer Gang erstreckte sich vor uns, links und rechts gesäumt von etwa hundert kleinen Steinpfeilern. Der Boden bestand aus flachen Steinen, die alle gleich groß und gleich geformt waren. Auf einer Seite dieses Ganges lag eine Wiese, die aussah, als hätte noch niemals ein Mensch oder ein Tier seinen Fuß darauf gesetzt. In der Mitte dieser grünen Fläche stand eine riesige Steinschale, die die Trinkschale eines Riesen hätte sein können. Und dazu noch eine verzauberte, denn das Wasser sprudelte unaufhörlich aus ihrer Mitte, obwohl weder ein Fluss noch ein anderes Gewässer in der Nähe war.

Egfrith sagte uns, es handle sich um einen Brunnen. Das Wasser spritzte in die Luft und lief über den Rand der gigantischen Schüssel. Es funkelte und sah sauber und frisch aus, und ich berührte unwillkürlich das Amulett von Óðin, das in meiner Tunika steckte. Ich verstand nicht, wie eine Steinschale Wasser hervorbringen konnte. Und ich konnte auch nicht glauben, dass niemand sich die

Mühe zu machen schien, es aufzufangen. Bis auf ein paar Mönche, die durch den Säulengang schritten, und eine Gruppe von Männern, die Steine am jenseitigen Rand des Grases verlegten, war der Ort sonderbar ruhig.

»Christlicher Seiðr«, zischte der schwarze Floki mir auf Nordisch zu. Aber ich blickte nicht mehr auf den Springbrunnen, denn ich sah etwas, das ich mir schon viele Male ausgemalt hatte, wenn ich mir die Gebäude von Asgard vorstellte, in denen die Götter lebten. Und doch war das Wunder vor mir von Christen gebaut worden, nicht von Göttern.

»Die Kirche der heiligen Mutter Maria.« Egfrith breitete ergriffen die Arme aus. »Seht es euch an!«

»Der Kaiser muss reicher sein als alle englischen Könige und Lords zusammen«, sagte Ealdred und strich sich nachdenklich über den Schnauzbart.

»Und du wirst keinen einzigen Silberpfennig davon bekommen, weil du ein verräterischer, schleimfressender Wurm bist, der seinen eigenen Sohn ermordet hat«, schnarrte Penda, als wir Egfrith zu einer riesigen Bronzetür an der Westseite der Kirche folgten. Der Mönch war nicht kräftig genug, sie allein aufzustoßen, aber Cynethryth half ihm. Die traurigen Gesänge der Christen drangen aus der Kirche, als Ealdred und Penda Cynethryth in die Kirche folgten.

»Komm schon, Floki«, sagte ich und drehte mich zu dem Nordmann um. Ich hatte gespürt, wie er zurückwich, als sich die große Bronzetür hinter Ealdred allmählich schloss. Aber Floki schüttelte den Kopf. Seine dunklen Brauen berührten sich fast über seinen böse funkelnden Augen.

»Das ist nichts für mich, Raven«, sagte er. »Ich gehe da nicht rein.« Ich sah, dass seine Hand das Langmesser unter seiner Tunika umklammerte. Er hatte es vor den Stadtwachen versteckt und verließ sich jetzt darauf, dass es die christliche Magie dieses Ortes abwehrte.

Ich nickte, denn mir war klar, dass ich seine Meinung nicht ändern würde. Dann drehte ich mich um und ging in die mit lauter Schätzen angefüllte Kirche des Herrn der Christenheit. Mein Magen verkrampfte sich, denn ich hatte Angst.

19

Ich war noch nie an einem solchen Ort gewesen. Niemand von uns war das. Das riesige Innere schimmerte in dem goldenen Licht von so vielen flackernden Kerzen, als wären es Sterne am Himmel. Wir standen mitten in einem gewaltigen fassartigen Bauwerk aus Stein, und ich hatte das Gefühl, im Innern eines Felsens zu stehen. Die Stimmen der Mönche erfüllten den nach Wachs riechenden Raum mit ihrem trostlosen Gesang. Über einer langen Reihe von Bogenfenstern, durch die die letzten Strahlen der untergehenden Sonne drangen, schimmerte ein gewaltiges Abbild des weißen Christus.

»Christus, der Herr, ist umgeben von allen Bewohnern des Himmels, die Ihn anbeten und ihm ihre Kronen darbieten, denn Er ist der König der Könige«, sagte Egfrith stolz.

Das war kein Abbild des gekreuzigten Gottes, wie ich es bisher gesehen hatte. Es war nicht der übliche Schwächling, gefoltert, traurig und erbärmlich. Dieser Christus war golden, sein Gesicht ernst und streng. Das war der Gott eines Königs. Dieses Bild sagte mir viel über diesen Kaiser der Franken.

»Das ist das Schönste, was ich je gesehen habe«, flüsterte Cynethryth. Ihre Worte schmerzten mich, denn ich fragte mich, wie sie dieses Mosaik, wie Egfrith es bezeichnet hatte, schöner finden konnte als die *Seeschlange* oder die *Fjord-Elch*. Andere Mosaiken liefen über die niedrigeren Mauern. Sie alle zeigten Szenen aus dem Buch der Christen, der Bibel. Mir wurde unbehaglich, denn es war sonderbar, dort zu stehen und von so vielen toten Augen betrachtet zu werden.

Ich hatte nicht gehört, wie sich der Mönch uns genähert hatte, der jetzt vor Egfrith stand. Er hatte eine Tonsur wie Egfrith und trug auch die braune Kutte, aber im Gegensatz zu dem englischen Priester war er fett und hatte dicke Warzen in seinem roten Gesicht. Er musterte Penda und mich missbilligend. Auch wenn wir nicht mit Schwertern bewaffnet waren, wusste er, dass wir Krieger waren. Dann redeten Egfrith und er lateinisch miteinander. Ganz offensichtlich stellte Egfrith Ealdred als reichen christlichen Lord vor, denn der Blick des fränkischen Mönchs zuckte gierig über das Gesicht des Engländers, bevor er wieder Egfrith ansah. Dieser öffnete gerade den kleinen Beutel, den er sich über die Schulter gehängt hatte. Der Blick des Franken ging kurz zu Penda, dann zu mir, als verstehe er plötzlich, warum ein Mönch, ein englischer Lord und seine Tochter in solcher Gesellschaft reisten. Ein Speichelfaden lief ihm aus einem Winkel seiner rissigen Lippen, als er zusah, wie Egfrith ein dunkles faustgroßes Stück Holz aus dem Beutel zog. Ich vermutete, es war ein Stück von dem alten Karren mit dem gebrochenen Rad, auf den wir im Wald gestoßen waren. Ich konnte mir nicht vorstellen, welche Pläne Egfrith verfolgte oder warum der andere Mönch wegen dieses wertlosen Holzstücks wie ein

Hund beim Anblick eines guten Knochens zu sabberm anfing. Dem Franken jedenfalls traten fast die Augen aus den Höhlen, dann lief er hastig davon, gefolgt von Wolken von Rauch und Weihrauch.

»Was hast du vor, Egfrith?«, zischte ich. Bevor er antworten konnte, kehrte der Franke mit einem anderen Mönch zurück, einem weißhaarigen alten Mann, der ruhige Autorität ausstrahlte. Ein Windstoß wehte ihm die spärlichen Reste seines silbergrauen Haares um die Schläfen. Klare blaue Augen strahlten aus einem faltigen Gesicht, und der Blick unter den weißen Brauen war auf Egfrith gerichtet, während sie miteinander redeten. Dann reichte Egfrith dem alten Mann vorsichtig und fast ehrfürchtig das Stück Holz. Der fette Mönch schlug ein Kreuz. Egfrith nickte ernst und lenkte die Aufmerksamkeit der beiden Männer auf Ealdred. Auf ein Zeichen des alten Mönchs schickte der Fette zwei mit Kapuzen verhüllte Gestalten davon. Ihre nackten Füße klatschten auf den kalten Steinboden, dann senkte der Weißhaarige den Kopf vor Ealdred. Die düsteren Gesänge hörten auf, als die Mönche neugierig und blass zu ihrem weißhaarigen Meister blickten, der das Stück Holz mit der Vorsicht eines Mannes wegtrug, der einen Schatz in den Armen hält.

Ein anderer Mönch näherte sich, die Hand schützend um eine Kerzenflamme gelegt. Er stellte sich Egfrith vor, und bevor wir uns versahen, folgten wir diesem jungen Mann nach draußen. Der schwarze Floki saß da und warf Kieselsteine in den Brunnen. Der Nordmann gesellte sich zu uns, und wir wurden durch den Säulengang geführt, vorbei an einem grünen, wie ein Kreuz geschnittenen

Stechpalmenbusch, hin zu einem kleinen Steingebäude, dessen Reetdach frisch gedeckt schien. Der Innenraum war mit frischen Binsen ausgelegt, und zwei Reihen von Pritschen säumten den Raum. Abgesehen von der Sauberkeit, hätte dieser Ort keinen stärkeren Kontrast zu der Pracht der Kirche der heiligen Maria bilden können.

»Der Abt erlaubt uns, heute Nacht hier zu schlafen«, sagte Egfrith, während der junge Mönch Kerzen anzündete. Sie bestanden aus Talg, nicht aus Bienenwachs wie in der Kirche. »Hier werden wichtige Pilger und Gäste des Klosters untergebracht.«

»Dann haben wir aber Glück, dass es leer steht, Pater«, warf Cynethryth ein.

»Ich nehme an, dass Glück nichts damit zu tun hat, meine Liebe.« Egfrith warf einen Blick auf den jungen Mönch, der das Stroh und die Felle auf einer der Pritschen neu richtete. Penda setzte sich auf seine Pritsche und prüfte, wie bequem sie war. Mir fielen die beiden Mönche ein, die davongeeilt waren. Was auch immer Egfrith getan hatte, es hatte dazu geführt, dass irgendjemand heute Nacht unter freiem Himmel schlafen musste.

»Wenn ich dich noch einmal fragen muss, Mönch, dann schneide ich dir die Zunge heraus und nagle sie an die Wand«, sagte ich. Egfriths Frettchengesicht zuckte nervös.

»Er hat dem Abt einen Schatz überreicht, Raven«, sagte Ealdred und hob eine Braue.

»Er hat ihm ein verfaultes Stück Holz von einem zerbrochenen Karren gegeben«, antwortete ich. Ealdred grinste, und ich spürte, wie Wut in mir aufstieg.

Egfrith holte tief Luft. »Für dich und mich war es nur

ein Stück altes Holz«, sagte er. »Aber für den Abt und die Mönche der Kirche und des Klosters der heiligen Maria ist es ein Stück vom wahren Kreuz, an dem Christus unser Erlöser für unsere Sünden gestorben ist.«

Es dauerte einen Moment, bis ich begriff. »Sie glauben diese Ammengeschichte?« Ich warf einen Blick zu Penda, der ebenso verwundert schien wie ich.

»Warum sollten sie einem Lord von Wessex nicht glauben?«, fragte Egfrith. »Immerhin haben wir nicht versucht, es ihnen zu verkaufen. Es war ein Geschenk, und dafür werden die Mönche für Ealdreds Seele beten. Und weil diese Stadt vom Himmel gesegnet ist, werden diese Gebete auch das Ohr des Herrn erreichen, und zwar schneller als jene, die von Menschen in düsteren Ländern gesprochen werden.«

»Es werden Pilger kommen, die die Reliquie vom wahren Kreuz mit eigenen Augen sehen wollen«, murmelte Penda und kratzte sich die Narbe. »Also werden sich die Truhen des Klosters mit Silber füllen.«

Cynethryth starrte Egfrith entsetzt an, aber der Mönch zuckte nur mit den Schultern. »Die Lüge bereitet mir kein Vergnügen«, sagte er, »aber ich habe meine Gründe.« Dann schloss er die Augen und flüsterte ein Gebet zu seinem Gott. Als er sie wieder öffnete, sah er uns der Reihe nach an. »Schon bald, vielleicht sogar schon morgen früh, werdet ihr verstehen.«

Er sollte recht behalten. Am nächsten Morgen bekamen wir zu essen und zu trinken, und Abt Adalgarius sagte uns, wir sollten uns mittags vor dem Westportal der Kirche der heiligen Maria einfinden. Dort würde ein

Mann uns erwarten. Mehr wollte er nicht sagen, schärfte uns aber ein, uns nicht zu verspäten. Wir warteten, und schließlich kam ein kleiner Mann zu uns. Er war alt und verschrumpelt, sein schmales Gesicht war von einer fadenscheinigen Kapuze verhüllt. Er stellte sich als Ealwhine vor. Das verriet uns, dass er Engländer war, noch bevor er zwanzig Worte gesprochen hatte.

»Die Franken nennen mich allerdings Alkuin«, fuhr er fort, »und ich spreche für meinen Herrn Karl, oder Karolus, falls euch das lieber ist, dem Kaiser der Römer.« Ich hatte gedacht, die Römer wären schon seit Hunderten von Jahren zu Staub zerfallen, sagte jedoch nichts. Alkuin stellte sich als Abt des Monasteriums des heiligen Martin von Tours vor. Er war Herr der Palastschule und oberster Berater des Kaisers selbst.

»Die Güte des Herrn sei gepriesen, dass Er mir erlaubt, den hochgeschätzten Alkuin von York zu treffen«, antwortete Egfrith. »Euer Ruhm strahlt in der gesamten christlichen Welt.« Ich musterte Egfrith und vermutete, dass er zur Abwechslung einmal die Wahrheit sagte.

Alkuin nickte müde, während seine wässrigen Augen einen Moment auf mir ruhten, bevor er seinen Blick wieder auf Egfrith richtete. Dieser stellte ihm Ealdred und seine Tochter vor. »Eine wunderschöne junge Frau«, sagte Alkuin und lächelte Cynethryth an. »Unser aller Zukunft.« Dann drehte er sich wieder zu Ealdred herum. »Mylord, Ihr habt uns ein sehr kostbares Geschenk gemacht.« Seine Stimme klang heiser und müde. »Von allen Stücken des wahren Kreuzes, die in der Christenheit zerstreut sind, ist das, welches Ihr uns so großzügig vermacht habt, wahrhaftig das schönste.« In seinen Augen lag ein wissender Blick, und es war klar, dass dieser Alkuin sich nicht zum Narren halten ließ. »Die Kunde von Eurer Großzügigkeit ist dem Kaiser bereits zu Ohren gekommen. Der gnädige Herr möchte Euch persönlich danken. Wenn Ihr mir also zum Palast folgen wollt.«

»Es wäre die größte Ehre für uns.« Egfrith legte die Handflächen aneinander, und Ealdred senkte ernst den Kopf. Ich sah Cynethryth an. Sie lächelte, denn in diesem Moment begriffen wir, dass Egfrith ebenso gerissen war wie Loki. Wir waren nicht einmal einen Tag in Aix, und schon waren wir unterwegs zu einer Audienz beim Kaiser.

Wir gingen den Hang zum Palast hinauf, der sich vor uns erhob wie Thórs Halle Bilskírnir. Auf dem Weg kamen wir an vielen Steingebäuden vorbei, die, wie Alkuin erklärte, Hofbeamte und Fürsten beherbergten. Außerdem passierten wir Gruppen von kaiserlichen Soldaten in ihren blauen oder weißen Umhängen. Einige übten mit Schwert und Speer. Eine Gruppe Kinder saß stumm vor einem alten Mönch, der aus einem großen Buch vorlas. Der schwarze Floki bohrte mir einen Finger in den Rücken und lenkte meine Aufmerksamkeit auf einen Krieger auf einem Pferd. Aber sowohl der Mann als auch das Tier waren von irgendeinem mächtigen Seiðr in Stein verwandelt worden. Bevor wir etwas sagen konnten, öffneten sich die Tore des Palasts. Wir wurden von Soldaten umringt und hineingeführt. Zwei Jungen mit Messingschalen mit Wasser kamen uns entgegen. Wir wuschen uns Hände und Gesichter. Im Inneren des Raumes hingen Wandteppiche von den Dachbalken, die viele abgetrennte Zellen bildeten. Sie alle waren mit Kerzen erleuchtet, und darin saßen Männer, die leise sprachen. In einer hockten drei Mönche über Büchern und schrieben kratzend auf Pergament. In einer anderen betrachtete eine Gruppe von Männern eine Kohlezeichnung, die ein großes Gebäudes zeigte. Sie zeigten darauf und berieten sich. Die Männer waren mit grauem Steinstaub bedeckt.

Wir folgten Alkuin eine Holztreppe hinauf, deren Stufen von vielen Füßen glatt getreten waren und glänzten, und kamen in eine große Halle. Zwei gewaltige Mettafeln aus Eiche standen in ihrer Mitte. Sie waren zerschrammt und zeigten Spuren von ungezählten rauschenden Festen. Riesige, mit Gold verzierte Silberkrüge, Becher und Platten standen auf den Tischen, als hätten sich die Götter selbst zum Festmahl niedersetzen wollen, bevor irgendeine wichtige Angelegenheit sie weggerufen hatte. An den Wänden hingen Gemälde von Kriegern in uralten Rüstungen, und unter den Klingen dieser Helden litten, flehten und starben ihre Feinde, dunkelhäutige Männer mit sonderbar geformten Augen und Waffen, wie ich sie noch nie zuvor gesehen hatte.

»Dieser König kämpft gern, glaube ich«, knurrte der schwarze Floki auf Nordisch. Ich zuckte zusammen und zischte ihm zu, zu schweigen, denn das Letzte, was wir wollten, war, dass diese Christen bemerkten, dass Heiden unter ihnen waren.

Am Ende der Halle stand hinter einem großen Tisch ein Thron aus weißem Stein. Auf diesem Thron saß der Kaiser selbst und beobachtete, wie wir ehrfürchtig in einer Reihe vor ihm Aufstellung nahmen. Zwei kampferprobte

Krieger flankierten den Thron. Ihre Speerblätter glitzerten im Licht der Kerzen. Der Kaiser hatte blondes Haar, seine Augen funkelten lebhaft, und seine Nase war ziemlich lang. Er hatte einen dichten Schnauzbart, aber keinen Vollbart, und obwohl er saß, sah man, dass er ein großer Mann war, von kräftiger Statur und stark. Außerdem strahlte er noch eine andere Macht aus, die ihn wie ein unsichtbarer Mantel umgab, gewoben aus all den Taten, Triumphen und Strapazen seines langen Lebens. Seine Kleidung ähnelte der schlichten Garderobe eines wohlhabenden Kaufmanns: ein Leinenhemd, eine Hose, dazu eine rote, mit Seide gesäumte Wolltunika und Schuhe aus weichem Leder.

»*Karolus gratia Dei rex Francorum et Langobardorum ac patricius Romanorum*«, verkündete Alkuin müde, als hätte er diese Worte schon allzu oft ausgesprochen. Dann stellte Alkuin Pater Egfrith und Ealdorman Ealdred vor. Als er davon sprach, dass Ealdred ein Stück des wahren Kreuzes der Kirche der heiligen Maria gespendet habe, blitzten die Augen des Kaisers auf, und ihr Blick bohrte sich in die des Ealdormans.

Schweiß lief mir über den Rücken und brannte in meinen Augen. Mein Kiefer schmerzte, so fest biss ich die Zähne zusammen, denn ich wusste, dass wir auf Messers Schneide wandelten. Ealdred brauchte nichts weiter zu tun, als uns zu verraten und den Schutz des Kaisers zu erflehen, dann würden wir auf der Stelle sterben. Aber das wusste der schwarze Floki ebenfalls, denn er trat fast unmerklich dichter zu Ealdred. Er drehte sich halb herum, als er den Nordmann hinter sich spürte.

»Du ehrst meine Kirche mit einem kostbaren Geschenk«, sagte Kaiser Karolus in gutem Englisch. »Wir Brüder im Glauben haben die Pflicht, diese Relikte zu bewahren, Ealdred. Sei gewiss, dass dieses kostbare Relikt hier sicher verwahrt wird, noch lange nachdem wir Sterblichen mit unserem vergänglichen Fleisch vergessen sind.« Ich hatte eine Stimme wie Donner erwartet, eine, die Tausende unter ihr Banner scharte und genauso viele in den Tod schickte. Aber die Stimme unterschied sich in nichts von der eines anderen Mannes. Ealdred neigte respektvoll den Kopf.

»Ich frage mich«, begann Alkuin und hob argwöhnisch eine dünne, graue Braue, »ob dich vielleicht noch etwas anderes den weiten Weg von England hierher in unsere schöne Stadt geführt hat.«

Ich hatte das Gefühl, dass dieser alte Gelehrte wahrscheinlich einer der sehr wenigen Männer am Hof des Kaisers war, der seine Meinung frei heraus sagte, wann immer ihm danach war.

Karolus nickte, lehnte sich auf seinem Thron zurück. Schließlich sagte er: »Nun, führt dich noch etwas anderes hierher?« Der Kaiser machte eine auffordernde Handbewegung mit der beringten Hand.

»Herr«, begann Ealdred mit einem Seitenblick auf Egfrith, der unmerklich nickte. »Ich besitze ein Buch von unschätzbarem Wert. Es handelt sich um das Gebetbuch des heiligen Hieronymus. Es galt viele Generationen lang als verschollen und ist jetzt dank der Gnade des allmächtigen Gottes wieder aufgetaucht.«

»Ich habe von diesem Buch gehört«, sagte Karolus und

beugte sich auf seinem mit Fellen gepolsterten Thron vor. »Mein alter Lehrer hat davon erzählt, als ich noch ein Junge war.«

»Hieronymus gilt als der erste der alten Exegeten«, mischte sich Alkuin stirnrunzelnd ein. »Es gab zu seiner Zeit keinen größeren Gelehrten als ihn. Wie seid Ihr in den Besitz dieses ... Werkes gekommen?«

Ealdred faltete fromm die Hände. »Das Buch ist in die Hände eines unwürdigen Königs gefallen, meines Feindes, Coenwulf von Mercia. Welcher aufrichtige Christ hätte eine solche Verirrung dulden können?« Er breitete die Arme aus. »Ich habe es als meine Pflicht angesehen, das Buch zu retten.« Für einen Moment glaubte sogar ich, die Geschichte sei wahr. Der Wurm wand sich gut. »Aber ich bin nur ein Ealdorman«, fuhr Ealred fort. »Ich bin nicht reich, mein König. Ich kann einen solchen Schatz nicht auf Dauer beschützen.«

»Du willst es mir also verkaufen?« Der Kaiser schnippte mit den Fingern, und ein Lakai füllte einen silbernen Becher mit Wein und reichte ihn seinem Herrn.

»Es würde mein Gewissen entlasten, wüsste ich, dass es in Euren Händen wäre, Herr«, sagte Ealdred und strich sich über seinen langen Schnauzbart. »Die Könige von England streiten wie Köter über jeden Knochen. Nichts ist vor ihnen sicher.«

»Hast du das Buch hier?« Karolus trank einen Schluck Wein, ohne den Blick von Ealdred zu wenden. Alkuin neben ihm sah mich an. Ein Auge war halb geschlossen, das andere so bohrend wie ein Nietnagel. Mir wurde flau im Magen. Ich war sicher, dass der alte Mann wusste, dass ich ein Heide war, und ich fürchtete, dass die Anklage bereits auf seiner Zunge lag und jeden Moment über seine altersrissigen Lippen käme.

»Es befindet sich an Bord meines Schiffes, wo meine Männer es bewachen«, sagte Ealdred. »Verzeiht mir, aber ich habe es nicht gewagt, es mitzunehmen. Ich bin ein Fremder hier, und nur ein Narr würde diesen heiligen Schatz einem solchen Risiko aussetzen.«

Karolus nickte. »Ich sehe, dass Freigebigkeit, Klugheit und …«, er lächelte schwach, bevor er fortfuhr, »… Ehrgeiz in deinem Herzen wohnen, so wie die Heilige Dreifaltigkeit im Herzen unseres Glaubens.«

»Danke, Herr.« Ealdred wand sich unbehaglich. »Ihr ehrt mich und das Volk des Königreichs von Wessex.« Sein Blick ging kurz zu Pater Egfrith, dann wieder zum Kaiser. »Dieser Schatz gehört Euch, Mylord«, sagte er. »Für einen angemessenen Preis. Ich habe schließlich sehr viel bei dem Versuch verloren, das Buch zu retten.«

Karolus lehnte sich auf seinem Thron zurück und sah ernst vor sich hin. »Ich muss nach Paris reisen«, sagte er schließlich, »denn ich muss die Arbeit an den Wallanlagen überwachen. Als wäre es nicht genug, dass ich mich mit den Sachsen im Norden herumplagen muss, werden meine Gestade auch noch von diesen gottlosen Dänen heimgesucht, möge der Herr sie vernichten, und ihre heidnischen Vettern überall auf der Welt. Auf meinem Weg nach Paris werde ich dich an der Mole aufsuchen und mir dein Gebetbuch selbst ansehen. Falls es tatsächlich das Gebetbuch des heiligen Hieronymus ist, wie du behauptest, werden wir gewiss handelseinig werden. Ich bin kein geiziger Mann, Ealdred.«

Ealdred sank auf ein Knie, und Egfrith zischte uns zu, seinem Beispiel zu folgen. Wir gehorchten.

»Und jetzt geht!«, befahl der Kaiser und runzelte die Stirn, als wäre er plötzlich von den Schmerzen und Plagen des Alters getroffen worden.

Ich war nur zu gern bereit, diesen Ort der Steingebäude und des verzauberten Wassers zu verlassen, bevor unsere List aufflog. Pater Egfrith war enttäuscht, dass er keine Gelegenheit gehabt hatte, die heißen Quellen auszuprobieren, von denen er uns erzählt hatte. Aber der Erfolg unserer Unternehmung machte das mehr als wett – ein Erfolg, den wir zum großen Teil der List des Mönchs verdankten. Wir holten unsere Pferde und unsere Waffen und verließen die Stadt Aix-la-Chapelle, als die fahle Sonne über den Herbsthimmel nach Westen rollte.

20

Als wir an der Mole ankamen, war von der *Seeschlange* und der *Fjord-Elch* nichts zu sehen. Dafür warteten Hastein und Yrsa Schweinsnase auf uns. Sie saßen auf dem Steg und spielten Tafl im Licht einer knisternden Feuerschale. Daneben lag ein Mann auf dem Bauch. Er angelte nach Krabben, während sein Hund neben ihm lag, den Kopf auf den Pfoten.

»Wir sind weiter flussaufwärts gezogen«, sagte Hastein und deutete in die Dunkelheit.

»Drei Pfeilschüsse vom Wasser entfernt liegt eine Stadt.« Yrsa grinste, als er die Tafl-Muscheln in einer Tasche verstaute, während Hastein ihre Felle fest zusammenrollte. Wie es schien, waren die Verlockungen von Handel, Speisen und Frauen zu stark.

»Worauf warten wir dann noch?«, wollte Penda wissen, noch während ich es auf Englisch erklärte. »Sie haben bestimmt längst die besten Weiber unter sich aufgeteilt.«

»Penda!«, fuhr Cynethryth ihn an. »Du bist ein schlechter Mensch.«

»Ich versuche mein Bestes, Mylady«, gab er zurück.

»Und, werden wir reich, Raven?« Yrsa bohrte fröhlich mit dem kleinen Finger in seiner Nase und lächelte.

»Du bist schon reich, Yrsa«, erwiderte ich, woraufhin er

stolz nickte. »Aber ja, und wenn der Kaiser uns nicht alle umbringt, werden wir noch reicher.«

Als wir nach einem kurzen Marsch die Landestelle erreichten, schlug mein Herz heftiger im Leib, wie immer, wenn ich die *Seeschlange* sah. Sie war an Bug und Heck an einem hohen Steg vertäut, und die *Fjord-Elch* lag an ihrer Steuerbordseite. Ich sah Männer an Bord beider Schiffe und andere am Strand, wo sie unter schützenden Häuten um Feuer hockten. Aber es herrschte keineswegs die ausgelassene Stimmung, die ich erwartet hatte. Stattdessen waren die Männer bedrückt, was daran lag, wie ich schnell feststellte, dass sie nicht wussten, wie es uns beim Kaiser der Franken ergangen war. Sie warteten ungeduldig auf unsere Geschichte.

»Dieser Karolus ist kein Narr«, sagte ich zu Sigurd. Natürlich war er das nicht. Der Mann regierte immerhin ein mächtiges Reich. »Ohne den Mönch wären wir nicht einmal in seine Nähe gekommen«, gab ich zögernd zu.

Sigurd sah Egfrith an und nickte. »Er kommt also?« Der Jarl lehnte sich gegen einen zusammengerollten Pelz, und das Licht der Flammen ließ Schatten über sein hageres Gesicht tanzen. Neben ihm schnarchte Olaf. Wir hatten dem Jarl alles erzählt, was sich zugetragen hatte, aber er schien immer noch skeptisch zu sein, dass Karolus wirklich zu uns kommen und sich ansehen würde, was wir zu verkaufen hatten.

»Er zieht nach Paris, das hat er uns jedenfalls gesagt«, antwortete ich. »Er wird uns unterwegs aufsuchen.«

»Paris?« Sigurd schien überrascht zu sein, dass ein Kaiser sich in ein derartiges Schlammloch begeben wollte.

»Um seine Bollwerke gegen die Dänen zu bauen«, antwortete ich grinsend.

»Du musst deine Männer an der kurzen Leine halten, Sigurd«, sagte Egfrith, der zu uns getreten war. Hinter uns rangen Svein und Bram, und einige Nordmänner feuerten die Kämpfer an. »Wie dem auch sei, sobald der Kaiser das Gebetbuch zu Gesicht bekommt, wird er es haben wollen«, sagte der Mönch. »Wenn alles so läuft, wie ich hoffe, dann glaube ich, dass er es kauft und auch sehr gut dafür bezahlt. Sollte er aber herausfinden, dass ihr Nordmänner seid …« Er hob einen tintenschwarzen Finger. »Dann wird er sich in der Pflicht sehen, euch das Buch mit Gewalt abzunehmen.«

»Genug geredet.« Sigurd gähnte herzhaft, was den Mönch zu beleidigen schien. »Weckt mich, wenn dieser Kaiser kommt.« Er schob das zusammengerollte Fell zurück und legte sich flach hin. »Aber wenn ihr mir deshalb einen guten Traum verderbt, dann schneide ich euch die Eier ab.« Ich ging zu dem Schutzzelt, das Cynethryth errichtet hatte. Es war richtig, dass Sigurd sich so aufführte, denn schließlich wurde das von einem Jarl erwartet. Aber er hatte die steinerne Welt, die dieser König der Franken errichtet hatte, nicht gesehen, und auch nicht Karolus auf seinem steinernen Thron.

Zwei Tage später wachten wir im Morgengrauen durch die Warnrufe unserer Wachen auf. Der Kaiser war gekommen. Wir legten hastig unsere Kettenhemden an, setzten die Helme auf und sammelten unsere Waffen. Nicht, weil wir kämpfen wollten, sondern weil wir vor diesen Franken gut aussehen wollten. Krieger sind leidenschaftlich stolze

Männer und werden alles tun, um Feinde und Freunde gleichermaßen zu beeindrucken. Und beeindruckend sahen wir aus. Wir waren mehr als dreißig Männer, alle in kostbaren Brynjur, mit Speeren, Äxten und Schwertern bewaffnet. Aber unser Stolz schmolz augenblicklich dahin, als wir die Franken sahen. Sie waren Ehrfurcht gebietend. Wir hatten einen Schildwall zwei Männer tief gebildet, mit der *Seeschlange* und der *Fjord-Elch* hinter uns, sowie Bogenschützen an unseren Seiten. So warteten wir und sahen, wie eine Armee aus der tiefstehenden Morgensonne auftauchte. Zwei Kolonnen von Soldaten, und alle trugen gleiche Rüstungen – Harnische aus kleinen Eisenplatten, die aussahen wie Fischschuppen und funkelten wie pures Silber. Ihre Banner flatterten im Wind.

»Bei Friggs Titten! Jemand soll sofort mein Banner holen!«, schrie Sigurd und blinzelte angesichts dieses unglaublichen Anblicks.

»Schon gut, Junge, verrenk dir nicht den Hals!«, sagte Penda neben mir und grinste. Er spürte meine Sorge. »Sie ist hinten mit Egfrith.«

»Auf was haben wir uns da eingelassen?« Olaf drückte sich den Helm so fest auf den Kopf, dass man von seinem Gesicht nur noch seinen Bart sehen konnte. »Das müssen mindestens fünfhundert Mann sein, und jeder von diesen Kerlen hat einen netten langen Speer, auf den er sich stützen kann.« Ein Kriegshorn schmetterte, und die klirrenden Rüstungen und stampfenden Stiefel formierten sich neu. Im nächsten Moment stand uns der längste Schildwall gegenüber, den je ein Nordmann und wohl auch Engländer gesehen hatte. Kurz darauf teilte sich der Schildwall fein säuberlich in der Mitte, und eine Gruppe Berittener tauchte auf.

»Da ist er«, sagte Penda. »Der hübscheste Kaiser, den ich je gesehen habe.« Die Wessexmänner lachten, ein gutes Geräusch von Männern, die in der ersten Reihe eines Schildwalls stehen. Sigurd hatte ihnen große Ehre erwiesen, indem er sie in die erste Reihe stellte, das wussten sie. Sie würden allerdings auch als Erste sterben, wenn es zum Kampf kommen sollte, und das wussten sie auch.

Karolus, der auf einem schwarzen Zelter saß, hob eine Hand, und seine Schlachtreihen blieben stehen, so regungslos wie der steinerne Reiter, den ich vor seinem Palast gesehen hatte. Der heiße Atem von Hunderten von Kriegern bildete Wolken in der Morgenluft.

»Er trägt keine Rüstung«, sagte Penda. »Das ist ein gutes Zeichen, wenn ihr mich fragt.« Der Kaiser trug eine Tunika, die mit Seide gesäumt war, und einen leuchtend roten Umhang, der von einer goldenen Fibel zusammengehalten wurde, und abgesehen von einem zierlichen Schwert mit einem goldenen Griff in einer juwelenbesetzten Scheide war er unbewaffnet.

»Ich nehme an, dass er genug Männer hat, die für ihn kämpfen können, Penda.« Ich umklammerte meinen Speer mit weißen Fingern.

»Lord Ealdred!«, schrie Karolus. Einige von uns drehten sich um, aber ich konnte den Ealdorman nicht sehen. Wir warteten. Das panische Flattern eines flüchtenden Moorhuhns unterbrach die Stille, und Krähen flogen wie eine schwarze Wolke laut krächzend aus einem Ulmengehölz auf.

»Hier, Herr«, antwortete Ealdred schließlich und trat durch unseren Schildwall. Egfrith und Sigurd begleiteten ihn. Obwohl es besser gewesen wäre, wenn Sigurd sich nicht gezeigt hätte, war ihm nicht zu verdenken, dass er sich nicht im Hintergrund halten konnte. Er stand hinter Ealdred und sah aus wie Týr, der Schlachtengott. Seine Hand lag auf dem Knauf des Schwertes seines Vaters.

»Geh mit ihm, Raven«, sagte Olaf. »Sigurd braucht vielleicht deine Zunge, wenn die Franken sich an ihn wenden.« Ich lief hastig zu ihnen, und mein Brynja klapperte verdächtig. Dann verbeugte ich mich vor Karolus, obwohl er nur Augen für Sigurd hatte. Alkuin saß zusammengesunken auf einem Zelter zur Rechten seines Herrn und betrachtete unseren Schildwall.

»Ich habe noch nie Krieger wie die Euren gesehen, Herr«, sagte Ealdred. »Eure Armee ist prachtvoll.«

Karolus lächelte und tätschelte seinem Zelter den Hals. Selbst sein Pferd wirkte zwischen den anderen Pferden wahrlich fürstlich. »Das ist nur ein schwaches Lüftchen im Vergleich zu dem Sturm, den ich entfesseln kann, wenn es sein muss. Ein Wort von mir genügt, und ich kann zehntausend christliche Krieger in jeden Teil meines Reiches bringen. Heutzutage habe ich dank Gott und diesem Schwert«, er berührte den goldenen Knauf an seiner Hüfte, »nur wenig Feinde, die genug Mut oder genug Speere haben, um gegen mich zu kämpfen. Allerdings scheuen sie nicht davor zurück, Wehrlose anzugreifen. Sie morden und flüchten feige. Wie hinterlistige Füchse.«

Alkuin rechts neben ihm nickte müde. »Sümpfe des Bösen finden sich stets neben den Quellen der Rechtschaffenheit und Heiligkeit«, verkündete er und starrte mich mit seinen alten, müden Augen an. Mir fiel plötzlich auf, dass ich den Leinenstreifen nicht über mein Blutauge gebunden hatte. »Es gibt Anzeichen, dass unsere Welt ihre letzten Tage erlebt.«

»Was es um so notwendiger macht, die Feinde Christi zu vernichten«, sagte Karolus.

»Oder sie zu bekehren, Herr«, warf Pater Egfrith mit erhobenem Zeigefinger ein und warf einen verstohlenen Seitenblick auf Sigurd.

Mir wurde übel, denn mein Verstand hatte endlich den Knoten entwirrt, der mir so lange verborgen war. Ich wusste jetzt, warum Egfrith uns bei dem Verkauf half. Die kleine Ratte beabsichtigte, Sigurd zu bekehren – aber jetzt fürchtete ich, dass mein Jarl im Austausch gegen Egfriths Hilfe zugestimmt haben könnte.

»Das Buch«, sagte Karolus gebieterisch. »Ich will es sehen.«

»Hast du genug Silber, König der Franken?«, erhob Sigurd mutig seine Stimme, die ihren starken Akzent nicht verbergen konnte. Seine Augen glühten wie die eines Wolfs unter dem Rand seines Helms. »Oder hast du alles für blaue Umhänge und Rüstungen aus Fischschuppen für Männer ausgegeben, die sich besser als Bauern machen würde?«

Mir wurde schwindelig vor Schreck. Der Kaiser starrte Sigurd an. Egfriths Gesicht war totenbleich geworden, und ich glaubte, wir würden alle im nächsten Moment unter einer Flut von fränkischem Stahl sterben.

Dann lächelte Karolus. Die Falten um seine Augen kündeten davon, dass er oft lächelte.

»Und wer bist du?«, fragte er Sigurd.

»Ich bin Sigurd, Sohn von Harald«, sagte er. »Man nennt mich Sigurd der Glückliche.«

»Du bist ein Däne?« Karolus' Lächeln wurde zu einer wütenden Grimasse.

»Ich bin kein Däne«, widersprach Sigurd.

»Dienst du Ealdorman Ealdred?« Der Kaiser deutete mit einem Nicken auf Ealdred.

Als Antwort spuckte Sigurd aus und wischte sich mit dem Handrücken über die Lippen.

»Nun, das habe ich auch nicht erwartet«, sagte Karolus. »Das sind deine Männer, nicht wahr? Und deine Schiffe, die hier vertäut sind?«

»Sie gehören mir«, sagte Sigurd.

»Ihr seid also Heiden?« Karolus' Stimme klang bedrohlich.

»Dieser Mönch hat sich in den Kopf gesetzt, mit mir in einen Fluss zu steigen und meinen Kopf unter Wasser zu tauchen.« Sigurd deutete auf Egfrith. »Wie es scheint, muss man erst ersaufen, um Christ werden zu können.«

»Und du hast zugestimmt, dich taufen zu lassen?« Karolus kniff argwöhnisch seine Augen zu schmalen Schlitzen zusammen.

»Das habe ich noch nicht entschieden«, erwiderte Sigurd. »Vielleicht.«

»Das Buch, Herr«, stammelte in diesem Moment Egfrith und hielt Karolus das Gebetbuch hin. Der bedeutete dem Mönch mit der Hand, es Alkuin zu geben. Der alte Mann untersuchte das Buch sofort. Sein Gesicht legte sich in Falten, während er eilig blätterte.

»Es ist echt, Mylord«, sagte Alkuin schließlich und schüttelte den Kopf. »Dieses Buch ist von unschätzbarer Bedeutung«, murmelte er. Karolus warf ihm einen säuerlichen Blick zu. Alkuin mochte ein bedeutender Gelehrter sein, aber er war ein schlechter Händler, weil er den Preis auf diese Weise hochtrieb. Der alte Mann spürte den Blick des Kaisers und zuckte mit den Schultern, um die Gedankenlosigkeit seiner Bemerkung einzuräumen. Aber ich hatte den Eindruck, dass er viel zu sehr an dem Gebetbuch interessiert war, als dass es ihn wirklich gekümmert hätte.

»Ich werde dir dieses Buch abkaufen, Sigurd«, sagte Karolus. Bei diesen Worten sah der Wurm Ealdred die Gelegenheit gekommen, seine schleimige Haut zu retten.

»O Herr, rette mich vor diesen Männern!«, platzte er heraus, drängte sich an Sigurd vorbei und fiel vor Karolus auf die Knie. »Ich bin ein frommer Christ, und diese Heiden halten mich gefangen. Mich und meine Tochter!«

»Mistkerl!« Das war Penda.

In dem Blick, den Karolus Ealdred zuwarf, lag ein Hauch von Verachtung, aber der Kaiser war das Licht der Christenheit und konnte das Flehen dieses Mannes nicht unbeantwortet lassen.

»Du stehst unter meinem Schutz, Ealdred«, sagte er und bedeutete dem Engländer, aufzustehen. »Wo ist deine Tochter?«

Ealdred drehte sich um und zeigte auf den Schildwall und die Nordmänner, die ihm mörderische Blicke zuwarfen. »Sie ist dort hinten, Herr, zwischen den Heiden. Ihr Name ist Cynethryth.«

Karolus nickte. »Tritt vor, Cynethryth!«, bellte er. Und

da war sie, die Stimme eines Kaisers. Schilde klapperten und Kettenhemden rasselten, als sich Sigurds Schildwall teilte und Cynethryth erschien.

»Herr«, wandte sich Sigurd an Karolus, »dieser Wurm gehört mir«, knurrte Sigurd. Aber selbst Sigurd wirkte vor dieser großen Streitmacht der Franken klein.

Der Kaiser machte Alkuin Zeichen, Pater Egfrith das Buch zurückzugeben, und der nickte respektvoll, als er mit dem christlichen Schatz in der Hand zurücktrat. »Du bekommst dein Silber, Nordmann«, sagte Karolus beiläufig und machte eine wegwerfende Handbewegung. »Komm her, Mädchen.«

Cynethryth trat zu uns und senkte vor dem Kaiser den Kopf. Ihr goldenes Haar war zu einem Zopf geflochten, sodass sie wie der Inbegriff einer nordischen Frau aussah. Trotzdem hätte Bram vermutlich bemängelt, dass ihre Hüften zu schmal waren.

»Du bist jetzt in Sicherheit, meine Tochter«, sagte Karolus. Und obwohl er alt war, leuchteten seine Augen beim Anblick ihrer Schönheit. »Deine Gefangenschaft ist vorbei, du bist frei.«

Cynethryths Blick zuckte zu mir. »O Herr.« Ihre Stimme klang fest. »Ich bin keine Gefangene. Ich bin freiwillig mit diesen Männern gegangen. Sie mögen Heiden sein, Herr, aber es sind Männer von Ehre.« Sie deutete auf Ealdred. »Er ist derjenige, der keine Ehre hat, und an Eurer Stelle, Herr, würde ich ihm ebenso wenig trauen wie einem Fuchs.«

Ealdred stieß ein bösartiges Grunzen aus, trat vor und schlug Cynethryth mit voller Wucht den Handrücken ins

Gesicht. Sie taumelte, die Augen vor Schreck weit aufgerissen. Dann stieß sie einen wütenden Schrei aus, riss ihr Tischmesser aus dem Gürtel und stürzte sich auf Ealdred, schnell wie ein Habicht. Sie rammte ihm das Messer ins Auge. Ealdred schrie auf.

Ich sprang vor, ergriff Cynethryth und zog sie zurück, was nicht so einfach war, weil sie außer sich war vor Wut. Im selben Moment schrie Karolus einen Befehl, woraufhin sich ein Schildwall von Kriegern mit erhobenen Schilden zwischen den Nordmännern und uns aufbaute. Ealdred wand sich auf dem Boden, und seine Hände rutschten an dem blutbedeckten Griff des Messers ab, sodass er es nicht aus dem Auge ziehen konnte.

»Das Mädchen ist eine Hexe!«, stieß der Kaiser hervor. Der alte Mann auf seinem Zelter wirkte verstört, und sein Blick verriet Entsetzen, ja, Angst. »Du Teufelin! Diese gottlosen Männer haben deine Seele verführt!« Doch dann veränderte sich seine Miene. Er fand sein Fassung wieder, und als er sich zu Alkuin hinüberbeugte, war seine Stimme bereits so ruhig wie vorher. Sie sprachen Fränkisch, also verstanden wir nicht, was er sagte.

»Aber wir werden diesen Bann brechen«, fuhr der Kaiser schließlich fort, »mit der Hilfe des Herrn. Tritt weg von ihr, Junge, oder ihr sterbt beide auf der Stelle.«

Ich umklammerte Cynethryth fest.

»Tu, was er sagt, Raven!«, sagte Sigurd.

»Herr …«

»Sofort, Raven!«, befahl Sigurd. Also ließ ich Cynethryth los, die stehen blieb und Ealdred beobachtete, der auf dem Boden herumzappelte wie ein Fisch. Seine Schreie waren einem gequälten Gurgeln gewichen. Bis auf Egfrith, der neben ihm kniete und betete, machte niemand Anstalten, dem Ealdorman zu helfen. Vielleicht weil offensichtlich war, dass ihm nicht mehr zu helfen war.

»Du kommst mit mir, Cynethryth«, sagte Karolus. »Und so Gott will, wirst du ...«, er machte eine Pause. »Gerettet werden«, sagte er schließlich. Sein Zelter wieherte und warf den Kopf umher, als wollte er drohen.

»Cynethryth bleibt bei uns«, sagte ich. Mein Arm, der den Speer hielt, zitterte.

Karolus sah mich hocherhobenen Hauptes an, und seine Augen schienen Feuer zu sprühen.

»Du«, beschuldigte er mich, »bist die Kreatur, die die Seele dieses armen Mädchens verdorben hat. Der Satan hat dich als einen seiner Handlanger gebrandmarkt.« Er deutete auf mein Blutauge. »Ich wusste es, als ich es zum ersten Mal sah. Aber der Fürst der Finsternis hat hier keine Macht, Junge, und du wirst deine lügnerische Zunge im Zaum halten, wenn du sie behalten willst.«

»Ich fürchte keinen Menschen«, sagte ich und hob mein bärtiges Kinn. In Wahrheit hatte ich so viel Angst, dass ich mir fast ans Bein gepisst hätte. Ich warf einen Blick zu Sigurd, und ich hätte schwören können, dass er fast unmerklich lächelte. Sigurd liebte das Chaos der Götter.

»Wir sollten uns nicht zu unbedachten Handlungen hinreißen lassen, Herr«, mischte sich Alkuin ein und beruhigte sein Pferd mit einem kurzen Klatschen der Zügel. »Wir sind in wichtigen Angelegenheiten unterwege, wir müssen uns um Wichtigeres kümmern.« Er warf einen

Blick auf Ealdred und schlug ein Kreuz, denn der Ealdorman war tot. Das kleine Messer steckte immer noch in seinem Auge.

Karolus holte tief Luft, schloss für einen Moment seine Augen. Als er sie wieder öffnete, wirkte er wie verändert. »Wie immer, mein teurer Alkuin, zügelst du meine Wut.« Er lächelte Alkuin an und richtete seinen Blick wieder auf Sigurd. »Ich lasse dir noch vor dem Vollmond drei Fässer mit Silber bringen.«

»Fünf Fässer«, sagte Sigurd und kratzte sich das Kinn. Offenbar war ihm entgangen, dass wir nicht in der Position waren zu handeln.

Der Kaiser runzelte die Stirn. »Für fünf Fässer könnte ich einen Palast bauen«, sagte er und schüttelte den Kopf mit ergrauendem Haar.

»Fünf Fässer, dann lasse ich mich von deinem christlichen Mönch in deinem Fluss waschen.« Sigurd sprach so laut, dass wir alle es hören konnten. Ich drehte mich um. Der schwarze Floki zog ein Gesicht, bei dem Milch hätte sauer werden können. Selbst er verstand so viel Englisch, dass er das drohende Unheil sah. Olaf machte ebenfalls eine entsetzte Miene. Karolus jedoch schien zu glauben, dass sich diese Abmachung lohnte, denn er nickte Alkuin zu.

»Du bekommst dein Silber, Sigurd der Glückliche«, erklärte der Kaiser und wendete sein Pferd um. »Nehmt das Mädchen mit!«, befahl er den Soldaten. Zwei von ihnen traten zu Cynethryth und packten ihre Arme. Dann ritten er und Alkuin zu der großen, glänzenden Armee zurück. »Und möge der Herr dir beistehen, Egfrith, bei deiner schweren Aufgabe!«, rief er.

Cynethryth würdigte mich keines Blickes, als man sie wegführte.

Ealdred war tot, und das war eine gute Sache. Sein Tod hatte sich schon lange angekündigt, aber niemand hätte erwartet, dass er durch die Hand seiner Tochter sterben würde. Trotzdem war mir schlecht. Und zwar deshalb, weil Sigurd zugestimmt hatte, sich zum Christen taufen zu lassen. Vor allem aber war mir übel, weil man Cynethryth mitgenommen hatte. Aber bis auf Penda, der Cynethryth liebte wie eine Tochter und der ihren Bruder geliebt hatte wie einen Sohn, schien keiner der anderen sich die Laune verderben zu lassen. Wir waren dem großen christlichen Kaiser begegnet und hatten überlebt. Und noch erstaunlicher war, dass der Mann uns mehr Silber geben würde, als wir uns je erträumt hatten. Nordmänner träumen in Silber. Ihrer Meinung nach hätte es nicht besser laufen können, und die meisten schien es nicht einmal zu stören, dass Sigurd sich taufen lassen wollte.

»Nichts wird sich ändern«, brummte Bram der Bär, während er auf getrocknetem Robbenspeck herumkaute. »Sigurd ist ein Wolf und wird immer ein Wolf sein. Den Kopf in irgendeinen Fluss tauchen, was soll daran schlimm sein.« Er grinste und schmatzte. »Wenn es diesem Kaiser so viel bedeutet – warum nicht. Jedenfalls werden wir sehr reich werden, Junge.«

Doch so manchen der Nordmänner, einschließlich Asgot, dem schwarzen Floki und Olaf, gefiel die Idee überhaupt nicht. Trotzdem, wir waren am Leben und würden schon bald mit Silber geradezu überschüttet werden, also konnten sie einstweilen auch damit leben. Wir ließen Männer bei den Booten zurück, und der Rest marschierte in die Stadt, die sich in der Nähe befand und Vaals hieß. Sie war mir erheblich lieber als das mächtige Aix, denn sie war aus Holz erbaut, nicht aus kaltem Stein, und sie wurde bewohnt von normalen Menschen und nicht von Gebete murmelnden Christensklaven. Es war das erste Mal seit langer Zeit, dass die Nordmänner Gelegenheit bekamen, etwas von ihrem wohlverdienten Silber auszugeben, und nach kurzer Zeit waren alle sturzbetrunken. Was die fränkischen Huren anging, ihnen war es vollkommen egal, dass wir Heiden waren. Als sie unser Silber rochen, umschwärmten sie uns wie Fliegen das Fleisch. Ich konnte nur an Cynethryth denken, aber die anderen hatten keine solchen Bedenken und knöpften ihre Hosen auf. Ich trank mit Asgot, der behauptete, er wäre zu alt, um eine Frau zu pflügen. Um uns herum bumsten die anderen Nordmänner, als gäbe es kein Morgen. Ich schwöre, dass ich die Knochen klappern hörte. Svein hatte zwei Frauen im Arm, deren nackte Brüste im Fackellicht der Taverne glänzten. Sigurd saß im hinteren Teil des Raumes mit dem Kopf einer schwarzhaarigen Schönheit im Schoß. Selbst Hedin, dessen langes Gesicht so hässlich war, dass die Männer spotteten, selbst die Flut würde ihn nicht an Land spülen, machte mit.

»Er beobachtet uns«, krächzte Asgot. Der Blick seiner gelben Augen folgte einer Spinne, die sich an ihrem unsichtbaren Faden von einem Dachbalken herabließ.

»Die Spinne?«, lallte ich.

»Der Kaiser, du Narr!«, zischte Asgot.

»Der Kaiser ist nach Paris geritten, alter Mann«, sagte ich. Ich ertrug die Gegenwart des alten Mannes nur schwer. Ich musste immer daran denken, wie er Ealhstan getötet hatte. Ich hatte einen der Männer dafür getötet, den hässlichen Einar, aber Asgot hatte ich nicht angefasst.

»Er hat mehr Augen als ein Hund Flöhe«, krächzte der Godi. Ich wusste, dass der alte Ziegenbock recht hatte. In der Schenke hielten sich Männer auf, die eindeutig die Aufgabe hatten, uns im Auge zu behalten. Und offenbar störte sie nicht einmal, dass wir das mitbekamen.

Später in der Nacht taumelte Bjarni zu mir und verschüttete einen ganzen Fluss von Met, als er einen kleinen Franken hinter sich herzog.

»Dieser Mann wird uns tätowieren«, sagte Bjarni. Sein Kopf, der zu schwer für seinen Hals zu sein schien, kippte ständig zur Seite. »Er hat mir versichert, dass er sehr gut ist.«

Der Franke nickte unsicher und suchte nach einem nordischen Gesicht, das nicht so aussah wie diese sonderbaren, durchsichtigen Kreaturen, die mit der Flut angespült worden waren. Aber er konnte keines finden, also sah er wieder zu mir. Ich sah Bjarni an.

»Was für eine Tätowierung?« Mir gefiel die Idee überhaupt nicht, weil ich nicht in der Stimmung war, Schmerz zu ertragen.

Bjarni verdrehte die Augen, er taumelte und brauchte eine Weile, um das Gleichgewicht wiederzufinden. »Etwas, was uns daran erinnert, wer wir sind.« Er runzelte die Stirn. »Und was wir sind. Wir sind so weit weg von zu Hause, und ich möchte es nicht vergessen.«

»Ich glaube nicht, dass du deshalb Angst haben musst, Bjarni«, erwiderte ich. »Wir sind Wölfe.«

Bei diesen Worten blitzten seine blauen Augen auf, und seine Zähne schimmerten, und ich wusste plötzlich, welche Tätowierung dieser kleine Franke uns in die Haut stechen würde.

21

Der Franke erledigte seine Arbeit mit seinem kleinen gefährlich scharfen Messer und einer Schüssel feiner Holzasche recht gut. Als die anderen die blauschwarzen Wolfsköpfe sahen, die er in unsere Schultern gestochen hatte, gingen sie ebenfalls zu ihm, und er muss am Ende der Nacht reich gewesen sein. Sigurd war der Letzte, und wir alle standen um ihn herum und sahen zu, wie der zähnefletschende Wolf langsam auf seiner weißen Haut erschien. Als er fertig war, stießen die Männer in der Taverne einen Jubelschrei aus. Wir alle waren so betrunken, dass wir den ganzen nächsten Tag verschliefen und erst aufstanden, als es Zeit wurde, wieder weiterzutrinken. Sigurd war zwar immer noch nicht wieder der Alte, aber er war eindeutig auf dem Weg der Besserung. Dass er die vielen Wunden überlebt hatte, war für uns alle Beweis genug, dass er nach wie vor in der Gunst des Allvaters stand. Aber er war von dem Kampf gezeichnet wie ein Schild. Auf seiner Schläfe war eine dicke Narbe von Maugers Schildrand, die man sehen konnte, wenn er sein Haar zurückband. Auf der rechten Wange leuchtete eine hässliche Schnittverletzung. Unter seinen Augen waren blutunterlaufene Ringe, und die Wangenknochen traten deutlich unter seiner Haut hervor. Wenn man ihn so sah, wirkte sein Beiname »der Glückliche« irgendwie unpassend. Jetzt sah er aus wie Sigurd der Furchteinflößende.

Die Tage vergingen. Der Mond nahm zu und wieder ab, und von Karolus' Silber war nichts zu sehen. Seine Spione verfolgten uns auf Schritt und Tritt, aber wir hatten uns an sie gewöhnt und richteten uns in Vaals häuslich ein. Wir tranken, veranstalteten Ringkämpfe untereinander und mit den Wessexmännern und fielen den friedlichen Bewohnern der Stadt zur Last, und am Ende sogar den Schankwirten. Ihre Stammkunden verließen den Raum, sobald wir ihn betraten, wie Katzen, wenn sich räudige Straßenköter nähern. Nur die Huren wurden unser nicht überdrüssig, und das reichte den Nordmännern vorerst. Und es gab noch viele andere Dinge in dieser Stadt, die sie für Silber bekommen konnten, wenn ihre Stachel Ruhe brauchten. Angefangen bei Broschen, Gürtelschnallen und gegerbtem Leder für Umhänge, bis hin zu besten fränkischen Klingen, die für etliche von uns unwiderstehlich zu sein schienen.

Ich beteiligte mich nicht an ihren Unternehmungen. Ich konnte nur an Cynethryth denken. Mein Herz war schwer, und meine Kehle fühlte sich an, als würde eine unsichtbare Hand sie zusammenpressen.

Erst als der Mond sich wie ein abgehobeltes Stück Holz krümmte, erfüllte der Kaiser sein Versprechen. Ein Mann suchte Sigurd in der Taverne auf, die zu unserem zweiten Lager geworden war, und sagte ihm, dass das Silber in zwei Tagen auf der Mole eintreffen würde, zusammen mit mehreren Priestern, die die Taufe des Jarls vornehmen würden. Ich war entsetzt, Sigurd jedoch zuckte nur mit den Schultern und schenkte sich noch Bier ein.

»Ich wollte ohnehin mal wieder ein Bad nehmen, Raven«, sagte er mit einem Schulterzucken. »Und danach bin ich so reich, dass ich mir ein Königreich im Norden kaufen kann.« Er beugte sich vor und füllte meinen Becher mit Bier aus einem Krug. »Ich weiß, dass du kein Händler bist, aber selbst dir muss klar sein, dass wir hier ein gutes Geschäft machen.«

»Ich traue diesen Christen nicht, Herr«, wandte ich verdrießlich ein und warf einen Blick auf Pater Egfrith. Er hatte zwei Wessexmänner auf die Knie gezwungen, die um Verzeihung baten, weil sie »den Verlockungen des Fleisches erlegen waren«, wie er es ausdrückte. Hinter dem Mönch schaukelten zwei Huren mit Zöpfen ihre Brüste vor ihnen, und einer der Wessexmänner schloss die Augen, während der andere sich auf die Lippen biss, während sie beide verzweifelt versuchten, zerknirscht auszusehen.

»Und wenn ihr Zauber dich in ihren Bann zieht?«, fragte ich. »Was, wenn du plötzlich in die Klauen dieses Christengottes gerätst, nachdem du ein Christ geworden bist?«

»Pah!« Sigurd wischte die Frage beiseite und lehnte sich auf seinem mit einem Pelz gepolsterten Stuhl zurück. »Worte und Wasser, Raven. Nichts weiter als das. Und im Gegenzug das Silber«, setzte er lächelnd hinzu. »Die einzige Gefahr ist, dass wir uns während der Zeremonie zu Tode langweilen … Du machst dir für einen jungen Wolf viel zu viele Sorgen.« Ich sah ihn finster an, und er lachte. »Manchmal braucht das Schwert ein bisschen Fett, damit man es aus der Scheide ziehen kann. Verstehst du? Wenn wir das Silber haben, verschwinden wir. Wir werden das Segel der *Seeschlange* setzen und diese Franken ihrem alten

König überlassen. Sie sollten zu ihrem Gott beten, ihn am Leben zu halten. Denn ich glaube, dass dieses Land eine reife Beute für jeden wird, der eine Scheibe davon abschneiden will, wenn er stirbt. Es hat verdammt viele Flüsse«, sagte er mehr zu sich selbst. »Das macht die Sache verdammt einfach.« Dann sah er mich an, und wie immer, erriet er meine Gedanken, die ich vor ihm verbergen wollte. »Mönch!«, rief er. »Komm her!«

Pater Egfrith schlug hastig das Kreuz über die knienden Wessexmänner und eilte zu uns. Sein Rattengesicht war verkniffen.

»Hast du immer noch vor, dich taufen zu lassen, Sigurd?«, fragte er und warf mir einen argwöhnischen Blick zu. Als hätte er Angst, dass ich es Sigurd ausgeredet hätte.

Sigurd nickte und kratzte sich das Kinn. »Ich stelle mich in deinen Fluss, Egfrith«, sagte er und hob eine Braue. »Aber vorher wirst du den Ort aufsuchen, zu dem sie Cynethryth gebracht haben.« Er zog einen Ring aus gewickeltem Silberdraht von seinem Finger und gab ihn dem Mönch. »Du wirst ihr das hier von Raven geben, aber du wirst ihr nicht sagen, dass der Junge hinter ihr herjault wie ein Welpe, den man seiner Mutter weggenommen hat.« Sigurd blinzelte mir zu, und meine Wangen wurden heiß. Egfrith lächelte ebenfalls und nickte, schob den Ring dann in die Tasche seiner Kutte und verschwand in der lärmenden Menge. »Und jetzt, Junge, um der Liebe Thórs willen, amüsier dich endlich!«, bellte Sigurd. »Seit Tagen machst du ein Gesicht wie Sauermilch.« Ich versuchte zu lächeln. »Bram!«, rief er der mächtigen Gestalt neben dem Tresen zu. »Bring Raven ein hübsches Ding zum Spielen.«

Zwei Tage später im Morgengrauen kam das Silber des Kaisers an, begleitet von hundert Kriegern in ihren Fischschuppen-Rüstungen und den blauen Umhängen der kaiserlichen Wache. Der Berater des Kaisers, Alkuin, war ebenfalls dabei, und mit ihm eine kleine Gruppe von Kirchenmännern. Ich sollte später erfahren, dass es Borgon, der Bischof von Aix-la-Chapelle, ein Erzdekan, ein Abt und ein Prior waren. Die Männer trugen grimmige Mienen zur Schau. Sie konnten offensichtlich ihr Unbehagen nicht verbergen, als sie uns gerüstet zur Schlacht vor unseren Schiffen stehen sahen. Unsere Kettenhemden waren poliert, die Klingen sauber und scharf, und unsere Wand aus bunt bemalten Schilden mit ihren verbeulten Buckeln kündete stolz von vergangenen Kämpfen.

Egfrith war ebenfalls bei ihnen. Der Mönch schien sich ebenfalls nicht ganz wohlzufühlen, obwohl er umgeben war von seinesgleichen. Ich fragte mich, ob er vielleicht zu viel Zeit in der Gesellschaft von Heiden verbracht hatte. Ich konnte es kaum erwarten, von Cynethryth zu hören, aber Egfrith beriet sich gerade mit den Kirchenleuten, und ich konnte seinen Blick nicht auf mich ziehen, als Alkuin befahl, den Inhalt der fünf Fässer auf ein großes Leinentuch zu kippen, das auf dem Gras ausgebreitet worden war. Ein lautes Raunen ging über den Platz, und es stammte nicht nur von den Nordmännern. Mehr Silber, als man sich vorstellen konnte, ergoss sich klimpernd und glitzernd auf das Leinen. Der Anblick verschlug einem den Atem. Silberbarren, Halsreifen, Armringe, Gürtelschnallen, Broschen, Ringe und Fibeln. Zudem gab es silberne Becher und Schüsseln, Schmuck und Hacksilber. All das erstrahlte wie ein kaltes Feuer in dem rötlichen Morgenlicht. Es war ein wahrer Götterschatz.

Auf Sigurds Befehl hin ging Olaf mit dem Gebetbuch vom heiligen Hieronymus nach vorn und hielt es auf Armeslänge vor sich. Er gab es Alkuin, froh darüber, es endlich los zu sein, wie mir schien. Der hingegen strahlte jetzt übers ganze Gesicht.

»Du siehst aus, als hättest du diesem alten Mann einen Scheißhaufen in die Hand gedrückt, Onkel«, meinte Bram amüsiert, als Olaf zurückgekommen war und seinen Platz im Schildwall wieder eingenommen hatte.

»Dieser Kaiser muss viele Kämpfe gewonnen haben, wenn er so viel Silber bezahlen kann«, erklärte Olaf und ignorierte Brams Bemerkung. Plötzlich stellte ich mir vor, dass die weißen Gebäude, die ich rund um Karolus' Palast gesehen hatte, aus den ausgegrabenen Knochen seiner besiegten Feinde errichtet worden waren.

»Und das für ein Buch, das so gut wie nichts wert ist«, fügte Bjarni an und schüttelte den Kopf hinter dem Schildwall.

»Nicht nur für ein Buch, Bjarni«, erinnerte Olaf ihn verbittert. »Sondern auch dafür, dass Sigurd sein Knie vor diesem Christus beugt.«

In diesem Moment erhob Bischof Borgon seine Stimme. Er rief ein paar lateinische Worte, und die fränkische Armee sank wie ein Mann unter dem Klappern von Rüstungen und Waffen auf die Knie – alle, bis auf einen Krieger. Der Mann stand rechts neben Borgon. Er hielt einen mächtigen Speer in der Linken und eine Faustaxt in der Rechten. Er war glatt rasiert bis auf einen geflochtenen Bart, der wie ein schwarzes Stück Tau von seinem Kinn herunterhing. Offenbar war er von den Gebeten befreit, damit er seinen Herrn jederzeit im Blick habe.

»Es ist also so weit«, brummte Bram irgendwo im Schildwall. »Weckt mich, wenn es vorbei ist.«

»Der Allvater wird sich den weißen Bart ausreißen, wenn er das mit ansieht«, stöhnte Hastein.

Sigurd hingegen schien offensichtlich zufrieden mit dem Schatz, der den Boden bedeckte und von Geschichten von Siegen und Ruhm kündete, von Krieg, Plünderung und Tod. Der Jarl stand vor den Kirchenmännern wie ein Wolf zwischen Schafen.

»Raven, bring mir ein Horn von Brams Met!«, rief der Jarl auf Nordisch, was Gelächter in unserer Schlachtreihe hervorrief und einen leisen Fluch von Bram.

Bram kam zu mir, zog einen Metschlauch aus seiner Tunika und goss die Flüssigkeit in das Horn, das ich ihm hinhielt.

»Er ist warm, Bram.« Ich schnitt eine Grimasse und fragte mich, wie lange der Schlauch wohl schon auf Brams haarigem Bauch gelegen hatte.

»Das ist der einzige Platz, wo er vor euch sicher ist!«, protestierte er.

Ich brachte Sigurd den Met, der das Horn in einem Zug leerte, sich die Lippen mit der Hand abwischte und Borgons Leibwächter betrachtete. Ich bemerkte Schweißtropfen an der Narbe an seiner Schläfe und mir wurde klar, dass er nervöser war, als er uns glauben machen wollte. Denn er wusste auch, dass es keine Kleinigkeit war, vor dem weißen Christus das Knie zu beugen. Er musste sich auch gefragt haben, ob Óðin Allvater ihn mit seinem einen Auge beobachtete, und wenn ja, was der Wanderer wohl davon hielt.

Die Sonne war inzwischen über den Horizont getreten und beschien einen hellblauen Himmel, in dem Krähen miteinander stritten und Turmfalken im Wind standen und Ausschau hielten nach Wühlmäusen im hohen Gras.

»Dort zwischen den Binsen sind wir vor der Strömung geschützt, Sigurd«, rief Pater Egfrith jetzt und deutete ein Stück flussabwärts hinter der *Seeschlange* und der *Fjord-Elch*. Die Roben der Kirchenmänner blähten sich unter einem plötzlichen Windstoß auf.

»Der Heide versteht also Englisch, Pater?«, fragte einer der Kirchenleute und sah Sigurd auf eine Art an, wie ein Mann ein Pferd betrachtet, das er kaufen will. Egfrith nickte.

»Eine barbarische Sprache«, sagte ein kleiner von Pockennarben gezeichneter Priester. »Aber die Tatsache, dass das der Heide überhaupt spricht«, er deutete mit einem Nicken auf Sigurd, »sollte bedeuten, dass diese Bestie leichter zu zähmen sein wird als diese Hexe, die der Kaiser Äbtissin Berta überlassen hat.« Egfriths Blick zuckte wie die Zunge einer Echse zu mir, dann wieder zu Sigurd. »Ich habe gehört, dass sie kein einziges Wort spricht«, setzte der kleine Christensklave hinzu und schlug ein Kreuz.

»Komm, Sigurd«, sagte Egfrith, »es wird Zeit, dass du den wahren Weg beschreitest und die Freude erlebst, dich zu der Herde des Schäfers zu gesellen.«

Würde es wirklich passieren? Würde Sigurd seinen

Göttern für den weißen Christus den Rücken kehren? Ich wollte es noch immer nicht glauben.

»Werden die anderen auch ihre Taufe empfangen, Egfrith?« Der am prächtigsten gewandete Christensklave betrachtete die Gemeinschaft, die mit argwöhnischen Blicken der Zeremonie folgte. Ihre bärtigen Gesichter waren so hart wie Felsbrocken.

Egfrith schien antworten zu wollen, aber Sigurd kam ihm zuvor.

»Einige von ihnen würden deine Knochen lieber zu Haferschleim zermahlen, Priester«, knurrte er, und der Mann zuckte zusammen. Irgendwo hinter mir hörte ich Asgot seine sonderbaren Gebete zu den nordischen Göttern murmeln, als versuchte er den Seiðr, den die Christen an seinem Jarl wirkten, aufzuheben. Vielleicht rieb sich Egfriths Gott ja die Hände bei diesem Anblick, weil er wusste, dass die Nordmänner Sigurd folgen mussten, wohin er auch ging.

»Zieh dich aus, Sigurd«, sagte Egfrith mit angespanntem Lächeln.

Sigurd nickte Olaf zu, der Bjørn aus dem Schildwall schickte, um den Umhang und das Schwert des Jarls zu nehmen. Ich half ihm, sich aus seinem Brynja zu winden, das Bjørn anschließend zusammenrollte und sich über die Schulter legte. Dann zog Sigurd seine Tunika aus. Seine nackte Brust und seine Schultern waren so fest wie die Backstag der *Seeschlange* und übersät von den furchtbaren weißen Narben, die jeden Krieger wie Runen auszeichnen, die man in einen lebenden Baum geritzt hat. Jede erzählte ihre eigene Geschichte.

»Wenn er versucht, mich zu ersäufen, Raven, bring ihn um«, befahl Sigurd lächelnd und nickte zu Egfrith hinüber, der sich bis auf sein Untergewand ausgezogen hatte. Sein Körper sah neben dem von Sigurd aus wie der eines Kindes. Ein Windstoß wehte Sigurd das blonde Haar ins Gesicht, und einen Moment lang blickte er zum blauen Himmel hinauf. Ein Schwarm Dohlen schoss hin und her. Ihr Krächzen klang wie eine Warnung für mich. Dann trat Sigurd auf die weiche, moosige Erde am Rand des Flusses. Er versank bis zu den Knien zwischen dem Schilf, und Egfrith folgte ihm. Er zitterte, als das dunkle Wasser seine Hüfte erreichte.

»Was ist mit Cynethryth?«, schrie ich Egfrith im Wind zu. Aber er schien mich nicht zu hören, während er unsicher weiterging. »Wie geht es ihr, Egfrith?«

»Später, Raven!«, rief der Mönch zurück. Er schnappte nach Luft, als das kalte Wasser seinen Brustkorb erreichte. »Unterbrich nicht die Arbeit des Herrn.«

»Scheiß auf die Arbeit des Herrn! Sag es mir sofort!«, bellte ich.

»Hüte deine Zunge, Heide!«, entfuhr es dem pockennarbigen Priester. Ich drehte mich zu ihm herum. »Widersetze dich nicht dem Willen Gottes!«, stieß er hervor. Seine kleinen Augen glühten vor Hass.

Bischof Borgon legte dem kleineren Mann eine Hand auf die Schulter. »Friede, Arno«, beruhigte er ihn. Dann sprach er auf Fränkisch weiter mit ihm, deutete dabei aber auf mich. Ich verstand den Namen Cynethryth und dann das Wort *diabolus,* das ich von Egfrith kannte. Es bedeutete Teufel. Der hagere Bischof zog seinen mit Seide gefütterten

Mantel um seine dürren Schultern, während der pockennarbige Priester den Kopf auf die Seite legte und mich anglotzte. Meine Nackenhaare waren so steif wie gefrorenes Gras.

»Dann ist es kein Wunder, dass Äbtissin Berta Mühe hat, diese Hexe vom Samen Satans zu befreien«, sagte er auf Englisch nur für mich. »Ich werde mich selbst mit meiner Weidenrute um das Mädchen kümmern. Ich werde die Sünde aus ihr herausprügeln, mit der Gnade des Herrn.«

Ich stürzte mich auf ihn. Im Nu hatte ich den Priester an der Kehle gepackt und drückte zu.

»Nein, Raven!«, hörte ich Pater Egfriths Stimme in dem allgemeinen Geschrei. Aber ich war außer mir vor Wut, schnarrte wie eine Bestie und schüttelte den Priester, wie einen Hund, der sich in einen Hasen verbissen hat. Dann prallte etwas gegen meinen Kopf, und ich sank auf die Knie. Weiße Lichtblitze zuckten vor meinen Augen. Die hünenhafte Gestalt von Borgons Leibwächter stand vor mir. Ich tastete nach meinem Messer und zog es ihm durch den Oberschenkel unter dem Schuppenpanzer. Er brüllte und hämmerte mir den Schaft seines Speers gegen den Helm. Ich ging erneut zu Boden. Ich spürte nur noch Schmerzen und sah blaue Umhänge, als sich die Männer des Kaisers auf uns stürzten. Eine Klinge schoss auf mein Gesicht zu, aber eine andere hielt sie mit einem lauten Klirren auf. Bjørn war da. Er hackte das Gesicht eines Franken in zwei Teile, dessen Blut auf mich spritzte, als ich versuchte aufzustehen. Ein anderer Franke stieß Bjørn seine Klinge in den Rücken. Er schrie vor Wut auf, drehte sich herum, nahm den Griff in beide Hände und rammte dem Mann sein Schwert tief in die Brust. Hände packten mich, und ich konnte mich nicht befreien. In den Augenwinkeln sah ich, wie Sigurd ausrutschte und stürzte, als er aus dem Fluss kam. Hinter ihm schlug Egfrith um sich.

»Thór!«, schrie Bjørn, als fränkische Klingen sein Brynja und das Fleisch darunter durchbohrten.

»Bjørn!«, schrie ich. Er grinste mich an, doch dann schwang Bischof Borgons Leibwächter seine Faustaxt und trennte Bjørn den Kopf vom Leib. Er landete im langen Gras. Seine blonden Zöpfe waren unversehrt.

»Formation halten! Halten!«, schrie Sigurd dem Wolfsrudel zu. Der Schildwall war durchbrochen, und Männer rannten los, um Bjørn zu helfen. »Zurück in die Skjaldborg, verflucht!«, schrie Sigurd. Er war außer sich vor Wut, denn ohne den Schildwall waren wir alle so tot wie Bjørn. Das wusste der Jarl.

»Das Silber! Folgt mir!«, schrie Olaf. Eine Gruppe von Kriegern lief mit ihm zu dem Schatz. Sie legten die Schilde aneinander und richteten die Speere in Richtung der Franken, die nicht zu wissen schienen, was sie als Nächstes tun sollten.

»Genug! Haltet ein!«, schrie Alkuin und wiederholte den Befehl auf Fränkisch. Einer der Männer, die mich festhielten, drückte sein Messer an meine Kehle. »Im Namen des Kaisers, steckt die Klingen ein!« Alkuin klang fast flehentlich. Er mochte alt und gebrechlich sein, aber die Krieger in den blauen Umhängen hörten auf ihn. »Meine Kinder!«, wandte er sich an seine Leute. »Wir sind nicht hierhergekommen, um gegen diese Männer zu kämpfen. Wir wollen am Festtag des heiligen Crispin und seines

Bruders, des heiligen Crispinian, kein Blutvergießen. Lasst uns heute alle Brüder sein!«

»Dieser Teufel hat versucht, einen Mann Gottes zu töten!«, protestierte Borgon. Speichel flog aus seinem Mund, als er auf den pockennarbigen Wurm zeigte, den ich nicht hatte rechtzeitig erwürgen können. Der kleine Scheißhaufen hielt sich den Hals und keuchte, während ihm der Schaum aus den Mundwinkeln drang. Die meisten Krieger der Gemeinschaft standen in einer soliden Skjaldborg mit dem Rücken zur Mole und den beiden Drachenschiffen. Olaf und etwa fünfzehn Männer, einschließlich einiger Wessexmänner, standen hingegen ungeschützt vor dem funkelnden Schatz. Die Franken hätten sie mühelos umzingeln können. Ich wusste, dass Olaf und die anderen bei dem Versuch sterben würden, dieses Silber zu beschützen. Dann fiel mir wieder ein, dass Óðin auch »der Aufhetzer« genannt wurde, und ich wusste plötzlich, dass er uns beobachtet hatte. Vielleicht hatte er sogar seine Finger im Spiel in diesem Chaos und bewegte uns wie Tafl-Figuren und lachte, während das Blut floss.

Egfrith stand zitternd in seinem triefnassen Untergewand hinter Sigurd. Der hatte sein Schwert in der Hand und kam jetzt zu mir. Er deutete mit der Klinge auf die Männer, die mich immer noch festhielten.

»Lasst ihn los oder ich töte euch auf der Stelle!«, knurrte der Jarl. Die Männer sahen Alkuin an. Dann traten sie zurück. Sie ließen mich aufstehen. Es klingelte immer noch in meinem Kopf, und ich sah alles wie durch einen Schleier. Sigurd nickte Alkuin zu, dann ging er zu der Stelle, wo Bjørns Kopf im Gras lag. Behutsam hob er ihn hoch. Die einst blauen Augen waren grau und starr. Dann ging er die fünf Schritte zum Leichnam des Nordmannes und legte den Kopf an den blutigen Stumpf von Bjørns Hals. Damit war sein Leichnam wieder vollständig.

»Der Schatz gehört mir«, erklärte Sigurd in Richtung der fränkischen Soldaten. »Es ist der Blutpreis für diesen Mann, der Bjørn hieß.«

»All das Silber für einen Mann?« Borgon streckte seine alten, von Tintenflecken übersäten Hände aus.

»Er war es wert, und noch viel mehr.« Sigurd sah zu Bjarni. Bjørns Bruder stand im Schildwall zwischen Svein und Aslak. Sein Gesicht war vor Qual über den Tod seines Bruders verzerrt. »Nimm deine Männer und verlass diesen Ort, Alkuin«, sagte Sigurd mit drohender Stimme, »bevor es zu spät ist. Ein Mann, der seine Hand in das Maul eines Wolfs legt, sollte nicht überrascht sein, wenn der zuschnappt.«

Alkuin sah zu, wie einige fränkische Soldaten die beiden Männer wegschleppten, die Bjørn getötet hatte, bevor er selbst fiel. Er war eine große Beute für Óðins Totenengel. Dann richtete er seine wässrigen Augen auf Sigurd und schien zu zittern, aber nicht vor Angst.

»Wir gehen, Heide!«, sagte er. »Aber verwechsle Vernunft nicht mit Schwäche. Du bist wahrhaftig ein glücklicher Sigurd, weil du es heute mit mir zu tun hast und nicht mit dem Kaiser. Denn er hätte dieses Feld mit eurem Blut getränkt. Er würde dich selbst mit dem Schwert richten. Ich bin alt und des Tötens müde. Eines Tages wirst du mich vielleicht verstehen, aber ich fürchte, dass du nicht alt genug wirst, Sigurd, Sohn von Harald.« Er deutete auf die Langschiffe. »Besteigt eure Schiffe und segelt davon. Nehmt das Silber mit.« Er verzog das Gesicht. »Das ist der Preis des Friedens. Und jetzt verschwindet, solange ihr noch könnt.« Er gab einem Soldaten mit einem Helmbusch ein Zeichen, der daraufhin Befehle brüllte. Die Franken formierten sich in Windeseile zu zwei Kolonnen von jeweils acht Männern. Auf einen weiteren Befehl hin kehrten sie uns den Rücken zu. Als sie dabei mit den Stiefeln aufstampften, erzitterte der Boden.

Bischof Borgon wirkte entsetzt, als könnte er nicht glauben, dass sie all das Silber zurückließen, und schlimmer noch, dass der Angriff auf seinen Priester und damit auch die Beleidigung gegen ihn nicht gesühnt wurde. Aber es war klar, dass Alkuin, obwohl er kein Soldat war, in der Abwesenheit des Kaisers das Sagen hatte. Borgons Hüne starrte mich böse an, und ich erwiderte seinen Blick mit meinem Blutauge, versprach ihm stumm Schmerzen, die ich ihm jedoch niemals würde zufügen können.

»Pater Egfrith, kommt mit uns!«, zischte Borgon und winkte den Mönch mit einer Handbewegung zu sich. »Ihr habt euer Bestes getan. Es gibt Menschen, die können nicht erlöst werden. Ihnen sind die Tore des Himmels für immer verschlossen.«

Wiglaf, der Wessexmann, gab Egfrith einen Umhang, den er sich überwarf und am Hals zusammenhielt. »Danke, Herr, aber ich bleibe«, erwiderte er und setzte hinzu: »Mit Verlaub, Euer Gnaden.« Er verbeugte sich leicht. »Mein Weg liegt klar vor mir, und selbst der stärkste Wind wird mich nicht von ihm abweichen lassen. *Deus vult.*« Er seufzte tief.

Borgon sah ihn überrascht an. »Gott will es?« Er verzog die dünnen Lippen. »Dann möge Er Euch die Geduld Hiobs verleihen«, erwiderte er, drehte sich um und trat mit seinem Leibwächter und den anderen Kirchenmännern zu Alkuin, als sich die Kolonnen blau gewandeter Krieger in Marsch setzten.

»Wie geht es deinem Kopf, Junge?«, fragte Penda, als der Schildwall sich auflöste und die Männer ihre Angst wegpissten und lange und viel aus Metschläuchen tranken.

»Wenigstens hat er ihn noch auf den Schultern«, sagte Svein und warf einen Blick auf Bjarni, der neben dem Leichnam seines Bruders kniete. »Óðin hat heute einen großen Krieger zu sich genommen.«

»Bjørn hat mir das Leben gerettet«, sagte ich.

Svein schwang die Bartaxt auf seine Schulter. »Es war ein guter Tod«, erklärte er und ging dann zu den anderen, um ihnen zu helfen, das Silber wieder in die Fässer zu füllen.

»Egfrith, was ist mit Cynethryth?«, fragte ich. »Hättest du mir das vorher gesagt, wäre Bjørn noch am Leben.« Aber ich wusste, dass ich schuld war an Bjørns Tod, weil ich zugelassen hatte, dass der pockennarbige fränkische Priester mich in Wut brachte. Egfrith sah mich mitleidig an.

»Ich hätte es dir nach der Taufe erzählt, Raven«, sagte er. »Aber Christus rief, und ich musste dem Wort des Herrn folgen.« Sein Blick verfinsterte sich. »Und dank dir ist die Seele deines Jarls noch immer unerlöst.«

»Jetzt rede schon, Mönch!«, fuhr ich ihn an und betastete die große Beule auf der linken Seite meines Kopfes. Egfrith seufzte und schloss einen Moment die Augen.

»Also gut«, sagte er. »Cynethryth wird im Konvent in Aix-la-Chapelle festgehalten. Äbtissin Berta hat sie züchtigen lassen.« Egfrith legte eine Hand auf meinen Arm. »Ich habe mich für sie eingesetzt, Raven. Und es hat mir das Herz gebrochen zu sehen, was sie ihr angetan haben. Aber die Äbtissin ist eine mächtige Frau, und ich bin nur ein Mönch. Sie hat mich sogar beschuldigt, selbst von heidnischer Sünde befallen zu sein.« Er schüttelte traurig den Kopf. »Es tut mir leid. Ich weiß, dass dir viel an dem Mädchen liegt.«

»Schenk dir dein Mitleid, Mönch!«, schnaubte ich. »Heb dir dein Mitgefühl lieber für dieses Miststück von einer Äbtissin auf und all jene, die Hand an Cynethryth gelegt haben.«

Ein Windstoß zerrte an meinem Umhang, ich fröstelte. Egfrith schüttelte finster den Kopf, bevor er davonging. Und ich stand da und spürte, wie Bjørns kaltes, klebriges Blut auf meinem Gesicht trocknete.

22

In jener Nacht verbrannten wir Bjørns Leichnam auf einem großen Scheiterhaufen. Die Flammen erhellten die Dunkelheit neben unserem Lager am Fluss. Wir wagten nicht, unsere Schiffe oder den Schatz zu verlassen und in die Stadt zu gehen, aber wir wollten uns auch nicht unter Alkuins Drohung wie geprügelte Hunde verstecken.

Am nächsten Tag ging ich mit Bjarni in die Birkenwälder. Wir suchten einen Felsbrocken mit einer flachen Seite, in die Bjarni eine Runeninschrift meißelte, die von seinem Bruder kündete. Es kostete ihn den ganzen Tag und mehr als die Hälfte des nächsten, aber die Inschrift war wunderschön, als sie schließlich fertig war. Eine Schlange wand sich auf dem Felsen, und die Runen auf ihrem Körper sagten: *Bjarni, der Sohn von Anundr, hat diesen Stein zum Andenken an Bjørn gemeißelt, der mit Sigurd gefahren ist und seine Feinde niedermetzelte. Wir treffen uns in Óðins Halle wieder, mein Bruder.*

Wir rieben roten Lehm aus dem Fluss in die Inschrift, und als wir damit fertig waren, erklärten die anderen Nordmänner, dass es ein sehr schöner Runenstein sei. Sie betranken sich bis zur Besinnungslosigkeit im Gedenken an den Schwertbruder, den sie verloren hatten.

»Bjørns Name wird für immer leben«, erklärte Sigurd

und schlug Bjarni auf die Schulter. »Der alte Anundr wäre stolz, diesen Stein so weit von eurem Heim entfernt zu sehen.«

»Er war ein guter Bruder«, sagte Bjarni und nickte. Dann leerte er sein Trinkhorn in einem Zug. Für mich war dieser Stein ein sehr mächtiger Seiðr, denn er würde unsere Geschichte bis ans Ende der Welt raunen.

Wir waren reich. Reicher als jeder von uns es jemals für möglich gehalten hätte, und als wir die Fässer mit Silber auf die *Seeschlange* luden, knarrte sie protestierend und sank tiefer in das Wasser neben der Mole. Wir hatten Bjørn geehrt, und jetzt schienen viele der Meinung zu sein, dass wir wieder nach Norden segeln sollten, bevor der Winter kam. Wir hatten ganz sicher genug getan, um dafür zu sorgen, dass der Name des Wolfsrudels an den Herden von alten Männern geflüstert wurde, die selbst einmal mit ihren eigenen Drachenschiffen in ferne Länder gesegelt waren. Und auch von jungen Männern, die begierig darauf waren, sich zu beweisen und ihren eigenen Ruhm zu ernten. Asgot war so glücklich, wie es ein heidnischer Dämon nur sein konnte. In dieser Nacht, während eines Festmahls aus geröstetem Fleisch, deutete er beim Schein des Feuers auf mich und lachte keckernd. Fett lief ihm aus dem Mund in seinen Bart.

»Du bist eine Klinge mit zwei Schneiden, Raven«, erklärte er. Der wissende Blick seiner gelblichen Augen bohrte sich wie ein Nietnagel in meine Seele. »Der Allvater schwingt dich wie ein Schwert, und wenn er das tut, dann sterben Männer. Gute Männer. Aber deinetwegen hat sich unser Jarl nicht dem gekreuzigten Gott gebeugt.«

Die Männer murmelten zustimmend. Asgot hob sein Trinkhorn in meine Richtung, und ich sah zu Sigurd.

»Asgot hat recht, Raven«, sagte Sigurd. »Der Allvater wollte nicht, dass ich mich im Fluss der Christen wasche.« Er lächelte Egfrith an. »Vielleicht aber, Mönch, will dein ans Kreuz genagelter Gott auch keinen Wolf in seiner Schafherde.«

Egfrith saß zusammengesunken da, und es war klar, dass er bitter enttäuscht war. Er war fast am Ziel gewesen und dann im letzten Moment gescheitert.

»Ich dachte, diese Taufe wäre nicht von Bedeutung«, sagte Sigurd. »Aber ich habe mich geirrt.«

»Bjørn ist meinetwegen gestorben«, sagte ich düster und trank mehrere Züge aus meinem Methorn.

»Und jetzt trinkt mein Bruder in Walhall!«, rief Bjarni, was einen Chor von »Hejs« auslöste. »Bedaure ihn nicht, Raven. Wir alle würden gern einen solchen Tod sterben.«

»Wir haben einen Schatz, wie man ihn im Norden noch nicht gesehen hat«, sagte Olaf. »Er wird noch viele Jahre leuchten und die langen Wintermonate erhellen. Er wird unsere alten Knochen wärmen.« Er erhob sein Horn auf das Wohl der Gemeinschaft. »Und unser Jarl hat begriffen, dass es wichtig ist, dem Christengott zu sagen, dass er sich verpissen soll!« Er lächelte auf eine Art, wie ich es bei ihm nicht mehr gesehen hatte, seit sein Sohn Erik vor Ealdreds Halle getötet wurde. »Es ist ein guter Tag«, sagte er und stieß mit seinem Trinkhorn mit Svein an. Aber für mich war es kein guter Tag. Ein guter Freund war meinetwegen gestorben, war zu früh ins Nachleben gegangen. Und dann gab es da auch noch Cynethryth. Die Franken quälten sie, weil sie glaubten, ihre Seele sei durch mich von einem bösen Seiðr befallen.

»Betrink dich nicht, Junge«, sagte in diesem Moment jemand hinter mir.

Ich wischte mir den Met von den Lippen und drehte mich um. Penda saß auf einer zusammengerollten Haut und betrachtete mich mit einem wissenden Lächeln. Dann fuhr er mit seinem Langmesser über einen Wetzstein.

»Ich will, dass du morgen früh einen klaren Kopf hast«, sagte er und spuckte auf den Wetzstein.

Ich sah ihn an, während sich in meinem Kopf alles drehte. Mir war übel.

»Hast du mich gehört, Junge?« Er fuhr prüfend mit dem Daumen über die Schneide. »Kein Met mehr. Ich will, dass du morgen früh nüchtern bist.«

»Und warum?«, fragte ich trübselig.

»Weil wir morgen Nacht Cynethryth holen«, sagte er.

Der Plan, den wir am Morgen schmiedeten, war einfach. Fast zu einfach, für mein Gefühl. Die Idee stammte von Pater Egfrith, was mich wunderte. Ich dachte, er wäre immer noch wütend wegen der misslungenen Taufe. Aber als er hörte, wie Penda und ich darüber sprachen, dass wir Cynethryth aus dem Konvent befreien wollten, leuchteten seine Frettchenaugen auf.

»Cynethryth ist ein gutes Mädchen«, erklärte er und rieb sich die Bartstoppeln. Dann runzelte er die Stirn. »Ich habe sie lieb gewonnen. Was sie getan hat … nun, das war gewiss eine große Sünde.« Er schüttelte traurig den Kopf. »Aber Jesus, der Herr, kann nicht wollen, dass die Franken sie so grausam behandeln. Was die Äbtissin angeht – nun, sie ist ein grausames, altes Weib, Gott, vergib mir«, murmelte er und machte ein Kreuzzeichen. »Sie ist vom rechten Weg abgekommen, denn sie kennt keine Vergebung und handelt nicht christlich. Deswegen kann ich nicht tatenlos herumsitzen, während das arme Kind leidet.«

So wurde beschlossen, dass Egfrith ein bisschen Silber nehmen und zum Monasterium von Aix-la-Chapelle gehen und dort von dem Kellermeister zwei große Kutten mit Kapuzen kaufen sollte. Dann sollte er sich mit Penda und mir bei Einbruch der Dunkelheit an dem Grenzgraben zwischen dem Wald und der Stadt treffen.

»Ich werde den Kellermeister so gut bezahlen, dass er keine Fragen stellen wird«, sagte Egfrith voller Zuversicht. Dann musterte er Penda und mich. »Wenn ihr beide eure Kapuzen aufsetzt und den Mund haltet, sollten wir in der Lage sein, in das Konvent hineinzukommen und Cynethryth zu entführen.«

»Kein Problem, Mönch«, erklärte ich mit einem Blick auf Penda, der verschlagen grinste. »Bring uns einfach in das Konvent, dann erledigen wir den Rest.«

»Ihr werdet in einem ziemlich großen Wespennest herumstochern«, warnte Olaf uns. Er strich sich mit der Hand Met aus seinem Bart. Die Sonne ging bereits auf, und ihre Strahlen durchdrangen den Nebel im Osten. Die Flechten und das Moos an den Stämmen der Eschen schienen zu brennen. Die ersten Tauben gurrten, und ihr geduldiges Lied wetteiferte mit dem lärmenden Zwitschern von Rotkehlchen, Zaunkönigen und Buchfinken. »Die Franken werden Gift und Galle spucken, wenn sie es herausfinden«, fuhr Onkel fort. »Dieser dürre Bischof hätte schon das letzte Mal gegen uns gekämpft, wenn dieser alte Ziegenbock Alkuin ihn nicht zurückgehalten hätte.«

»Onkel hat recht, Raven«, sagte Sigurd. »Also müsst ihr schnell sein. Wir sitzen auf unseren Ruderbänken und sind bereit zum Ablegen. Aber wenn sie euch in der Stadt erwischen, seid ihr auf euch selbst gestellt.«

»Schon klar«, erwiderte ich. Penda nickte zustimmend.

»Ich sollte euch mit ein paar Männern begleiten«, sagte Svein. Sorgenfalten zeigten sich auf seiner breiten Stirn. »Wir können im Wald auf euch warten, aber dann sind wir wenigstens in der Nähe, falls es einen Kampf gibt.«

»Wir haben nur sechs anständige Pferde, Svein«, widersprach Sigurd. »Und keines von ihnen würde schneller laufen als ein Ochse, wenn du auf seinem Rücken sitzt.«

Svein brummte mürrisch.

»Ich gehe«, erklärte der schwarze Floki. »Und Halldor auch.« Halldor war Flokis Vetter. Halldor war von seinen Waffen besessen und hatte ihnen Namen gegeben. Er besaß mit Sicherheit die schärfsten Klingen des ganzen Wolfsrudels. Er nickte nur kurz, um sein Einverständnis zu signalisieren.

Floki sah Sigurd an. »Wir warten auf sie dort, wo Svein vorgeschlagen hat, zwischen den Bäumen. Aber unsere Speere sind bereit, falls die Franken sie verfolgen.«

»Wir werden versuchen, das Mädchen dort herauszuschaffen, ohne dass die Nonnen es mitbekommen«, sagte Egfrith hoffnungsvoll. Sigurd nickte zwar, aber sein Blick verriet seine Zweifel.

»Danke, Floki«, sagte ich. »Und Dank auch dir, Halldor.

Entzündet eine Fackel, damit wir euch finden, wenn wir Cynethryth haben. Aber verlasst den Schutz des Waldes nicht. Wenn wir erwischt werden, ist das unsere Angelegenheit. Ich will nicht, dass die Franken sehen, dass Sigurd seine Hand im Spiel hat.«

Floki runzelte die Stirn. »Passt nur auf, dass euch nicht *alle* Blaumäntel auf den Fersen sind, wenn ihr zurückkommt«, sagte er.

Also ritten wir zu fünft los. Bei Einbruch der Dämmerung kamen wir an den Rand des Waldes, von wo aus man Aix sehen konnte. Wir warteten unter einem Krähennest hoch oben in einer Esche und sahen zu, wie Pater Egfrith weiterritt. Sein Pferd schlug mit seinem Schweif nach den Fliegen, die ihm in einer Wolke folgten.

Als der Mönch zurückkehrte, glühte sein Frettchengesicht vor Stolz. Ich konnte es ihm auch nicht verdenken, denn er hatte es geschafft, zwei neue Kutten aus brauner Wolle zu erstehen.

»Gut gemacht, Pater«, sagte Penda grinsend, als er unter dem kratzigen Gewand verschwand. Sein Kopf mit dem stacheligen Haar tauchte gleich darauf wieder auf, und mit seinem vernarbten Gesicht wirkte er ganz und gar nicht wie ein Mönch.

Der schwarze Floki spuckte verächtlich aus, Halldor jedoch lachte. »Ihr beide gebt gute Christensklaven ab«, sagte er und zog ein bisschen an der Wolle auf unseren Schultern, wo die Kutten zu eng saßen. »Die Christenbräute werden ihre Türen von innen verrammeln und euch dazu zwingen, ihnen bis Ragnarøk die Spinnenfäden von ihren Mösen zu bürsten.«

»Wenn eine von ihnen gut aussieht, warum nicht!«, sagte Penda, was ihm einen vernichtenden Blick von Egfrith einbrachte.

»*Cucullus non facit monachum*«, murmelte Egfrith und hob eine Braue. »Nicht die Kapuze macht den Mönch.«

Wir ließen unsere Kettenhemden zurück, weil die Kutten auch so schon eng saßen und weil man außerdem das Klappern der Eisenringe darunter hören konnte. Aber wir hatten unsere Schwerter und unsere Langmesser dabei und hofften, dass man ihre Griffe unter der Wolle nicht bemerken würde. Und weil wir demütige Pilger waren, ließen wir unsere Pferde bei Floki und Halldor. Wir gingen zu Fuß weiter, überquerten den alten Grenzgraben und blickten zu der Stadtmauer hinauf, die hoch vor uns aufragte und an der sich die letzten Strahlen der untergehenden Sonne brachen. Als wir durch die rauchgeschwängerten Gassen der Vorstadt gingen, hörte ich in der Ferne das Geschrei der Krähen. Ihr heiseres, trockenes Krächzen klang wie eine Taverne voller betrunkener Männer.

Die Stadtmauer war beeindruckend und furchterregend zugleich. Sie schien für die Ewigkeit errichtet worden zu sein, denn sie würde noch stehen, lange nachdem unsere Namen sich wie Rauch im Wind aufgelöst hatten. *So wie Bjørns Runenstein*, dachte ich.

Als Penda es erwähnte, nickte der Pater. »Die ganze Stadt ist ein Monument der Zivilisation in einer barbarischen Welt, Penda«, sagte er und segnete eine Frau, die vor ihrem Haus eine Ziege molk. Die Frau senkte ehrfürchtig den Kopf.

Die kaiserlichen Wachen am Tor stellten diesmal keine

Fragen. Sie waren an Mönche und ihr Schweigegelübde gewöhnt, aber einer von ihnen musterte Penda und mich von Kopf bis Fuß. Ich fragte mich, ob ich ein Schwert würde ziehen können, bevor sie mich mit ihren Speeren durchbohrten, was ich bezweifelte. Doch dann zog Egfrith sein kleines Holzkreuz heraus und berührte damit die Stirn des Wächters. Dabei sprudelte ein Strom von lateinischen Worten aus seinem Mund, die den Argwohn des Mannes offenbar zerstreuten. Er nickte Egfrith zu und winkte uns weiter, während er dem anderen Mann etwas zumurmelte. Der schien amüsiert zu sein und auch erleichtert, weil er der Aufmerksamkeit des Mönchs entgangen war.

»Benediktinerbrüder haben für gewöhnlich keine Schultern, die man ins Joch spannen könnte«, murmelte Egfrith, als wir innerhalb der Stadtmauer waren. Durch das Rudern und die Übungen war ich in der Tat ebenso breitschultrig geworden wie alle anderen Nordmänner. Ich fragte mich, ob mein Vater, wer auch immer er gewesen sein mochte, ebenfalls breite Schultern und kräftige Arme davon bekommen hatte, dass er übers Meer gerudert war. Und obwohl ich mich in dem Gewand eines Christensklaven schrecklich auffällig fühlte, schien ich für die Leute von Aix unsichtbar zu sein. Die Händler und die Kinder und die Huren ließen uns in Ruhe, sodass wir ungestört über die Holzstege gehen konnten. Wir folgten der Mauer nach Westen und umgingen so das belebte Innere der Stadt. Der Herdrauch brannte mir in den Augen, doch die köstlichen Gerüche ließen mir das Wasser im Mund zusammenlaufen, bevor ein widerlicher Gestank mir im nächsten Moment die Kehle zusammenschnürte. Ich war froh über die Kapuze, die einen gewissen Schutz auch für die Nase bot.

Die Stadt lag im Schatten, als wir zum Konvent der heiligen Godeberta kamen. Die Weide hinter der westlichen Mauer lag immer noch im Zwielicht, doch kaiserliche Soldaten gingen bereits umher und entzündeten Feuer in Körben, die auf Eisenstangen steckten. Die Flammen warfen tanzende Schatten und zogen Schwärme von Motten an, während Kakerlaken und Ratten hastig in die Dunkelheit unter den Bastionen verschwanden.

Das Konvent war ebenfalls von Mauern geschützt, aber der gekalkte Stein bröckelte bereits an vielen Stellen. Man hätte sie mit Leichtigkeit erklimmen können, obwohl mir diese Aussicht nicht sonderlich gefiel. Es patrouillierten zu viele Wachen auf den Straßen, und mit Kutten statt Brynjur würden wir nicht lange leben.

»Denkt daran«, warnte uns Egfrith, nachdem er dreimal gegen das Tor gehämmert hatte. »Ihr schweigt und haltet die Köpfe gesenkt.« Nach einer Weile klopfte Egfrith erneut, lauter diesmal, und endlich hörten wir von drinnen Schritte. Ein Riegel wurde geschoben. In einem kleinen Fensterchen tauchte ein Gesicht auf. Der Blick war misstrauisch, und die Person stieß ein paar fränkische Worten aus. Egfrith antwortete auf Latein, und die Augen in dem kleinen Fenster wurden groß.

»Du bist der englische Mönch.« Die Nonne klang fast vorwurfsvoll. Dann kicherte sie, und es überraschte mich, ein solches Geräusch von einer Christenbraut zu hören. »Du bist doch der, der versucht hat, diesen heidnischen

Jarl zu taufen und dabei fast ertrunken wäre«, sagte sie. Ihr Englisch war so gut, dass sie auch aus Wessex hätte stammen können.

»Ich bin keineswegs fast ertrunken«, sagte Egfrith gereizt. »Ich versichere dir, Schwester, dass ich wie ein Fisch schwimmen kann. Also, lässt du mich jetzt ein?«

Ich sah, wie sich die Augen der Nonne unter der dunklen Nonnenhaube zu schmalen Schlitzen zusammenzogen. »Was hast du zu dieser späten Stunde mit den Schwestern zu schaffen? Es ist Komplet, Pater. Die Schwestern sind beim Gebet.«

»Mir ist die späte Stunde sehr wohl bewusst, Schwester, aber ich wurde von Bischof Borgon geschickt. Er glaubt, ich könnte der ehrwürdigen Mutter Mutter behilflich sein.«

»Behilflich?« Die Nonne war argwöhnisch. »Wobei behilflich?«

»Ich glaube wirklich nicht, dass dich das etwas angeht, Schwester, aber da du es unbedingt wissen willst, es geht um das Mädchen Cynethryth. Man hat mir gesagt, sie wäre nicht gerade … fügsam.«

Die Nonne runzelte die Stirn. »Sie ist ebenso verloren wie eine Münze, die in einer Schenke zu Boden fällt«, erklärte sie. »Die Äbtissin sagt, das Mädchen hat so viel Zeit mit den Heiden verbracht, dass der himmlische Vater ihr den Rücken zugekehrt hätte. Sie hat die Äbtissin geschlagen.« Ihr Blick verriet so etwas wie Belustigung bei diesen Worten. »Könnt ihr Euch das vorstellen, Pater? Aber die Schwestern haben sie dafür teuer bezahlen lassen.«

Ich wollte gerade die Tür einschlagen, als ich Pendas Hand auf meinem Arm spürte.

»Und trotz der Bemühungen der Schwestern höre ich, dass das Mädchen immer noch voller Arglist ist.« Egfrith schüttelte traurig den Kopf.

»Wir beten für ihre Seele, Pater«, antwortete die Nonne.

Egfrith wackelte mit dem Finger vor ihren Augen. »*Facta, non verba*«, erklärte er. »Manchmal bedarf es der Taten, nicht der Worte, mein liebes Kind.« Er wies hinter sich. »Ich habe die Brüder Leofmar und Gytha mitgebracht, die, wie du sehen kannst, die Kraft besitzen, dem Satan die Seele dieses armen Mädchens zu entreißen. Bischof Borgon glaubt, dass sie etwas …«, er machte eine kleine Pause, »überzeugender sind als die guten Schwestern, die letzten Endes vor allem schwache Kreaturen sind. Also lass uns jetzt bitte hinein, damit wir mit unserer Arbeit beginnen können.«

Die Nonne betrachtete Penda und mich durch das Türchen, und Schweiß lief mir über den Rücken. Dann öffnete sie das Tor, das protestierend knarrte, weil es zu einer solch späten Stunde geöffnet wurde. Wir traten in einen grasbewachsenen Innenhof, auf dem ruhig brennende Fackeln an den Wänden die Schatten tanzen ließen. Rund um den Rasenplatz verlief ein überdachter Gang aus glänzender Eiche, in den Gesichter und Kreuze geschnitzt worden waren. Irgendwo beteten die Nonnen, ihre Stimmen klangen gedämpft von den Steinmauern. Das Beten kam aus einer kleinen Kirche auf der Ostseite des Hofs. Andere Gebäude unterschiedlicher Größe umstanden den Innenhof, einige aus Holz, die meisten jedoch aus Stein. Die Nonne, die uns hereingelassen hatte, benannte diese Gebäude mit sichtlichem Stolz, wenn wir daran vorbeikamen. Die Küche, die Vorratskammer, die Meierei, das Refektorium, die Bibliothek, das Stiftshaus, Scheunen, die Bäckerei und Lagerhäuser. Die Friedfertigkeit dieses Platzes legte sich schwer auf mich und schnürte mir die Brust zusammen, die sich anfühlte wie ein praller Metschlauch. Ich fühlte förmlich den Atem des weißen Christus im Nacken dieser groben Mönchskutte.

»Hinter der Werkstatt auf der gegenüberliegenden Seite liegen Gemüsegärten, Getreidefelder und auch ein Obstgarten«, verkündete die Nonne gerade.

»Ein sicherer Hafen in einer Welt der Sünde, Schwester.« Egfrith lächelte salbungsvoll.

»Ihr wartet im Schlafsaal, bis Äbtissin Berta das Komplet beendet hat«, erklärte die Nonne. Bei diesen Worten musterte sie mich und Penda. Ich hielt die Hände verschränkt, den Kopf gesenkt und den Mund geschlossen. Dann führte die Frau uns zu einem reetgedeckten Steingebäude, öffnete die Tür und scheuchte uns hinein. Fast als hätte sie Angst, dass andere Nonnen uns sehen könnten. »Ich lasse euch Wein und ein bisschen Brot bringen, falls ihr hungrig seid.«

»Danke«, antwortete Egfrith. »Gott segne dich, mein Kind.«

Die Nonne verschwand, Penda schloss die Tür hinter ihr und wir waren allein. Der Raum wurde von süß duftenden Bienenwachskerzen erhellt. Ich roch außerdem frisch gebackenes Brot und nahm das schwache Aroma von Fenchel wahr.

»Hier zu sein lässt die Säfte fließen«, sagte Penda und

kratzte sich die Narbe auf seinem Gesicht. »Hinter diesen Mauern mit all diesen Frauen.«

»Wo ist Cynethryth, Egfrith?« Instinktiv berührte ich den Griff meines Schwertes durch die dicke Wolle meiner Kutte.

Er zog geräuschvoll die Luft durch die Nase. »Ich nehme an, dass sie sie in einer Zelle im Dormitorium untergebracht haben«, erwiderte er. »Aber wir müssen jetzt handeln, bevor das Komplet endet und die Schwestern schlafen gehen.« Er sah uns mit großen Augen an, und auf seiner Tonsur schimmerte der Schweiß. »Seid ihr beide bereit?« Ich sah Penda an, der nickte. Dann öffnete der Wessexmann die Tür, und wir traten in das von Fackeln und Kerzen erleuchtete Kloster, um Cynethryth zu suchen.

23

Egfrith führte uns durch den hölzernen Säulengang mit den Schnitzereien. Hier, an diesem Ort der Bräute des weißen Christus kamen mir unsere Schritte laut und plump vor. Aber von den Nonnen war nichts zu sehen, als wir an der widerlich stinkenden Latrine und der Krankenstube vorbeigingen, aus der ein schwaches Stöhnen drang, in das sich das beschwichtigende Murmeln einer anderen Frauenstimme mischte. Schwalben schossen über den schattigen Innenhof, und zwischen den Holzbögen des Säulengangs zuckten Fledermäuse auf Mottenjagd hin und her.

»Hier!«, zischte Egfrith. Mein Herz hämmerte in der Brust, und mein Mund war trocken. Der Schlafsaal befand sich direkt neben der steinernen Kirche, und wir konnten jetzt die Nonnen laut und deutlich beten hören. Das bedeutete, wir hatten noch etwas Zeit. Egfrith hob den Riegel, öffnete die Tür, und wir gingen hinein. Ich verzog das Gesicht, als die hölzernen Stufen unter meinen Schritten knarrten, aber wir erreichten kurz darauf eine weitere Tür, die Egfrith vorsichtig öffnete. Wir traten in einen schmalen Korridor, der so niedrig war, dass Penda und ich uns bücken mussten. Zu beiden Seiten befanden sich die Türen kleiner Zellen. In jeder stand ein Bett und ein Stuhl, ansonsten kaum etwas außer ein paar persönlichen Habseligkeiten, ein Holzkreuz, eine Bibel, eine Decke, Kleidungsstücke. Am Ende des Flures führte eine Treppe in die Dunkelheit hinab. Doch unmittelbar davor lag rechts eine weitere Zelle.

»Ich vermute, sie ist da drin.« Egfrith zeigte auf die Tür. »Sie ist abgesperrt«, bestätigte er einen Moment später. »Cynethryth!«, rief er mit gedämpfter Stimme, den Mund an die dicke Eiche gelegt. »Cynethryth, Mädchen, bist du da drin?« Wir pressten unsere Ohren an das Holz, hörten jedoch nichts.

»Vielleicht halten sie sie in einem der anderen Gebäude fest«, sagte Penda. In dem Moment hörten wir, wie sich am Fuß der Treppe unter uns eine Tür öffnete.

»Wir müssen hier weg!«, stieß Egfrith hervor.

»Aber du glaubst, dass sie sich hier drin befindet?«, wollte ich wissen.

»Ich wüsste nicht, wo sie sie sonst hätten unterbringen sollen«, zischte er. »Aber wir haben keine Zeit mehr.«

Ich schob ihn beiseite, holte aus und trat mit aller Kraft gegen die Tür. Entweder brach das Schloss oder mein Bein. Zum Glück war es das Schloss. Auf den splitternden Krach antwortete lautes Keuchen vor uns, aber wir waren bereits in der Zelle. Cynethryth war an das Bett gefesselt und geknebelt. Ihre nackten Arme und Beine waren von den groben Stricken wundgescheuert. »Heilige Mutter Gottes, du armes Kind«, jammerte Egfrith, während ich die Stricke mit meinem Messer durchschnitt. Cynethryth war kaum wiederzuerkennen. Ihr Haar war verfilzt, die Augen wie schwarze Löcher, ihre Wangen waren hohl. Sie schien uns nicht zu erkennen.

»Du bist in Sicherheit, mein stolzer Falke«, flüsterte ich ihr ins Ohr und hob sie hoch.

»Was im Namen der heiligen Jungfrau geht hier vor?« Wir drehten uns um. Die dröhnende Stimme gehörte einer Frau, die nur die Äbtissin sein konnte. Bei Óðin, sie war ein Riesenweib. Hinter ihr drängten sich einige Nonnen, deren Augen geweitet waren. »Pater Egfrith? Was tut Ihr da?«, dröhnte Berta.

»Ich bringe dieses arme Mädchen weg von hier, ehrwürdige Mutter!«, sagte Egfrith mit fester Stimme.

»Aber sie ist in Gefahr, Pater! Ihre Seele ist schwarz, und wir versuchen, sie dem Fürsten der Finsternis zu entreißen!« Sie war so groß wie ein Nordmann und versperrte die Tür. Ihr derbes Gesicht war kreidebleich und zitterte vor Wut.

»Du bist ein grausames Weib!« Egfrith richtete seinen knorrigen Finger auf die Frau, die fast dreimal so groß war wie er. »Wir werden sie von hier fortbringen.« Einige Nonnen polterten lärmend die Stufen hinab, wahrscheinlich um Hilfe zu holen. Wir hatten keine Zeit mehr zu verlieren.

»Gib sie mir, Junge«, sagte Penda. »Und tu, was getan werden muss.« Er zuckte mit den Schultern. »Ich bin Christ.«

Ich legte Cynethryth in Pendas Arme, trat zu Äbtissin Berta und hämmerte ihr meine Faust gegen das Kinn. Sie kippte um wie ein Sack Mehl.

»Raven!«, rief Egfrith. Die Nonnen kreischten und fielen fast übereinander, als sie versuchten, vor uns wegzulaufen. Sie drängten sich durch den Korridor, und wir folgten ihnen die Treppe hinab in die Nacht hinaus. Ich nahm mein Messer und schnitt lange Schlitze in die Vorder- und Hinterseite unserer Kutten. Unsere Beine konnten sich jetzt ungehinderter bewegen, und wir rannten los, geradewegs über den Rasenplatz zum Haupttor. Dann liefen wir weiter, über die Holzstege, die an den Mauern des Konvents entlang und um die Stadt herum führten. Immer noch gab es kein Zeichen dafür, dass wir verfolgt wurden. Betrunkene stolperten durch die Straßen und beleidigten Passanten und Huren. Kleine Gruppen von kaiserlichen Soldaten patrouillierten durch die Gassen. Ihre Schuppenrüstungen reflektierten die tanzenden Flammen der Feuerkörbe. Hunde kämpften um Knochen im Schlamm, unsichtbare Katzen schrien in den Schatten, die Mäuse raschelten in den Reetdächern. Wir rannten weiter.

Als wir die Türme des westlichen Tors sahen, blieben wir stehen, und ich ging zu Penda und nahm ihm die schwere Last ab. Er keuchte wie ein Zugpferd. »Da sind zu viele Wachen«, sagte ich, während ich die vielen blauen Umhänge beäugte. Jeder Turm war von jeweils zwei Soldaten besetzt, und acht weitere standen an den verbarrikadierten Toren, redeten miteinander und lachten. »Sie werden Fragen stellen.«

»Kann sie laufen?« Penda musterte Cynethryth zweifelnd. Ich sah ihr in die Augen. Ihre Lider waren geschlossen. Sie hatte bisher noch kein einziges Wort gesagt.

Ich schüttelte den Kopf. »Sie ist erschöpft, Penda«, erwiderte ich.

»Dann müssen wir es drauf ankommen lassen«, erklärte er und setzte sich in Richtung Tor in Bewegung.

»Warte!«, rief Egfrith. »Seht, dort drüben!« Er deutete auf die Werkstatt eines Flickschusters. Das Gebäude stand unmittelbar an der Stadtmauer, und das Reetdach reichte schräg fast bis zum Wehrgang hinauf. Wir mussten es versuchen.

Penda lief zu dem Haus, kippte das Regenfass des Flickschusters um und schob es unter den Giebel. Dann kletterte er hinauf auf das Reet, und ich reichte Cynethryth hoch. Das war nicht einfach, auch wenn sie kaum noch etwas wog. Als Penda sie hatte, setzte er sie ab, stieg weiter hoch bis zur Mauer und sprang hoch, um einen Halt zu suchen. Aber vergeblich. Er fluchte wie Thór. Sein rechter Fuß war durch das Reet gekracht, und wir hörten einen überraschten Schrei aus dem Inneren des Schuppens. Der Wessexmann riss seinen Fuß heraus, als die Tür aufflog. Ich blickte vom Fass herab auf einen Hünen von Mann, der nur eine Leinenhose anhatte. Sein Haar und sein Schnauzbart waren ebenso wild wie seine Augen. Er packte Egfrith am Hals und begann ihn zu würgen. Ich sprang hinzu, und als er mich sah, schleuderte er Egfrith einfach zur Seite und stürzte sich auf mich.

»Helft Penda!«, schrie ich Egfrith zu, der hustete und keuchte. Der Franke schlug mit seiner Faust zu, aber ich wehrte den Schlag mit meinem Unterarm ab, trat dicht an ihn heran und rammte ihm die Stirn ins Gesicht. Er taumelte zurück, und Blut spritzte aus seiner Nase. Ich trat ihm mit dem Stiefel in die Lenden. Seine Augen traten vor Schmerz aus ihren Höhlen, als er zur Seite kippte und sich wie ein sterbender Hund mit zusammengebissenen Zähnen im Schlamm zusammenrollte. Ein weiterer Schrei ertönte in der Nacht, und ich hörte das Stampfen von Stiefeln auf den Holzplanken.

»Sie kommen, Raven!«, schrie Penda. Egfrith und ich kletterten auf das Dach und richteten dann Cynethryth auf.

»Nimm Pendas Hände, Cynethryth!«, beschwor ich das Mädchen. Sie erwiderte nichts, und ich glaubte schon, sie hätte mich nicht gehört. Doch dann reckte sie ihren verletzten Arm, und Penda zog sie mit einem Ruck auf den Wehrgang. Hinter uns schrien Soldaten. Ich kletterte die Mauer hoch wie eine Katze.

»Ich zuerst, Penda«, sagte ich, schob mich über die Mauer und packte Pendas Hände. So konnte er mich auf dem Bauch liegend so weit wie möglich hinunterlassen, um den Fall zu verkürzen. Trotzdem waren es mehr als drei Meter, aber der Boden war nass und weich, und ich nahm bei der Landung keinen Schaden. Ich wollte Cynethryth Anweisungen geben, sagte ihr, dass ich sie auffangen würde. Doch da fiel sie bereits. Es gelang mir irgendwie ihren Sturz zu dämpfen, aber ich zuckte zusammen, als ich ihre dünnen Knochen spürte, und hoffte, dass sie sich nichts gebrochen hatte.

»Jetzt Ihr, Vater«, sagte Penda. In dem Moment zischte ein Pfeil dicht an seinem Kopf vorbei. Dann waren Egfrith und er auf dem Boden, und ich hatte Cynethryth in den Armen, und wir rannten zwischen den dicht stehenden Häusern hinaus auf die im silbrigen Mondlicht liegende Wiese. Der Wald vor uns war eine dunkle Fläche, und irgendwo zwischen diesen Bäumen warteten der schwarze Floki und Halldor mit den Pferden. Wenn wir es bis dorthin schafften, waren wir in Sicherheit.

Doch dann öffneten sich hinter uns ächzend die Tore von Aix-la-Chapelle, und das nächste Geräusch, das ich hörte, erfüllte mich mit eisiger Furcht. Es war das Trommeln von Hufen auf feuchter Erde. Ich wagte es nicht, mich umzusehen, und lief nur noch schneller. Cynethryth wurde in meinen Armen schrecklich durchgeschüttelt. Die Franken schrien, und es klang, als wären es mindestens hundert.

»Warte, Penda, du musst Cynethryth nehmen!« Ich blieb stehen und hockte mich mit Cynethryth in das feuchte Gras. Die anderen knieten sich ebenfalls hin, und in der Dämmerung leuchtete das Weiß ihrer weit aufgerissenen Augen. Jeder meiner keuchenden Atemzüge war ein gequältes Rasseln.

»Ich lasse dich nicht allein, Junge.« Penda schüttelte den Kopf. Ich sah Egfrith an.

»Dann müsst Ihr sie tragen«, sagte ich. Der Mönch nickte, ohne auch nur einen Herzschlag zu zögern. »Lauft zu den Bäumen. Ganz gleich, was mit uns passiert.«

»Aber ich sehe keine Fackeln«, sagte Egfrith nach einem Blick auf den Wald.

»Weil sie wissen, dass wir verfolgt werden«, sagte ich. »Der schwarze Floki wird Euch finden. Und jetzt lauft! Wir halten sie Euch vom Leib.« Ich wusste nicht, woher der Mönch die Kraft nahm, aber er nahm Cynethryth in seine kleinen Arme und rannte los. Seine weißen Beine und das blasse Gesicht des Mädchens reflektierten das Mondlicht, als sie sich entfernten.

Penda und ich zogen unsere Schwerter und warfen unsere Kapuzen zurück. Ich grinste ihn im Mondlicht an.

Dann brüllte ich den Namen von Óðin, dem Speergott, dem Jarl der Götter, und wir rannten auf die Pferde und die Männer zu, die Fackeln in den Händen hielten.

Die Reiter hörten uns, denn sie rissen ihre Pferde herum, die schrill wieherten. Im nächsten Moment galoppierten sie auf uns zu. Ihre Schuppenrüstungen und ihre Helme glänzten im Mondlicht. Ich wollte einen Blick zurückwerfen, um mich zu überzeugen, dass Egfrith es bis zum Wald geschafft hatte, aber da war der erste Reiter schon bei uns. Er holte mit seinem Schwert aus, aber ich sprang zurück, und der Schlag verfehlte mich. Dann griff der nächste an, und seine Lanze verfing sich im Ärmel meiner Kutte. Er musste sie loslassen, als sein Pferd weitergaloppierte. Ich hatte gerade die Lanze aufgehoben, als mich ein weiterer Franke angriff. Mit einer Hand schleuderte ich die Lanze in seine linke Schulter und wirbelte herum. Ich schlug seitlich mit dem Schwert zu und verfehlte nur knapp den Rücken eines Mannes, als er an mir vorbeigaloppierte. Penda hatte zwei Reiter zu Boden gerissen, und ich sah, wie er einem gestürzten Franken den Arm an der Schulter abhackte, bevor ich mich um zwei andere kümmerte, die vorhatten, rechts und links an mir vorbeizureiten und mich mit ihren Speeren zu durchbohren. Dutzende von Franken waren mittlerweile aus den Häusern westlich der Stadt geeilt und rannten über die Weide auf uns zu. Ihre Umhänge flatterten hinter ihnen her. Ein Pfeil bohrte sich in die Wolle zwischen meinen Beinen, und ich fluchte, weil ich mein Brynja nicht trug und wusste, dass jeden Moment fränkischer Stahl meine Haut zerfetzen konnte.

Dann krachte eine Klinge mit ihrer flachen Seite gegen meinen Hinterkopf, und ich taumelte. Aber mein Schwert ließ ich nicht los. Ich versuchte gerade, mich aufzurichten, als ein Reiter auf mich zupreschte. Sein Tier krachte gegen mich und schleuderte mich fast bis in die Nachwelt. Ich lag im Gras und blickte zu den Sternen empor, unfähig, mich zu rühren. Ich fühlte, wie der Tau auf mein Gesicht fiel, und ich sah Fledermäuse über mir schwirren. Dann tauchten die blauen Umhänge auf und zerrten mich auf die Beine. Ich hätte schwören können, dass es nicht meine eigenen Beine waren.

»Atmest du noch, Junge?« Das war Penda. Die Franken hatten ihn umringt, aber sie schienen immer noch Angst davor zu haben, was er ihnen antun konnte, weil drei von ihnen bereits tot in dem feuchten Gras lagen. »Sieht aus, als wollten die Mistkerle uns lebend haben, also können wir vielleicht noch ein paar von ihnen umbringen!«, brüllte er. Der Wessexmann war ein verdammt rauer Geselle. Er konnte jemanden umbringen, ohne sich auch nur anzustrengen. Was mich anging, ich hatte nicht einmal einen einzigen Franken getötet, trotz meines Speerwurfs. Das flößte mir erneut Respekt gegenüber ihren Schuppenpanzern ein. Die berittenen Soldaten durchstreiften jetzt die Wiese und hielten ihre Fackeln hoch in die Luft. Sie erleuchteten die Nacht wie Blitze vom Himmel, während sie nach Cynethryth suchten. »Bring sie in Sicherheit, Floki«, murmelte ich. Ich spürte, dass mein Haar klebrig von Blut war.

Dass wir immer noch am Leben waren, bedeutete entweder, dass jemand glaubte, für uns einen guten Preis auf dem Sklavenmarkt zu erzielen, oder dass jemand – vielleicht die Äbtissin selbst – ein Exempel an uns statuieren wollte. Hätte ich wählen können, hätte ich mir lieber selber die Sklavenfesseln angelegt, als noch einmal der Äbtissin unter die Augen treten zu müssen.

Man brachte uns zurück zur Stadt, aber nicht zum Konvent und auch nicht zum Palast. Stattdessen führten uns die Soldaten durch das Nordtor und durch Gassen, deren Holzstege längst vom stinkenden Schlamm verschlungen worden waren. Hier standen die heruntergekommenen Hütten eng zusammen, waren kaum mehr als Schuppen, die mit verfaulenden Häuten und Decken verkleidet waren. Ich sah den nackten Leichnam eines neugeborenen Kindes halb im Schlamm vergraben, und ein hagerer Köter kaute an dem verfaulenden Brustkorb eines anderen. Das war ein Teil der großen christlichen Stadt, von dem Pater Egfrith uns nichts erzählt hatte, und beim Anblick dieses Elends überlief es mich kalt. Ich empfand ein überwältigendes Bedürfnis, wieder an Bord der *Seeschlange* zu sein, wo mir der salzige Wind durchs Haar wehte. Aber jetzt war ich ein Gefangener und konnte nur den Tod erwarten. Der allerdings wäre wahrscheinlich fast ein Segen gewesen, denn ich vermutete, dass das Schwert des Franken mir den Schädel wie eine Haselnuss gespalten hatte. Ich hatte fürchterliche Schmerzen und war noch immer benommen, sodass ich nichts tun konnte, als in die Richtung zu stolpern, in die man mich stieß.

Wir kamen an einer kleinen hölzernen Kirche vorbei, vor der ein großes Holzkreuz in die Erde gepflanzt worden war. Neben diesem Kreuz schliefen einige Männer auf frisch ausgelegtem Stroh. Jeder trug einen verblassten blauen Umhang. Dann wurden die Hütten weniger, und ich wusste auch schon bald, warum. Ein zwei Fuß breiter stinkender Graben führte vom Süden der Stadt hier hindurch und verlief unter der nördlichen Mauer. Es war ein schlammiger Strom aus Scheiße, und der größte Teil kam aus den besseren Vierteln der Stadt. Vielleicht stammte einiges davon sogar aus dem kaiserlichen Arsch höchstselbst. Und rund um diesen stinkenden Graben schienen sich die Hütten fast im Schlamm aufzulösen.

Wir überquerten den Graben und kamen schließlich zu einer Palisade mit angespitzten Pfählen. Unsere Häscher hämmerten gegen das Tor, und man ließ uns ein. In der Mitte des Geländes befand sich ein Langhaus, dessen Fenster mit dicken Häuten bedeckt waren. Daneben standen kleinere Gebäude, ebenfalls aus Holz, aber sehr gut gebaut, das Reet war noch gelb und bot guten Schutz vor Kälte und Regen. Das Langhaus selbst musste in seiner besten Zeit sehr beeindruckend gewesen sein. Es war mindestens achtzig Fuß lang, hatte ein solides Gestell aus dicken Balken und ein großes schräges Dach, das ein Gelände abdeckte, auf dem man zwanzig Ziegen hätte grasen lassen können. Aber das Reet war löchrig und verfault, die Lehmwände bröckelten, und ich vermutete, dass dieses Haus schon lange hier gestanden hatte, bevor die Gebäude des Kaisers aus glattem weißen Stein auf dem Hügel errichtet worden waren.

»Vielleicht haben sie ein Festmahl für uns vorbereitet, Raven«, sagte Penda, was ihm einen Stoß mit einem Speerschaft einbrachte. Unsere Wächter sprachen mit den Wachen und informierten sie, dass wir keine Mönche waren und sie auf uns aufpassen sollten. Ich dachte, das wäre bereits mehr als offensichtlich gewesen, nicht nur angesichts unserer Statur und des Zustands, in dem wir uns befanden, sondern auch wegen der drei Leichen in blauen Umhängen, die über den Sätteln der drei Pferde hingen.

Dann ging es weiter zum Langhaus. Ein Soldat entriegelte die Tür, ein anderer öffnete sie. Der Gestank, der uns entgegenschlug, war unbeschreiblich. Es war der ranzige, stechende Gestank des Todes, und man warf Penda und mich in seinen Rachen. Das Langhaus war ein Gefängnis. Und es war voller stinkender, hungernder, sterbender Männer. Die meisten rührten sich nicht einmal, um nachzusehen, wer gekommen war, aber aus der Dunkelheit starrten uns einige weiße Augen entgegen. Die Franken schoben uns durch ein Gewühl von sich bewegenden Leibern und versuchten, einen Platz für uns freizumachen. Die Insassen um uns herum stöhnten protestierend. Einer der Wachen tauchte mit einer langen Kette neben uns auf, an die man uns mit Handschellen fesselte. Mir wurde bald klar, dass diese Kette sich durch den ganzen stinkenden Raum schlängelte wie eine riesige eiserne Schlange. Sie fesselte hundert und mehr Seelen.

Die Wächter hatten kein Bedürfnis, lange bei den Toten und Sterbenden zu bleiben, sondern richteten sich auf, die Umhänge vor ihre Gesichter gedrückt, und nach wenigen Augenblicken fiel die Tür hinter ihnen zu.

»Ein tolles Festmahl, Penda«, sagte ich und prüfte die eiserne Kette und die Handschellen. Zu unserem Pech waren sie das Neueste an diesem verrotteten Ort und hätten wahrscheinlich sogar Fenrir selbst standgehalten.

»Es könnte schlimmer sein, Junge«, erwiderte der Mann aus Wessex.

»Was bei Thórs haarigen Eiern könnte noch schlimmer sein?«, stöhnte ich und versuchte wegen des Gestanks möglichst wenig zu atmen.

»Sie hätten dich an die fette Kuh von Äbtissin ketten können«, sagte er. Trotz meiner Schmerzen und trotz der Fesseln musste ich lachen, denn Penda hatte recht.

»Ist da irgendetwas komisch, Engländer?« Die raue Stimme in der Dunkelheit sprach mit einem starken Akzent. Einem Akzent, der die tiefe Kälte des Fjords in sich hatte.

»Was geht dich das an?«, knurrte Penda.

»Wir lachen, weil ich eine Christenbraut geschlagen habe, was das Tapferste ist, was ich jemals gemacht habe, weil sie ein wahres Schlachtross war«, antwortete ich auf Nordisch. Der Mann in der Dunkelheit lachte.

»Wer bist du?«, fragte er vorsichtig. Ich drehte mich um, um den Mann ausfindig zu machen. In diesem Moment rutschten die Männer zwischen uns ehrerbietig zur Seite. *Er muss ein wichtiger Mann sein,* dachte ich. Wie sich herausstellte, saß er zwei Speerlängen rechts von mir, und jetzt konnte ich sein hageres Gesicht erkennen.

»Ich bin Raven, einer der Männer von Sigurd dem Glücklichen«, sagte ich. »Und das hier ist mein Schwertbruder Penda aus Wessex.«

»*Hrafn?*« Er benutzte das nordische Wort für Raven. »Ein Nordmann, der mit einem Engländer reist?« Der Mann sprach Nordisch, aber sein Akzent war mir unbekannt.

»Und wer seid ihr?«, wollte ich wissen.

»Ich bin Steinn, der Sohn von Inge«, antwortete er. »Wir sind Dänen.«

»Die Drachenschiffe an der Mole gehören also dir?«

»Nicht mir«, gab Steinn zurück. »Sie gehören Yngve, unserem Jarl.«

»Wo ist Yngve?« Ich musterte die schattigen Gesichter um mich herum.

»Er liegt da drüben«, sagte Steinn und deutete mit klirrenden Ketten in eine Ecke des Langhauses. Ich bemühte mich, die Dunkelheit mit meinem Blick zu durchdringen, sah an den zusammengekauerten Gestalten vorbei und erblickte schließlich den Umriss eines Hünen, der an der zerfallenen Lehmwand lehnte. »Du kannst ihn wahrscheinlich riechen. Er ist seit neun Tagen tot«, fuhr Steinn fort. »Das Wundfieber hat ihn hingerafft.«

Ich übersetzte es für Penda, der mittlerweile verärgert sein würde, weil er nicht verstand, was gesagt wurde. »Diese Männer hier, Steinn«, fragte ich dann, »gehören die alle zu dir?«

»Alle, die noch atmen«, sagte er. »Dieses Land war unser Fluch. Wir hätten niemals herkommen sollen.«

»Dein Jarl war ein Narr, wenn er gegen diesen christlichen Kaiser gekämpft hat«, sagte ich. Das erregte den Unwillen einiger Männer um mich herum, die drohend grunzten.

»Wir sind gekommen, um Handel zu treiben«, sagte Steinn, was vermutlich eine Lüge war. »Unser Fehler war es, diesen Franken zu vertrauen.«

Dein Fehler war, gegen sie zu kämpfen, dachte ich. *Und jetzt ist dein Jarl Fressen für die Würmer, und deine Gemeinschaft verrottet in der Finsternis.* Allerdings schien das auch mein Schicksal zu sein. Ich stellte mir die drei Nornen vor, die irgendwo saßen und lachend den Teppich betrachteten, den sie für mich gewoben hatten.

»Hast du gegen sie gekämpft?«, fragte Steinn. »Wo sind dann dein Jarl und die anderen?«

»Die Franken haben uns erwischt, als wir in ihren Konvent eingebrochen sind«, erklärte ich, und ich wusste, wie die Dänen das verstehen würden. Allerdings sah ich keinen Grund, mich weiter zu erklären. »Die anderen sind in Sicherheit. Bei unseren Drachenschiffen an der Mole.«

»Werden sie euch holen?«, erkundigte sich Steinn.

Ich zögerte einen Moment, bevor ich antwortete. »Vielleicht«, sagte ich dann.

24

In den nächsten drei Tagen starben zwei weitere Dänen an Wundfäule oder verdursteten. Die Franken öffneten in regelmäßigen Abständen die Tür und warfen Wasserschläuche und ein paar Brocken Nahrung herein. Aber einige Dänen waren mittlerweile schon zu schwach, um auch nur die Reste von einem Knochen zu nagen. Für sie gab es keine Hoffnung mehr, also nahmen es sich die anderen und verschlangen es wie Hunde. Ihr Stolz war schon lange gestorben.

Es wurde nur sehr wenig geredet, weil keiner seine Kraft verschwenden wollte. Und außerdem, was gab es zu reden? Wir konnten nur auf den langsamen, elenden Tod warten, der uns bevorstand. Schon bald verlor ich jedes Zeitgefühl. Tage und Nächte verschmolzen zu einem langen Nichts aus schmerzhaften Hungerkrämpfen. Zuerst waren wir so durstig, dass es fast unerträglich wurde. Doch je schwächer wir wurden, desto weniger bemerkten wir den Durst, was Pendas Worten zufolge ein schlechtes Zeichen war. Meine Haut wurde trocken und rissig, wie die Lehmwände unseres Gefängnisses, und meine Lippen platzten auf, sodass ich immer den Geschmack von Blut auf meiner geschwollenen Zunge hatte. Wir mussten dort scheißen und pissen, wo wir saßen, aber das taten wir kaum, weil unsere geschrumpften

Mägen und Därme leer waren. Und immer noch kam niemand zu uns. Einmal wurde ich vom Klirren der Kette geweckt, als einer der Dänen seinen Freund erwürgte. Er gewährte ihm die Gnade eines schnellen Todes. Wir hörten in der Dunkelheit dem Todeskampf des Dänen zu und bissen die Zähne zusammen, bis es schließlich vorbei war. Das schwere Atmen des Mörders verwandelte sich in Schluchzen. Ich bin sicher, dass ich auch geweint hätte an seiner Stelle. Diese Dänen waren einmal genauso gewesen wie das Wolfsrudel: frei und stolz und voller Tatendrang. Jetzt waren sie nichts, und ich verfluchte mich, dass ich lebendig gefangen worden war, wo ich doch mit dem Schwert in der Hand hätte sterben sollen.

Ich weiß nicht, wie lange ich so vor mich hingedämmert hatte, als wir Unruhe auf dem Gelände draußen bemerkten. Kurz darauf wurde die Tür geöffnet, und das Tageslicht strömte herein. Es blendete so, dass ich den Kopf abwenden musste. Die Franken brachten einen weiteren Gefangenen herein. Ich hätte ihm gern zugeschrien, dass er besser dran wäre, zu kämpfen und durch die Klingen zu sterben, als zuzulassen, dass sie ihm die Handschellen anlegten. Aber ich sagte nichts. Ich war zu erschöpft, und so sah ich zu, wie diese arme Seele in den stinkenden Raum gestoßen wurde. Mittlerweile summten überall Fliegen, die sich von den verwesenden Dänen ernährten, und jetzt im Sonnenlicht sah man Maden, die in ihrem Fleisch wühlten. Oft hörten wir auch Ratten, die an Knochen nagten, und wenn man weiß, dass der Knochen der eines Menschen ist, gefriert einem bei diesem Geräusch das Blut. Dann waren die Franken wieder verschwunden, und pechschwarze Finsternis erfüllte erneut das Langhaus. Ich hatte gerade die Augen geschlossen, als eine Stimme mich anredete.

»Begrüßt du so einen Freund, Raven? Bei Óðins Zähnen, ich bin schon stürmischer empfangen worden!«

»Bram?«, sagte ich.

»Du bist also tatsächlich hier, Junge. Immerhin etwas. Wer sind diese anderen stinkenden Schweineblasen?«

»Es sind Dänen«, brachte ich schwach hervor und spürte wieder das Blut in meinen Adern bei der barschen Stimme des Bären. »Was ist passiert, Bram?« Ich trat Penda, und der Wessexmann erwachte stöhnend.

»Passiert ist, dass die Blaumäntel mich geschnappt und mich hier zu euch in die Jauchegrube geworfen haben!«, erwiderte Bram.

»Du hast gegen sie gekämpft?«, fragte ich.

»Gegen sie gekämpft? Ist dein kleines Hirn verfault, Junge? Hätte ich gegen sie gekämpft, dann wäre ich wohl kaum hier, oder? Ich hätte ihnen die Eiterschädel eingeschlagen. Nein, Junge, ich musste mich von ihnen besiegen lassen. Auf Sigurds Befehl. Es ist Sigurds Plan. Ich musste einen kleinen Streit in irgendeiner flohverseuchten Schenke in Aixla...«

»Aix-la-Chapelle«, kam ich ihm zu Hilfe.

»Genau«, sagte Bram. »Ich musste ein paar Leuten die Nase brechen, und schließlich kamen die Blaumäntel und... hier bin ich. Nicht sehr gemütlich, was? Hier fehlt die schmückende Hand einer Frau, würde Borghild sagen.«

Allein das Wissen, dass Bram bei uns war, dass er immer noch stark und bis vor Kurzem mit den anderen zusammen war, weckte meinen Lebensmut. Es waren aber vor allem seine Worte, die mich aufhorchen ließen: »Sigurds Plan«.

Ich wandte mich suchend um. »Steinn!«, rief ich. »Steinn, bist du schon krepiert, oder was?«

Leises Murmeln antwortete mir. »Ich bin hier, Raven«, ertönte die krächzende Stimme. »Was willst du von mir?«

»Deine Männer müssen mir helfen, Steinn. Ich muss dichter zu meinem Freund Bram kommen. Sag deinen Dänen, dass sie sich mit mir bewegen sollen.«

»Sie sind nicht meine Männer. Sie sind Yngves Männer. Lass sie in Frieden sterben.«

»Yngve ist ein verwesender Haufen Wurmfutter«, erwiderte ich. Darauf antwortete er nicht. »Steinn, deine Männer wollen nicht hier drin sterben. Das hatten sie nicht im Sinn, als sie ihre Seekisten gepackt haben und aufs Meer gerudert sind. Dieser Tod bringt keinen Ruhm. Es gibt kein Walhall für sie.« Ich ließ die letzten Worte wirken, denn es waren schwerwiegende Worte. »Ihr Dänen, wollt ihr eure Schiffe wiedersehen? Eure Frauen? Ich kann euch aus diesem stinkenden Loch herausholen! Ich kann euch euer Leben zurückgeben!« Einen Moment herrschte Stille.

»Wenn du uns hier wirklich herausbringen kannst, folgen wir dir«, sagte Steinn schließlich in die Dunkelheit. »Männer von Trelleborg, bewegt euch. Helft diesem Nordmann. Yngve war ein großer Krieger, das kann niemand bestreiten. Aber Yngve hat uns in den Tod geführt. Dieser Hrafn sagt, dass er uns wieder ins Leben zurückführen kann, also helft ihm, ihr Hurensöhne!« Männer stöhnten und grunzten wie Bestien, bewegten ihre halb abgestorbenen Gliedmaßen und zerrten die Leichen jener neben sich mit, sodass ich näher an Bram rücken konnte. Penda und ich waren noch einigermaßen bei Kräften und taten, was wir konnten.

»Du stinkst schlimmer als die Achselhöhle eines Trolls, Raven«, murmelte Bram. Seine Zähne schimmerten in der Dunkelheit.

»So wirst du auch bald stinken«, brummte ich. »Also, was tust du hier? Bist du sicher, dass du nicht einfach betrunken im Schoß irgendeiner Hure aufgewacht bist, nachdem du einem Priester den Schädel eingeschlagen hast?«

»Ich?« Er klang wirklich überrascht. »Es ist, wie ich dir gesagt habe, Junge, Sigurd hat alles geplant. Und es ist verdammt gerissen, Raven.« Er grinste. »So gerissen wie die Pläne von Loki.« Das Weiße in Pendas Augen leuchtete, als er uns beobachtete. Man hatte Bram sein Brynja und seinen Mantel abgenommen, und nur in seiner Tunika, der Hose und den Stiefeln schien er kaum in der Lage zu sein, uns hier herauszuholen. Doch jetzt hob Bram seine gefesselten Hände an den Kopf und nahm einen seiner dicken Zöpfe. Er zog das Lederband ab. Der Zopf war steif, dann begann er die einzelnen Haarsträhnen aufzuknüpfen, und dabei lächelte er. Schließlich holte er ein Stück Stahl aus dem Zopf, das etwa so lang war wie eine Hand. Dem Ding fehlten der kleine Holzgriff und der Rahmen, der die gezackte Klinge unter Spannung halten sollte, aber selbst in der Dunkelheit wusste ich sofort, worum es sich handelte. Es war eine Eisensäge, deren winzige Zähne kaum größer waren als die einer Makrele. Aber sie waren sehr scharf, und der Stahl war sehr stark.

»Du brauchst ein Jahr, um damit einen Klumpen Käse durchzusägen«, ächzte Penda. Aber Bram verstand den Engländer nicht, und außerdem hörte er auch nicht zu. Er sägte. Die Stunden verstrichen. Die Zähne der Säge waren so fein, dass sie kaum ein Geräusch machten, als Bram geduldig an dem dünnen Eisen seiner Handschellen arbeitete.

Wie es schien, hatten Brams Auftauchen und Steinns Worte die letzte Glut in den Seelen dieser Dänen angefacht. Sie begriffen, dass sie noch nicht tot waren und vielleicht ein weiteres Morgengrauen sehen würden. Aber die Arbeit ging wahrhaftig nur langsam voran. Schon bald waren Brams dicke Finger rutschig vor Blut. Aber er wurde nicht langsamer, sondern ließ das Blut die Klinge kühlen, damit sie nicht brach.

Er hatte seine Fessel fast durchgesägt, als die Tür des Langhauses mit einem Knarren aufschwang und fünf Franken hereinkamen. Jeder von ihnen hielt eine blakende Fackel in der Hand. Normalerweise warfen sie uns einfach irgendwelche Brocken zu, sammelten die leeren Wasserschläuche ein und gingen so schnell sie konnten wieder heraus, während sie würgten und spuckten. Diesmal jedoch gingen sie weiter als gewöhnlich in das Langhaus und stießen mit ihren Speeren gegen die Männer. Sie wollten herausfinden, wer noch am Leben und wer schon tot war. Vielleicht mussten sie noch mehr Gefangene anketten und wollten die Leichen wegschaffen, um Platz zu machen. Jedenfalls waren zwei von ihnen nur noch eine Schwertlänge von der Stelle entfernt, wo wir uns in einem stinkenden Haufen zusammenkauerten. Wenn sie bemerkten, dass Bram seine Handschellen durchgesägt hatte, waren wir tot. Der Nordmann beugte sich vor und versuchte, seine Hände zu verbergen. Aber einer der Franken schien Verdacht geschöpft zu haben und legte die Klinge seines Speeres unter Brams Bart, um sein Kinn anzuheben.

Aus und vorbei, dachte ich. *Bram ist tot.*

In dem Moment ertönte ein Schrei, und der Soldat drehte sich herum. Ein Däne hämmerte seine Arme gegen die Kniekehlen eines anderen Wächters, sodass der Franke zusammensackte. Im nächsten Moment stürzte sich der Däne auf ihn, schlug mit seinen eisernen Handschellen auf sein Gesicht ein. Die Franken versuchten, ihren Kameraden zu helfen, aber die Dänen packten sie und schlugen wie die Teufel nach ihnen. Die Blaumäntel schlugen mit ihren Speerschäften um sich und versuchten, sich einen Weg zu ihrem Freund zu bahnen. Dann durchbrach einer von ihnen das Gewühl und schrie, während er dem Dänen den Speer in die Schulter rammte. Die anderen Franken hatten sich ebenfalls durchgekämpft und stachen unaufhörlich auf den Dänen ein, während ihr blutender Kamerad zurückkroch, um seine Fackel und seinen Speer zu holen. Seine Augen waren weit aufgerissen vor Furcht und Entsetzen, und sein Gesicht war blutüberströmt. Dann war es vorbei, und der tapfere Däne, der uns davor gerettet hatte, entdeckt zu werden, war nur noch ein Klumpen rohes, zerhacktes Fleisch. Als die Franken das Langhaus verließen und ihre Fackeln mitnahmen, sah ich in dem schwächer werdenden Licht seinen verstümmelten Rücken und bat leise Óðin, den dänischen Krieger in Walhall aufzunehmen. Es war Steinn.

Bram machte sich wieder an die Arbeit, als wäre nichts passiert. Kurz danach hatte er die Handschellen aufgesägt. Dann machte er sich über meine her. Ich sagte ihm, er sollte erst die von Penda öffnen, weil der ein besserer Kämpfer sei als ich, aber davon wollte Bram nichts hören.

»Ich werde keinen Engländer vor einem Nordmann befreien«, sagte er barsch. Allerdings machte es ohnehin keinen Unterschied, weil er meine Handschellen noch nicht einmal halb durchgesägt hatte, als die kleine Säge zerbrach. Ein Fluch riss die Dänen um uns herum aus ihrer Betäubung.

»Was jetzt?«, wollte Penda wissen. Ich zuckte mit den Schultern, während sich Bram an die Wand lehnte. Sein Gesicht glänzte vor Schweiß. Wenigstens hatte er sich von der großen Kette befreien können, aber allein konnte er nicht allzu viel ausrichten.

»Warum hat dieser Idiot nicht die andere Hälfte der Säge in seinem anderen Zopf mitgebracht?«, brummte Penda. »Oder von mir aus auch in seinem Arsch?«

»Sag diesem hässlichen englischen Hurensohn, dass ich ihm den Kopf abreiße, wenn er nicht das Maul hält!«, knurrte Bram. Offensichtlich hatte er begriffen, was Penda gesagt hatte.

»Wie sieht der Rest von Sigurds Plan aus, Bram?«, fragte ich.

Bram kaute auf seiner Unterlippe und kratzte sich den Bart. »Er hat es mir nicht gesagt, Junge«, gab er dann zu. »Aber ich wette meinen Bart darauf, dass er ihn kennt.«

25

Als die Franken das letzte Mal hereingekommen waren, war draußen helllichter Tag gewesen. Wir warteten, und als wir vermuteten, dass es Nacht geworden war, begann Bram, langsam und vorsichtig mit dem Rest der kleinen Säge ein Loch in die verfaulte Holzwand des Langhauses zu bohren. Schließlich verriet uns ein leichter, köstlicher Hauch frischer Luft, dass er durchgestoßen war. Das bestätigte der Nordmann auch bald darauf und sagte, er könnte die Flammen der Feuerschalen sehen und Soldaten, die auf dem Gelände herumliefen. Das Loch war so klein, dass die Franken es vermutlich nicht bemerkten, und doch groß genug, um uns zumindest eine Vorstellung von dem zu geben, was in der Welt hinter diesen elenden Wänden vorging. Dann warteten wir und hofften, dass Sigurd käme, und gleichzeitig fürchteten wir seine Ankunft. Denn es würde mit Sicherheit eine Schlacht mit den Franken geben, die er unmöglich gewinnen konnte.

Als eine Ewigkeit später draußen auf dem Gelände Schreie ertönten, zuckten wir zusammen.

»Was ist los, Bram?« Ich hatte gelegen und setzte mich jetzt auf.

»Ich kann nichts sehen«, antwortete er. »Aber warte. Ich sehe Rauch. Er kommt von Westen, glaube ich.«

»Was sonst noch?«, fragte ich.

»Nichts, Junge. Nur Rauch«, antwortete er. »Aber die Franken scheinen nicht sonderlich glücklich darüber zu sein.« Wir warteten. Und warteten. Die Stimmen wurden schriller, als düstere Panik sich allmählich breitmachte. Ab und zu sahen wir einen dunkelblauen Umhang am Guckloch vorbeieilen. Schließlich drehte Bram sich zu uns um. Seine Augen glänzten in dem Lichtstrahl. »Das ist die Gelegenheit«, sagte er. »Diese Wand hält mich nicht auf.« Er tippte gegen die verfallene Lehmwand. »Hoffen wir nicht, dass ich es schaffe, bevor die Franken was bemerken. Wenn Thór uns wohlgesonnen ist, werden sie wahrscheinlich zu sehr damit beschäftigt sein, sich in die Hose zu scheißen.«

Ich hätte Bram gern gebeten, noch zu warten, um Sigurd, falls dieser für den Rauch verantwortlich war, mehr Zeit zu geben. Aber ich wusste, dass Bram sich darauf nicht einlassen würde. Also nickte ich. Ich fühlte mich schrecklich hilflos, weil ich zusammen mit hundert toten oder halb toten Männern hier angekettet war.

Bram war aufgestanden. »Ich befreie dich bald von diesen Ketten, Raven«, sagte er. »Und dich auch, Engländer«, setzte er auf Englisch hinzu. Penda nickte. Dann trat Bram mit aller Kraft seiner kräftigen Beine, die dick wie Eichenstämme waren, gegen den Lehm. Die Zweige und Äste krachten, der Lehm zerbröckelte. Immer wieder trat Bram zu, und wir glaubten schon, er müsste alle Franken im Umkreis von einer Meile alarmiert haben. Aber schließlich hatte er das Loch so weit vergrößert, dass er hindurchkriechen konnte. Mit dem nächsten Herzschlag war er verschwunden.

Jetzt konnte man auch den Rauch riechen. Es war kein Herdrauch, sondern der beißende Geruch von altem, feuchtem Reet, das verbrannte. Ich hatte denselben Geruch in der Nase gehabt, als Sigurd mein Dorf niedergebrannt hatte, und jetzt wie auch damals verkrampfte sich mein Herz vor Furcht.

»Scheiße, das hat uns gerade noch gefehlt«, murmelte Penda. Ich sah hoch. Unter dem alten Dach wirbelten Rauchfahnen.

»Warum sollten sie das hier niederbrennen?« Ich prüfte bestimmt zum tausendsten Mal meine eisernen Handschellen. »Sie wissen doch, dass wir hier drin sind.« Bei dem Gedanken, bei lebendigem Leib geröstet zu werden, stieg Panik in mir auf.

Dann war Bram wieder da. Er hatte zwei fränkische Faustäxte in den Händen, von denen eine blutig war.

»Kommt ihr nun mit, oder nicht?«

Ich hielt meine Hände ruhig auf dem Boden, damit er den Rest der Handfesseln durchtrennen konnte, die wir bereits mit der Bügelsäge angesägt hatten. Die Fesseln waren aus Eisen, und die Axt hatte eine Schneide aus gutem fränkischem Stahl. Es dauerte nur ein paar gut platzierte Schläge, dann waren wir endlich frei.

»Und jetzt die da.« Ich deutete auf die Männer, die uns beobachteten. Ihre weißen Augen wirkten jämmerlich wie die altersschwacher Hunde.

»Das sind Dänen«, erwiderte Bram.

»Ich habe ihnen mein Wort gegeben, Bram.« Ich ließ mir die gute Axt von ihm geben. Wir hatten weder die Zeit noch genügend Werkzeug, um all ihre Handschellen zu zerbrechen. Also ging ich in die Mitte der Halle, und die Dänen rutschten zur Seite, um mir Platz zu machen. Dann zertrümmerte ich die Kette, an der alle Männer festgemacht waren. Penda und Bram halfen mir anschließend, die Kette aus den Handschellen der Toten und der Lebenden zu ziehen, bis alle Dänen frei waren.

»Schlagt euch zum Fluss durch, wenn ihr das könnt«, sagte ich zu den Dänen, die sich unsicher aufrichteten. Die meisten sahen nicht so aus, als würden sie es auch nur bis zur Palisade schaffen, geschweige denn den Tagesmarsch zum Fluss bewältigen können. »Eure Schiffe liegen an der Mole. Wir helfen euch, wenn wir können.«

»Raven«, knurrte Bram. Ich drehte mich um, nickte ihm zu und folgte ihm hinaus ins Licht. Auf den ersten Blick wirkte das Gelände verlassen. Zwei Blaumäntel lagen tot vor dem Langhaus. Brams Werk, das war mir klar. In dem Moment kamen zwei junge Wächter um die Ecke des Langhauses, und als sie uns sahen, wären ihnen fast die Augen aus den Höhlen getreten. Sie schienen unschlüssig, ob sie uns angreifen oder flüchten sollten. Aber im nächsten Moment stürzte sich ein zerlumpter Haufen von Dänen auf sie, ohne auf die Speere der Franken zu achten, wie von Sinnen vor Rachsucht. Einen Herzschlag später waren die Franken unter den Dänen verschwunden. Sie prügelten knurrend wie tollwütige Wölfe auf die beiden Soldaten ein.

»Diese Kerle sind verdammt rachsüchtig«, sagte Penda leise, als wir die Dänen ihrer Rache überließen. Wir brachen in drei Schuppen ein, und in dem dritten fanden wir unsere Schwerter, ein paar Speere, Schilde und Helme.

Mittlerweile hing erstickender gelber Rauch in der Luft. Er kam aus westlicher Richtung. Das Stroh am Giebel unseres ehemaligen Gefängnisses hatte sich bereits entzündet, und viele Männer hätten zweifellos erfreut zugesehen, wie das Langhaus bis auf die Grundmauern niederbrannte, wenn sie sich nicht um ihr eigenes Überleben hätten kümmern müssen. Wir liefen zum Haupttor, das offen stand, und im nächsten Moment befanden wir uns in den schlammigen Gassen des ärmeren Viertels von Aix-la-Chapelle. Das Reet von mehreren schäbigen Hütten glomm gefährlich, aber die meisten hatten kein Stroh auf dem Dach, das hätte brennen können. Das war ihre Rettung.

»Es hat durchaus was für sich, neben einem Fluss aus Scheiße zu leben«, sagte Penda und sah nach Westen. Dort stieg schwarzer Rauch in den blauen Himmel auf, hauptsächlich von den Häusern vor dem westlichen Tor. Aber auch in der Stadt brannten etliche Häuser. Die Franken standen herum und betrachteten das Geschehen so gebannt wie wir. Aber als sie die Dänen sahen, die aus dem baufälligen Langhaus stürzten, bekreuzigten sich viele und liefen davon. Dutzende kaiserlicher Soldaten liefen in Richtung des Rauchs, zweifellos auch die, die auf dem Gelände des Langhauses stationiert waren. Deshalb hatte uns niemand aufgehalten.

»Ich sagte dir doch, dass Sigurd einen Plan hatte«, verkündete Bram stolz, als wir mit langen Schritten auf die Flammen zuliefen. Wir umklammerten unsere fränkischen Speere und Schilde. Ich war schwach vor Hunger, und durch das anstrengende Laufen verschwamm mir alles vor den Augen, aber Penda musste sich genauso schlecht fühlen. Und wenn er laufen konnte, konnte ich das auch. Als wir die Westseite der Stadt erreichten, herrschte dort das Chaos. Männer und Frauen schüttelten kübelweise Wasser auf ihr Reet und hofften dadurch zu verhindern, dass Flammen übersprangen oder herabfallende Glut auch ihre Heime niederbrennen würde. Kaiserliche Soldaten hatten sich zwischen die Händler und Handwerker gemischt und halfen, wo sie nur konnten. Ihre Hauptleute versuchten verzweifelt, die Löscharbeiten zu lenken.

Wir blickten uns um, aber vom Wolfsrudel war nirgendwo etwas zu sehen, und es war schwer zu begreifen, wie sie es geschafft hatten, die ganze Stadt in Brand zu setzen.

»Vielleicht hat das hier gar nichts mit Sigurd zu tun«, überlegte Penda, als wir durch den Tumult rannten.

Unter anderen Umständen hätten wir unweigerlich für Aufsehen gesorgt – ein bärengroßer Mann, dem man den Heiden ansah, in Begleitung von zwei bewaffneten Mönchen in zerfetzten Kutten –, doch die Franken waren mit anderen Dingen beschäftigt. Kein Blaumantel hielt uns auf. Jenseits der Stadtmauern fegte der Wind die gierigen Flammen durch die dicht zusammenstehenden Holzhäuser, und das Feuer rauschte wie ein aufgepeitschter Ozean. Das brennende Holz knackte und knallte vor Wut. Dann hatten wir das andere Ende erreicht, und ich drehte mich schrecklich hustend herum. Die ersten Dänen tauchten zwischen den Häusern auf und liefen auf das Weideland, um sich in Sicherheit zu bringen.

»Sieh doch!« Penda deutete auf einen rauchigen Streifen, der durch die Luft wirbelte. »Das ist kein Brandpfeil.«

Im nächsten Moment fiel das Ding aus dem Himmel und hinterließ eine dünne Rauchfahne. Wir liefen dorthin, und ich konnte kaum glauben, was ich da sah. Es war ein kleiner Vogel. Dann sah ich überall weitere herumliegen, die im Gras qualmten. Ich hob die tote Kreatur an den Füßen hoch, und wir drei betrachteten sie atemlos, verblüfft und hustend. Jemand hatte Fellstückchen auf den Rücken des Vogels gebunden, und dieses Fell war verrußt und glühte noch, denn es war mit Wachs eingeschmiert und angezündet worden.

»Sie müssen Netze benutzt haben, um so viele Vögel zu fangen, oder Óðin weiß was sonst«, sagte ich und nickte in Richtung des Waldes jenseits des Grenzgrabens. Sie mussten Hunderte von Vögeln dafür verwendet haben. Sigurd hatte gewusst, dass die Vögel wieder zurück in ihre Nester unter den Giebeln der fränkischen Häuser fliegen würden, und jetzt brannten eben diese Häuser.

»Das glaubt uns kein Mensch«, sagte Penda und schüttelte den Kopf. »Ich kann es selbst kaum glauben.« Mittlerweile brannte etwa ein Viertel der Stadt, und die Soldaten des Kaisers waren zu sehr damit beschäftigt, den Rest zu retten, als sich darum zu kümmern, dass wir entkommen waren.

»Weiter«, sagte Bram, während ich den toten Vogel zur Seite warf. »Sie werden uns schon bald verfolgen.« Wir liefen in Richtung des lärmenden Krähennests oben in den Eschen am Rand des Waldes, wo Sigurd warten würde, wie wir wussten.

26

Sigurd, der schwarze Floki und zwanzig andere Nordmänner warteten unter den Eschen auf uns. Sie waren für den Kampf gerüstet und grinsten, als wir sie erreichten.

»Ich habe mich wohl geirrt, als ich meinte, ihr beide würdet gute Christensklaven abgeben«, meinte Halldor lachend. Er fand unseren elenden Zustand für meinen Geschmack ein wenig zu komisch.

»Hast du Hunger, Junge?« Sigurd zog einen Laib Brot aus einem Sack und gab ihn mir. Ich brach ein Stück ab und gab Penda den Rest. In den Augen des Jarls schimmerte eine Glut, die ich seit seinem Hólmgang nicht mehr darin gesehen hatte. Ich schrieb es der Freude zu, mit anzusehen, wie seine List aufgegangen war. »Du stinkst schlimmer als der Furz eines Trolls«, sagte er, trat einen Schritt zurück und lachte ebenfalls.

»Ja, es ist nicht zu fassen«, gab ich zurück, »aber die Franken haben uns nicht eingeladen, ihre berühmten heißen Quellen auszuprobieren. Ein ungastliches Volk.« Plötzlich spürte ich die Flohbisse auf meiner Haut und wie die Tiere unter meiner schmutzigen Kutte herumkrochen. Ich sah mich nach Cynethryth um, aber natürlich war sie nicht hier, denn das hier war eine Kriegerhorde.

»Man kann Männern nicht trauen, die heiß baden,

Raven«, sagte Sigurd und pflanzte zufrieden den Schaft seines Speeres in den Waldboden. Dann jedoch zuckte er zusammen, als hinter uns das Knacken von Schritten zu hören war.

»Keine Sorge!«, rief ich beim Anblick der Männer. »Das sind Dänen. Sie sind mit uns aus dem Langhaus entkommen.« Die ersten Dänen stolperten zwischen den Bäumen auf uns zu. Ihre ausgemergelten Gesichter waren von Furcht verzerrt. Sie sahen aus wie gejagte Tiere und wussten nicht, ob sie näher kommen oder im Wald verschwinden sollten. »Sie haben uns geholfen, Sigurd«, sagte ich. »Und ihr Jarl ist tot und verfault.« Sigurd betrachtete die abgemagerten langen bärtigen Dänen in ihren Lumpen, und die Nordmänner sahen ihren Jarl an und warteten auf seinen Befehl. »Sie werden dir folgen, Herr«, fuhr ich fort. »Und sie sind mutig. Es müssen harte Burschen sein, wenn sie an diesem Ort überlebt haben.«

»Sie folgen mir?« Sigurd kratzte sich seinen blonden Bart. »Sie können sich kaum auf den Beinen halten, Raven.« Immer mehr Dänen gesellten sich zu ihren Kameraden, bis es etwa zwanzig Männer waren. Sie keuchten oder krümmten sich vor Erschöpfung zusammen.

Sigurd nahm den Sack mit dem Proviant, trat einen Schritt auf die Dänen zu und schleuderte ihnen den Sack entgegen. Dann drehte er sich um.

»Sie können mitkommen, Raven«, erklärte er. »Aber wenn sie im Morgengrauen nicht an der Mole sind, dann überlassen wir sie den Franken.«

Dann verließen wir den Wald. Die Dänen folgten in einigem Abstand.

Als wir die Mole erreichten, war es Nacht. Ich fragte als Erstes nach Cynethryth. Wie sich herausstellte, hatten der schwarze Floki und Halldor im Wald nach uns Ausschau gehalten, als sie die berittenen Blaumäntel mit ihren Fackeln über die Weide hatten streifen sehen. Es waren zu viele Franken gewesen, um die Deckung zu verlassen, also hatten sie gewartet und schließlich Egfrith gefunden, der erschöpft neben einer umgestürzten Ulme lag. Cynethryth war bei ihm. Da Floki und sein Vetter wussten, dass sie für Penda und mich nichts mehr tun konnten, hatten sie den Mönch und das Mädchen zu den Schiffen gebracht.

Egfrith kümmerte sich jetzt in einem kleinen Zelt vor dem Frachtraum der *Seeschlange* um das Mädchen. Wie ich erfuhr, war ihr armer Geist an einem dunklen Ort, und der Mönch versuchte, ihn ans Licht zurückzuholen. Olaf brachte es mir schonend bei.

»Ich gehe zu ihr, Onkel«, sagte ich, vor Erschöpfung zitternd.

Olaf legte mir seine große Hand auf die Schulter. »Gönn ihr ein wenig Ruhe, Raven«, sagte er. »Soll der Mönch sich um sie kümmern. Und ruh dich selbst auch aus, Junge.«

Ich nickte, weil ich nicht die Kraft hatte, zu widersprechen. Wir alle, Penda und ich und Bram, waren hundemüde, und nachdem wir wieder unsere eigene Kleidung angelegt hatten, ließen wir uns auf die Felle sinken, Fleisch und Bierschläuche in den Händen. Wachen wurden aufgestellt, und die *Seeschlange* und die *Fjord-Elch* wurden bereit gemacht, falls die Franken uns angriffen. Aber der rötliche Schein am östlichen Himmel sagte uns, dass sie noch immer andere Sorgen hatten.

Sigurd hatte sich geirrt, als er meinte, dass die Dänen nicht laufen könnten. Im Laufe der Nacht trafen etwa sechzig von ihnen bei der Mole ein. Sie kamen hierher, als hätte der Fluss selbst sie gerufen, als hätten ihre elenden Seelen in dem rauschenden Wasser ein Versprechen von Leben und Freiheit gehört. Als die Nordmänner sie sahen, gaben sie ihnen zu essen und Kleidung und versorgten sie, so gut es ging. Auch wurden sie endlich von den Handschellen befreit.

»Ich frage mich, wie viele von ihnen es nicht geschafft haben«, sagte ich zu Penda.

»Sigurd und du, ihr habt ihnen ihr Leben zurückgegeben.« Penda rieb sich die Handgelenke, wo die Handschellen ihre Spuren hinterlassen hatten.

»Wäre Sigurd nicht gewesen, würden wir ebenfalls dort verfaulen«, sagte ich und dachte an die List des Jarls, mit der er kleine Vögel benutzt hatte, um die Stadt in Brand zu stecken. Es dürfte nicht einfach gewesen sein, so viele Vögel zu fangen und ihnen Fellstücke auf den Rücken zu binden.

Bei Tagesanbruch fing es an zu regnen. Das war schlecht für uns und gut für die Franken. Ein brauner Nebel hing immer noch im Osten in der Luft und vermischte sich mit den tief hängenden grauen Wolken, die von Norden heranzogen, um den Tag zu ertränken. Die Reetdächer waren bestimmt längst abgebrannt, aber in den Herzen der Franken würde die Glut weiterglimmen, und diese Glut würde schon bald die Flammen der Rache auflodern lassen.

Die meisten Schiffe, die zuvor neben uns an der Mole gelegen hatten, waren mittlerweile verschwunden. Ihre Schiffsführer hatten sich offensichtlich neben so vielen Kriegern unbehaglich gefühlt, obwohl die Nordmänner und die Wessexmänner sie und ihre Mannschaften in Ruhe ihren Geschäften hatten nachgehen lassen. Aber jetzt schlug Svein mit seiner großen Axt auf Befehl von Sigurd auf das Kreuz am Bug der *Seeschlange* ein, und das genügte, um auch noch die letzten fränkischen Schiffe zu verscheuchen. Die Dänen bereiteten eilig ihre eigenen Schiffe vor. Sie waren zwar nicht mit der *Seeschlange* und der *Fjord-Elch* zu vergleichen, aber sie waren gut gebaut und seetüchtig. Ihre schlanke Gestalt und die Schnitzereien am Bug verrieten, dass sie von Heiden hergestellt worden waren. Ein Mann namens Rolf schien ihr Anführer zu sein. Er beaufsichtigte mit wachem Auge das Verladen des Ballasts, überprüfte die Kalfaterung und das Tauwerk.

Penda und ich hatten unterdessen so viel Bier und Met getrunken, als wollten wir unsere Knochen tränken. Wir waren mit einem gehörigen Rausch eingeschlafen und erwachten erst wieder, als Kalf und Osten aus dem Wald kamen. Die Schilde tanzten auf ihren Rücken. Sie hielten die Speere tief neben sich. Alle Männer versammelten sich um sie, um die Neuigkeiten zu hören.

»Wir haben in eine Bärenhöhle gepisst, Herr«, sagte Kalf zu Sigurd. »Die Blaumäntel breiten sich auf den Kampf vor. Und nicht nur sie. Alle Einwohner der Stadt haben sich bewaffnet. Es gefällt ihnen gar nicht, dass wir ihre Häuser niedergebrannt haben.«

»Dieser dürre Christensklave führt sie an«, sagte Osten.

Er meinte Bischof Borgon. »Er fuchtelt bereits wild mit einem Schwert herum.«

»Pah!«, sagte Olaf. »Ich wette, dass er sich nur das eigene Bein damit abhackt.«

Borgon hatte seit dem Tag, an dem Sigurd getauft werden sollte, gegen uns kämpfen wollen, und jetzt bekam er endlich die Gelegenheit dazu. Sigurd warf einen Blick auf die *Seeschlange* und dachte vielleicht an den unermesslichen Schatz, der in ihrem Bauch lag.

»Dann ist der richtige Moment, abzureisen«, sagte er. »Macht euch bereit, in See zu stechen, Onkel.«

Da wir uns die Franken zu Feinden gemacht hatten, stand uns nur noch der Weg nach Norden offen, weg von den mäandernden Flüssen, an deren Ufer sie uns Hunderte von Fallen stellen konnten. Nach Norden bedeutete auch flussabwärts, und an jedem anderen Tag hätten wir die Segel setzen und uns vom Wind und der Strömung davontragen lassen können. Aber es herrschte kein nennenswerter Wind, und es hatte nicht viel geregnet. Das bedeutete, der Fluss strömte träge dahin, und wir mussten rudern. Sonst riskierten wir, von den Christen erwischt zu werden. Betrunken zu rudern ist nicht leicht. Selbst vorausgesetzt, dass man nicht von seiner Seekiste fällt, muss man sich auf den Takt konzentrieren, aber ich glaube, es gelang Penda und mir recht gut.

Die drei dänischen Schiffe in unserem Kielwasser hielten ebenfalls gut mit. Ihre kürzeren Riemen tauchten geschmeidig ins Wasser, was erstaunlich war angesichts des Zustandes, in dem sich die Männer befanden, die da ruderten. Rolf wusste, wie er seine Männer antreiben musste, damit sie dicht am Heck der *Seeschlange* und der *Fjord-Elch* blieben. Ihre drei Schiffe fuhren in unserem Kielwasser und nutzten den Windschatten. Zu ihrem Glück waren die *Seeschlange* und die *Fjord-Elch* mit Silber, Waffen und Handelsgütern so vollgeladen, dass wir tiefer im Wasser lagen als üblich und erheblich langsamer waren. Aber das war nicht gut für uns.

»Diese dürren Dänen rudern gut, Raven«, rief Knut mir von der Ruderpinne aus zu. »Aber einen Fluss stromabwärts zu fahren ist nicht dasselbe, wie durchs Meer zu pflügen.«

»Warten wir's ab. Aber so weit müssen wir erst mal kommen, Knut«, erwiderte ich. Denn keiner von uns wusste, wie weit es bis zum offenen Meer war und was uns unterwegs erwarten würde. Wir hatten großartige Schlachten geschlagen, uns mächtige Feinde gemacht und Ränke geschmiedet, auf die selbst Loki stolz gewesen wäre. Als Krieger hatten wir viel Ruhm gesammelt, sodass der Name von Sigurds Mannschaft sich weit herumsprechen würde. Die Geschichten von unseren Taten würden an den Herdfeuern der Menschen erklingen und wie süßer Rauch von Jung und Alt eingeatmet werden. Unsere Schiffe waren so schwer beladen mit Silber, dass jeder einzelne von uns ein reicher Mann war. Sigurd würde ganz gewiss ein König seines Volks werden, obwohl er vielleicht zuerst einen König dafür töten musste.

Denn wenn wir wieder auf dem offenen Meer waren, würde der Jarl zweifellos unseren Bug nach Norden in Richtung der Fjordlande richten. Und schließlich würde ich meinen Fuß auf jene Felsen setzen, von denen die

Nordmänner so liebevoll sprachen. Und ich glaubte wirklich, dass der Nebel in meinem Verstand sich endlich heben und ich mich erinnern würde, woher ich kam und wer ich war. Dann würde ich auch erfahren, warum ich ein heidnisches Messer um den Hals getragen hatte, als der alte Ealhstan mich fand. Gewiss würde ich feststellen, dass die Fjordlande meine Heimat waren. Denn warum sonst war ich von den Eichen im Wald in der Nähe von Abbotsend so besessen gewesen, wenn es nicht irgendeine Seiðr-Erinnerung gewesen war, die mich dazu brachte, nach den geradegewachsenen Stämmen zu suchen, aus denen man die Kiele von Drachenschiffen wie der *Seeschlange* machte? Warum schlug mein Herz im selben Rhythmus, in dem man mit dem Schwert gegen den Schildbuckel schlägt? Warum atmete ich mit den Riemen, deren Blätter in das kalte Wasser eintauchten?

»Das war schnell«, sagte Svein auf der Steuerbordseite plötzlich.

Wir folgten seinem Blick und sahen berittene Soldaten des Kaisers, die in dem Strandhafer auf dem Kamm der östlichen Uferböschung auftauchten. Es waren fünf, sechs seiner Kundschafter. Sie schienen nur leicht bewaffnet zu sein. Und so schnell sie aufgetaucht waren, so schnell galoppierten die Blaumäntel nach Norden, in die Richtung, in die unser Bug zeigte.

»Die haben wir nicht zum letzten Mal gesehen«, sagte Penda.

»Ich will Schweiß sehen, Männer!«, schrie Olaf. Denn wir alle wussten jetzt, dass wir ein Rennen gegen die Franken austrugen, unsere Riemen gegen ihre Pferde, wobei der Fluss so launisch war wie ein Gott. Er begünstigte uns in seinen geraden Abschnitten, die Franken jedoch bei jeder Biegung. Wir legten uns also in die Riemen, bis mein Herz gegen die Rippen hämmerte und mir Ströme von Schweiß übers Gesicht liefen. Als ich erneut aufblickte, sah ich, dass die Dänen deutlich zurückblieben. Ich betete flüsternd zu Thór, ihnen die Kraft zu geben, mitzuhalten. Wir hatten ihnen ein paar Speere und einige Jagdbögen gegeben, doch sonst so gut wie keine Waffen. Wenn die Franken sie erwischten, wäre das ihr Ende.

Alle Schiffe, die wir an diesem Morgen auf dem Fluss sahen, lagen den Bug voran im Schilf. Ihre Schiffsführer wollten uns um jeden Preis aus dem Weg gehen. Die Besatzungen beobachteten uns ehrfürchtig und furchtsam, als wir an ihnen vorbeizogen, im Takt stöhnend und fluchend. Nach einer Weile erschienen am Ostufer Leute. Es waren keine Soldaten, sondern gewöhnliche Franken, Bauern, Handwerker, Männer, Frauen. Das war ein schlechtes Zeichen. Denn es bedeutete, dass die Reiter ihre Siedlung bereits passiert und sie über unsere Flucht informiert hatten. Da sie wussten, dass wir es nicht riskieren konnten, anzuhalten, schossen einige von ihnen mit Pfeilen nach uns. Sie landeten klappernd auf dem Deck oder flogen über uns hinweg.

»Diese Mistkerle«, knurrte Penda, als ein Pfeil neben ihm in den Rumpf einschlug. Es war ganz gut, dass wir unsere Schilde an der Relingsplanke montiert hatten, dadurch hatten wenigstens all jene auf der Steuerbordseite einen gewissen Schutz. Die Sonne hatte ihren Zenit erreicht, als Knut einen Fluch ausstieß und nach Norden wies. Ich warf einen Blick über die Schulter und sah unweit von uns zwei fränkische Kriegsschiffe, die Anstalten machten, von einer Mole abzulegen.

»Das wird knapp, Sigurd«, sagte der Steuermann zu Sigurd. »Das sind gute Schiffe, davon bin ich überzeugt, aber vielleicht kommen wir an ihnen vorbei, bevor es ihnen gelingt, abzulegen.« Er verzog das Gesicht. »Diese bartlosen Ziegenficker sind ziemlich aufgeregt, wie es aussieht.«

Aber Sigurd wollte nicht riskieren, angegriffen zu werden, wenn alle Mann an den Riemen saßen. Obwohl wir dafür das Tempo verringern mussten, befahl er deshalb, eine Kampfgruppe zu bilden.

»Svein, Floki, Bram, Aslak, Bjarni, Raven an den Bug!«, befahl er und holte seinen Riemen ein. »Und du, Penda, du kannst auch mitkommen, weil du ruderst wie ein englisches Mädchen.«

Wir acht verstauten unsere Riemen und schnappten uns Speere und Schilde. Dann eilten wir zum Bug der *Seeschlange*. Ich sah, dass Bragi Eierkopf an Bord der *Fjord-Elch* ebenfalls eine Kampfgruppe bildete.

»Und jetzt rudert, ihr Hurensöhne!«, schrie Sigurd den Männern zu, die noch auf ihren Seekisten saßen. »Rudert, als wenn Hel hinter euch her wäre!«

Das erste Kriegsschiff der Franken hatte abgelegt, und seine Riemen tauchten tief ins Wasser, um es in die Mitte des Flusses zu bringen.

»Bischof Borgon ist an Bord!« Egfrith deutete auf das rote Banner, das am Heck des Schiffs flatterte.

»Schneller, Söhne des Donners!«, brüllte unser Jarl. »Eure Vorfahren sehen euch jetzt von der hohen Tafel in

Óðins Halle zu. Der Allvater wird eure Eingeweide verrotten lassen, wenn ihr sie beschämt!« Bei seinen Worten brüllten die Männer vor Anstrengung. Ihre schmerzenden Lungen drohten zu platzen, denn jedermann wusste, was passierte, wenn wir in diesem Fluss gefangen wurden. Dann würden weitere Franken kommen, und wir würden möglicherweise nicht mehr entfliehen können.

Aber jetzt hatte auch das zweite Schiff abgelegt, und es war klar, dass wir es nicht schaffen würden, an ihnen vorbeizuziehen. Ich drückte mir meinen Helm auf den Kopf, und wir bildeten eine kleine Keilformation, mit Jørmungand an der Spitze. Der Kopf der Bugfigur saß wieder an seinem rechtmäßigen Ort. Ich glaubte Bischof Borgon zu erkennen. Er reckte ein Schwert empor, wie er sonst das Kreuz des weißen Christus vor sich gehalten hatte.

»Hoch mit den Schilden!«, rief Bram, als die ersten Pfeile auf uns niedergingen. Sie fielen auf das Deck oder prallten ab und landeten im Wasser. Ein Pfeil traf den Schild des schwarzen Floki. Der Nordmann drehte den Schild um und schlug mit dem Schwert den Schaft ab. Die eiserne Pfeilspitze ließ er stecken.

»Diese Hurensöhne haben es eilig, zu ihrem Gott zu kommen«, knurrte Floki und spuckte über Bord.

»Festhalten!«, schrie Sigurd. Dann brüllte Knut den Männern auf der Steuerbordseite zu, ihre Riemen einzuholen. Die Seeschlange schwenkte nach Backbord ab und krängte wie wild. Aber es war zu spät. Ihr Bug krachte in die vordere Backbordseite des fränkischen Schiffs. Das Geräusch von splitterndem Holz zerriss die Luft. Lautes Gebrüll brandete auf, und wir warfen uns auf die Steuerbordseite, um uns dem Feind zu stellen. Wir schleuderten unsere Speere, wenn wir die Möglichkeit dazu hatten, die meiste Zeit jedoch hielten wir nur die Schilde hoch. Denn das fränkische Schiff lag höher im Wasser, sodass die Angreifer auf uns herabblicken konnten. Die Männer auf unserer Steuerbordseite waren aufgestanden und schützten sich vor den Pfeilen, die aus dieser tödlich kurzen Distanz auf sie abgeschossen wurden. Die Männer auf der Backbordseite saßen immer noch auf ihren Bänken und hielten die Riemen fest. Sie konnten nicht in den Kampf eingreifen, weil zu befürchten war, dass die *Seeschlange* kenterte, wenn sie zu uns kamen. Ein Franke beugte sich vor und schrie seinen Kameraden Befehle zu. Ich rammte ihm so schnell wie ein Blitz den Speer in die Kehle, drehte ihn einmal heftig herum und riss das Blatt dann heraus. Ein Pfeil prallte von meinem Helm ab. Svein hackte seine Langaxt in die Schulter eines Mannes gegenüber der Relingsplanke, dabei verlor er das Gleichgewicht. Er ging über Bord und war im nächsten Moment unter dem Bauch der *Seeschlange* verschwunden.

Sigurd schleuderte seinen Speer, der einen fetten Franken im Hals traf. Der Mann kreischte wie ein Weib und umklammerte den Schaft, während er zurücktaumelte und schließlich zusammensackte. Weiterhin prasselten Pfeile auf uns ein. Sie schienen aus dem Deck der *Seeschlange* und den Schilden der Männer zu sprießen. Einige blieben in den Brynjur stecken oder verfingen sich in Umhängen.

Ich hörte ein lautes Krachen und wusste, dass die *Fjord-Elch* an Backbord vorbeigerudert war und das zweite fränkische Schiff gerammt hatte. Aber ein Strom hört nicht auf zu fließen, nur weil Menschen sich gegenseitig umbringen wollen. Deshalb bewegten wir uns langsam und träge, seitlich mit der Strömung. Die beiden fränkischen Schiffe drehten langsam, aber stetig ihren Bug flussabwärts. Kalf taumelte zurück. Ein Pfeil steckte in seiner Schulter, sein Gesicht war eine Grimasse aus Schmerz. Halldors Gesicht war aufgeschlitzt, und das Fleisch seiner Wange mit dem stacheligen Bart hing herunter und zeigte den Kieferknochen. In ungläubigem Entsetzen hatte er die Augen weit aufgerissen.

»Onkel, schaff uns diese Brut vom Hals!«, schrie Sigurd und schlug mit seinem Schwert gegen den Schild eines Franken. Dann sah ich Cynethryth am Heck der *Seeschlange*. Der kleine Engländer Wiglaf flehte sie an, hinter seinem Schild zu bleiben. Das Mädchen jedoch deutete nach Osten. Jetzt sah ich es auch. Mindestens drei kleinere fränkische Schiffe voller Soldaten hatten von der Mole abgelegt. Sie würden uns schon bald von der Steuerbordseite mit Pfeilen und Speeren beschießen.

Ein Speer zischte heran und prallte von meinem Schildbuckel ab. Dann waren auch schon Olaf und Bram der Bär bei uns. Sie schwangen Riemen und stemmten sie gegen den Rumpf des feindlichen Schiffs, legten sich mit all ihrer Kraft hinein und versuchten, das fränkische Schiff wegzuschieben. Bothvar und Yrsa schnappten sich ebenfalls Riemen und halfen ihnen. Statt zu kämpfen, deckten jetzt einige von uns diese Männer mit den Schilden, weil sie vollkommen schutzlos waren. Asgot, Ulf und Gunnar schleuderten die feindlichen Speere, die wir gesammelt hatten, auf den Feind und versuchten dafür zu sorgen, dass die Franken die Köpfe einzogen.

Die Dänen hatten mittlerweile aufgeholt und griffen mit Pfeilen und Speeren die kleineren fränkischen Schiffe an. Aber Rolf war klug genug, den Bug seiner Schiffe weiter flussabwärts zu halten, damit er nicht von den Franken umzingelt werden konnte. Jetzt war zwischen der *Seeschlange* und dem feindlichen Schiff ein Spalt Wasser, und Olaf spornte seine Gruppe zu einem letzten gewaltigen Stoß an. Doch Bram und die anderen brauchten keine Ermunterung, und als der Abstand zwischen den Schiffen größer wurde, schnappten sich die Hälfte der Männer auf der Backbordseite ihre Riemen und setzten sich auf ihre Seekisten. Wir anderen suchten uns jeweils einen Mann, der uns mit seinem Schild deckte. Dann waren die Riemen wieder im Wasser, und wir setzten sie in Bewegung, während es weiterhin Pfeile regnete.

»Raven!«, schrie jemand. »Raven!« Ich sah mich um. Bischof Borgons Leibwächter bahnte sich einen Weg durch die Franken zum Heck, wo immer noch Männer kämpften. Hier waren die Schiffe kaum eine Armeslänge voneinander entfernt.

»Was will der große Mistkerl?«, fragte ein Wessexmann namens Ulfbert. Er schob sein Schwert in die Scheide und schnappte sich einen Speer, den er auf den riesigen Franken schleuderte. Er verfehlte nur knapp sein Gesicht. Dann stand Borgons Mann auf der Relingsplanke, während die Pfeile der Nordmänner an ihm vorbeizischten. Obwohl der Spalt zwischen den Schiffen größer wurde, schien er trotzdem springen zu wollen.

»Er muss verrückt geworden sein.« Penda machte große Augen.

»Ich bin hier!«, schrie ich, stellte mich auf das Kielschwein und hämmerte mit meinem Schwert gegen meinen Schild. »Hier bin ich, du elender Trollficker!«

Der Franke sah mich, und ein Grinsen zuckte über sein Gesicht, während ein nordischer Pfeil von den eisernen Schuppen seiner Schulter abprallte. Unwillkürlich traten die Nordmänner am Heck der *Seeschlange* zurück und machten Platz vor der Ruderpinne. Sie hatten die Schilde noch erhoben, obwohl jetzt kaum noch Pfeile flogen. Dann ging der Hüne in die Knie, riss die Arme hoch und sprang. Er landete mit lautem Krachen auf der *Seeschlange*. Es war ein beeindruckender Sprung, angesichts seiner Größe und dem Gewicht seiner Rüstung.

»Er gehört mir!«, rief Svein und ging auf den Franken zu. Der warf keinen Blick zurück zu seinem Schiff, als unsere Ruderer den Abstand immer mehr vergrößerten. Die Franken säumten die Relingsplanke ihres Schiffs und starrten uns an. Sie hielten ihre Schwerter und Speere immer noch in den Händen. Dann ertönten Befehle, und sie kehrten zu ihren Ruderbänken zurück, tauchten ihre Riemen ins Wasser und nahmen die Verfolgung auf.

»Nein, Svein!«, stieß ich hervor und hielt Bjarni an der Schulter zurück. Denn auch er war hervorgetreten, um gegen den Mann zu kämpfen, der seinem Bruder den Kopf abgeschlagen hatte. »Das ist mein Kampf.« Die *Fjord-Elch* hatte sich ebenfalls befreit, wie ich sah. Das Schiff, gegen das sie gekämpft hatte, ruderte zurück, weil es nicht zwischen zwei Drachenschiffe geraten wollte. Das erlaubte den Dänen, an uns vorbeizurudern, sodass wir jetzt ihnen folgten. Der Hüne grinste mich an und winkte mich mit der Faustaxt in seiner linken Hand zu sich.

Svein runzelte die Stirn. Ich wusste, dass er mir am liebsten befohlen hätte, aus dem Weg zu gehen. Stattdessen jedoch biss sich der Nordmann auf die Zunge, um mich in den Augen des Franken nicht herabzusetzen.

»Dieser Hurensohn hat schon einmal meine Klinge in seinem Fleisch gespürt«, sagte ich. »Jetzt werde ich seine stinkenden Eingeweide an die Fische verfüttern.« Ich hob meinen Schild und ging auf den Franken zu. Meine Eingeweide rebellierten, und ich hätte mich vor Angst fast vollgepisst. Der Franke hatte keinen Schild, aber er war so groß wie Svein, ein wahrer Hüne. Er bewegte er sich mit der Zuversicht eines Mannes, der tötet, ohne auch nur seine Schritte zu verlangsamen. Außerdem musste ihm klar sein, dass er die *Seeschlange* nicht mehr lebend verlassen würde. Was bedeutete, dass er völlig furchtlos war oder dumm oder wahnsinnig. Nichts davon half mir besonders weiter.

»Erledige ihn, Raven!«, rief jemand von seiner Ruderbank hinter mir.

»Schlitz den Mistkerl auf!«, schrie ein anderer, während die Nordmänner und die Engländer sich in die Riemen legten.

Ich sah zu Sigurd, der zwar das Gesicht verzog, aber nickte. Vielleicht wusste er, dass ich mich diesem Kampf stellen musste, um den Tod von Bjørn zu sühnen, der sein Leben für mich gegeben hatte. Deshalb trat auch Bjarni zurück, so sehr er auch danach gierte, den Franken selbst zu erledigen. Das hier war mein Kampf. Und ich hatte Angst.

Der schwarze Floki, Svein, Bjarni, Penda, Olaf, Sigurd und Knut an der Ruderpinne waren die einzigen Männer, die im Moment nicht ruderten. Als Zeichen des Respekts vor der Tapferkeit des Franken steckten sie ihre Schwerter in die Scheiden und verfolgten das Geschehen. Die fränkischen Schiffe hielten Abstand zu unserem Bug.

»Bohre ihm ein neues Arschloch, Raven«, knurrte der schwarze Floki.

»Reiß dem Mistkerl die Eier ab, Junge«, sagte Olaf und kratzte seinen Bart.

Ich bat Óðin flüsternd, mir beizustehen, und küsste den Rand meines Schildes. Dann biss ich die Zähne zusammen, schluckte den Klumpen Furcht in meiner Kehle hinunter und trat vor.

27

Das Gesicht des Franken schien wie aus Stein gemeißelt, und ich ahnte, wie Beowulf sich gefühlt haben musste, als er dem Monster Grendal gegenübertrat. Der schwarze Floki hatte mir geraten, im Kampf gegen einen sehr viel größeren Mann auf seine Beine zu zielen. »Hack dem Scheißkerl in die Beine«, hatte er gesagt. »Dann ist es so einfach, wie einen Baum zu fällen.« *Aber Bäume wehren sich nicht,* dachte ich jetzt und fragte mich, wie ich auch nur in die Nähe der Beine dieses Franken kommen sollte, ohne aufgespießt zu werden oder von seiner gefährlich aussehenden Axt in zwei Teile gespalten zu werden.

»Gott sei mit dir, Junge!«, rief Pater Egfrith. Ich verzog das Gesicht, denn ich wollte Óðin auf meiner Seite haben oder den tapferen Týr, den Herrn der Schlachten. Nicht Egfriths schwächlichen Friedensgott.

»Na komm, Kleiner«, zischte der Franke durch seine schwarzen Zähne. Ich trat vor, und der Speer zuckte nach meinem Gesicht. Ich riss jedoch rechtzeitig den Schild hoch, und das Speerblatt traf ihn für einen einhändigen Stoß mit unglaublicher Wucht. Wir hatten nur wenig Platz, um uns zu bewegen, was bedeutete, dass ich ihn nicht in Bewegung halten konnte, damit er müde wurde. Immer wieder stieß er mit dem Speer zu, aber ich konnte den Hieb jedes Mal mit dem Schild abwehren. Aber es war kräftezehrend. Trotzdem lächelte der Franke, als wäre das Ganze nur ein Spiel. Seine Überheblichkeit wurde noch beleidigender, als er den Speer umdrehte und mit dem Schaft auf meinen Schild einhämmerte. Er schwang ihn sogar wie eine Sense durch die Luft und zielte abwechselnd auf meinen Kopf und meine Beine. Ich reckte mein Schwert, versuchte, den Speerschaft zu zersplittern, traf aber nur Luft. Schließlich landete einer seiner Hiebe auf meiner rechten Schulter, und mein Arm war sofort wie betäubt. Ich schaffte es gerade noch, den Griff des Schwertes festzuhalten, als ich zurücktrat und auf seinen nächsten Angriff wartete.

Der nächste Schlag verbeulte meinen Schildbuckel, und der folgende streifte mein linkes Auge. Ich spürte, wie mir das Blut das Gesicht herunterlief. Es war zum Glück nur mein schlechtes Auge, das Blutauge. Doch jetzt zog der Franke den Schaft etwas zu langsam zurück, und ich hackte mein Schwert hinein und schlug ihn zur Seite. Aber er trat auf mich zu und schlug mit der Faustaxt zu. Ich riss meinen Schild hoch, und es krachte entsetzlich, als der Axtkopf sich in das Lindenholz grub und stecken blieb. Eine Haaresbreite vor meinem Unterarm.

Der Franke grunzte und versuchte die Waffe herauszureißen, aber mein Arm war noch in den Riemen und die Axt klemmte fest. Mit einem lauten Brüllen hob mich der Hüne fast vom Deck der *Seeschlange* hoch. Mir klapperten alle Knochen im Leib, als er versuchte, die Axt herauszureißen. Schließlich schleuderte er mich mitsamt Schild, Axt und allem anderen gegen den Rumpf der *Seeschlange*.

Ich landete krachend auf dem Deck und rang nach Luft. Die Axt steckte immer noch in dem Schild, also zog ich meinen Arm aus den Riemen und rappelte mich wieder auf. Mir war klar, dass ich meinem Jarl bis jetzt ganz gewiss keine große Ehre bereitet hatte. Meine Freunde feuerten mich an, ihre Gesichter waren rot vor Wut und Blutgier. Sie konnten es kaum erwarten, sich auf diesen riesigen Franken zu stürzen, der mich jetzt ganz sicher fertigmachen würde.

»Töte ihn, Raven«, sagte Sigurd, und seine Stimme klang hart. Er durchbohrte mich mit dem Blick seiner leuchtend blauen Augen. »Töte ihn!«

Ich sah mich um und erblickte Cynethryth, und mir war plötzlich klar, dass ich lieber auf der Stelle durchbohrt von dem Speer des Franken sterben würde, als mich vor aller Augen wie ein flohverseuchter Köter über das Deck prügeln zu lassen.

»Deine Mutter muss es mit einem Bullen getrieben haben, um dich zu zeugen«, sagte ich zu dem Franken, setzte den Helm ab und legte ihn auf das Deck. Mein linkes Auge tränte, und mir floss Blut in den Bart. Mein Haar war verschwitzt und mein Speichel so dick wie Froschlaich. »Und ich habe deinen Vater gestern auf einem Feld grasen sehen«, fuhr ich fort und grinste den Franken an. »Er war noch hässlicher als du.« Ich wusste zwar nicht, ob der Franke mich verstehen konnte, aber ihm war klar, dass ich ihn beleidigte. Er verzog die Lippen, während ich fortfuhr. »Mein Freund Svein wird deinen Schädel nur zu gern benutzen, um daraus zu trinken«, sagte ich, löste die Fibel auf meiner rechten Schulter und ließ meinen Umhang auf das

Deck fallen. Dann warf ich dem Franken mein Schwert vor die Füße, und die Nordmänner stöhnten auf oder brüllten mich an. Ich jedoch stand einfach nur da, während der Wind mir Cynethryths Rabenfedern vor die Augen wehte, als die Ruderer die *Seeschlange* weiter flussabwärts zogen.

Der Franke verzog angewidert und verächtlich das Gesicht. Als er begriff, dass ich ihm seinen Platz in den Heldenliedern geraubt hatte, zitterte sein langer Schnauzbart vor Wut. Er hatte diesen Sprung in dem Wissen gewagt, dass er seinen eigenen Tod gewoben hatte, nur um dann keinem Krieger gegenüberzutreten, sondern einem rückgratlosen Wurm, der nicht gegen ihn kämpfen wollte. Das war für einen Mann wie ihn zu viel.

»Kämpf gegen ihn, Junge!«, schrie Olaf.

»Mach uns keine Schande, Raven!«, knurrte Svein warnend. »Kämpfe!«

Ich breitete die Arme weit aus, als würde ich den großen Speer des Franken einladen, und spürte, wie sich Sigurds Blick in meinen Rücken bohrte. Dann schrie der Franke einen Fluch und stieß zu. Ich drehte mich nach rechts, das Speerblatt kratzte an dem Kettenpanzer über meinen Rippen, und ich stürzte mich rasend schnell auf ihn, hämmerte meine rechte Faust in die linke Seite seines ungeschützten Halses. Er stolperte zurück und schlug mit dem Speerschaft nach mir. Ich taumelte.

»Schlag ihn noch einmal!«, schrie Olaf. »Schnell!«

Aber das tat ich nicht. Ich blieb vor dem schwarzen Floki stehen, beobachtete den Franken und wartete.

»Kämpf gegen ihn!«, brüllte Svein.

Plötzlich verdrehte der Franke die Augen, und sein

riesiger Körper zuckte. Speichel troff aus seinem Mund, als er zitternd an seinen Hals griff. Dann machten sich Verwirrung und Ungläubigkeit auf seiner Miene breit, als seine Finger dort etwas fanden.

»Bei Thórs haarigem Arsch!« Svein schüttelte seinen rot gelockten Schädel.

»Ein echter Loki-Trick«, stimmte Olaf zu, als er sah, dass die Nadel meiner Fibel mehr als zur Hälfte im Hals des Franken steckte. Der Hüne riss sie aus seinem Fleisch, und eine Fontäne dunklen Blutes spritzte heraus. Aber immer noch stand der Franke auf den Beinen.

»Erledige ihn, Raven!«, befahl Sigurd.

»Hier.« Floki reichte mir sein Langmesser. Ich nickte, nahm das Messer und trat vor den Franken, der jetzt an der Relingsplanke lehnte. Er sah mich ungläubig an.

»Ich bin Raven«, sagte ich. Er spuckte mir ins Gesicht. Dann rammte ich ihm das Messer in den Unterleib unter den eisernen Fischschuppen seiner Rüstung und zog die tödlich scharfe Klinge zur Seite. Ich hörte, wie die Luft mit einem Zischen entwich. Im nächsten Moment fielen heiße Eingeweide über meine Hand auf das Deck, und ich roch seine Scheiße und seine Pisse. »Ich bin dein Tod«, sagte ich und sah dem Franken in die Augen, als das Licht darin zu erlöschen begann. Obwohl ich dadurch seine schönen Waffen und seine Rüstung verlor, stieß ich ihn über die Reling. Seine violett schimmernden Eingeweide folgten ihm, und er landete mit einem Klatschen im Fluss. Sein weißes Gesicht starrte zum Himmel empor.

»Ich mache das sauber«, sagte ich zu Floki und deutete auf sein Messer.

»Aber mach's ordentlich.« Er nickte grimmig, nahm den Riemen vom Riemenbaum und ging zu seiner Seekiste. Wir anderen folgten seinem Beispiel und setzten uns zu den anderen Ruderern. Denn die Franken verfolgten uns jetzt mit frischer Kraft, zweifellos angetrieben von Bischof Borgons Zunge. Wir waren nicht scharf darauf, wieder mit ihnen aneinanderzugeraten. Kalf ruderte bereits wieder, trotz des Pfeils in seiner Schulter, aber Halldor lag neben dem Kielschwein. Sein Brynja war blutüberströmt, und die Hälfte seines Gesichts hing herunter. Cynric, einer der Männer aus Wessex, lag zitternd neben ihm. Seine Kehle war ihm von einem fränkischen Speer aufgerissen worden. Andere hatten Schnittwunden im Gesicht und an ihren Oberkörpern. Der Anblick war eine deutliche Erinnerung an die Gefahr, die das Schiff des Kaisers mit seiner hohen Reling darstellte.

Wir brauchten nicht lange, um die drei dänischen Schiffe einzuholen. Wir warfen einen Blick auf ihre Mannschaften an den Riemen. Ihre dünnen Arme schienen nur aus Sehnen und Knochen zu bestehen, ihr strähniges Haar und ihre verfilzten Bärte verliehen ihnen das Aussehen von verzweifelten, hungrigen Tieren. Aber sie ruderten gut, und ich war stolz auf sie. Denn ich hatte etwas von ihrem Elend geteilt und wusste, was sie in diesem verfaulten Langhaus ertragen hatten, das jetzt nur noch Rauch im Wind und ein Haufen abkühlender Asche war. Auch ich ruderte gut. Das Zittern, das mich gepackt hatte, wurde mit jedem Zug weniger und durch meine Begeisterung ersetzt, die meinen Bauch wie heißes Eisen erfüllte. Ich hatte einen Kampf überlebt, der eigentlich mein Tod hätte sein müssen. Ich hatte mich einem mächtigen, kühnen Krieger gestellt, und ich hatte ihn ins Nachleben geschickt. Ich dankte stumm dem Allvater und auch Loki, denn ich wusste, dass einer dieser beiden Götter mir die List eingegeben hatte, die Nadel meiner Fibel als Waffe zu benutzen.

»Ich bin ein bisschen enttäuscht von dir, Raven!«, rief Rotschopf Svein von der Backbordseite zu mir herüber. Seine riesigen Arme ließen das Rudern wie ein Kinderspiel aussehen.

»Dieser zu groß geratene Troll hätte mich zerquetscht, wenn ich ehrlich gegen ihn gekämpft hätte«, sagte ich zu meiner Verteidigung, und einige Männer murmelten zustimmend.

»Ja, ich weiß«, antwortete Svein. »Aber ich hatte mich darauf gefreut, aus seinem Schädel trinken zu können. Olaf jedenfalls hat mir erzählt, dass du dem Franken das gesagt hast.« Die Nordmänner lachten, obwohl die fränkischen Schiffe uns flussabwärts verfolgten.

»Tut mir leid, mein Freund. Ich besorge dir einen anderen«, versprach ich. »Einen größeren.«

»Noch etwas größer, dann können wir Riemen durch die Augenhöhlen schieben und in dem Ding rudern«, erklärte Olaf. »Und jetzt klappt eure Metlöcher zu und legt euch in die Riemen.«

Der Fluss wurde schmaler, und eine Weile waren seine von Weiden gesäumten Ufer nur einen halben Pfeilschuss entfernt. Ulf und Gunnar hinter ihm hoben ihre Riemen und machten Anstalten, sich aus ihren Brynjur zu schälen. Ich wollte dasselbe tun, weil es sehr anstrengend war, in einem Kettenhemd zu rudern. Außerdem glaubte ich nicht, dass die fränkischen Schiffe uns in diesem Abschnitt des Flusses einholen konnten, selbst wenn wir aufgehört hätten zu rudern.

Aber Olaf, der ebenfalls ruderte, schrie sie an, ihre Blätter wieder ins Wasser zu tauchen.

»Niemand zieht sein Brynja aus, bis ich es erlaube!«, setzte er hinzu. »Was glaubt ihr wohl, was diese Reiter gemacht haben, während wir uns mit den Leuten da herumgeprügelt haben? Sie sind weitergeritten, stimmt's, Ulf, du hirnloses Wunder! Und jetzt haben sie mindestens der Hälfte aller Schiffsführer von Franken befohlen, abzulegen und uns ein herzliches Willkommen zu bereiten.«

Also ruderten wir weiter, schwitzten wie verrückt, und es dauerte nicht lange, bis sich Olafs Worte bewahrheiten sollten. Brauner Herdrauch am grauen Himmel sagte uns, dass wir uns einer großen Siedlung oder Stadt näherten. Noch bevor wir die lange Mole sahen, mit den Wellenbrechern, die zwanzig oder mehr Schiffe vor der Strömung schützten. Drei dieser Schiffe gehörten dem Kaiser, ihren Kampfplattformen und ihrer nahezu identischen Bauweise nach zu urteilen, und auf zwei davon wimmelte es von Speerkämpfern, als wir näher kamen. Olaf, Bram, Svein und Penda gingen mit ihren Riemen zum Bug der *Seeschlange*, um sie abzuwehren. Aber glücklicherweise glitten wir dieses Mal an ihnen vorbei. Ein paar Pfeile, die klatschend gegen den Rumpf schlugen, waren alles. Aber es war klar, dass sie die *Seeschlange* und die *Fjord-Elch* als ihre Beute sahen. Denn sie richteten ihren Bug flussabwärts und gesellten sich zu der Jagd. Die drei kleineren dänischen Schiffe beachteten sie nicht und ließen sie in ihrem Kielwasser zurück. Diese steckten jetzt zwischen ihnen und den fünf fränkischen Schiffen dahinter fest. Die Städter säumten den Kai und jubelten den Soldaten des Kaisers zu. Gleichzeitig schrien sie nach unserem Blut.

Und wir ermüdeten allmählich. Das dritte kaiserliche Schiff hatte ebenfalls abgelegt, und diese drei neuen Feinde hatten frische Ruderer, was ihren Nachteil ausglich, dass sie langsamer waren als wir, obwohl unsere Frachträume mit schwerem Silber vollgeladen waren. Keiner von uns sagte etwas, jeder war in seinen eigenen Schmerzen verloren. Wir pflügten uns durch die Windungen des Flusses, ohne auf die Pfeile zu achten, die gelegentlich von den Ufern auf uns abgeschossen wurden. Sie landeten klappernd zwischen uns oder bohrten sich in das Deck und den Rumpf. Ich beschwor Cynethryths Gesicht in meiner Erinnerung, denn ich hatte sie seit Tagen nicht mehr richtig gesehen, da sie jetzt in dem Zelt neben dem Frachtraum blieb.

»Sie sind wie Hunde, die nicht wissen, wann sie aufhören müssen, ihren eigenen Schwanz zu jagen«, knurrte Penda einige Stunden später durch zusammengebissene Zähne. Er saß auf der Seekiste vor mir, und das Deck rund um die Seekiste war dunkel von Schweiß.

»Bischof Borgon weiß, wie viel Silber seines Kaisers in unserem Frachtraum steckt«, antwortete ich und rang keuchend nach Luft. »Er wird uns bis zum Rand der Welt jagen und darüber hinaus.«

Bei Einbruch der Dämmerung war klar, dass die Franken vorhatten, uns auf das offene Meer hinauszujagen, bevor sie uns vom Rand der Welt scheuchten. Es konnte nicht mehr allzu weit entfernt sein, weil weit oben in dem rot gefärbten Himmel Möwen kreischten und die Felder auf beiden Seiten sumpfigem Marschland gewichen waren, in dem Vögel herumwateten und Gänse schnatterten. Das Wasser war schlammiger geworden, und das Rudern war jetzt etwas einfacher, weil der Fluss hier in unsere Richtung strömte, da die Flussmündung nicht mehr fern war.

Als der Fluss eine Biegung nach Westen machte, passierten wir eine zerstörte, verbrannte Festung am südlichen Ufer. Das erinnerte uns daran, dass wir nicht die einzigen Feinde dieser Franken waren. Dann jedoch fielen zu unserer Überraschung unsere Verfolger zurück und ließen sogar die Dänen vorbeiziehen. Sie schickten ihnen nur eine Pfeilsalve hinterher, um sie ein bisschen anzuspornen.

Ich war verblüfft, dass die Dänen immer noch ruderten, und konnte mir das nur so vorstellen, dass ihre schlanken Schiffe noch viel besser gebaut waren, als sie aussahen. Sie schnitten durch das Wasser wie Pfeile, die durch die Luft flogen.

»Sie haben genug!«, schrie Gunnar, was Nordmännern und Engländern heisere Jubelschreie entlockte. Wir ruderten langsamer, als wir endlich hoffen durften, Bischof Borgon und den Blaumänteln entkommen zu sein. Auch mein Herzschlag wurde langsamer, und ich trank einen Schluck Wasser aus dem Schlauch vor meinen Füßen. Dann kamen wir um die nächste Biegung, wo der Fluss erneut schmaler wurde, und sahen die beiden Befestigungen. Es waren viereckige hölzerne Gebäude mitten im Wattenmeer, und sie standen auf Fundamenten aus behauenen

Steinen. Beide waren von Palisaden und Wehrgängen gekrönt. Bewaffnete Männer mit Bögen liefen mit Leitern zu den Wehrgängen hoch. Die Rufe ihrer Hauptleute drangen laut über das Wasser und mischten sich mit dem Klatschen unserer Riemen.

»Bereitet euch auf einen Regen vor, Männer!«, warnte Olaf uns vor den Pfeilen der Bogenschützen. Dann hörten wir ein dröhnendes Knirschen, wie ich es noch nie zuvor gehört hatte. Aber ich konnte mich nicht umdrehen, um herauszufinden, woher es kam. Ich sah nur Knuts Gesicht, und bei dessen Miene verlor ich allen Mut.

»Sigurd!«, schrie Knut. »Das musst du dir ansehen!« Viele von uns hoben die Riemen und drehten sich um. Die beiden Wehrtürme waren zum Fluss hin offen, was sonderbar genug war. Jetzt jedoch begriff ich entsetzt, welchem Zweck diese Gebäude dienten, und ich sah auch die Quelle des schrecklichen Geräusches, das klang, als würde ein Eisendrache mit den Zähnen knirschen. Aus dem Wasser auf beiden Seiten des Ufers tauchte eine mächtige Kette auf. Sie war rostig, Wasser tropfte herunter, und die einzelnen Glieder waren groß wie eine Faust. In den Wehrtürmen betätigten Männer riesige Winden, die die Kette hereinholten, die sich schon bald fest gespannt quer über den Fluss spannen würde, sodass wir in der Falle saßen.

»Rudert so schnell ihr könnt, Männer!«, schrie Sigurd, der hastig wieder zu seiner Ruderbank zurückeilte und seinen Riemen packte. »Und härter, als ihr jemals gerudert seid!«

»Verdammt, Sigurd, wir haben keine Zeit!«, rief Olaf. »Die Kette ist gleich oben. Sie wird uns zertrümmern.«

»Halt den Mund und rudere, Onkel!«, schrie Sigurd, der sich selbst mit aller Kraft in die Riemen legte. »Und seid bereit, wenn ich den Befehl gebe!«

Auch wenn ich mit Onkel übereinstimmte und wohl nicht der Einzige von uns war, zog ich an meinem Riemen, als würde Óðin zusehen, der Männer aussuchte, um die Ruderbänke auf seinem eigenen Drachenschiff zu besetzen. Denn Sigurd war mein Jarl, und ich glaubte, dass die Götter ihn liebten. Das Blut rauschte in meinen Ohren. Die Welt um mich herum schien kleiner zu werden, aber durch diesen Nebel in meinem Kopf hörte ich, wie Sigurd uns zurief, was er vorhatte. Ich hörte Pfeile, die in das Wasser vor dem Bug der Seeschlange klatschten, und wusste, dass es jeden Moment so weit sein musste.

»Jetzt! Nehmt eure Kisten, und alle zum Heck!«, brüllte Sigurd. Ich zog meinen Riemen ein und ließ ihn auf das Deck fallen. Ich stöhnte, als ich meine Seekiste packte, die voll von Silber und Waffen war. Zusammen mit den anderen taumelte ich in meinem Brynja zum Heck der *Seeschlange*. Dort drängten sich bereits die anderen Männer, während Pfeile vom Rumpf und von unseren Kettenhemden abprallten. Von unserem Gewicht senkte sich das Heck. Jørmungand schien sich aufzubäumen und in den dämmrigen Himmel zu springen. Das schreckliche Kratzen der Kette über den Bauch der Seeschlange war alles, was wir hörten. Die Männer, die dem Mast am nächsten standen, wurden in unsere Richtung geschleudert und ließen dabei ihre schweren Kisten fallen. Sobald der Schwung nachließ, schrie Sigurd erneut einen Befehl, und wir taumelten nach vorne, stolperten über die am

Boden liegenden Ruder und prallten gegeneinander, als wir zum Bug eilten. Jetzt hob sich das Heck der Seeschlange, und sie glitt von der Kette herunter.

»Bei Thórs Zähnen, wir haben es geschafft!«, stieß Olaf staunend hervor. Kaum hatten wir die Kette überwunden, sahen wir zurück. Die *Fjord-Elch* folgte unserem Beispiel, und wir zuckten zusammen, als ihr Bug hochsprang und die Kette über ihren Rumpf kratzte. Aber sie schaffte es ebenfalls, und wir jubelten Bragi Eierkopf und seiner Mannschaft zu. Jetzt waren die Dänen dran.

»Sie sind klein und leicht genug«, sagte Penda hoffnungsvoll, als wir wie Blasebälge keuchend zu unseren Plätzen zurückkehrten.

»Aber sie haben nicht genug Gewicht an Bord, um den Bug so weit zu heben«, gab ich zu bedenken und schob meinen Riemen wieder durch das Riemenloch. Ich wartete darauf, dass Olaf den Befehl für den ersten Schlag gab.

»Die Knochenärsche haben es geschafft!«, jubelte Bram der Bär.

»Nicht schlecht für Dänen«, sagte Mondgesicht Hastein grinsend. Dann rutschte auch das zweite dänische Schiff über die Kette, und wir jubelten erneut und schrien den Franken, die von der Böschung aus zusahen, Beleidigungen zu. Doch ein splitterndes Krachen ließ uns verstummen. Es hallte wie der Ruf des Untergangs über das Wasser. Das dritte dänische Schiff schien es ebenfalls über die Kette geschafft zu haben, aber es war nicht schnell genug gewesen, um wieder herunterzugleiten. Es war hängen geblieben, mit der Kette unter seinem Rumpf, unmittelbar hinter dem Mast. Das Krachen kam von diesem Schiff, als sein Rückgrat brach, und die Schreie von den Männern an Bord sagten uns, dass sie erledigt waren.

»Arme Schweine.« Wiglaf schüttelte den Kopf. Das dänische Schiff war in zwei Teile zerbrochen. Schreiende Männer stürzten in den reißenden Fluss.

»Warum kehren sie nicht um und ziehen sie raus?«, fragte Yrsa Schweinsnase. »Warum rudern die anderen nicht zu ihnen zurück?«

»Deshalb«, antwortete Osk und deutete auf die Kette zwischen den Wehrtürmen. Sie war wieder schlaff, was bedeutete, dass die Franken die Kette sinken ließen, damit ihre eigenen Schiffe vorbeikamen. Mittlerweile hatte ein weiteres fränkisches Schiff vom Ufer abgelegt, was bedeutete, dass wir jetzt von einer ganzen Flotte verfolgt wurden.

»Hej!«, rief Olaf. Wir tauchten unsere Riemen in den Fluss und ruderten weiter. Sigurd saß auf seiner Seekiste, sein Rücken wölbte sich, und sein schweißnasses blondes Haar klebte an seinem Brynja. Die Kette hätte uns aufhalten sollen. Dann hätten die Franken uns getötet. Aber Sigurd hatte einen Plan ausgeheckt, und er hatte funktioniert. Ich schüttelte den Kopf, weil er so unglaublich dreist gewesen war. Ich habe unsere Männer seither häufiger von dieser Flucht reden hören. Sie haben das Gelingen sich selbst oder anderen zugeschrieben. Einige dieser Lügen wurden von Männern gewoben, die eine gute Sagengeschichte erzählen können. Männer, die von Sigurds Mannschaft gehört haben und ihre Geschichten stehlen, so wie Ratten die Brocken vom Tisch eines Königs stehlen. Aber vielleicht haben andere Männer auch dasselbe versucht wie Sigurd, und vielleicht liegen viele von ihnen selbst jetzt noch bei den Krabben auf dem Flussgrund.

Die kleineren fränkischen Schiffe hielten nur an, um die ertrinkenden Dänen mit ihren Speeren abzustechen. Es war ein schrecklicher Anblick, denn diese tapferen Männer hatten einen besseren Tod verdient, nach allem, was sie durchgemacht hatten. Aber uns blieb nur übrig zu rudern, was mittlerweile nahezu unerträglich anstrengend war. Wir waren erschöpft, und Sigurd muss mit dem Gedanken gespielt haben, sich den Franken zum Kampf zu stellen, solange wir noch genug Kraft hatten, um unsere Schwerter zu heben. Er wusste jedoch auch, dass unsere Feinde uns umzingeln würden, uns von allen Seiten mit Pfeilen und Speeren beschießen würden, und dass es ein verzweifelt harter Kampf werden würde. Also ruderten wir, während die Sonne über den Himmel nach Westen gerollt war und jetzt langsam versank. Selbst während das Licht in der Welt erlosch und die ersten Sterne durch Lücken in den hohen Wolken funkelten, ruderten wir. Und wir beteten, dass wir es bis auf die offene See schaffen würden.

28

Die Nacht war so dunkel, dass wir riskierten, auf eine Sandbank aufzulaufen. Aber wenigstens war es noch hell genug, um Knut zu ermöglichen, die Seeschlange in der Mitte des Flusses zu halten, wo die Gefahr nicht ganz so groß war. Zu jeder anderen Zeit hätte ich nur zu gern mit ihm den Platz getauscht, hätte die Pinne bedient, statt mir am Riemen den Rücken zu brechen. Aber nicht in dieser Nacht. Sollte er steuern, und ich wünschte ihm viel Glück. Ich beobachtete sein Gesicht, das so verkniffen war wie das Arschloch einer Katze. Er runzelte die Stirn, bedrückt von der großen Last, uns über diesen gefährlichen Kurs zum Meer zu bringen.

Wir redeten nicht, weil wir keine Kraft für Worte hatten, sondern legten uns einfach nur in die Riemen. Unsere Muskeln und Knochen wiederholten die Bewegungen unserer Vordermänner. Man sollte meinen, es wäre nicht möglich, einfach immer weiterzurudern, aber es war möglich. Und vor allem folgten uns die Franken immer noch. Wenn wir die Riemen aus dem Wasser hoben, hörten wir, wie ihre Blätter irgendwo hinter uns in den Fluss tauchten.

Der Morgen brachte Nebel mit sich. Er erhob sich vom Wasser und legte sich über die Marsch und das Watt.

Darüber schossen Kiebitze und schwebten Libellen, schillernde Flecken vor dem gelblichen Schilf. Wir hockten halb tot auf unseren Seekisten. Die *Seeschlange* war ein Schiff der Draugr, der leichenblassen Untoten, die unsere Riemen ebenso unerbittlich bedienten, wie Ragnarøk heraufzieht. Aber während der Untergang der Götter immer noch im Nebel der Zukunft verborgen lag, würde uns unseres ereilen, bevor die Sonne ganz aufgegangen war.

»Was sollen wir tun, Sigurd?«, brummte Olaf. Der massige Nordmann hockte zusammengesunken auf seiner Kiste. Sein Hals schaffte es kaum, den Kopf aufrecht zu halten. »Die Hurensöhne werden schon bald über uns herfallen wie Flöhe über einen Hund.« Er hatte recht. Die beiden größten Schiffe der Franken hatten die Nacht über aufgeholt und waren jetzt fast so nah, dass ein kräftiger Mann einen *Speer* in den Mast der *Seeschlange* hätte schleudern können. Und was die Dänen anging, von ihnen war nichts zu sehen. Ich nahm an, dass sie aufgegeben hatten oder in der Nacht überwältigt worden waren. Vielleicht waren sie auch einfach nur vor Erschöpfung auf ihren Seekisten zusammengebrochen, während ihre Totenschiffe jetzt in die Binsen liefen und stumm auf die Raben warteten.

»Wir werden gegen diese Hurensöhne kämpfen!«, rief Bram der Bär. Seine Worte kamen so trocken aus seinem Mund wie Weizenschrot. Aber wie sollten wir kämpfen? Wir konnten kaum unsere Augen aufhalten, geschweige denn unsere Schwerter heben. Obwohl ich eine Lederweste unter meinem Brynja trug, hatte das Kettenhemd meine Schultern wundgescheuert. Und was meine Beine anging, ich wusste nicht einmal genau, ob sie mich tragen würden, wenn ich aufstand.

Die *Fjord-Elch* war leichter und bereits ein Stück voraus. Obwohl es sicher war, dass sie zurückkommen würden, um uns im Kampf gegen die Franken beizustehen, würde es nur eine Frage der Zeit sein, bevor die anderen kaiserlichen Schiffe auftauchten, um sich ebenfalls in den Kampf zu werfen. Unsere Situation war verzweifelt, und Sigurds Schweigen schien dies nur zu bestätigen.

»Wir kämpfen«, sagte der Jarl schließlich. Die Männer brummten zustimmend.

»Ich sterbe lieber in einem Kampf als an den Scheißriemen«, sagte der schwarze Floki. Niemand widersprach.

»Warte, Sigurd!«, rief ich. »Es gibt einen anderen Weg.«

Eine Weile herrschte Schweigen, und man hörte nur das Eintauchen und Knarren der Riemen. Ich schämte mich bereits, dass ich es gewagt hatte, laut auszusprechen, was vielleicht nur ein dummer Gedanke war.

Schließlich rief Sigurd mich zu sich an den Bug. Also legte ich meinen Riemen weg und stand auf. Erleichtert stellte ich fest, dass meine Beine mich noch trugen, obwohl sie von schmerzhaften Krämpfen gepeinigt wurden. Die Männer hoben die Köpfe, als ich an ihnen vorbeiging, und der Stolz in ihren Augen war mit Hoffnung vermischt. Ich warf einen Blick zurück und sah den Bug und die ersten Riemen des führenden fränkischen Schiffs aus dem Nebel auftauchen. Ich duckte mich, als ein Pfeil an uns vorbeizischte.

»Also, Raven«, Sigurd flocht sein Haar zum Kriegerzopf für den Kampf. Sein narbiges Gesicht war ausgemergelt, und das Feuer in seinen blauen Augen erloschen. »Welche Loki-List willst du weben?«

Ich hätte fast den Kopf geschüttelt und mich umgedreht, denn ich war fest davon überzeugt, dass Sigurd meinem Plan nicht zustimmen würde. Doch dann sprach ich, und während ich redete, ging eine seltsame Veränderung in Sigurds Miene vor sich.

»Vergiss es«, rief ich rasch, denn ich war überzeugt, dass sogleich ein Wutausbruch folgen würde. »Wir sollten lieber kämpfen, Herr«, sagte ich. »Wenn wir hart zuschlagen und sie rasch bluten lassen, dann flüchten sie vielleicht, bevor ihre Freunde hier eingetroffen sind.«

Sigurd legte mir eine Hand auf die Schulter und schüttelte den Kopf. »Es ist ein guter Plan, Raven, eine typische Loki-List. Ich danke dir.« Ich stand verdutzt da, während er an mir vorbei zum Frachtraum ging. »Dann hilf mir jetzt, Junge.«

Wir zogen die Ölhäute zurück, die über dem Schatz auf der *Seeschlange* lagen. In der Mitte standen die fünf Fässer mit Silber, die Alkuin für den Frieden gezahlt hatte, den wir so bald hatten in Flammen aufgehen lassen. Und um diese Fässer lagen all unsere anderen Schätze, Umhänge, Broschen und Halsreifen, Geweihe und Bernstein sowie Wetzsteine. Zusammen mit Sigurd holte ich all das heraus und legte es auf das Deck, während die Männer an den Riemen vor dem Frachtraum uns verwundert beobachteten. Dann lösten wir die Planken, die über den Bodenplanken lagen. Sie sorgten dafür, dass die Fracht vor dem Seewasser geschützt blieb, das unausweichlich in den Ballast sickerte. Sigurd rief Bjarni zu sich, damit er mir half, die Planken zusammenzubinden. Als er fertig war, hatten wir vier kleine Flöße gebaut, jedes groß genug, damit ein Mann mit ausgestreckten Armen darauf liegen konnte. Allerdings würden seine Arme von den Ellbogen abwärts nass werden. Wir legten dicke Felle über diese Flöße, und dann hoben wir die Fässer aus ihrem sicheren Platz und schütteten ihren silbernen Schatz auf diese Felle. Die Münzen und das Hacksilber waren halb unter den langen Rentierhaaren verborgen.

Einige Männer protestierten, als sie endlich begriffen, was wir vorhatten. Die Nachricht sprach sich rasch herum. Aber Sigurd hörte nicht auf sie. Ich wies ihn auf die Franken hin, die am Bug ihres Schiffs standen und sich mit Seilen und Enterhaken bereitmachten.

»Wir müssen uns beeilen, Herr«, sagte ich und legte zwei Kerzenleuchter aus Silber auf eines der Flöße. Bjarni stöhnte traurig.

»Svein, hilf uns«, rief Sigurd. Der große Nordmann verstaute seinen Riemen und kam zu uns. Er wischte sich sein schweißnasses rotes Haar aus dem Gesicht.

»Bei Thórs Eiern, das ist eine schlimme Sache, Sigurd«, maulte er, packte aber zusammen mit Bjarni eine Seite eines Floßes, während wir die andere Seite anhoben. Ich verzog das Gesicht angesichts des gewaltigen Gewichts, als wir das Floss zur Seite trugen und es einen Moment auf die Relingsplanke setzten.

»Dafür sind gute Männer gestorben«, brummte Orm und lehnte sich im endlosen Takt des Ruderns zurück.

»Das wirst du auch, wenn du nicht dein verdammtes Maul hältst!«, blaffte Olaf. Dann schoben wir das Floß über die Seite und ließen es ins Wasser fallen. Der Fluss verschluckte es halb, sodass einer der Kerzenleuchter herunterrollte und wie ein silberner Blitz in den dunklen Tiefen verschwand. Zu unserer Erleichterung schwamm das Floß jedoch und kippte nicht, sondern trieb auf der Strömung wie ein Blatt in einem Bach. Das alte Rentierfell war dunkel und so glatt wie ein Otterfell von Nässe.

»Und jetzt die anderen«, sagte Sigurd. Wir ließen die Flöße eins nach dem anderen zu Wasser und sahen zu, wie unser Schatz, den wir mit so viel Blut und Schweiß gewonnen hatten, davontrieb.

Fast augenblicklich wurden wir schneller. Aber das war nur ein Teil meines Plans. Sigurd und ich gingen zum Heck. Entsetzt sah ich, dass das Schiff von Bischof Borgon uns nach wie vor verfolgte. Doch Sigurd ließ sich davon nicht entmutigen. Im Gegenteil, ein Grinsen erschien auf seinem Gesicht.

»Óðin hat wahrlich das Methorn herumgereicht, als du geboren wurdest, Raven«, sagte er und deutete hinter das Schiff des Bischofs. »Sieht dein rotes Auge das?«

Jetzt sah ich es auch. Das zweite Schiff der Franken war aus dem Nebel aufgetaucht, und sein Bug richtete sich zum Nordufer, wo eines der Flöße an den Wurzeln einer halb unter Wasser wachsenden Weide hängen geblieben war. Ein anderes Floß steckte am schlammigen Ufer ein Stück weiter entfernt fest, während die beiden anderen in unserem Kielwasser schaukelten.

Die Schreie der Franken drangen bis zu uns, als die Gier nach Silber sich auf dem ersten Schiff ausbreitete und von den Seelen der Männer Besitz ergriff.

»Da seht ihr es!«, schrie Sigurd. »Diese Christensklaven sind auch nicht anders als andere Männer. Sie fischen lieber Silber aus dem Fluss, als gegen Odins Wölfe zu kämpfen.«

Jetzt verlangsamten auch die Ruderer des führenden Schiffes ihren Takt, während ihr Steuermann den Bug auf eines der anderen Flöße richtete, die von der Morgensonne vergoldet wurden. Die Verfolgungsjagd war beendet.

Wir ruderten weiter, bis die Sonne im Osten aufgegangen war und die Franken irgendwo weit hinter uns waren. Sie wogen ihren Schatz, vermuteten wir, und schlugen sich gegenseitig auf den Rücken, weil sie die Heiden aus ihren Landen vertrieben hatten. Und dann, als wären den Göttern die Prüfungen für uns ausgegangen und als brauchten sie selber eine Pause, schickte uns Njørð einen anständigen Wind aus Südosten, der reichte, dass wir das Segel setzen und die vom Fluss erschöpften Riemen verstauen konnten.

Das blassrote Segel der Seeschlange knallte, getrocknetes Salz, das sich in seinen Falten gesammelt hatte, rieselte auf uns herab, während wir uns aus unseren Brynjur schälten und Felle neben unsere Seekisten legten. Asgot hatte in seinem Beutel mit Kräutern gewühlt und irgendwo ein Stück sauberes Leinen aufgetan. Jetzt versuchte er, Halldors Gesicht wieder zusammenzuflicken, während der Nordmann immer noch am Kielschwein saß. Er umklammerte mit jeder verkrampften Faust einen Thórshammer und summte leise, während ein Knie unablässig zuckte. Olaf zog den Pfeil aus Kalfs Schulter, und Kalf brüllte irgendetwas über Hels riesige, stinkende Möse, bevor er ohnmächtig wurde. Das Blut lief über seine vernarbte Brust und seinen Bauch. Der Wessexmann Cynric, dem ein fränkischer Speer die Kehle zerfetzt hatte, war mittlerweile ein steifer, bleicher Leichnam. Er starrte auf die kreisenden Möwen, sein Bart war blutüberströmt. Seine Freunde wickelten ihn in zwei Umhänge, banden die Enden zusammen, entschlossen, ihn auf eine christliche Weise zu begraben, sobald wir an Land gingen. Allerdings warnte Olaf sie, dass Cynric über Bord geworfen würde, als Futter für die Fische, wenn er anfing zu stinken. Andere Männer kümmerten sich um ihre eigenen Verletzungen, und nur die Zeit würde erweisen, ob die Wundfäule noch einen von ihnen holen würde. Sigurd selbst übernahm die Pinne und befahl Knut, sich auszuruhen. Dessen Gesicht war so eingefallen wie das eines alten Weibes. Der schwarze Floki hielt Wache am Bug, und bis auf zwei andere Männer rollten wir uns alle zusammen und schliefen wie die Toten. Ich glaube, ich war noch nie in meinem Leben so erschöpft gewesen.

Ich wurde durch das Kreischen von Möwen und den Geruch von Essen geweckt. Bei dem Duft des Eintopfs, der in einem großen Kessel über dem Ballast zwischen Frachtraum und Heck köchelte, lief mir das Wasser im Mund zusammen. Arnvids lächelndes Gesicht war von einer Dampfwolke umgeben, als er umrührte. Ich setzte mich auf. Meine Wimpern waren verkrustet, und ich rieb mir die Augen. Dann betrachtete ich die Männer, die dasaßen, Met tranken und leise redeten, und jene, die immer noch schliefen. Ich hörte das Ächzen des Holzes, das Knistern und Knacken des Kochfeuers und das Geschrei der See-vögel. Und dann war da noch etwas – das unendliche Murmeln des offenen Meeres. Ich richtete mich auf wie ein alter Mann, hielt mich an der Relingsplanke fest. Wir waren nicht mehr in diesem verfluchten Fluss, sondern hatten es auf den offenen Ozean geschafft.

»Du hast ausgesehen wie tot, Junge«, sagte Penda. »Niemand hat es gewagt, deinen übellaunigen Schatten zu wecken, aus Angst, von einer Fibelnadel getötet zu werden.« Er grinste, kratzte sich die kurzen Borsten auf seinem Hals und lachte leise. Ich sah ihn finster und erschöpft an, um einen Herzschlag später in sein Lachen einzustimmen.

»Wo sind wir?«, fragte ich.

»Der Fluss hat uns hier ausgespuckt«, sagte er und deutete auf die Mündung des Flusses. Dort vermischten sich Frischwasser und Salzwasser, geschützt von einem Felsvorsprung, dessen Kamm von uralter Vogelscheiße weiß gefleckt war. Wir hatten im Windschatten einer Insel geankert, und neben uns dümpelte die *Fjord-Elch*. Sie hatte ebenfalls Anker geworfen und war an einem Felsen vertäut, damit die Rümpfe nicht gegen die Felsen schlugen. Ich war erstaunt, dass ich das Anlegemanöver verschlafen hatte, und sagte Penda das auch. Er zuckte nur mit den Schultern und fuhr sich mit der Hand durch seine abstehenden Haare. Dann sagte er mit einem spöttischen Unterton, dass eine große List einen Mann vielleicht genauso erschöpfe wie ein Kampf, wenn nicht sogar mehr.

Ich ging nicht auf seine Worte ein, sondern fragte: »Dann ist von den Blaumänteln also nichts zu sehen?«

Ich stellte mir vor, wie die Franken gierig nach diesem schwimmenden Silber griffen wie alte Männer nach den Titten von Huren.

Penda schüttelte den Kopf. »Aber der Haufen da hat es nur durch ein Wunder geschafft.« Er deutete mit dem Daumen über seine Schulter.

Ich drehte mich um und sah die beiden Dänenschiffe. Sie ankerten in einer Bucht auf unserer Backbordseite. Ihre Mannschaften waren nur dunkle Schatten. Die meisten lagen auf Fellen und schienen zu schlafen. Vielleicht träumten sie von der Freiheit, die sie gewonnen hatten.

»Bei Friggs Titten.« Ich schüttelte den Kopf. »Ich dachte, wir würden sie nie wiedersehen. Sie müssen an den Franken vorbeigeschlichen sein, als die nur Augen für das Silber hatten.«

»Ich hoffe nur, dass Bischof Borgon und seine Männer sich wegen des Silbers gegenseitig umgebracht haben.« Penda spuckte aus. »So viel Silber kann selbst Brüder dazu bringen, sich gegenseitig an die Kehle zu gehen.« Eine seiner Brauen zuckte. »Oder vielleicht hat auch einer eurer Götter die Dänen aus dem Wasser gefischt und sie behutsam in dieser Bucht abgesetzt. Wer weiß? Jedenfalls sind sie jetzt hier, und dafür können sie sich bei dir bedanken«, beendete er den Satz mürrisch.

»Dass wir über diese Kette gekommen sind, war Sigurds List, nicht meine«, sagte ich. Ich wollte unbedingt das Thema vermeiden, dass wir unseren Schatz verloren hatten. Penda sah mich wissend an und schwieg.

»Wie geht es Halldor?«, fragte ich.

Er verzog das Gesicht. »Wohin er auch geht, er wird

überall die kleinen Kinder zum Weinen bringen«, antwortete er. »Das arme Schwein ist jetzt noch hässlicher als du, Bursche, aber ich glaube, er wird es überleben. Das Gleiche gilt für Kalf, vorausgesetzt, das Wundfieber rafft die beiden nicht dahin. Er hat genug Blut verloren, dass man mit einer Knørr darin herumsegeln könnte, aber er hat es überlebt. Die Wunde sollte sauber ausgeblutet sein, wenn er Glück hat. Himmel, bin ich hungrig.«

»Ich auch.« Mein Magen knurrte prompt protestierend, dann deutete ich mit einem Nicken auf den rauchigen Kessel über den Ballaststeinen. »Sigurd ist heute sehr großzügig, weil er ein Feuer an Bord erlaubt. Und die Metschläuche werden auch keinen großen Widerstand leisten, so wie es aussieht.«

»Dein Jarl versucht den Klumpen hinunterzuschlucken, der jedem in der Kehle steckt, weil wir den Silberschatz verloren haben«, sagte er. Und da war es wieder, kam an die Oberfläche wie ein aufgeblähter toter Fisch. »Das genügt, um jedem Mann Bauchschmerzen zu bereiten«, fuhr er fort und schüttelte den Kopf.

Er musste den kühlen Schatten meines bösen Blicks bemerkt haben, denn er zuckte beiläufig mit den Schultern. »Aber was nützt ein Schatz einem toten Mann?«

»Ganz recht, Penda.« Ich sah mich an Bord um. »Und ich hoffe, dass die anderen genug Vernunft besitzen, um das auch so zu sehen.«

»Die?«, fragte er zweifelnd. »Das sind Nordmänner, Junge«, verkündete er, als wäre damit alles gesagt.

Wir hielten es nicht für die beste Idee, an der Mündung des Flusses zu bleiben, wo die Schiffe des Kaisers früher oder später vorbeikommen mussten. Also ließen wir uns am nächsten Tag vom Wind zu einer Gruppe von flachen Inseln treiben, die nur von dünnen Birken bewachsen waren.

Nachdem der Schiffsführer der *Fjord-Elch*, Bragi, den Flug von zwei Kormoranen beobachtet hatte, hatte er gewusst, dass wir diese Inseln nach einem kurzen Segeltörn finden würden, und er hatte recht. Wir legten an, vertäuten die Schiffe, sowohl die der Dänen als auch unsere. Sigurd verkündete, dass wir ein Thing abhalten würden, eine Versammlung in der Dämmerung, bei der jeder Mann seine Meinung offen sagen konnte. Die Stimmung war bleischwer und so düster wie Hels Arschloch. Ich hatte noch nie erlebt, wie die Gemeinschaft ein Thing abhielt, und Bjarni sagte mir, dass sie das auch noch nie gemacht hatten, seit er sich mit seinem Schwur an Sigurd gebunden hatte.

»Sigurd hat immer für uns alle gesprochen, und das war mir nur recht«, sagte er und setzte sich auf einen Felsen. Er schnitzte an einem Stock, bis er eine scharfe Spitze hatte, so wie sein Bruder Bjørn es oft getan hatte. Bjørn hatte jedoch nie Bjarnis Geschicklichkeit für feinere Arbeiten besessen, und er hätte niemals einen Runenstein meißeln können wie den, den sein Bruder ihm zu Ehren auf seinem Grab errichtet hatte. Aber jetzt schien Bjarni Trost in dieser einfachen Arbeit zu finden, die sein Bruder geliebt hatte.

»Sigurd hat den dünnen Hering zu dem Thing eingeladen, damit er für seine Leute sprechen kann.« Er deutete mit einem Nicken auf Rolf, den Mann, der die Dänen jetzt anzuführen schien. »Es ist schon schlimm genug, dass sie unseren Proviant fressen. Du hättest sehen sollen, wie sie die Köpfe zusammengesteckt haben. Für mich sah es aus, als würden sie Ränke schmieden.«

»Wenn das so weitergeht, werden sie sich auch noch die Kiemen mit unserem Met befeuchten«, stöhnte Bram, der hinter einem Baum hockte. »Dänische Ziegenficker«, sagte er und unterstrich seine Worte mit einem donnernden Furz.

»Wenigstens kriegen sie nichts von unserem Silber, da es jetzt entweder bei den Welsen auf dem Grund des Flusses liegt oder die Seekisten der Franken füllt«, knurrte Kjar und warf mir einen Blick aus seinen eng zusammenstehenden Augen zu, der selbst ein gutes Brynja durchbohrt hätte. Ich wollte dem Steuermann der *Fjord-Elch* gerade sagen, dass *er* jetzt wahrscheinlich bei den Welsen liegen würde, wenn wir das Silber nicht geopfert hätten. Aber ich wusste, dass es sinnlos war, also schlich ich davon.

Ich verfluchte die Insel, weil sie so klein war, als ich auf einen von gelbem Moos gepflegten Felsen geklettert war, um einen Blick auf die untergehende Sonne zu werfen. Ich traf auf Pater Egfrith, der im Gras kniete und zu seinem gekreuzigten Gott sprach. Er drehte sich um und hob die Brauen, als wären seine Gebete früher erhört worden, als er erwartet hätte. »Ach, Raven, mein Junge.« Er seufzte. »Ich freue mich, dich zu sehen.«

»Es ist kein Wunder, dass dein Gott Thralls und Huren liebt, Mönch«, sagte ich verächtlich. »Die sind auch immer auf den Knien.«

Er runzelte die Stirn und stand auf. Dann wischte er Löwenzahnsamen von seiner Kutte. »Behalte deine schmutzigen Gedanken für dich, junger Raven, und dann reden wir von Mann zu Mann.« Aber ich wollte nicht mit ihm reden, also drehte ich mich um, um wieder zu den Schiffen zurückzugehen. »Warte, Junge«, sagte Egfrith. »Ich will dir etwas sagen.«

Da ich nichts Besseres zu tun hatte, blieb ich stehen. Ich fragte mich, ob er womöglich über Cynethryth reden wollte. Ich hatte mit ihr seit der Nacht, in der wir sie aus dem Konvent befreit hatten, nicht mehr gesprochen. Und da schien sie mich nicht einmal erkannt zu haben. Ich blickte auf die aufgewühlte schiefergraue See hinaus. Die tiefe Abendsonne färbte das Wasser blutrot. Der salzige Wind peitschte mir die Zöpfe ins Gesicht.

»Deine Idee hat uns alle gerettet«, sagte Egfrith unvermittelt.

Ich verbarg meine Überraschung hinter einer kalten Miene. »Da bist du wohl der Einzige, der das denkt«, erwiderte ich. »Abgesehen vielleicht von Sigurd, obwohl ich glaube, dass selbst er es allmählich bereut.«

»Es sind einfache Menschen, Raven, deshalb sind sie eine leichte Beute für Leute, die Aberglauben und Frevel säen. Und deshalb verschließen sie auch die Augen vor dem rechten Weg.« Er schüttelte den Kopf. »Hunde haben mehr Verstand als die meisten von ihnen.« Er lächelte. »Aber sie werden die Wahrheit erkennen, Junge, davon bin ich überzeugt.«

»Vorsichtig, Mönch«, warnte ich ihn. »Denn ich bin einer dieser *einfachen Menschen*.«

»Ja, und genau das glaube ich nicht, Junge.« Er hob mit wichtiger Miene den Zeigefinger. »Deshalb bist du eine wahre Herausforderung für mich. Ebenso wie dein Jarl, wo wir gerade dabei sind. Wenn ich dich und Sigurd aus Asgots Klauen befreien kann, besteht auch für die anderen Hoffnung.«

»Asgot?« Ich spie den Namen förmlich hervor. »Mir liegt nichts an diesem räudigen Köter.« Ich glaubte, bei diesen Worten ein belustigtes Funkeln in seinen Augen aufblitzen zu sehen.

»Weil er deinen Freund, den Tischler, getötet hat.« Egfrith nickte nachdenklich.

»Weil er eine giftige Schierlingswurzel ist und keine Ehre im Leib hat«, sagte ich. Egfrith schien darüber nachzudenken, und die grauen Strähnen seines Haares zitterten wie Entenfedern im Wind rund um die schreckliche rote Narbe, die Glums Schwert hinterlassen hatte. Dasselbe Schwert, das jetzt an meiner Hüfte hing. Der letzte Schiffsführer der *Fjord-Elch* hatte Egfrith einen Brocken Fleisch aus dem Kopf geschlagen, vielleicht sogar auch ein Stück Knochen, aber irgendwie hatte der Mönch überlebt und quälte uns jetzt weiter wie eine lästige Pferdebremse.

»Das Thing wird bald abgehalten«, sagte ich und holte tief Luft. Dann drehte ich mich um und ging davon.

»Ich bin hierhergekommen, um für sie zu beten«, sagte der Mönch. »Sie ist verloren, Raven. Sie ist verloren, und Asgot wird sie finden.«

Ich drehte mich nicht um, sondern ging weiter über die Felsen, durch das harte hohe Gras und über Klumpen von Algen. Dabei wiederholte ich die Worte des Mönchs in meinem Kopf, wie Wellen, die gegen den Strand schlugen.

Sie ist verloren, Raven.

29

Ich fand Cynethryth allein im Windschatten eines großen Felsens auf der Ostseite der Insel. Neben ihr knisterte ein kleines Feuer, von dem beißender gelber Rauch aufstieg, der mir die Kehle zuschnürte – verbrennendes Haar. Sie hatte ihr Haar abgeschnitten und es in die Flammen geworfen, sodass es schwarz wurde, verdorrte und stank.

»Wie geht es dir, Cynethryth?«, fragte ich behutsam, während ich mich neben sie setzte. Sie betrachtete starr die vom Wasser umspülten Felsen, wo die Strömungen zusammenliefen und in immer neuen Anläufen gegeneinanderprallten. Wir waren dort nicht vor Anker gegangen, weil ein solcher Ort höchstwahrscheinlich bewohnt war und folglich von den Schiffen des Kaisers überwacht wurde. Ich fragte sie erneut, denn sie schien mich nicht gehört zu haben. Erst jetzt sah ich sie genauer an, und mich überlief ein Schauer. Ihre Augen, die einst so grün wie Frühlingsknospen gewesen waren, waren jetzt hart und trübe wie altes Eis. Ihre Gesichtshaut spannte sich über den Knochenwangen, was ihr ein wildes, falkenartiges Aussehen verlieh.

»Was haben sie mit dir gemacht, Cynethryth?«, fragte ich. Irgendwo krächzte eine Aaskrähe dreimal. Ihre raue Stimme hallte von den vom Wasser umspülten Felsen zurück.

Jetzt endlich sah sie mich an. »Frag mich das niemals, Raven«, sagte sie. »Niemals, denn ich werde niemals darüber reden.«

Ich kaute an meiner Unterlippe. »Eines Tages werde ich sie töten«, stieß ich hervor. Ich kam mir vor wie ein Junge, der die Worte eines Mannes stahl.

Das arme, mutterlose Mädchen. Ealdred hatte ihr Leben mit seinem Verrat vergiftet und mit der Ermordung ihres Bruders Weohstan. Und jetzt war er durch ihre Hand gestorben. Dann hatten die Christensklaven sie misshandelt, sodass die Seele des Mädchens jetzt irgendwo an einem öden Ort zu weilen schien, sich von bösartigen Erinnerungen nährte, die sich an ihr festklammerten, wie sich Frettchen in den Hals eines Kaninchens verbissen. Ich verfluchte mich, weil ich Ealdred vor Asgots Messer gerettet hatte, obwohl ich es damals nur für Cynethryth getan hatte.

»Hast du etwas gegessen?« Ich hätte sie gern berührt, aber dazu fehlte mir der Mut.

»Ich esse, wenn ich hungrig bin!«, gab sie kühl zurück. Ihr finsterer Blick wehrte mich ab wie ein Schild. »Es tut mir leid.« Die Worte klangen so leer wie Streu. »Bitte lass mich allein, Raven.« Sie zwang sich zu einem Lächeln, das das Eis in ihren Augen nicht durchbrechen konnte. »Ich komme zu dir, wenn ich bereit bin.«

Ich starrte eine Weile in die Flammen und suchte nach Worten, die ebenso flüchtig zu sein schienen wie der Rauch, der von dem Feuer zu den dunklen Wolken aufstieg, die nach Westen trieben, der Sonne nach, mit pechschwarzen Bäuchen. Ich stand auf, als eine Schar von Gänsen über uns hinwegflog. Ihre Rufe klangen schrill wie ein lockeres Rad an Thórs Streitwagen.

»Das Thing hat gewiss schon angefangen«, sagte ich. »Willst du nicht kommen?« Aber Cynethryth schien irgendwo in diesen Flammen verloren, und ich hätte genauso gut von der anderen Seite der Brücke Bifrøst fragen können. Also ließ ich sie allein und ging zur Anlegestelle zurück. Ich war froh, zumindest von dem Gestank des verbrennenden Haares wegzukommen.

»Passt auf euer Silber auf, Männer!«, sagte Bram der Bär und umklammerte in gespielter Panik den Lederbeutel an seinem Gürtel, als ich unter die Männer trat. »Der junge Raven wird es euch abnehmen und versenken, bevor ihr überhaupt merkt, dass es weg ist.« Einige Männer lachten, andere jedoch machten ein verdrießliches Gesicht.

»Ich bin Steuermann auf dem falschen Kahn!«, höhnte Kjar. »Ich hätte auf eins von einem von Ravens Silberflößen springen und damit nach Norwegen segeln sollen.«

»Du weißt nicht mal, in welcher Richtung Norwegen liegt«, spottete Olaf, was erneut Gelächter hervorrief.

Ich sah zu Rolf, der mittlerweile einen guten Umhang über seinen Lumpen trug. Es war ein Geschenk von Sigurd, um seinen Stolz zu stärken, weil er jetzt unter den legendären Schwert- und Axtkämpfern von Norwegen lebte. Dieser Rolf sah aus wie ein ehrlicher Mann, wenn auch nicht wie ein Kriegerhäuptling oder auch nur wie ein guter Krieger. Er hatte sich das rote Haar und den Bart kurz geschoren, wie alle Dänen es getan hatten, nachdem sie sich den Schmutz des fränkischen Gefängnisses vom Leib gewaschen hatten. Jetzt stand er da und sagte nichts, beobachtete nur, wie es ein kluger Mann tut, wenn er sich unter Fremden befindet. Der Rest der Dänen, sechsunddreißig Männer, saß etwas abseits unter den Birken im Moos etwas weiter vom Wasser entfernt. Sie sahen uns mit eingefallenen Augen an wie treu ergebene Hunde, die neben der Metbank auf ein paar Bissen Futter hofften.

Ich sah mich um. »Es hält niemand Wache«, sagte ich zu Penda. Alle bärtigen Gesichter, sämtliche Schwertkämpfer und Wessexmänner hatten sich hier in dieser Senke auf dem flachen Felsen versammelt. Hier klangen die Stimmen eines Mannes lauter, sodass man sich genau überlegen musste, was man sagen wollte, bevor man es aussprach.

»Onkel hat gesagt, Sigurd will, dass jeder Mann seine Meinung äußert.« Penda hob die Brauen. »Ein großzügiges Angebot. Ich wette, dass er es hinterher bedauert.«

»Fast alle diese Männer sind an Sigurd eidgebunden«, sagte ich. »Sie müssten ihm sogar zurück ins Frankenreich folgen, wenn er sich dazu entschlösse.«

»Ein Treueschwur kann ebenso abgetragen sein wie die Sohlen deiner Stiefel, Junge«, gab Penda mit einer Grimasse zurück, als Olaf Ruhe befahl.

»Jarl Sigurd, der Sohn von Harald, wird zuerst sprechen!«, verkündete Olaf und betrachtete die Männer um sich herum mit einem scharfen Blick, als wollte er sie herausfordern, die Autorität ihres Jarls infrage zu stellen. »Jeder von euch bekommt die Gelegenheit, seine Meinung zu äußern, so er will. Das gilt auch für den Dänen, und ihr werdet ihn sprechen lassen, sonst bekommt ihr es mit mir zu tun.« Dann trat Olaf zurück und nickte Sigurd zu, der sein Nicken erwiderte.

Unser Jarl trat in den Kreis aus Kriegern. Seine linke Hand lag auf dem Knauf seines Schwertes, und die Rechte hatte er hinter dem Rücken zur Faust geballt. Er betrachtete seine Männer – Männer, neben denen er gekämpft hatte, mit denen er getötet und geblutet hatte, und sie, allesamt stolze Männer, erwiderten seinen Blick.

»Als wir unsere Fjorde im Norden verlassen haben, waren wir so leer wie ein Segel an einem windstillen Tag. Wir hatten nichts als unsere eigene Prahlerei, die meine Halle mit Fürzen gefüllt hat, für die unsere Frauen nur erstaunte Blicke übrig hatten, und die die Köpfe schüttelten, denn sie hielten unsere Worte für warme Luft, und für nichts mehr. Wir alle sind Jungen gewesen, die den Geschichten unserer Väter und Großväter gelauscht haben, die von Zeiten sprachen, in denen Nordmänner so hart waren wie abgelagerte Eiche und so kühn wie Týr. So wie ich hattet ihr die Sagengeschichten der weißhaarigen Männer satt und habt danach gedürstet, eure eigenen zu weben.« Die Männer knurrten zustimmend und nickten bei seinen Worten. »Geduldig haben wir unseren Prahlereien Taten folgen lassen. Wir haben die *Seeschlange* und die *Fjord-Elch* gebaut, während unsere Frauen sich die Finger blutig gearbeitet haben, als sie unsere Segel webten. Wir sind im Norden auf Raubzug gegangen und haben viele Hallen niedergebrannt, bis wir uns Kettenhemden und gute Schwerter und Helme leisten konnten. Dann haben wir das Meer durchpflügt, und ich wusste, dass die Nornen ebenso unermüdlich waren wie unsere Frauen, denn unsere Geschichte wuchs, während wir unsere Feinde töteten und unsere Seekisten füllten.« Wieder stimmten ihm die Männer laut brummend zu.

»Wir haben auch gute Männer verloren«, warf Ulf ein. Die Männer nickten und berührten ihre Amulette und Schwertgriffe.

»Zu viele, Ulf«, stimmte Sigurd ihm zu und sah dem Mann in die Augen. »Und jetzt ist euer Stolz verletzt. Die Schande haftet euch an wie ein Gestank.« Sigurd verzog das Gesicht. »Aber eins müsst ihr wissen. Hätten wir unseren Schatz nicht auf diesem unseligen Fluss ausgesetzt, dann hätten wir einen verdammt harten Kampf dafür ausfechten müssen. Es würde jetzt sehr viele leere Seekisten und leere Riemen am Riemenbaum geben.« Ich fühlte die Blicke der Männer auf mir, aber ich sah nur Sigurd an. »Aber das bedeutet für euch, die ihr jetzt vor mir steht, nichts, denn ein Mann zählt sich nur selten zu den Toten, nicht einmal, wenn er steif am Boden liegt.« Das rief leises Gelächter hervor. »Wir haben den Schatz verloren, der uns nach unserer Rückkehr zu Hause eine größere Sagengeschichte eingebracht hätte, als unsere Väter jemals erzählt haben. Ich weiß, dass das schwer zu schlucken ist. Es quält mich mehr als jeden anderen von euch, und ich würde gegen jeden kämpfen, der etwas anderes behauptet.« Niemand wagte es, das zu kommentieren. »Sicher, wir haben Silber und gutes Horn und genug Schmuck, um unsere Frauen zu erfreuen. Frigg weiß, dass sie wie Hühner auf dem Markt herumlaufen würden, mit den Flügeln schlagen und gackernd um Aufmerksamkeit heischen würden. Aber für uns ist das nicht genug. Unser Durst nach Ruhm fordert mehr als kaltes Silber und goldene Halsreifen. Wenn wir jetzt zurück zu unseren Herden schleichen und unsere Schwerter und

Brynjur rosten lassen, wenn die Götter uns den Rücken zukehren, dann wäre alles umsonst gewesen. Ich bin kein Bauer. Ich bin ein Schwertkämpfer, und meine Saga wird noch viele Wendungen nehmen. Das weiß ich, und deshalb werde ich auch nicht nach Hause segeln.« Mit diesen Worten trat Sigurd zurück und zeigte damit an, dass jetzt andere sprechen konnten.

»Ich habe gute Freunde verloren«, ergriff Halbdan die Gelegenheit und kratzte sich nervös den Bart. »Und mir kommt es so vor, als wären sie für nichts gestorben, da der Bauch der Seeschlange leer ist bis auf das Zeug, das man auf jedem besseren Markt finden könnte.« Einige brummten. Ob zustimmend oder ablehnend, wusste ich nicht. »Ich möchte nach Hause zu meiner Frau und meinen Kindern, solange ich noch kann. Vielleicht ist es gar nicht so schlecht, das Land zu bestellen. Walhall kann gern auf mich warten.«

»Die Gunst des Allvaters ist ebenso launig wie der Wind«, sagte Asgot. »Wenn du das immer noch nicht weißt, bist du ein Narr.«

»Du bist mir ein schöner Bauer, Halbdan!«, spie der schwarze Floki hervor. »Du kannst nicht einmal einen harten Schwanz wachsen lassen!«

Alle lachten, aber Sigurd hob eine Hand, und augenblicklich trat Stille ein. Diese Männer hatten für Sigurd in den Königreichen von Mercia und Wessex gekämpft. Sie hatten die Hügel von Wales mit Blut überzogen, und sie hatten sich für Sigurd in die Riemen gelegt. Allen war bewusst, wie wichtig dieses Thing war.

Sigurd nickte. »Ich verstehe, Halbdan.«

»Aber wir sind eidgebunden, Herr«, ergriff jetzt Arnvid das Wort. »Kein Mann hier würde dieses Band zerreißen.«

»Die meisten von euch sind eidgebunden, ganz recht«, sagte Sigurd. Er sah den Männern in die Augen, als könnte er direkt in ihre Herzen blicken, und vielleicht konnte er das auch. »Aber von heute an ist dieser alte Treueschwur erloschen. Ich entbinde euch alle von ihm. Wer nach Hause gehen will, kann gehen.«

Den Männern klappten die Kiefer herunter, und jene, die gerade ihren Met tranken, setzten ihre Hörner ab. Sigurds blaue Augen blieben ruhig, aber sein Herz muss genauso gehämmert haben wie die unseren.

»Wenn genügend Männer zurückkehren wollen, dann können sie die *Fjord-Elch* nehmen und ihr anderen das Silber und die Beute, die wir gemacht haben«, sagte er. »Denn es gibt nicht genug starke Arme, um beide Schiffe dorthin zu bringen, wohin ich gehe.«

Die Männer sahen Sigurd mit großen Augen an. Eine Weile herrschte Schweigen.

»Und … wo ist das?«, fragte Bragi Eierkopf schließlich. Er runzelte die Stirn.

»Miklagard«, sagte Sigurd und blickte zu Rolf, dem Dänen. Die Männer murmelten bei diesem Wort, und ich merkte, dass einige von ihnen von diesem Ort bereits gehört hatten.

»Miklagard?« Bram hatte seine buschigen Brauen zu einem dunklen Strich zusammengezogen.

»Das bedeutet ›die große Stadt‹, Bär«, sagte Olaf.

»Ich weiß, was es bedeutet, Onkel«, knurrte Bram. »Aber wo bei Óðins haarigem Arsch liegt diese Stadt?«

Sigurd nickte Rolf zu, und der Däne trat vor. Er war noch ganz abgemagert und wirkte wie eine schutzlose Ziege unter Wölfen.

»Die Stadt liegt weit unten im Südosten«, sagte Rolf und sah Bram an. »In Grekland. Einige nennen sie die Goldene Stadt, denn die Dächer ihrer Häuser sind aus purem Gold, und die Flüsse bestehen aus geschmolzenem Silber.«

»Dann müssen die Leute von Miklagard aber ziemlich durstig sein.« Bothvar kratzte sich die Eier, während die Männer lachten. Aber es war ein nervöses Lachen.

»Ich habe Münzen aus dieser Stadt gesehen, die glänzten wie Freyjas Augen«, warf Knut ein. Seine Miene war ernst. »Und dort regiert ein Kaiser, den sein Volk wie einen Gott verehrt.«

»Nicht noch ein verfluchter Kaiser!«, beschwerte sich Yrsa Schweinsnase und schüttelte den Kopf.

»Kennst du den Weg zu dieser Stadt?«, wandte sich Bram an den Dänen.

»Ich kenne ihn nicht«, gab er zu. Ein mürrisches Raunen ging durch die Männer. »Aber unter uns ist ein Mann, dessen Bruder behauptet, schon einmal dort gewesen zu sein.«

»Und wo ist dieser Bruder?« Schweinsnase verdrehte sich den Hals, als würde er ihn suchen. »Ich nehme an, er ist der in dem goldenen Brynja, mit dem silbernen Schwanz und den dicken Rubinen am Sack.«

»Er ist tot«, antwortete Rolf schlicht. »Er ist mit vielen anderen im Frankenreich gestorben.« Er warf mir einen kurzen Blick zu, denn ich hatte den Schrecken dieser stinkenden Halle miterlebt, wo die Männer in ihrer eigenen

Scheiße gelegen hatten, und Ratten und Fliegen den Stolz dieser Männer gebrochen hatten. »Aber vielleicht kann sein Bruder uns den Weg weisen, denn Trygve hat viel von seiner Reise gesprochen, bevor er starb.«

Bram schüttelte seinen zotteligen Kopf. Sein Gesicht war so verbeult wie ein alter Schild. »Wir sind nicht mehr die Gemeinschaft, die wir einmal waren«, erklärte er. »Zu viele von uns sind gestorben.« Viele Männer nickten.

»Meine Dänen werden sich Sigurd anschließen«, verkündete Rolf. »Wir wollen nicht mit leeren Seekisten zu unseren Frauen zurückkehren.«

Ich traute meinen Ohren nicht, und ich war eindeutig nicht der Einzige, dem es so ging. Wann hatten Sigurd und Rolf das ausgeheckt? Dann erinnerte ich mich an Bjarnis Worte, dass er die beiden zusammen gesehen hatte. *Für mich sah das so aus, als würden sie Ränke schmieden,* hatte er gesagt.

»Deine Dänen sind halb tot!«, sagte Bram vorwurfsvoll zu Rolf. »Du kannst von Glück reden, dass Sigurd dir überhaupt erlaubt hat, an diesem Thing teilzunehmen, denn du bist gar nichts.«

Sigurd ließ die Beleidigung unkommentiert und beobachtete stattdessen Rolf.

Der Däne war unbewaffnet und auch nicht der Hellste. Doch er baute sich vor Bram auf, was zeigte, dass er Stolz besaß, wenn auch keinen Verstand.

»Wir sind genauso hart gerudert wie ihr, und das mit leeren Bäuchen«, sagte er. »Unsere Herzen sind stark wie eure, und unsere Körper werden auch erstarken, wenn wir erst einmal Fleisch und Met bekommen.«

Das war gut gesprochen, und etliche Männer nickten. Selbst Bram fiel dazu nur ein lahmes »Pah!« ein, bevor er sich wieder an Sigurd wandte.

»Ich folge dir, Sigurd, das weißt du«, sagte er. »Und wenn diese Reise meine Ohren von Borghilds bissiger Zunge fernhält, bin ich zufrieden. Ich rudere mit dir zu diesem Miklagard, selbst wenn die Häuser aus Lehm gebaut sind und in den Strömen nur Pisse fließt. Umso besser, wenn am Ende Silber wartet. Ich werde nicht zulassen, dass die Dänen sich den Ruhm schnappen, der für mich gedacht ist.«

»Jeder, der mit mir kommt, leistet mir einen neuen Schwur. Die Gemeinschaft wird neu geschmiedet«, sagte Sigurd. »Wir werden plündern, und wir werden unsere Seekisten füllen. Wir werden unseren Wyrd in dieses Land einmeißeln, Runensteine errichten, um zu zeigen, wo wir gewesen sind. Einer steht bereits in einem Wald der Franken, und ich bezweifle, dass diese bartlosen Christen uns allzu schnell vergessen werden.« Er grinste sein Wolfsgrinsen, und ich bemerkte, dass auch Bram lächelte. Ich fragte mich, ob Sigurd und er vorab abgesprochen hatten, dass Bram diese Zweifel äußerte, sodass andere Männer das Gefühl hatten, man hätte ihre Bedenken ausgesprochen, während Sigurd die ganze Zeit die Zügel in der Hand hielt. Einem so listigen Mann wie Sigurd hätte ich das durchaus zugetraut.

»Ich folge dir, Herr!«, dröhnte Svein Rotschopf und stampfte mit seinem Speerschaft auf den Boden.

»Du kennst mich, Sigurd.« Olaf zuckte seine breiten Schultern. »Ich gehe dorthin, wohin der Wind mich führt, und wenn es keinen Wind gibt, rudere ich. Du hast meinen Eid.« Sigurd nickte nur kurz. Er hatte nichts anderes erwartet, als dass diese Männer ihm selbst bis an den Rand der Welt folgen würden.

»Ich gehe nicht nach Hause, bevor ich Bjørns Seekiste und meine eigene gefüllt habe«, sagte Bjarni.

Danach erklärten sich auch alle anderen bereit, Sigurd zu folgen. Jeder Mann übertraf mit seiner Prahlerei den vorigen und beanspruchte Reichtümer, die er vielleicht nie zu Gesicht bekommen würde. Selbst jene, die mit dem Gedanken gespielt hatten, nach Hause zurückzukehren, vergaßen es, und auch Halbdan lachte über sein Gerede von vorhin, Bauer werden zu wollen. Der alte Asgot machte sich daran, die Runen zu werfen, und der schwarze Floki nickte Sigurd einfach nur zu. Seine dunklen Augen leuchteten verschwörerisch, und Sigurd erwiderte das Nicken. Mehr war zwischen diesen beiden Männern nicht nötig.

»Ich gehe, wohin du gehst, Herr«, sagte ich, als Sigurd mich ansah.

»Natürlich tust du das, Raven«, sagte er. »Denn wir haben eine Saga zu weben, und unsere Lebensfäden sind miteinander verbunden, deiner und meiner.«

Also leistete ich den anderen dabei Gesellschaft, ihre Zungen mit Met zu tränken, damit sie geschmeidig über die Worte des Schwurs gleiten konnten, den wir leisten würden. Und vielleicht auch, damit dieser Schwur etwas von seinem Schrecken verlor, denn ein Treueeid ist eine ernste Angelegenheit und eine Bürde, die man zu tragen hat. Dann ging ich zur Westseite der Insel, um zuzusehen, wie die Sonne im grauen Meer versank. Ich hielt den Atem an, um vielleicht das ferne Zischen zu hören, wenn ein Feuer sich selbst löscht, so wie ein weiß glühendes Schwert in den Wasserbottich getaucht wird.

Und in Walhall lachten die Götter.

Epilog

Schon gut, Gunnkel, du kannst jetzt wieder blinzeln. Wasch dir deine milchigen Opale, bevor sie trocknen und schrumpfen wie die Hosenschlange eines alten Mannes. Atme, Arnor, und wenn du schon mal dabei bist, nimm einen Atemzug für mich mit, wärst du so nett? Es war ein wahrhaftig seltener Ritt, hej! Ihr seht alle so rau aus wie Eichenrinde, und so wild wie Trolle – als wäret ihr heute Nacht in Thórs eigenem Streitwagen gefahren, der von den Ziegen Tanngnjóst und Tanngrísnir gezogen wird, deren Schwänze in Flammen stehen! Aber ich nehme an, dass es nur natürlich ist, dass ihr so dasitzt: eure Metlöcher so weit aufgerissen, dass die Fliegen hineinfliegen, eure Augen so rund wie Münzen und das Haar gesträubt wie die Stacheln eines Igels. Denn es ist wirklich eine richtige Saga, das kann ich euch sagen. Ich wette, dass die meisten von euch sich nie weiter von ihrer Halle entfernt haben als bis zu ihrer eigenen Latrine. Es gibt Findlinge, die schon weiter herumgekommen sind als ihr, und Schnecken, die mehr von der Welt gesehen haben als ihr Herdheimchen. Ach, verschone mich mit deinem säuerlichen Gesicht, Hallfred. Ich habe gehört, dass du Hildrs Honigtopf nur gefunden hast, weil sie dir eine Zeichnung angefertigt hat, oder stimmt das etwa nicht, Hildr?

Also, ihr habt eure Zähne in die Geschichte geschlagen und einen Geschmack von diesen alten Zeiten bekommen. Und doch kommt das Beste erst noch. Wie du siehst, bin ich kein junger Baldr, der noch nicht ganz trocken hinter den Ohren ist und dem der erste Bartflaum wächst. Ich habe ein sehr langes Leben gelebt, und ihr seid gerade erst an Bord gesprungen. Wir haben eben erst vom Steg abgelegt und sind in den Fjord gerudert. Wir müssen noch die Knoten aus den Schiffstauen lösen, und der Anker ist noch voller Seegras. Hört zu, wenn ich versuche, das alles auszuspucken, bevor es zu spät ist! Ihr habt vielleicht gedacht, Alter und Geduld sind Verwandte, aber ich habe festgestellt, dass sie immer weniger Zeit miteinander verbringen, je mehr Jahre vorbeirollen. Kommt morgen Nacht wieder, aber nur, wenn ihr genug Mumm habt, denn an dem nächsten Brocken meiner Geschichte habt ihr einiges zu kauen. So wie der alte Ochsenkopf, den Thór als Köder benutzt hat, als er nach Jørmungand gefischt hat. Heute jedoch werden wir noch vor Einbruch der Dunkelheit Schnee bekommen, wenn ich dem Ziehen in meinen Knochen Glauben schenken kann. Wir werden das Eis auf den Wasserfässern zerbrechen und unser Vieh hereinholen. Vielleicht ist es ja der Anfang von Fimbulvetr, was bedeutet, dass viele Familien getötet werden, dass viele Schlachten geschlagen werden, dass sich alles verschlechtert in dem Chaos, in dem Ragnarøk beginnt. Sollte das so sein, werde ich bereit sein. Ihr glaubt, ich wäre ein grauer alter Wolf, der seinen Wyrd schon überlebt hat, aber ihr müsst wissen, dass mein Schwert immer noch verdammt scharf ist. Nur ein Narr lässt zu, dass seine Klinge stumpf wird oder rostig.

Also morgen Nacht. Wenn wir nicht bis dahin alle eingeschneit sind. Und bring etwas von dem Wein mit, den du in deiner Vorratskammer versteckst, Olrun. Selbst ich muss die Grausamkeiten dieser Geschichte ein wenig dämpfen, die ich zu erzählen habe.

LISTE DER PERSONEN

Nordmänner

Arnvid
Asgot, ein Godi
Aslak
Bjarni, Bruder von Bjørn
Bjørn, Bruder von Bjarni
Bothvar
Bragi Eierkopf, Schiffsführer der *Fjord-Elch*
Bram der Bär
Der rote Svein, Rotschopf
Der schwarze Floki
Der zahnlose Ingolf
Gunnar
Halbdan Thorolf
Halldor, Vetter von Floki
Hastein
Hedin
Kalf
Kjar, Steuermann der *Fjord-Elch*
Knut, Steuermann der *Seeschlange*
Olaf (»Onkel«), Schiffsführer der *Seeschlange*
Orm

Osk
Osric (Raven), Blutauge
Osten
Sigurd der Glückliche, ein Jarl
Ulf
Yrsa Schweinsnase

Wessexmänner

Baldred
Cynethryth – Tochter von Ealdred
Cynric
Ealdred – ein Ealdorman
Gytha
Mauger
Pater Egfrith – ein Mönch
Penda
Ulfbert
Wiglaf

Franken

Alkuin – sein Ratgeber
Arno – Priester
Arthmael – Soldat
Bernart – Soldat
Berta – Äbtissin
Borgon – Bischof von Aix-la-Chapelle

Fulcarius – Kommandeur der Uferwache
König und Kaiser Karolus (Karl der Große)
Radulf – ein Vogt
Winigis – ein Fischer

Dänen

Rolf
Steinn – Sohn von Inge

Götter

Baldur – der Schöne, Sohn Óðins
Eir – Göttin der Heilung und Friggs Zofe
Frey – Gott der Fruchtbarkeit, der Ehe und des Wachstums
Freyja – Göttin der Liebe und der Magie (Seiðr)
Frigg – Óðins Gemahlin
Heimdall – Wächtergott der Götter; hält auf Bifrøst Wache
Hel – Göttin der Unterwelt und des Heims der Toten, vor allem jener Toten, die an Krankheit oder hohem Alter gestorben sind
Loki – der Unruhestifter, Übeltäter, Vater der Lügen, Luftikus
Njørd – Herr des Meeres, Gott von Wind und Flammen
Óðin – der Allvater. Gott der Krieger und des Krieges, der Weisheit und der Poesie

Rán – Göttin der Wellen und der Tiefe

Thór – Óðins Sohn, Bezwinger der Riesen und Donnergott

Týr – Herr der Schlachten

Vølund – Gott der Schmiedekunst, des Handwerks und der Erfahrung

Mythologie

Asen – Göttergeschlecht; gemeint sind meist die Götter, die für Krieg, Tod und Macht stehen

Asgard – Heim der Asen

Bifrøst – Die Regenbogenbrücke, die die Welt der Götter und Menschen miteinander verbindet

Bilskírnir – »Blitzschlag«; Thórs Halle

Fáfnir – »Umschlinger«; Drache, der einen gewaltigen Schatz bewacht

Fenrir – Wolf, der bei Ragnarøk befreit wird und Óðin verschlingen wird

Fimbulvetr – der »tödliche Winter«, der den Anfang von Ragnarøk ankündigt

Gjallarbrú – die Brücke zur Unterwelt

Gjallarhorn – Horn, mit dem Heimdall den Beginn von Ragnarøk verkündet

Gleipnir – von Zwergen geschmiedete, unsichtbare Kette, die Fenrir bindet

Hugin und **Munin** – »Gedanke« und »Gedächtnis«; Óðins Raben

Jørmungand – die Midgard-Schlange, die die Welt umspannt und ihren eigenen Schwanz gepackt hält; lässt sie ihn los, endet die Welt

Midgard – Ort, wo die Menschen leben, Welt

Mjöllnir – Thors zaubermächtiger Hammer

Módgud – Riesin, die die Brücke über den Fluss Gjöll bewacht

Nornen – die drei Frauen, die den Lebensfaden der Menschen spinnen beziehungsweise den Teppich ihrer Lebensgeschichte weben und so über ihr Schicksal entscheiden; ihre Namen lauten: Urd (Schicksal), Verdandi (das Werdende) und Skuld (Schuld)

Ragnarøk – Die letzte Schlacht, in der alle Götter untergehen – bis auf Vidar, den Rachegott

Sleipnir – das achtbeinige Pferd Óðins

Tanngnjóst (Zähneknisterer) und **Tanngrísnir (Zähneknirscher),** die beiden Ziegen, die Thórs Streitwagen ziehen

Walhall – Óðins Halle, in der die ehrenhaft Gefallenen aufgenommen und bewirtet werden

Walküren – die Schlachtenjungfern, Schildmaiden oder Totenengel; sie erwählen und tragen die Gefallenen vom Schlachtfeld, die würdig sind, nach Walhall zu kommen

Yggdrasil – die Weltesche; Baum des Lebens

Giles Kristian

Das neue
Wikinger-Abenteuer

978-3-453-47162-7 978-3-453-47163-4 978-3-453-47164-1